그게 사랑이냐?

김순녀 소설집

도서출판 청어

그게 사랑이냐?

김순녀 지음

발 행 처 · 도서출판 청어
발 행 인 · 이영철
영　　업 · 이동호
홍　　보 · 천성래
기　　획 · 남기환
편　　집 · 방세화
디 자 인 · 이수빈 ǀ 김영은
제작이사 · 공병한
인　　쇄 · 두리터

등　　록 · 1999년 5월 3일
(제321-3210002510019990000063호)

1판 1쇄 발행 · 2021년 4월 20일

주　　소 · 서울특별시 서초구 남부순환로 364길 8-15 동일빌딩 2층
대표전화 · 02-586-0477
팩시밀리 · 0303-0942-0478

홈페이지 · www.chungeobook.com
E-mail · ppi20@hanmail.net
I S B N · 979-11-5860-939-9(03810)

그게 사랑이냐?

김순녀 소설집

사람들은
사랑을 표현할 때
두 손가락 끝으로, 또는 양팔을 머리 위로 올려 하트모양을 만들고
"사랑해" 합니다.
그리고 그게 사랑인 줄 압니다.
그러나 사랑이란,
그런 게 아니랍니다.
사랑이란 단어는 마음 안에서 숨어 지내는 요술 상자여서
겉모양만 보고 판단을 한다면 큰 코를 다치게 됩니다.
사랑의 단어는 착각 속에 들어있기 때문입니다.

사랑이란
온유하고 겸손하며 상대를 긍휼히 여길 때 생기는 마음인지라
서로가 연합되어 불꽃이 느껴지면 치유되는 약이랍니다.
긍휼을 베풀어주고
상대를 감싸 안아주며
격려의 말을 해 줄 때
얼음처럼 굳게 닫혀있는 마음은
햇살에 눈 녹듯이, 얼음장이 녹아지기 때문에
사랑의 힘을 모두들 말합니다.
사랑의 힘은 위대한 것이라고.

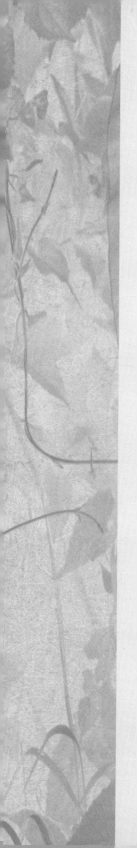

그게 사랑이냐? ─────────────────

첫인상

순이는 열여덟 살이다. 학교를 남들보다 더 일찍 들어간 탓에 고등학교도 일찍 졸업하게 되었다. 대학입시에 낙방을 했으나 재수를 해도 늦지는 않으련만 순이는 그러지 않았다. 학교 다닐 적에는 머리가 좋은 탓에 제법 공부를 잘했다. 순이에게 그런 희망의 싹이 보이자 의붓아비는 순이를 희망 줄로 삼았다. 의붓아비가 그랬다. 너는 말이다. 공부를 잘하니까 꼭 약학대학을 가야한다. 약대를 나와서 약국을 차려 동생들을 모두 가르쳐야 된단 말이다. 하도 외워대는 통에 순이는 의붓아비의 말이 진리인 줄 알면서 의붓아비의 말대로 그래야만 되는 줄 알았었다. 그런 탓에 한껏 그쪽으로만 목표를 두고 공부를 했었다. 그러나 지방도시에서 그것도 상업학교를 나와 서울에 있는 유명대학의 약대를 간다는 일은 하늘의 별 따기와 같았다.

그 후, 다른 여섯 친구들은 후기대학으로 갔거나 재수를 해서 목적을 달성했고 합격의 영광도 찾았다. 그러나 순이는 그러지 않았다. 그러고 싶지 않았기 때문이었다. 왜냐하면 약대를 나와 애써 공부한 뒤끝에는 의붓동생들의 뒷바라지나 해야 되었기 때문이었다. 그러다보면 순이 자신의 일생은 뭐란 말인가? 돈 버는 기계가 되고 말 것이다. 그건 진리가 아니고 다만 기분만 잡치게 되는 일이어서다. 의붓아비에게 순이 따위는 안중에도 없는 모양이었다. 기껏 공부를 해서 자기의 자식들 뒷바라지나 하라니. 그런 도둑이 세상에 어디 또 있을까? 도무지 이치에 맞지도 않았거니와 말 같지도 않아 순이는 낙방의 소식을 접한 뒤에 책이란 책은 모두 아궁이 속에 쑤셔 넣고 불태워버렸다.

내가 왜 그런 식으로 살아야 돼? 억하심정이 생기면서 어깃장이 놓고 싶어져서였다. 내 족속도 아닌, 씨가 다른 동생들인데, 내가 왜 그들의 뒷바라지를 뼈가 빠지도록 해야 돼? 그러니까 더 이상 대학 같은 곳에는 절대로 가지 않으리라 결심을 했다. 그리고 생각했다. 사람이 가장 행복한 순간은 언제일까? 모르긴 해도 자기가 하고 싶은 일을 할 때일 것이다. 그런데 의붓아비는 순이가 원하는 것이 무엇인지도 모르면서 무조건적으로 자기의 뜻대로 밀어붙이려 해서 싫었다. 의붓아비는 순이가 공부를 잘하는 것은 인정해주었지만, 그것을 이용해서 부려먹을 생각만 했던 거다. 그 외에 진짜로 주어야 될 사랑 같은 것은 눈곱만치도 줄 생각은 하지 않았다. 그것을 어찌 아냐 하면 언젠가 순이는 의붓아비에게 부탁을 했었다. 아버지. 용돈이 없으니까 용돈 좀 주세요. 그때 의붓아비는 냉정하도록 보기 좋게 거절을 했었다. 네 엄마에게 달라고 해라. 왜 그런 걸 나에게 달라고 하느냐? 퉁명스레 여지없이 내지르던 사람이 자기 자식들의 뒷바라지를 하란다. 자기의 것은 하나도 베풀려 하지도 않으면서 부려먹을 궁리만 해대는 게 너무 기분 나빴다.

순이가 진학을 포기하고 집에서 빈둥거리자 이웃사람들이 순이를 부르러 왔다. 옆집에서 술집을 크게 벌여 돈을 많이 번 이 사장은, 번 돈으로 우체국을 차려놓고서 순이를 데리러 왔었다. 너는 학교에서 착실하게 공부를 잘 했으니 우리 우체국에 와서 사무를 좀 봐줘라. 그러는데, 의붓아비가 한사코 반대를 했다. 안 된다. 안 돼. 일껏 공부를 해가지고서 왜 남의 밑에서 고용살이를 하려느냐? 너는 꼭 대학에 가야 된다. 사람은 말이다. 중학교를 나오면 고등학교에 갈 생각을 해야 되고, 고등학교를 나오면 또 대학에 갈 생각을 해야 돼. 취직은 무슨 취직이냐. 안 된다. 안 돼. 그러면서 결사적으로 반대를 하고 나섰다.

또 하루는 이런 일이 있었다. 미군부대에 있는 통역관이 의붓동생 외아들 광일이의 돌잔치에 왔다가 순이를 보고 반했던 모양이었다. 미군부대 피엑스에 순이의 자리를 마련해 놓고서 데리러왔었다. 그때도 의붓아비는 보기 좋게 물리쳐버렸다. 야, 너는 절대로 안 된다. 미국부대 피엑스 자리가 어떤 자리인지 알기나 하냐? 미군부대에 가면 미군들보다도 깜둥이들이 더 무섭다. 깜둥이들은 유난스레 여자들에게 너무 잘하거든. 그런데 저 순진하기 짝 없는 아에게 깜둥이가 살살 꼬드겨봐라. 저 아는 단박에 홀라당 넘어가고 말 것이다. 그러니까 안 된다. 안 돼. 주선해주는 성의마다 퇴짜를 놓아대니 어쩔 수 없어진 순이는 집구석에서 빈둥거릴 수밖에 없어졌다. 그런데 이번에는 맞선자리들이 부지기수로 쏟아져 들어왔다. 그러면 이번에는 엄마가 쌍심지를 들고 반대를 했다. 거기는 맏아들이라서 안 되고, 저기는 외아들이라서 안 돼. 들어오는 족족 퇴짜를 놓아대니 순이는 기분만 잡쳤다.

순이 생각은 이랬다. 어서 빨리 이 굴속 같은 집에서 빠져나가는 게 내 소원이다. 그럼에도 불구하고 의붓아비와 엄마는 번갈아가며 순이의 외부활동을 비틀어 대면서 못하도록 방해만 일삼았다. 그에 화가 머리끝까지 치밀었고, 견딜 수 없는 지경이 되자 순이는 한 꾀를 생각해 냈다. 그것은 편물학원을 다닌 다음에 가게를 차릴 심산이었는데, 그것도 뜻대로 되지 않았다. 편물학원을 나왔어도 엄마는 절대로 순이의 뒷바라지는 해주지 않았다. 그냥 버려만 두었다. 가게도 마련해주지 않았으며 더군다나 편물기계도 사주지 않았다. 답답한 마음으로 있는데, 영채가 찾아와서 권했다.

"순이야. 모레 우리 집에 놀러 와라. 요즘 옥수수가 다 익어서 막물이거든. 금년 옥수수는 끝이니까 같이 따서 그거나 삶아먹자."

"그래, 좋아. 갈게."

순이는 얼른 승낙을 했다. 지루하기 짝 없는 나날들에서 조금은 숨통이 트일 일이었기 때문이었다.

영채는 순이의 고등학교 동기동창생이다. 집은 산속인 도꼴에 있었는데, 순이네가 살고 있는 태장동에서 십 리 이상은 산속으로 걸어서 들어가야만 되었다. 낮은 산들을 여러 등성이로 돌고 돌아서 넘어가야 되었지만, 순이는 자신만만했다. 태생이 시골이었고 어려서부터 산속 생활에 익숙한 탓도 있었다. 순이의 고향도 도꼴과 비슷하게 생겼었다. 산골마을에는 이웃 간의 거리가 대부분은 오리 정도는 떨어져 있었는데, 어쩌다 친구 집에서 놀다가 늦어지는 날에는 밤길이 너무 무서웠었다. 행여나 귀신이 나타나서 잡아가는 게 아닐까 하는 겁이 나서였다. 어두컴컴한 길을 걷노라면 저벅저벅 소리가 나곤 했었다. 누가 뒤쫓아 오는가 싶어서 뒤를 돌아다보면 아무 것도 없었고 또 아무런 소리도 나지 않았다. 그런데 순이가 걷노라면 또 저벅저벅 소리가 났다. 귀신인가? 이게 뭐지? 대체 어디에서 발자국 소리가 나는 거야? 궁리 끝에 실험을 해보았다. 순이가 발자국을 옮기면 옮길 때마다 저벅저벅 소리가 났고 서 있으면 아무 소리도 안 들리게 되자 그제야 순이는 알아챘다. 산 밑으로 난 길을 걸으면 산이 그 울림을 나타냈던 것이다. 아하, 이게 산울림이라는 것이로구나. 산이 사람에게서 나오는 소리를 흉내 내고 있었어. 그런 밤길도 걸어 다녔었으니 낮의 산길은 한적해서 좋았다. 꼬불꼬불한 산골길을 돌고 돌아서 가는데, 영채 생각이 났다. 영채는 이 길을 날마다 걸어서 학교를 오갔을 것이다. 그리고 그뿐만이 아니다. 이렇게 걸어서 태장까지 와서는 다시 버스를 타고 학교를 다녔다. 그런 영채의 노력을 생각하며 순이는 혼자라도 심심치 않게 영채 집에 당도했다. 영채가 뛰어나오면서 반겼다.

"어서 와. 오느라고 힘들었지?"

영채는 매우 상냥스러웠다. 비록 아버지는 영채가 어려서 일찍 돌아가셨지만, 위로 큰오빠가 둘씩이나 있는 사남매의 막내딸인지라 어떤 아쉬움도 없었으므로 영채는 항상 명랑했다. 순이가 대답했다.

"응, 꽤나 덥더라. 가을햇살이 너무 뜨거웠어. 그런데 이 동네로 들어서니 너무 시원해서 좋다."

그 말에 영채가 맞장구쳤다.

"그래. 참 좋지? 우리 동네가?"

"그래. 좋아. 산 좋고 물 맑고 경치도 끝내주고."

"그러니까 너는 우리 동네로 시집을 와라. 내가 중신해줄게."

순이가 부추겨주니 영채는 신이 나는 모양인지 떠들어댔다. 그러나 순이는 단번에 거절을 해버렸다. 왜 그런 말이 부지불식간에 튀어 나왔는지도 모르면서 무의식중에 그랬다.

"싫다."

"왜?"

"난 서울서 살 거다."

그 말도 무의식중에 튀어나온 말이었다. 언제 생각을 해봤다든지 아니면 그리리라 작정한 적도 없었는데, 암튼 그랬다. 그러자 영채가 반박했다.

"야, 서울이 뭐가 좋으냐? 난 서울이 정말로 싫더라."

"서울이 왜 싫어?"

"넌 서울이 왜 좋으냐? 자동차도 많고 사람들도 얼마나 많은지 골치가 다 아파. 거기에다 건물들까지 많으니 머리가 너무 복잡해져서 난 너무 싫더라. 야, 나는 가기도 싫은 대학에 올케언니가 하도 우겨대서 갔었잖니. 그런데 한 학기동안 기숙사에 있으면서 얼마나 고생을 많이 했는지 아니? 너무 추워서 견딜 수가 없더라. 추우니까 온몸이 퉁퉁 부어오르더니 그게 전부 살이 된 거야. 갑자기 뚱보로 변했었잖아. 학교를 포기하고 집에 오니 너무 좋다. 이 얼마나 좋으냐. 난 이 동네가 세상에서 제일 좋다. 그건 그렇고 우리 어서 옥수수나 따러가자."

"그러자."

순이는 영채의 뒤를 따랐다. 영채는 커다란 다래끼를 허리에 차고 앞장섰는데, 영채에게서 풍기는 아낙의 모습을 보며 순이는 고향의 일을 떠올렸다. 순이의 고향은 모르박이다. 도꼴보다 더 깡 촌이었지만, 할아버지의 하나뿐인 손녀여서 아주 귀한 대접을 받으면서 자라났다. 그 덕에 농사일 따위는 해본 적이 없었다. 오로지 사촌동생을 업어주는 일뿐이었으므로 옥수수를 따는 일은 농촌 출신이었지만, 이번이 처음이었다. 영채를 따라서 영채가 가르쳐 준대로 옥수수를 하나하나 따다보니 참으로 재미가 났다. 옥수수는 기둥에 찰싹 붙어있었다. 옥수수의 늘어진 머리채를 잡고 아래로 쿡 눌러주면 옥수수는 픽 소리를 내며 어쩔 수 없다는 듯이 대궁에서 떨어지고 만다. 그렇게 딴 옥수수를 하나하나 다래끼에 넣는다. 다래끼에 하나 가득 담아서 둘이 함께 영채의 집으로 돌아오니 키가 큰 군인이 기다리고 있다가 거수경례로 맞이했다.

"안녕하십니까. 고모님. 휴가 나와서 인사차 왔습니다. 상병 나조기."

"오, 그래. 어서와."

영채가 반겼다. 순이가 슬쩍 훔쳐서 보니 고삼 때의 독일어교생과 너무 많이 닮아있다. 키는 크고 날씬하였으며 거기에 맞춰 갸름한 얼굴이 위에 얹혀 져있다. 갸름한 계란형의 얼굴 가운데에 우뚝 솟은 콧날의 양 옆으로는 쌍꺼풀진 눈이 매력적으로 눈웃음을 친다. 코 밑에 단정하니 놓인 입은 얇긴 했지만, 그렇다고 해서 밉상은 아니다. 군인을 본 순이가 놀라면서 감탄한다. 어머나! 어쩜 저리도 꼭 같지? 혹시 쌍둥이는 아닐까? 그런 착각이 들 정도로 고삼 때 부임해 왔던 독일어교생과 너무나도 닮아 있다. 독일어교생이 처음 학교에 부임해온 날, 학교 교정 안에서는 난장판이 벌어졌었다. 잘생긴 미모의 서울 대학생 총각인데다 실력까지 갖추고 있으니 어찌 사춘기의 여학생들 마음이 들뜨지 않을 수 있었으랴. 모두의 선망대상이 되어서 너도나도 다투면서 사랑의 열기를 뿜아냈었다. 연정의 마음들을 만들어서 사모하기 시작했었는데, 순이도 예외는 아니었다. 교생만 보면 왠지 가슴이 두근거리면서 얼굴까지 화끈하게 달아올랐었다. 어쩌다 교생이 말을 붙이려 하면 가슴까지 콩닥거리고 울렁거려서 얼굴부터 붉어졌었다. 묻는 말에는 대답도 하지 못할 정도였기 때문에 순이는 자신을 두각 시키는 방법으로 독일어공부에 전심전력을 기울였었다. 참으로 열심히 공부를 한 덕에 최고점은 받았지만, 교생은 한 학기를 마친 다음에 다시는 학교에는 나타나지 않았다. 열심히 들고 있던 풍선을 하늘 위로 놓친 기분이 되자 허망에 빠졌었는데, 교생과 꼭 닮은 쌍둥이 같은 사람이 지금 순이 앞에 나타난 거였다. 순간 순이는 독일어교생을 처음 대할 때처럼 숨이 멎을 것 같은 착각에 빠졌다. 가슴은 마냥 두근거렸고 얼굴까지 붉어져서 속으로 감탄했다. 아, 어쩌면 저리 웃는 미소까지 똑같지? 인사를 끝내면서 미소 짓는데 송곳니에 박은 은색으로 덧씌운 색깔이 햇살에 반사되어 더 매력적인 모습으로 변했다. 너무나도 아름다우면서 황홀했다. 영채가 군인을 향해 말했다.

"야, 너. 참 잘 왔다. 먹을 복이 많네. 우리는 지금 옥수수나 삶아먹으려고 밭에서 막 따오는 길이야. 빨리 삶아서 줄게. 너는 사랑방에 들어가 있어라. 알았지?"

"예. 알겠습니다."

말하고 군인은 자기 집에 온 사람처럼 사랑방으로 곧장 들어간다. 하긴 친척이라고 하니까 어려서부터 죽 들락거렸을 것이다.

영채네 집은, 순이가 어렸을 때 살던 고향의 집과 흡사하게 닮아있었다. 대문으로 들어서면 안마당이 나왔고, 안마당의 한 귀퉁이에는 양철로 된 화독이 설치되어 있었다. 화독이 있는 바로 옆이 부엌이다. 그래서 화독이 있는 곳과 부엌은 곧장 연결되어 있어서 일하기에는 아주 편리하게 되어 있었다. 부엌을 기점으로 해서 좌측으로는 안방과 윗방이 나란히 붙어있었고, 그 다음에는 기억 자로 꺾이면서 좌측에 대청마루가 놓여있다. 대청마루 끝에 사랑방이 있었는데, 군인은 방으로 성큼 들어가서는 문을 닫고 쥐 죽은 듯이 조용히 있었다. 군인이 방금 들어온 대문은 사랑방과 마구간 사이에 있었는데, 옛날에 쓰던 외양간은 소로 농사를 짓지 않기 때문에 창고가 되어있었다. 영채는 화덕에 잔 나무 가지들을 쌓아놓고는 거기에 불을 붙였다. 그런 다음 위에 얹혀있는 무쇠 솥에다 물을 잔뜩 부으면서 순이에게 명령했다.

"순이야. 옥수수는 이렇게 벗겨야 돼. 껍질은 다 벗기지 말고 한 꺼풀을 남겨둬야 껍질의 물이 옥수수에 베어서 더 맛있게 삶 아진단다. 그러니까 한 꺼풀은 벗기지 말고 그냥 놔둬라. 알았 지? 나는 사랑방에 잠깐 들여다보고 나올게."

말을 끝낸 영채가 곧 사랑방으로 사라졌다. 순이는 영채가 가 르쳐준 대로 하는데, 더운 날씨에다 화독의 아궁이에서 쏟아져 나오는 연기들이 눈도 못 뜰 정도로 맵고 아파 견딜 수가 없어졌 다. 그 연기들로 인해 눈물은 사정없이 줄줄 흘러내렸지만, 순이 는 결코 그 일이 싫지는 않았다. 늘 보기만 했던 일들을 직접 해 본다는 신기함 때문에 재미도 있었기 때문이었다. 전혀 귀찮다 는 생각은 들지 않았으니 아마 이것도 일종의 행복일 것이라고 여겨졌다.

옥수수가 다 삶아지기를 기다리고 앉아있는데, 영채가 사랑방 에서 나왔다. 둘은 무슨 말을 그리도 오랫동안 속삭인 것일까? 궁금해진 순이가 영채에게 물었다.

"널 보고 고모라고 하던데, 나이는 너보다 더 많아 보이더라."

"응, 나보다 세 살이나 더 많아. 그래도 조카는 조카다. 촌수로 말이다. 야, 뱃속에 들어있는 할머니도 있단다. 친척은 다 그런 거야. 친척오빠의 아들이니까."

"그래도 불편하지 않아? 조카의 나이가 많아서?"

"괜찮아. 오랜 습관인데 뭘. 우린 집안이 너무 많아서 항상 이 런 경우들은 너무 많아. 야, 그나저나 옥수수가 다 삶아진 것 같다. 이제 꺼내자."

영채가 솥뚜껑을 소리 나게 열어 제치고는 옥수수 한 개를 꺼내어서 뜯어 먹어보더니

"응, 됐어. 다 삶아졌다. 어서 꺼내자."

그렇게 말하고 옥수수를 꺼내어서 두 곳 바구니에 각기 나누어 담더니만, 또 순이에게 이른다.

"내가 사랑방에 먼저 갖다 주고 올 테니까 너는 이것 가지고 안방으로 들어가서 먹고 있어."

영채는 아주 부산스러워졌다. 그런 일을 즐기는 것 같았으므로 순이는 영채의 명령에 고분고분 따랐다. 영채가 먼저 가버리자 순이도 영채가 담아준 그릇을 들고 안방으로 들어갔다. 영채네의 안방은 순이가 전에도 한 번 와서 자고 간 적이 있었기 때문에 영 낯설지는 않았다. 외로이 혼자 앉아서 먹고 있는데 영채가 들어서며 물었다.

"순이야. 어쩌면 좋으냐?"

"왜?"

"저 사랑방에 있는 군인 말이다. 내 조카."

"응, 그런데?"

"글쎄 내 친구를 소개시켜 달라면서 자꾸 조르는 거야. 누굴 시켜주지?"

"친구야 많잖아. 승열이도 있고 옥자도 있고."

"그런데 말이다. 저 군인은 꼭 너를 소개시켜 달라더라. 네가 자기 마음에 쏙 든다면서."

그 말에 순이는 갑자기 얼굴이 화끈하게 달아올라서 뭐라 할 말을 잃었으므로 엉뚱한 질문을 하면서 고개를 갸우뚱거려 뜸을 들였다.

"그래?"

대번에 좋다고 대답을 한다면 아마도 순이의 속이 너무 빤히 들여다보일 것이어서 그것을 감추기 위함이었다. 그런 대답을 하고 잠시 주춤 거리는 동안에도 순이의 마음은 은근히 즐거워 졌다. 드디어 올 것이 왔구나. 때가 됐어. 사람은 누구든 똑같다. 자신을 좋아한다는 데야 싫어할 사람은 아무도 없을 것이다. 거기에다 순이가 동경하고 그리워하던 독일어교생과 꼭 닮아있으니 얼마나 좋은 일이겠는가. 당장에 마음이 들떠서 좋아 하며 대답하고 싶었지만, 수줍음이 많은 순이는 차마 그렇게는 하지 못했다. 그럴만한 용기가 없어서 그저 고개만 갸우뚱 거리며 얼굴을 붉혔다. 그러나 실재의 마음은 이랬다. 좋아. 해줘. 그러고 싶었지만, 순이는 그러지를 못했다. 선뜻 대답하기가 어색해지면서 잠시 주춤거리다가 마지못해 승낙하는 투로 이유를 붙여가며 대답을 했다.

"정 그렇다면 일단은 만나볼 게. 그러나 결혼 상대는 결코 아니다. 그냥 연애상대로만이야."

"알았어. 그렇게 해. 내가 가서 그리 전하고 올게. 너는 옥수수나 먹고 있어라."

영채는 갑자기 분주해졌다. 안방과 사랑방을 오가며 다리역할을 하였는데, 사랑방에 다녀온 영채가 말했다.

"네가 보다시피 지금 내 조카는 현역이잖아. 양평서 복무하고 있는데, 봄에 제대를 한대. 제대하고 만나자는데?"

"그러지 뭐. 바쁜 일도 아니잖아. 그리고 난 백수건달인데, 아무려면 어떻겠어."

일은 그렇게 매듭지어졌다.

긴 겨울이 지나고 따스한 봄날이 찾아왔다. 그러자 영채는 순이를 찾아왔다. 영채가 말했다.

"순이야. 내 조카로부터 연락이 왔다. 모레, 시내에 있는 영지다방에서 열한 시에 만나자고 전해 달라던데?"

"그래, 알았어."

"영지다방은 어디에 있는지 알지?"

"알다마다. 시내 중심에 있잖아. 그걸 누가 모르겠어. 학교 다니는 동안 매일 그 앞으로 지나다녔잖아."

"시간 맞춰서 꼭 나가라. 모레. 열한 시. 영지다방이다."

"알았어. 꼭 나갈 것이니 걱정일랑은 말아라."

순이는 그날부터 멋 부리는 일에 열을 올렸다. 새로 산 미들구두에다 새로 산 투피스를 차려입고서 거울 앞에 서서 요리조리 재보았다. 여러 차례의 점검을 마친 다음, 시간 맞춰서 영지다방에 도착하니 약속시간은 십 분이 더 남아있었다. 가는 길에 무슨 방해꾼이라도 생길까봐 일찍 집을 나섰는데, 방해물이 나타나지 않아서였다. 밖에서 기다릴까 하다가 얼떨결에 다방 안으로 들어서자 사복으로 말끔하게 갈아입은 영채의 조카가 기다리고 있다가 오른손을 번쩍 쳐들어 보이며 반겼다.

"여기요."

순이가 소리 나는 쪽을 보는데, 영채 조카가 일어서서 순이 앞으로 다가오며 인사를 건넸다.

"어서 오세요."

"예."

"이렇게 나와 주셔서 감사합니다. 앉으세요. 그리고 먼저 제 소개부터 하죠. 제 이름은 나조기라고 합니다."

그 말에 순이는 그만 웃음을 터뜨릴 뻔하였다. 나조기? 나조기라고? 정말로 웃기는 이름이다. 나씨라는 성은 영채로부터 많이 들어봐서 익숙했고 또 대대로 물려받은 성씨인지라 어쩔 수는 없겠지만, 거기에다 이름이 조기란다. 하필이면 왜 나씨 성에다 생선 이름을 지은 것일까? 순이는 터져 나오는 웃음을 막기 위해 한 번 속으로 읊조려보았다. 나조기? 그러는데 눈치가 빠른 조기가 설명을 덧붙인다.

"저는 이 이름 때문에 어려서는 친구들로부터 많은 놀림을 받았었어요. 그러나 지금은 이 이름이 너무 좋습니다. 마음에 들면서 좋게 느껴지기 때문이지요. 왜냐하면 이 이름 속에 담긴 뜻 때문인데, 한문 뜻을 해석하면 일찍 조에 일어날 기. 즉 일찍 일어나라는 부지런의 의미를 닮고 있어요. 그 부지런함이 너무 좋아서 저는 현재 제 이름을 무진장 사랑하고 있답니다. 하하하하."

아주 통쾌하게 웃어버렸으므로 순이도 따라 미소 지으며 말했다.

"예. 본인이 좋다면야 그 이름이 최고지요."

"나이는 스물셋이고 어제 제대를 했습니다. 그쪽 성함은?"

"저는 정순이입니다. 열아홉 살이고요. 이리 만나게 되어 반갑습니다."

"예, 저도 반갑습니다."

말을 하는 동시에 조기는 미소를 보내는 일도 잊지 않았는데, 미소를 짓는 순간에 조기의 양 볼에는 보조개들이 쏙쏙 패였고, 벌려진 입안의 오른쪽 윗니에 덧씌운 스텐색깔의 송곳니가 아침 햇살을 받아 반짝 빛났다. 아마도 벌레가 먹었거나 무슨 사고가 생겨서 덧씌웠을 것이지만, 순이에게는 그것이 더 매력으로 보였다. 이 사람은 너무 멋지다. 마음에 꼭 들어. 고개를 끄덕이는데, 레지가 차를 가져왔다. 순이가 시키지도 않았는데, 가져온 것을 보면 아마도 조기가 미리 시켜놓았을 것이었다. 상대의 의견도 묻지 않고 단독적으로 행하는 일에는 조금 불쾌감이 일어났지만, 자세히 보니 차는 두 잔 다 커피다. 하긴 다방하면 커피이고 커피하면 다방이라는 말이 있을 정도로 요즘에는 서양에서 들어온 커피가 유행이었으므로 순이는 듣기만 하던 커피라는 차를 처음으로 마셔보게 되었다. 그런데 한 모금 마셔보니 너무 썼다. 약처럼 쓴 차를 사람들은 왜 선호하는 것이지? 억지로 다 마시려고 했지만, 더 이상 마실 수 없어서 순이는 마시기를 포기했다. 그러자 조기는 자리에서 일어서며 말했다.

"우리 장소를 옮겨요. 여긴 너무 답답하니까."

조기가 찻값을 지불하고 앞장서서 다방을 나갔다. 행동하는 것마다 조기는 미리미리 계획해서 실행으로 옮기는 사람 같았다. 걸음걸이도 군대에서 갓 제대를 한 탓에 완전히 규격 적이다. 다방을 나와 시내를 거쳐 쌍 다리 쪽으로 향했다. 어디로 가는 것이지? 순이는 그게 궁금했지만, 말없이 조기의 뒤만 따랐다. 조기는 곧 봉산동의 산 쪽으로 올라갔다. 모처럼 미들구두를 새로 사서 신었는데, 돌에 부딪칠까봐 순이는 은근히 걱정되었다. 왜 이런 길을 택해서 걷는 거야? 약간 짜증이 났지만, 순이는 참았다. 산길로 걷다가 돌에 부딪히면 구두에 상처가 남는다. 새것인데 망가지면 어쩌지? 돌을 피해가며 민둥산에 오르자, 동산 위에는 두 개의 묘지가 나타났다. 대체 이게 누구의 묘지일까? 살피는데, 묘지 위에는 밝은 해살이 사정없이 쏟아져 내리고 있었고 바람 한 점 없었다. 겨울 내내 비바람을 맞았을 잔디는 그 특유의 초록색을 놓치고서 노란 색으로 변해있어서 아주 평화롭게 보였지만 순이는 이런 생각을 했다. 이 묘지가 조기의 조상들 묘지인가? 그랬지만 그건 아닌 것 같았다. 다만 너무 따스하고 포근해서 이야기 장소를 택한 것뿐인 것 같았다. 조기가 먼저 두 산소의 가운데에 자리를 잡고 앉으며 순이에게도 권했다.

"여기 앉으세요."

순이는 스커트를 입었으므로 앉기가 불편해서 싫었지만, 어쩔 수 없이 조기 옆에 나란히 앉았다. 이른 봄인지라 간혹 불어오는 바람이 차가왔지만, 바람이 잠들면 햇살만이 따스하게 남아서 포근함을 더해 주었다. 조기는 이런 아늑한 장소를 어찌 알고 있었을까? 연애의 명수인가? 아니면 매사를 철두철미하게 계획해서 실행하는 사람이라서? 그런 생각으로 순이가 조기의 옆에 살며시 앉자 조기가 자신의 사연을 털어냈다.

"저는 아버지가 일찍 돌아가셨어요. 제 위로는 형이 한 명 있어서 식구는 달랑하니 어머니와 저 단 세 식구뿐입니다. 그런데 형은 지금 인천대학교의 기숙사에 있기 때문에 어머니와 저 단 둘이서만 살고 있어요."

조기의 말에 순이는 어떻게 해서 아버지가 그리도 일찍 돌아가시게 되었느냐며 묻고 싶었지만, 그만두었다. 왜냐하면 그 물음보다도 세상에서 피를 나눈 형제가 있다는 것이 얼마나 행복한 일인가를 먼저 생각했기 때문이었다. 그래서 조기가 부러웠다. 더군다나 이 사람은 엄마가 그리도 싫어하는 장남이나 독자도 아니었다. 엄마가 알면 좋아하겠지? 순이는 먼저 그런 생각부터 했다. 순이에게는 조기처럼 기댈 만한 형제가 하나도 없다. 순이 아래로 남동생이 있긴 했었지만, 그 애는 전쟁 때 열병으로 죽고 말았다. 만일 그 애가 살아있었더라면 엄마는 아들을 바라면서 재가도 하지 않았으련만, 아들이 없다는 핑계로 엄마는 서둘러 재가했는데, 지금은 완전히 남으로 변해있었다. 그 덕분으로 순이는 언제나 혼자여야 되었으므로 너무 외롭고 쓸쓸했다. 만일에 남동생이 살아있었다면 순이는 그 애를 위해 무슨 일이든 할 수 있었을 것이다. 그러나 지금은 너무 외로워서 슬플 뿐이다. 그런 생각에 젖어 있는데, 조기가 물었다.

"형제는 어떻게 되세요?"

"동생들이 아주 많아요. 하지만 다 가짜 동생들이에요."

"가짜라뇨? 그게 무슨 말이지요?"

"전쟁 때 아버지는 북쪽으로 납치당하셨어요. 엄마는 삼 년을 기다리다 북에서 내려온 남자와 재가를 해서 낳은 동생들이에요. 그러니까 저와는 완전히 씨가 다른 동생들이지요."

"그래도 동생은 동생 아닙니까. 핏줄이 이어진 동생이요."

"그렇긴 하지만 호적이 다르니까 결국에는 남이나 마찬가지에요."

순이의 설명에 조기는 이해가 안 된다는 듯이 고개를 갸웃거렸다. 조기는 아마도 영채로부터 순이에 대한 정보를 미리 들었었을까? 충격적인 말을 듣고도 놀라지는 않으면서 그런 말은 더이상 듣고 싶지 않다는 듯, 자리를 털고 일어서며 말했다.

"자. 이제는 일어납시다. 갈 데가 있어요."

"어디요?"

"가보면 알아요. 따라오기나 하세요."

명령조다. 그러나 순이에게 이런 일은 늘 있던 일이었으므로 순이는 조기가 시키는 대로 따랐다. 이번에도 조기가 앞장을 섰고 순이는 조기의 뒤만 따랐다. 산을 내려간 조기는 곧장 시내쪽으로 발을 옮겼다. 골목을 지나 어느 큰 기와집으로 들어섰다. 대문 안에는 대궐처럼 커다란 기와집이 번듯하게 자리 잡고 있었지만, 조기의 발길은 거기로 향하지 않았다. 오래전에 지어진 양반집인 게 분명했지만, 조기의 발길이 멈춘 곳은 큰 기와집의 마당 귀퉁이에 자리 잡고 있는 작은 초가 앞이었다. 양반집의 종이 기거하던 집 같았는데, 초라한 초가에는 방 하나와 부엌이 하나씩만 있었다. 그 앞에서 조기가 말했다.

"여기가 저의 집입니다."

무슨 자신감이 저리도 당당할까? 조금도 주눅이 들어있는 기색이 없어서 순이가 감탄을 하고 있는데, 초가의 방문이 열리면서 오십대의 키 작은 아낙이 문을 열고나오며 순이를 반갑게 맞이했다.

"어서 와요."

아낙은 순이의 손을 꼭 잡으면서 활짝 웃었다. 손이 잡힌 채 어두컴컴한 방으로 인도되었는데, 처음에는 도무지 아무 것도 보이지 않았다. 그러다 한참을 서 있으려니 차츰 시선이 밝아지면서 방 안의 물건들이 보였다. 방 안 구석에는 한 명의 남자가 우뚝하니 서있어서 순이는 형인가 생각하는데, 조기가 소개를 했다.

"제 친구입니다."

그 말에 순이는 공손히 머리 숙여 인사를 했다.

"안녕하세요?"

그러자 남자는 자기의 통성명도 하지 않고 그저 굽실 고개 숙여 인사를 보냈다. 이름도 성도 모르는 의문의 남자였다. 그를 보며 순이는 조금 이상하게 느꼈다. 이 사람은 뭐야? 왜 여기에 있지? 선을 봐달라며 이 사람에게 부탁을 했나? 그런 생각이 들자 순이는 기분이 조금 잡쳤다. 그 후 조기는 남자친구에 대한 소개는 더 이상 하지도 않으면서 남자친구는 내내 순이의 일거수일투족을 살피고만 있었다. 인사가 끝나고 자리에 앉자 조기어머니는 밖으로 나갔다가 사과가 서너 개 든 바구니를 안고 들어왔다. 자리에 앉아서 부엌칼로 사과껍질을 벗기려는데, 조기가 순이를 쳐다보며 명령했다.

"이 일을 어머니에게 계속 시킬 거야? 어서 사과를 깎아 봐요."

순이가 피식 웃고는 아낙에게 말했다.

"제가 깎을게요. 이리 주세요."

순이는 조기 어머니로부터 바구니를 받아 앞에 놓았다. 사과껍질을 벗기려는데 손이 마구 떨려 칼질이 자꾸만 빗나갔다. 왜 이러지? 긴장한 탓인가? 왜 이리 손이 마구 떨려? 손이 떨리자 순이의 콧등에서는 땀까지 솟아났다. 순이의 떨림을 본 조기 어머니가 미소를 지으며 칼과 사과바구니를 빼앗았다. 자기 앞으로 당겨놓으며 말했다.

"이리 줘요. 내가 깎지."

그러자 세 사람은 재미있다는 듯이 한바탕 웃어 제쳤고, 조기가 순이에게 물었다.

"떨려?"

그 물음에 순이는 대답도 못하면서 얼굴만 붉혔다. 그러면서 자책을 했다. 나는 바보다. 별것도 아닌 사람들 앞에서 왜 사과껍질도 못 벗기는 거야? 그리고 사과를 먹었지만, 사과가 코로 들어갔는지 입으로 들어갔는지 알 수 없었다. 얼마동안의 시간을 보낸 다음 조기는 순이와 친구를 데리고 동네에 있는 미니골프장으로 갔다. 거기에서 조기는 순이에게 골프 치는 법을 가르쳐 주었다. 순이는 조기가 시키는 대로 공을 쳤을 뿐인데, 공은 칠 때마다 명중해서 구멍 속으로 쏙쏙 들어갔다. 그것을 본 조기가 순이에게 칭찬을 아끼지 않았다.

"골프 치는 소질은 있나보네. 이러다간 내가 지겠어."

조기와 순이가 재미나게 놀고 있는 사이에도 조기 친구는 멀찍이 서서 순이의 행동거지를 살피고만 있었다. 순이의 일거수일투족을 하나도 빼놓지 않으려는 속셈으로 진지했다. 그러는 것이 순이는 기분 나빴다. 저 사람은 같이 놀지도 않으면서 왜 자꾸 나를 살피는 거야? 마치 감시를 당하고 있는 느낌이 들어서 불쾌했다. 도대체 나로부터 무슨 흠을 잡아서 어쩌겠다는 것이지?

집에 돌아온 순이는 고삼 때 교장선생님의 마지막 교훈을 떠올려보았다. 너희들은 말이다. 배우자를 고를 때는 이렇게 해야 한다. 첫째는 건강부터 봐야 되는데, 사람의 최고는 건강이다. 건강해야 일도 잘 할 수 있어. 그 다음에는 글씨체를 봐야 된다. 남자는 글씨를 잘 써야 성공도 할 수 있거든. 글씨체가 바른 사람이 정직하니까. 그런데 조기는 건강해 보였고 글씨체도 좋았다. 만나고 헤어진 후에 곧 집으로 편지가 왔는데, 글씨체가 아주 예뻤다. 거기에다 엄마가 제일 싫어하는 맏아들이나 외아들도 아니다. 이제 마음 놓고 교제를 해도 되겠지. 했는데, 조기는 그때부터 일주일에 한 번씩 꼭꼭 편지를 써서 보내는 열정도 잃지 않았다. 편지를 본 엄마가 순이에게 따져 물었다.

"계집애가 말이다. 집구석에 가만히 처박혀 있다가 중신해 주는 곳으로 시집이나 갈 일이지 이게 뭐냐? 뭔 연애질이야 연애질이. 그 사람 대학은 나왔냐?"

학벌부터 물었다. 엄마는 초등학교 문전에도 가보지 않았으면서 아는 것도 많았다.

"아뇨. 고등학교를 졸업하고 군대에 다녀왔어요. 지금은 형하고 삼촌이 함께 대학을 다니고 있는데, 둘 다 내년에 졸업한데요. 형과 삼촌이 대학을 졸업하면 그때나 대학에 들어간대요. 한꺼번에 세 사람 등록금 대기는 힘들다면서요."

"형제가 몇 명인데?"

"위로 형이 하나 있어요. 식구도 단촐해요."

엄마와 대화를 나누고 있는데 바로 밑 여동생이 들어와서 알려준다.

"언니. 밖에 어떤 남자가 와서 언니를 찾아. 빨리 나가 봐."

순이가 놀라면서 물었다.

"누군데?"

"난 모르지. 키가 크던데. 신작로에서 기다리고 있어. 어서 나가 봐."

동생이 재촉했다. 동생의 말에 순이는 서둘러서 밖으로 나가 여기저기를 살펴보았다. 둘러보아도 보이지 않는다. 누가 나를 찾아왔다고 그래? 두리번거리다가 신작로 쪽의 가로수 밑을 보았다. 거기에 조기가 서있었는데, 베이지색의 바바리 코드자락을 바람에 휘날리고 있었다. 그 풍경이 얼마나 아름다운지 '부활'이란 영화에 나오는 주인공 남자 네휼류도프의 모습을 닮아 있었다. 순간 순이는 느꼈다. 그렇다면 나는 카츄샤? 풍경의 아름다움에 홀딱 반한 순이가 자신을 영화 속의 주인공으로 여기게 했다. 어쩐 일이야? 왜 찾아왔지? 순이가 조기 있는 곳으로 다가가자 조기는 곧 따라오라는 신호를 보내며 봉고차에 올랐다. 말도 없이 행하는 일인지라 순이는 어쩔 수 없이 봉고차에 올랐는데, 언제 뒤쫓아 왔는지 엄마가 봉고차에 올라타고 있었다. 봉고차는 버스 대신으로 시내를 오가는 교통수단인데, 한 차에 세 명이 탔지만, 서로는 모르는 사람들처럼 멀찍이서 외면을 했다. 오로지 관망만 했을 뿐인데, 그런 속에서 엄마의 눈초리는 매의 눈과 흡사했다. 매의 눈으로 조기의 일거수일투족을 자세히 살폈고 조기도 마찬가지였다. 엄마가 순이를 뒤따른 걸 보고서 순이의 엄마인 줄 알았을 터이지만, 조기는 눈치만 살필 뿐 가만히 있었다. 그때 봉고차가 갑자기 섰는데, 그 찰라 조기가 얼른 봉고에서 내렸다. 그 통에 순이도 얼른 따라 내렸고, 봉고차는 이내 출발해버렸다. 엄마가 따라서 내릴 말미도 주지 않았으므로 엄마는 그냥 따돌려졌다. 시내의 어느 찻집으로 들어간 조기가 순이에게 따져 물었다.

"편지를 여러 통 보냈는데, 왜 답장을 안 해?"

"여러 통을요? 한 통 밖에 못 받았는데?"

"그랬어? 그렇게 된 거였어?"

조기는 고개를 끄덕이며 뭔가 낌새를 챈 듯 싸늘한 인상을 나타냈다. 그날 이후 엄마는 날이면 날마다 순이를 들들 볶아댔다.

"이 멍청아. 대학도 나오지 못한 사람을 무엇 하러 만나고 다녀? 절대로 만나지 마. 절대로 안 돼. 알겠어?"

그러고 보니 조기에게도 잘못이 있는 것 같았다. 당당한 남자였다면 엄마가 순이 엄마인 줄 눈치를 챘으면 마땅히 앞으로 나서서 인사를 해야 옳았었다. 그런데 조기는 그러지 않았고 그 일이 엄마의 눈에 거슬렸을 것이다. 남자답지 못하다고 괘씸히 여겨진 탓에 불합격 점에 올랐을 것이다. 그리고 보니 엄마가 생각하는 순이 신랑감의 조건은 둘째나 셋째아들만은 아닌 모양이었다. 그래서 이번에는 대학을 들고 나왔다. 남자가 대학은 나와야 된다면서 우겨대기 시작했다. 하긴 중학교동기동창생 옥심이는 중학교만 나왔어도 대학 나온 남자와 결혼을 했다. 그런데 순이는 고등학교를 나와서 겨우 고등학교 나온 남자와 친하게 지내고 다닌다니 엄마의 심정은 백 번 이해가 갔다. 그러나 그런 것은 어쩔 수 없는 문제였다. 어찌된 영문인지 순이에게 들어오는 선 자리는 모두 다 고등학교를 졸업한 사람들뿐이니 어쩌겠는가. 그런 엄마의 반대를 물리치며 허구한 날 집구석에 틀어박혀 있는 일은 순이로서는 도무지 견딜 수 없는 지옥이었다. 그리하여 순이는 이 굴속 같은 집을 벗어나기 위해 한 꾀를 생각해냈다.

탈출시도

하루 이틀도 아니고 연일 계속되는 엄마의 성화와 의붓아비의 들들 볶임은 순이로 하여금 더 이상 버텨낼 수 없는 지경에까지 이르렀다. 새 옷을 사서 입어도 의붓아비는 눈꼴사납다며 나무랐다. 애 옷차림새가 저게 무어요? 단정하게 입고 다니지 못하고서. 어쩌다 유행하는 구두를 사서 신어도 의붓아비는 눈살을 찌푸리며 엄마를 나무랐다. 아 꼴이 저게 뭐요. 여자가 돼가지고서. 나무람을 직접 순이에게 하는 것이 아니고 그 사람은 날마다 순이 대신 엄마를 들들 볶아댔다. 그런 날엔 엄마가 한 술을 더 떴다. 계집애가 집구석에 가만히 처박혀 있지 못하고 왜 그리 빨빨거리고 돌아치면서 꼬리를 치고 다녀? 순이가 남자들 사냥이라도 하러 다니는 사람처럼 나무랐다. 그런 날에 순이는 곰곰 생각을 해봤다. 내가 무슨 꼬리를 치고 다녔다고 저러는 거야? 그러던 끝에 기억 속에서 한 조각을 찾아냈다.

하도 심심해서 군인극장에 영화를 보러 갔었다. 영화가 다 끝나고 집으로 돌아오는데 어떤 남자가 뒤를 쫓았다. 언뜻 돌아다보니 한 해 선배였다. 어찌어찌 피해서 따돌리긴 했었는데, 순이의 집까지 찾아왔었단다. 그런 사실에 대하여 엄마는 과장법까지 사용했다. 순이에게 부풀려서 닦달질을 해댔는데, 사소한 일들까지 사사건건 잔소리를 퍼부어대니 살맛까지 나지 않았다. 거기에다 더 보태어져서 조기의 일은 더욱 더 발악적인 수준이어서 순이는 밥맛도 없었다. 잔소리들 때문에 소화도 안 되면서 머리까지 지끈지끈 아파왔다. 이러다간 내명도 다 못 살면서 죽고 말지. 그러니까 내가 살려면 어서 이 집에서 벗어나야 돼. 그런데 어떻게 해야 벗어날 수 있지? 궁리하던 어느 날에 신문을 살폈다. 서울 광화문에 양재학원이 있는데, 학생모집광고가 나와 있었다. 고등학교는 졸업했지만, 딱히 취직할 곳도 없던 청년들을 위해 학원 쪽에서 손짓을 했다. 살펴보니 기숙사도 있었고 일본유학의 길도 열려있단다. 대단위 학원인 모양이었다. 여기나 가볼까? 그동안 엄마는 순이를 데리고 온 자식이라며 여러모로 괄시를 했었다. 집에서 입는 옷들은 모두 양공주들이 입다 버린 옷들을 주어다 주었고, 교복은 가장 싸구려 양복점에서 일그러지게 맞추어서 주었었는데, 교복을 입으면 꼽추처럼 등이 굽어보였다. 등 쪽이 불룩하니 튀어나와서 사람까지 병신처럼 망가트렸으므로 순이는 그것을 그냥 입을 수가 없었다. 그래서 엄마가 쓰던 재봉틀을 배워서 손수 교복을 해 입고 다녔었다. 그 덕에 엄마도 알 것이다. 순이에게 양재에 소질이 있다는 것쯤은. 딱히 옷을 만드는 일이 적성에 맞을는지는 몰라도 순이는 그쪽을 택했다. 이 동굴 같이 어두운 집을 벗어나려면 그 방법밖에는 다른 도리가 없었으므로 순이가 엄마에게 졸랐다.

"엄마, 나 서울에 있는 양재학원에 가고 싶어요. 거기로 보내줘요."

엄마가 물었다.

"거기 가면 어디에서 다니려고?"

"기숙사도 있어요. 잘하면 일본유학도 갈 수 있대요. 원장이 일본여자래요."

순이의 말이 끝나기가 무섭게 놀러 와서 앉아있던 합죽할멈이 쌍수를 들어 환영했다.

"너는 참으로 생각 한 번 기발하게 잘했다. 그게 최고다. 기술 배우는 게 최고야. 전쟁 통에도 그러더라. 재단사들은 가위 하나 들고 다니면서 밥도 굶지 않으면서 고생도 하지 않고 잘 살더라.

살아보니 사람은 말이다. 무슨 기술이든 기술이 있어야 된다. 어서 가라. 가서 기술을 배워."

합죽할멈은 마치 자기가 순이의 뒷바라지를 해줄 기세로 서둘러서 엄마를 부추겼다.

"애가 조르는데, 어서 보내요. 기술을 배운다잖아. 사람은 기술을 배워야 돼요. 그래야 희망 줄이 있어요."

합죽할멈의 부추김에 엄마는 하는 수 없다는 듯 승낙을 했다.

"그래. 그러면 가봐. 돈은 얼마나 드는데?"

하며 뒷바라지해줄 각오를 단단히 하였다. 엄마는 돈을 아주 잘 벌어서 재정이 튼튼했다. 함께 일하는 합죽할멈은 커다란 버스회사를 운영하다가 크게 교통사고를 당했단다. 그 바람에 그 많던 재산을 모두 날리고 지금은 엄마와 함께 양키물건 장사를 하고 있다. 양공주들이 밤새껏 미군들에게 아양을 떨어댄 끝에 미군들은 피엑스에서 미제물건들을 사오도록 한다. 그런 다음 그 물건들을 중간상인인 엄마나 합죽할멈에게 싸게 팔아넘겼다. 양공주들로부터 양키물건들을 싼 값에 사들인 엄마와 합죽할멈은 시내로 나가서 시장에다 비싼 값으로 판다. 거기서 나는 차액은 모두 수중에 들어갔는데, 수입이 아주 짭짤했다. 그 번 돈으로 엄마는 모두 모아서 부동산을 사들이거나 집을 넓혔다. 방을 열두 칸으로 늘여 거기에서도 수입을 보았는데, 그 많은 돈들이 엄마를 풍족하게 해주었다. 엄마는 초등학교 문전에도 못 가봤지만, 머리가 좋아서 야학으로 국문을 뗐고 돈 버는 수단도 대단했다. 왜정시대를 겪는 동안 가난에 찌들었던 어린 시절이 흡

혈귀처럼 돈을 빨아들이는데 일조를 했는데, 그런 중에서도 엄마는 일본유학에 대한 꿈은 있었던 모양이었다. 순이가 말한 일본유학이라는 단어에 귀가 더 솔깃했을는지도 모를 일이다. 거기에다 합죽할멈까지 거들어서 순이의 일은 거뜬하게 끝났다. 이제 굴속 같은 암흑의 집에서 벗어날 수 있게 되었다.

1965년 3월이었다. 순이는 가벼운 마음으로 서울행 기차에 올랐는데, 서울에는 이번이 처음은 아니었다. 세 번째 가는 길인데, 첫 번째는 의붓아비가 식구들을 모두 데리고 창경원에서 벌어진 과학박람회를 참석했을 때였다. 그리고 두 번째는 대학시험을 치루기 위해서였고 이번은 세 번째였다. 그런 탓에 순이는 서울의 지리는 어지간히 꿰고 있었다. 청량리에서 내려 전차를 타고 광화문으로 향했다. 양재학원은 광화문로타리에 있었는데, 간판이 너무 커서 간판을 보고 단번에 쉽게 찾았다. 등록금을 내고 기숙사를 배정받았는데, 기숙사라는 곳은 세검정 산꼭대기에 줄지어 새로 지은 서양식 주택이었다. 박정희대통령이 새마을사업을 시작하면서 짓기 시작한 집들인데, 그 모양들이 다 똑같았다. 일정한 규격들로 크기도 똑같았다. 동네에는 양재학원의 원장인 명석축자가 살고 있었는데, 그 근처에 남의 집 방 하나를 세 얻어서 그것이 기숙사라고 했다.

방에는 순이 보다 한 발 먼저 온 광주여자가 있었는데, 순이보다 세 살이나 위였다. 이름은 혜자인데, 침례교회의 신자였다. 침례교 신자들은 새우젓이나 멸치젓 따위의 비린내 나는 생선이나 고기 따위는 절대로 입에도 대지 않아서 너무 불편했다. 거기에다 식수는 물장사에게 사먹어야 되었는데, 혜자는 물 값을 아끼려고 밤중에 일어나서 산꼭대기에 있는 물웅덩이를 찾아 나서곤 했다. 낮에는 사람들이 너무 많아서 줄을 서서 기다려야 했기 때문에 남들이 다 잠든 밤중에 일어나서 어둠을 헤치고 물웅덩이로 가야만 되었다. 낮 동안에 다 퍼간 물은 밤이 되면서 다시 많게 물이 고여 있기 때문이었다. 그러노라면 잠을 자다가 일어나서 어둠을 헤치고 산속으로 들어가야 되었으므로 여간 불편한 게 아니었다. 그런 불편함이 싫은 순이는 고민 끝에 알아보니 냉천동에도 기숙사가 있다는 것을 알았다. 그래서 순이는 곧장 이사장에게 부탁을 했다.

"이사장님. 저를 냉천동기숙사로 옮겨주세요."

그러자 이사장은 곧 순이의 부탁을 들어주었다. 냉천동기숙사에는 재미있는 이야기 거리를 가지고 있는 집이었다. 일본여자인 원장이 자서전을 써서 책을 발간했었는데, 틈새를 노린 영화감독이 영화로 만들었단다. 그런데 영화는 인기를 얻지 못해서 망했고 영화사 사장은 가지고 있던 집을 원고료로 원장에게 인세로 주었단다. 그 집을 원장 남편 이사장은 기숙사로 사용하고 있단다. 위치는 서대문 밖 낮은 산 초엽에 있어서 수돗물은 잘 나왔고 사는 데는 불편함이 없었다. 생활이 안정되자 순이는 조기에게 편지를 보냈다. 그러자 조기로부터 답장이 날아왔고 순이는 또 답장을 보냈다. 그러노라 글을 써보지 않던 순이가 편지를 자주 쓰려하니 어떤 때는 무슨 말을 써야 될는지 글귀들이 생각나지 않을 때도 있었다. 그렇게 되면 순이는 이 책 저책 여러 가지 책들을 뒤져가며 좋은 문구를 따서 답장 속에 집어넣곤 하였다. 그러던 끝에 조기로부터 만나자는 편지가 왔다. 서울에서. 조기가 알려준 장소에 나가자 조기가 말했다.

"오늘 어디 갈 곳이 있어."

"어디요?"

"인천."

"인천에는 뭐 하러 가요?"

"가보면 알아."

"그래도 알고는 가야지요."

"실은 형하고 삼촌이 인천대학 기숙사에 있거든. 제대를 했으니까 인사차 가는 길인데, 함께 가자고."

"거길 내가 왜 가요. 싫어요. 혼자 다녀와요."

"이참에 함께 가서 인사를 하는 편이 좋지 않아? 나 혼자 가면 심심하니까 친구도 돼 줄 겸 인천구경도 하고. 인천엔 가봤어?"

"아뇨."

"그럼 같이 가자고. 바람도 쐴 겸. 남자기숙사는 어떻게 생겼는지 궁금하지 않아?"

"궁금하죠."

"그러니까 같이 가."

조기의 부추김에 밀렸고, 휴일을 맞아 특별히 할 일도 없던 차에 순이는 서슴없이 따라나섰다. 버스를 타고 인천에서 내려 걸어 대학 내로 갔다. 영채는 대학에 들어가서 기숙사에 있을 적의 일을 자주 자랑삼아 순이에게 말을 했었다. 기숙사에는 이층침

대가 있단다. 난방은 들어왔지만 시간제로 주기 때문에 겨울에
는 너무 추워서 못살겠더라. 생각해 보니, 좋은 내 집 놔두고 그
게 무슨 생고생이냐? 고생을 돈 주고 사서하는 격이라서 난 대
학을 그만뒀다. 물론 영채는 공부 따위는 안중에도 없었다. 적성
에도 맞지 않았거니와 취미마저 없었는데 그저 올케의 우격다
짐으로 등록을 했기 때문에 하는 수 없이 겨우 한 학기만 다니고
는 그만두었다. 영채의 말을 들은 순이는 기숙사라는 곳이 본래
이층침대가 있는 줄로만 알았었다. 그런데 양재학원의 기숙사는
모두 일반주택이어서 너무나도 실망이 컸다. 더군다나 냉천동의
한옥은 아궁이에 연탄불을 땔 수 있어서 여느 가정집과 같아서
좋았다. 그런데 남자기숙사는 과연 어떻게 생겼을까 궁금해졌
다. 지방대학의 교정은 아주 넓으면서도 한산했는데, 그곳을 걸
으며 조기가 순이를 놀려댔다.

"겁 안나?"

"무엇이 겁나요?"

"여자 혼자서 말이야. 남자들 기숙사에 가는데, 겁도 없이 따
라오고 있잖아. 얼굴색도 하나 붉히지도 않네. 참으로 당돌해.
남자는 말이야. 여자기숙사에는 아예 근처에도 못 가거든. 감히
들어가 볼 생각도 못하는데 아무렇지도 않은 기색이네."

그런 핀잔에 순이가 히쭉하니 웃으며 대답했다.

"겁날 게 뭐가 있어요. 남자들도 다 똑같은 사람들인데. 잡아
먹기라도 하나요?"

말이 끝나는 동시에 기숙사의 경비실 앞에 당도했다. 조기는

경비에게 면회신청을 했고 조금 있으려니 조기의 형과 삼촌이 나타나서 반겼다. 그리고 조기의 옆에 서있는 순이를 보더니 놀랐다.

"뭐야? 네 여자 친구냐?"

"예. 그런데요. 인사해. 이쪽은 형이고 이쪽은 삼촌이야."

조기가 각각 가리키면서 인사를 하라고 권했다. 그래서 순이는 고분고분 인사를 했다.

"안녕하세요?"

순이가 고개까지 숙여가며 인사를 보내자 형이 앞장 서며 말했다.

"따라 오시죠."

두 사람은 곧 앞장을 서서 건물 안으로 들어갔고, 자기들이 기거하는 방으로 조기와 순이를 안내했다. 순이는 내내 조기의 뒤를 따랐는데, 들어가 보니 방에는 이층침대가 두 개 벽 쪽으로 붙여서 놓여있었다. 가운데에는 통로였으므로 의자에 앉으니 양옆으로 침대가 놓인 꼴이 되었다. 이층의 침대가 두 개니까 한 방에는 네 사람이 기거하고 있는 셈이었다. 가운데에 있는 의자에 앉아 벽 쪽을 보니 여자배우들의 나체사진들이 줄줄이 붙어 있었다. 그걸 본 순이가 그제야 부끄러움이 몰려왔다. 자신의 나체를 들킨 것 같은 부끄러움이 치솟으면서 얼굴도 붉어졌다. 공부하는 학생들이라서 순수하게 공부만 하는 줄 알았는데, 그게 아니었다. 이들은 하라는 공부는 하지 않고 멋지게 잘빠진 여배우들의 나체사진들만 쳐다보는 모양이었다. 그런 생각을 하고 있는데, 소문이 퍼졌는지 순이의 주위에 남자들이 벌떼처럼 몰려들었다.

순이가 이곳을 구경하기 위해 온 것이 아니라 구경거리가 되기 위해 온 것 같았다. 남학생들 울타리 속에 갇힌 원숭이 꼴이 된 순이가 기분이 잡쳤다. 여자 구경을 처음 하는 사람들 같았다. 이런 곳을 조기는 무슨 생각으로 데려온 걸까? 조기의 생각은 이랬을 거였다. 이 여자를 내 여자로 삼으려는데 어떠세요? 괜찮을까요? 좀 봐 주세요. 질문식의 검열 같았다. 많은 사람들에게 상품으로 내놓고 평가를 받은 후에 정하려는 의도였는가? 그 후 조기는 삼촌과 형으로부터 어떤 승낙을 얻어냈는지는 모르겠다. 기숙사를 나온 다음 조기는 곧장 순이를 데리고 남산으로 향했다. 산책길을 걸어서 올라 가다가 배가 고프다며 중국집으로 들어갔다. 초라한 중국집이었는데, 조기는 자장면을 시켜놓고 순이에게 약속을 권했다.

"나는 말이야. 전에 말했듯이 형과 삼촌이 대학을 졸업해야 그 다음에 대학에 갈 수 있어. 그리고 형과 삼촌은 내년에 졸업하니까, 내가 대학을 나와 직장을 잡으려면 아마도 앞으로 오 년은 족히 걸릴 것이야. 그 오 년을 기다려 줄 수 있어?"

조기는 아주 심각한 어조로 말하면서 순이의 대답을 기다렸다.

"알았어요. 그렇게 할게요."

순이는 고개를 끄덕이며 쉽게 약속했다. 금년이 열아홉 살이니까 오 년이 지나야 스물네 살밖에 안 된다. 그동안이야 별일 없을 것이고 기꺼이 기다려줄 수도 있다. 특별히 다른 계획이 있

는 것도 아니어서 순이는 흔쾌히 새끼손가락을 걸었다. 그때가
되면 결혼하기에도 아주 적당한 나이가 될 것이니까. 그렇게 약
속을 한 뒤에 조기는 일주일에 한 통씩 꼭꼭 편지를 써서 보냈
다. 순이 역시도 본래 문장력은 없었지만, 자꾸만 편지를 쓰다
보니 문장력도 늘어났다. 그러던 어느 날 기회가 생겨서 만났는
데, 조기가 이런 말을 순이에게 했다.

"소설을 써보지 그래."

"뭐요? 소설이요? 내가 무슨 소설씩이나?"

그 말에 순이는 고개를 갸웃거렸다. 조기는 왜 나에게 그런 말
을 하는 것이었지? 나의 사연들이 그를 귀찮게 했나? 더 이상 듣
고 싶지 않아서 그런 말을 무의식 중에 했을까?

뒷조사

순이가 양재학원에 다니고 있는 사실을 어쩌면 조기가 영채에
게 말했을 것이다. 순이가 영채에게 그런 말을 한 적은 없는데,
어느 날 영채와 영채언니가 순이를 찾아왔다. 영채언니는 양재
동의 말죽거리 농사꾼 집으로 시집을 갔다는데, 모습은 도꼴에
서 살적보다 더 촌티가 줄줄 흘렀다. 꽤나 고생스러운 몰골이었
다. 농지에서 일만 하던 행색으로 나타나서는 자기가 직접 농사
지은 것이라며 오이 세 개와 호박 하나, 가지 두 개를 순이에게
주고 갔다. 그 후 얼마 지나지 않아 여름이 되었고 홍수가 났다.

갑작스레 번개가 하늘에서 번쩍거리며 불빛을 발하더니 우르릉 꽝하고 벼락을 때려댔다. 그것은 삽시간의 일이었다. 그 소리에 놀란 정애가 아궁이 속의 연탄불을 갈기 위해 꺼내다가 놀라면서 달구어진 불집게를 마당에 내던져버리는 소동이 일어났다. 쇠를 들고 있다가 벼락에 맞아 죽을까봐 두려웠던 모양이었다. 연이어 천둥이 우르릉 꽈당 울더니만, 시커먼 구름떼가 몰려들면서 소나기를 퍼붓기 시작했다. 눈 깜짝 할 사이에 쏟아진 소나기의 양은 감당도 안 될 정도였는데, 양동이로 퍼붓듯이 내린 빗물들이 산 위에서 모여 한꺼번에 아래로 내리흘렀다. 빗물들은 곧 합세를 해서 한옥의 골목 뒤로 들이닥치자 사람이 다니는 길은 물길로 변했다. 그리고 그 물들은 부엌은 물론이려니와 아궁이 속과 마당까지 물바다로 만들어버렸다. 불을 땔 수도 없게 된 방에는 곰팡이들이 득실거려대서 곰팡이 냄새가 코를 찔렀다. 냄새 때문에 견딜 수가 없어지자 순이는 또 고민에 빠졌다. 여기도 사람 살 곳은 못되는구나. 어떻게 해야 되지? 그런 생각을 하고 있는데. 전주에서 올라온 미경이가 먼저 불평을 토로했다.

"이런 데서 어떻게 살란 말이야. 나는 절대로 못 살아."

"그러면 어떻게 하려고?"

순이가 궁금해서 물었다.

"이참에 다른 학원으로 갈 거야."

미경이의 말에 모두들 미경이의 입을 쳐다보면서 의아해 했다. 미경이는 순이 보다 한 해 먼저 들어온 탓에 학원가의 소식을 빠삭하게 알고 있었다. 순이가 또 묻자 미경이는 차근차근 설명을 해주었다.

"어디에 좋은 곳이 있어?"

"이번에 이사장하고 조숙 선생하고 큰 싸움이 벌어졌었어. 초급반 학생들이야 뭐 원장 이름만 보고 들어왔지만, 사실 원장은 실력이 없거든. 그래서 그냥 기초6개월 과정만 맡았고, 정작 연구반을 맡고 있는 조숙 선생이 진짜 기술자예요. 그래서 아는 사람들은 모두 조숙 선생을 보고 몰려드는데, 학생이 많으면 보수도 그만치 올라가야 되잖아. 그런데 구두쇠 이사장이 돈은 움켜쥘 줄만 알았지 쓸 줄은 모른데요. 사실 원장도 자서전을 써서 이름만 날렸을 뿐이고 기술은 전혀 없잖아. 그런 조건들을 가지고 이사장의 수단으로 이용하는 것이야. 자기 부인이야 함께 사니까 그렇다지만, 조숙 선생은 다르잖아. 남인데, 그만한 가치도 인정을 해줘야지. 조숙 선생이 얼마나 잘 가르치는데. 그 선생님한테 배운 학생들은 모두 특출 난 기술자들이 됐대요. 옷맵시가 아주 예쁘게 나오거든. 실력으로 치면 조숙 선생이 우리나라에서는 최고인데, 학생이 많아지면 월급도 올려줘야 되잖아. 그런데 한 푼도 올려주지 않고 그대로래. 그래서 싸웠대요. 이사장은 본래 구두쇠인데다가 억척이고 수단가이거든."

순이가 들어보니 미경이의 말은 옳은 것 같았다. 기왕 돈을 들여서 배워야 되는 일이라면 실력이 좋은 선생님을 따라가는 게 원칙이다. 원장은 실력도 없으면서 이름뿐이라면 더 이상 이곳에 머물 필요는 없다. 이참에 차라리 조숙 선생님에게로 옮겨가는 게 좋지 않을까? 허우대만 좋은 것 보다는 실속이 더 중요할 것이다. 거기에다 요즘에는 일본과의 국교가 비틀어져서 일본유학의 길도 포기해야 될 지경에 이르렀다. 국가에서는 지난 삼십육 년간의 식민지생활의 착취에 대한 보상을 요구했지만, 일본 측에서는 그것을 거절한 탓에 당분간은 일본유학 따위는 엄두도 못 낼 지경에 이르러서 순이가 미경에게 물었다.

"학원 위치는 어딘데?"

"여기서 아주 가깝지. 종로5가야. 기숙사도 얻어 준다더라."

"그렇다면 우리도 거기로 옮겨가자."

순이가 옆에 있던 재숙이와 정애를 부추겼다. 미경이도 선동했다.

"가고 싶으면 어서들 같이 가. 이참에 함께 가면 더 좋지."

미경이의 권고에 재숙이와 정애가 대답했다.

"언니가 가면 우리도 같이 가자."

재숙이와 정애는 순이의 한 해 후배였고 한꺼번에 따르기로 작정을 했다. 그동안에 순이는 일본유학이 목적이어서 학원에서 가르치고 있는 일본어교육까지 열심히 받았었지만, 이젠 물거품이 되어버려서 그만 두기로 작정했다. 차라리 일본유학을 가지 못할 바에는 기술이나 잘 배우자는 속셈이었으므로 셋은 미경이가 가르쳐 준대로 찾아서 종로5가로 갔다. 조숙양재학원이라는 간판을 발견하고 안으로 들어가니, 조숙 선생이 반겼다. 주위를 돌아보니 모두 나이 든 아주머니들뿐이었다. 이들은 명칭보다는 실속을 택한 사람들이었는데, 햇병아리 같은 싱싱한 처녀 셋이 나타나자 학원에는 활기가 생겨났다. 앞날의 희망이 보이는 것 같은 생각이 든 모양이었다. 조숙 원장은 돈까지 내주면서 기숙사를 얻으라 하였고, 셋은 합의를 본 다음 회기동의 기찻길 바로 앞에 전세방을 얻었다.

회기동의 전세방은 기억 자 집의 끝 방이었다. 기찻길과 마주하고 있었는데, 기차가 지나갈 적마다 선반위에 얹어놓은 물건들이 떨어지는 일은 예사였다. 셋이 사는 방 바로 옆에는 마루가 있었고, 마루 건너에는 주인 내외와 아이들이 살고 있는 방 두 개가 기억 자로 꺾인 곳에 위치해 있었다. 연이어 부엌 바로 옆에는 또 하나의 방이 있었는데, 거기에는 세 명의 남자형제들이 세 들어 있었다. 그러니까 순이네가 기거할 방에서 문을 열면 비스듬하긴 했지만, 남자 삼형제가 기거하는 방 안까지는 얼핏 들여다볼 수도 있었다. 어떤 때는 빤히 들여다보일 정도여서 호기심 많은 세 처녀는 그들 구경에 한창 열을 올렸다. 창호지 바른 문에 손가락 하나로 작은 구멍을 뚫어놓고는 날마다 차례로 돌아가면서 그들의 동정을 살폈다. 야, 형이 바가지에 쌀을 들고 나온다. 밥을 하려나 봐. 둘째는 세수를 하고 있네. 왜 아직까지 막내는 안보여? 아직도 안 일어났나? 대부분 그런 종류의 중계였다. 일상으로 보면 그 일은 하나도 우습지 않았지만, 젊은 혈기의 처녀들에게는 그런 것들까지 웃음거리가 되었다. 셋은 번갈아가며 문구멍을 내다보며 그때그때의 상황들을 중계하고는 우습지도 않은 일들을 가지고서 깔깔깔 웃어 제켰다. 웃는 소리가 커질라하면 주인아줌마가 와서 어이없다는 표정으로 따라 웃으면서 감탄까지 했다. 무엇이 그리 재미가 있어? 하긴 그 나이에는 소똥이 굴러가는 것만 봐도 웃을 때니까. 암튼 싸우면서 지지고 볶는 것보다는 낫네. 하면서 돌아가곤 했다. 처음에 이사를 와서는 기차 길 바로 아래인지라 기차 지나가는 소리 때문에 시끄러워서 잠까지 설쳤지만, 나중에는 그런 시끄러운 소리도 아주 익숙해져서 기차가 언제 지나갔는지도 모르는 날이 많아졌다. 그래서 사람은 어디에서든 살기 마련인 모양이었다. 별일도 아닌 것들을 보거나 듣기만 해도 웃어 제키니, 웃음 속에는 행복이라는 단어가 스멀스멀 피어오르기 시작했다. 아울러 마음이 맞은 사람들과 어울려서 함께 산다는 일은 얼마나 행복하면서도 즐거운 일인지도 알게 되었다. 깔깔 거리며 웃는 일이야말로 진정한 행복의 지름길이란 것을.

길을 지나노라면 길가에 포도 한 무더기를 놓고 파는 노파에게 포도 한 뭉텅이를 사서 단번에 모두 먹어치우는 식성까지 발휘하니 날로 살이 붙어갔다. 거기에다 집이 주문진인 정애의 집에서는 수시로 마른 오징어와 곶감들을 보내줬고, 원주가 고향인 재숙이네 집에서는 김장철에 재숙아버지가 김치를 많이 날라다줘서 겨울 내내 잘 먹었다. 안집에서도 객지로 나온 처녀들이라며 김치와 몇몇 가지의 반찬들을 주었는데, 비록 여러 가지 반찬은 없었지만 밥솥단지채로 상위에 올려놓고 김치·버터·고추장만 넣고 쓱쓱 비벼먹는 맛이란 진정한 꿀맛이었다. 의붓아비 밑에서는 밥을 먹을 때마다 반복되는 잔소리로 인해 순이는 매일 소화가 안 되어서 머리가 지근지근 아팠었는데, 여기에서는 그런 증세가 깨끗이 사라졌다. 웃으며 먹는 족족 소화가 잘되니 마음도 평안해졌고 하루하루가 즐겁기만 했다. 그런 나날을 보내고 있는데, 영채가 순이를 찾아와서 자랑을 했다.

"순이야. 나도 양재학원에 등록했다."

그 말에 순이가 고개를 갸웃거리며 물었다.

"무엇하러? 넌 이 방면으론 소질이나 취미도 없잖아."

"그냥. 집에서 놀기가 너무 심심해서."

영채의 말은 간단했다. 그러나 속내는 다른 것 같다는 생각이 얼핏 순이의 뇌리를 스쳐 지나가면서 조금 기분이 나빠졌다. 영채는 왜 관심조차 없던 양재학원에 비싼 돈까지 주면서 등록했을까? 대학도 상과로 진학했었는데 말이다. 아무래도 수상해. 조기는 그랬었다. 순이가 자신의 불우한 처지를 고하자 그런 구질구질한 소리들이 듣기 싫어였는지 한마디로 내 질렀었다. 소설이나 써보지 그래. 그 말의 뜻이 무엇일까? 순이는 곰곰 생각에 사로잡혀 있었다. 그러니까 나의 구질구질한 사연은 더 이상 듣고 싶지 않다는 말이었을 것이다. 구질구질한 사연들을 남에게 털어내지 말고 소설로나 써보라는 뜻이 아니었겠는가. 그런 조기가 순이에게 기다려달라는 약속을 해 놓고서 마음이 놓이지 않으니까 아마도 영채를 밀사로 보냈는지도 모른다. 그런 생각이 들자 순이는 기분이 잡쳤다. 조기로부터 무슨 감시의 명령을 받고 나타난 사람 같아 보였기 때문이었다. 옆에서 순이가 무슨 짓을 하면서 살아가는지 잘 지켜봐달라는 의미였나? 굳이 그럴 필요는 없는데, 느닷없이 나타난 영채가 순이에게는 약간의 부담으로 다가오면서 의심부터 들었다. 영채가 차라리 신부 수업을 위해 요리를 배워보겠다면 몰라도 양재는 취미가 아닌 기술양성의 길이기 때문이었다. 직업적으로 나가는 길인데, 취미도 없고 소질도 없으면서 거기에다가 관심까지 없는 일에 등록을 했다니 고개가 갸웃거려지지 않을 수 없었다. 그런데 공교롭게도 영채가 놀러 온 날, 기숙사에는 순이의 많은 친구들이 몰려와 있었다. 그들 중에는 육사생도를 애인으로 둔 또 다른 영채도 있어서 재숙이가 놀려댔다.

"언니는 영채들의 친구네. 나영채, 김영채, 그리고 또 있잖아. 권영채."

듣고 보니 정말 그래서 순이 자신도 놀랐다.

"정말 그렇구나."

고개를 끄덕이며 생각해 보니 과연 그러했다. 순간 말을 바꾸어서 논산여고 출신인 정희가 제안을 했다.

"야. 우리 이렇게 멍청하니 서로 바라보고만 있지 말고 막걸리나 마시자."

"그래, 그거 좋겠다."

누군가 찬성을 하자 정애가 달려가서 막걸리를 사왔다. 막걸리를 마시려는데 나영채가 제안을 했다.

"야, 이걸 써서 어떻게 마시냐. 설탕을 타서 마시자."

"그래. 그렇게 하자."

막걸리의 맛도 모르던 친구들인지라 그렇게 합의를 보았고, 영채의 말대로 막걸리에다 설탕을 타서 마셨다. 달착지근하면서 맛이 몹시 좋았지만, 막걸리에다 설탕을 타서 마시자 갑자기 취기가 뱅 돌면서 온몸 속으로 퍼져나갔다. 머리가 뱅뱅 돌아가자 정애가 혀 꼬부라진 소리를 내며 통곡해대기 시작했다. 손바닥으로 방바닥까지 쳐대며 일행을 향해 삿대질을 곁들여서 소리쳤다.

"야, 너희들은 내 친구 맞느냐? 친구라는 것들이 내 맘을 알기나 하냐고? 알지도 못하는 것들이 무슨 친구야. 지금 내 속이 얼마나 타들어가고 있는지 알기나 하냐고. 난 정말로 지금 너무 속이 상해서 죽을 지경이란 말이다. 알겠어?"

정애는 가슴을 쥐어뜯어가며 몸부림을 쳐댔다. 순이가 물었다.

"무엇이 그리 속상한지 말을 해야 알잖아. 말은 하지도 않고 혼자 끙끙 거리는데 우리가 무슨 재주로 네 맘속을 알겠냐? 열 길 물속은 알아도 한 길 사람 속은 모른다는 말도 있잖아. 그러니까 말을 해봐. 말을 해야 우리도 알 거 아냐."

그때서야 정애는 자초지종을 털어냈다.

"난 말이다. 우리 주영선생님을 몹시 사랑한다고. 아주 지극정성으로 사랑하고 있단 말이야. 그런데 주영선생님이 군대로 갔고, 광화문에서 복무를 하고 있어서 나도 양재학원으로 왔단 말이다. 내가 뭐 바느질하는 게 좋아서 온 줄 아냐? 천만의 말씀이야. 주영선생님과 더 가까이에 있고 싶어서 왔단 말이야. 그런데 이게 뭐냐? 반년이 지나고 일 년이 가까워 가는데도 선생님 얼굴은 한 번도 못 봤잖아. 그러니 내 속이 얼마나 탔겠냐고."

정애는 설명을 하면서 주먹으로 가슴을 툭툭 때렸다. 엉겁결에 선배가 된 순이는 아끼고 사랑하는 후배정애가 아프다는 말에 마음이 아파서 재차 물었다.

"야, 네가 말하는 주영이란 놈은 대체 어디쯤에 있는데? 주소가 어디야?"

"그렇게 놈이라고 함부로 말하지 마. 나의 선생님이라고. 가정교사선생님. 내 언니의 동기동창생."

정애는 말의 말미에 힘까지 주었다. 그래서 순이는 자세히 설명을 해주었다.

"어디에 있는지 알고 있으면 면회를 가야잖아. 찾아서 가보지는 않고 왜 그리 끌탕만 하고 있어? 면회 갔었는데, 만나주지도 않든? 그 알량한 가정교사에게 네 마음을 솔직하게 고백했는데도 너를 못 본 척 한단 말이야?"

"그건 아니고 이건 순전히 나 혼자만의 짝사랑일 뿐이야. 우리 선생님은 내가 이렇게 속이 타는 줄도 몰라. 그래서 내 속은 더 탄단 말이야."

"그렇다면 네가 그렇게 많이 사랑하고 있다는 걸 알려줬어야지. 알려주지도 않았는데, 그 사람이 어떻게 알 수 있겠냐? 그 선생이 어디에 있다고?"

"광화문방첩대에 있어. 거기 가서 면회신청을 하면 나와."

주정할 때와는 달리 정애는 술이 확 깨었는지 조근 조근 자세히 설명을 해주었다. 주소와 방법까지 알려주었으므로 순이가 대답했다.

"알았다. 그럼 우리가 대사로 나갈 거다. 가서 네 속마음을 알려주고 확답까지 받아올 것이니까 기다리고 있어라."

처녀들 일행은 모두 막걸리가 안겨준 취기에 이끌려서 몸을 비틀거리며 광화문의 방첩대로 향했다. 버스를 두 번 씩이나 갈아타고 가서 면회신청을 했다. 주영이 나타나더니 떼로 몰려온 처녀들을 보며 눈이 휘둥그레져서 물었다.

"무슨 일들이시죠?"

순이가 대표로 나서서 말했다.

"정애를 아시죠? 백정애?"

"예, 압니다."

"정애를 사랑하시나요?"

그 물음에 주영이 버럭 소리를 질렀다.

"누가 그래요? 아뇨. 절대로. 그럴 리는 없습니다. 정애는 제 여자 친구의 동생일 뿐입니다. 그 뿐이에요. 그 이상은 아무 것도 아닙니다."

"정애에 대해 아무런 감정도 없으시고요?"

"물론입니다. 제가 정애에게 뭐 어쨌다고들 이러세요? 정애와 나는 제자와 선생일 뿐, 그 이상도 이하도 아닙니다. 다른 일은 아무 일도 없습니다."

"정애는 댁을 무진장 사랑한다고 하던데, 왜 그쪽은 정애를 사랑하지 않으시죠?"

"그런 생각 따윈 한 번도 해본 적이 없습니다. 상상도 안했어요. 그러니까 그건 어디까지나 정애 마음의 문제일 뿐이지 저와는 아무런 상관도 없는 일입니다. 그렇게 아시고 어서 돌아들 가십시오. 저는 바쁘니까 이만 들어가 보겠습니다."

냉정히 말하고 주영은 부대 안으로 사라져 버렸다. 술 취한 정애에게 농락당한 기분이 된 일행들은 어이가 없어져서 모두들 한바탕 투덜거렸다.

"정애. 저 멍청이는 말이야. 저 혼자서 짝사랑을 하며 끌탕만 하고 있었네. 이게 뭐야. 우리만 망신당했잖아."

민망해진 일행들은 불평을 해대면서 기숙사로 돌아왔다. 정애에게 그 사실을 말하자 정애는 다음날 보따리를 싸들고 고향으로 내려갔다.

파도의 높이

다른 사람들보다도 눈썰미가 있던 순이는 손재주까지 있어서 습득하는 일은 무진장 빨랐다. 남들은 정장을 배우고 있을 때, 순이는 정장을 이미 다 마치고 코트를 손수 만들어서 입고 다녔다. 일행을 부추겨서 학원까지 옮기게 했던 미경이는 무슨 사연이 있었는지는 모르지만, 암튼 졸업도 하지 않고 고향 전주로 내려갔다. 아니나 다를까, 영채도 등록금을 낸 만큼만 겨우 다니더니 조용히 학원을 그만두고 도꼴로 내려가 버렸다.

끝까지 남아있던 사람은 재숙이와 순이 뿐이었다. 둘은 졸업을 한 뒤에 조숙 선생의 주선으로 취직을 했는데 순이는 미아리 버스종점에 있는 양장점의 양재사가 되었고, 재숙이는 회기양장점의 보조가 되었다. 양재사는 손님 맞기·재단·재봉·마무리 일까지 모두 해야 되는 그야말로 전문 기술자를 일컬었고, 보조는 양재사들이 일을 마치고 나면 나머지 잔심부름을 해주는 사람을 말했다. 그런데 순이가 가게 된 미아리의 버스종점에는 버스만 오가면서 먼지만 펄펄 날릴 뿐, 양장점을 찾아오는 손님은 한 사람도 없었다. 하루 종일 작은 공간에 앉아서 버스가 들락거리며 날리는 먼지만 뒤집어쓰고 있자니, 한심하기 짝 없어졌다. 거기에다 말벗까지 없으니 사는 일이 더 처량하게 느껴졌다. 언제까지 이런 식으로 혼자 앉아서 손님이 찾아오기만을 기다려야 되는 것일까? 생지옥 같은 일상의 하루하루가 조금씩 지쳐가게 되자 순이는 어쩔 수 없이 양장점을 그만두었다.

다시 갈 곳이 없어진 순이는 엄마 집으로 향했다. 집에 당도하자 엄마는 눈을 흘기면서 욕을 퍼부어댔다. 나갔으면 돌아오지나 말 일이지. 뭐 하러 다시 들어와. 그랬지만 순이는 하는 수 없었다. 달리 갈 곳이 없었으므로 그냥 욕을 먹으면서 버텨야만 되었다. 그냥 견뎌야만 돼. 그렇게 지내던 어느 날이었다. 화천의 오음리에 살고 있는 훈씨 처가 와서 순이를 꼬드겼다. 훈씨는 의붓아비의 친동생인데, 전쟁 때 형을 따라서 함께 월남한 사람이었다. 지금은 의붓아비가 결혼을 시켜주고 미군부대 식당의 주방장으로 오음리에서 살고 있었다. 그 나름대로 생활은 풍족하게 살고 있었다. 훈씨 처가 말했다.

"넌 말이다. 그리 좋은 기술을 배워가지고서 왜 집구석에 처박혀서 죽치고 지내냐? 기술을 배웠으면 써먹어야지."

"써먹을 곳이 없는데 어떻게 써먹어요?"

"나를 따라서 가자. 내가 취직을 시켜줄게."

훈씨 처의 말이 순이에게는 구세주 같이 들렸으므로 순이는 얼른 훈씨 처를 따라나섰다. 훈씨가 살고 있는 오음리로 말할 것 같으면. 월남으로 보내지는 군인들의 훈련장이 있는 곳이었다. 맹호부대가 미군들과 함께 훈련을 받고 있기 때문에 거기에는 미군부대도 있었는데, 훈씨 처는 자기 집으로 가기 전에 먼저 미장원으로 갔다. 미용사는 홀어머니를 모셔야 되는 처지여서 시집도 못간 처녀였는데, 차려놓은 미장원이 잘되자 이번에는 미장원 옆에 있는 빈 가게를 빌려 양장점을 차릴 궁리를 했던 거였다. 거기로 가자 미용사가 순이를 반겼다. 아마 이들은 둘이 서로 약속이 되어있었던 것 같았다.

"어서 와요. 잘 왔어요. 서울서 좋은 기술을 배웠다면서 우리 함께 일해요."

싹싹하면서도 매우 친절한 언니였다. 그러나 미용사는 미용에 관한 일만 알 뿐, 양장의 일에 관해서는 아무 것도 몰랐다. 그래서 모든 일들을 순이에게 전적으로 맡겼고, 또 대우도 그에 걸맞게 지극정성으로 대해 주었다. 미용사언니는 삼시세끼를 따뜻한 밥으로 지어주었고, 돈 관리까지 알아서 하도록 맡겼으며 양공주들을 부추겨서 좋은 소문을 온 동리에 퍼트려주었다.

"우리 양장점에 옷을 맞추러 와요. 서울서 일류 양재사가 왔어."

그런 말에 홀린 양공주들은 다투어서 옷을 맞춰 입었다. 화천 시내까지 나가서 옷을 맞추자면 버스를 타고 나가야 되었고 비용도 만만치 않게 들었는데, 순이 양장점에서 맞추면, 말처럼 옷은 정말로 훌륭하도록 몸에 잘 맞았고 맵시도 좋았다. 보기에도 멋졌으므로 인기가 많아졌다. 역시 조숙 선생님의 가르침은 훌륭했다. 모두가 조숙 선생님의 덕분 같았다. 먼곳 화전시내까지 가지 않아도 되었으니 양공주들은 심심하면 옷을 맞춰 입었다. 석 달을 그렇게 분주히 보냈는데, 훈씨가 순이를 호출했다.

"부르셨어요?"

"그래. 내가 너를 불렀다. 너는 말이다. 부모가 없냐. 돈이 없냐. 왜 좋은 기술 가지고서 남의 밑에 가서 고용살이를 하고 있느냐?"

그 말은 순이가 의붓아비로부터 늘 듣던 말이었다. 그 말에 어이가 없어진 순이가 반박했다.

"제가 어디에 돈이 있어요? 돈이 없으니 남의 밑에서 일하지요."

그러자 훈씨가 썩 나섰다.

"돈은 내가 대주마. 너는 화천시내로 나가서 양장점을 운영해. 내가 차려줄 것이니 일단은 그 집에서 나와라. 알겠니?"

명령조였다. 하긴 순이가 오음리까지 오게 된 것도 순전히 훈씨 처의 덕분인지라 순이는 어쩔 수 없이 훈씨의 말에 복종했다. 같은 값이면 다홍치마라는 말도 있다. 이 촌구석에서 일을 하느니 화천시내면 더 좋을 것이다. 양장점으로 돌아온 순이가 미용사언니에게 그 말을 하자 미용사는 너무 서운해 했다. 정성껏 최고의 대우를 해주었는데, 훈씨가 그랬다니 어쩔 수 없는 모양이었다.

다음날이다. 훈씨가 순이를 데려간 곳은 화전시내의 경찰서 앞에 있는 양장점이었다. 자리도 좋았거니와 이미 터전을 잡고 있어서 달리 준비할 것도 없었다. 그냥 있는 것 가지고 일만 하면 되었다. 그리고 훈씨 처는 순이가 기거할 방까지 얻어주었다.

순이가 만들어내는 옷들은 모두 손님들의 마음에 꼭꼭 들었으므로 입소문은 순식간에 화천시내로 퍼져나갔다. 삽시간에 손님들이 줄을 이었으므로 그 많은 일감들을 혼자 감당하기에는 너무 벅찼다. 도저히 순이 혼자서는 감당이 안 되자 순이는 재숙이를 불러들였다. 그 즈음 재숙이는 회기양장점의 보조사를 그만두고 앞으로의 비전이 없다면서 다시 원주에 내려가 있었다. 순이의 부름에 재숙이가 반기며 찾아왔다.

"언니. 난, 월급 따윈 필요 없어. 안줘도 되니까 그냥 기술만 익히도록 해줘. 데리고만 있어 주면 돼."

재숙이는 순이와 동갑내기였지만, 고등학교의 후배인 탓에 꼬박꼬박 언니라고 부르면서 선배대접까지 해주었다. 아울러 순이도 그랬다. 재숙이로부터 선배대접을 받으니 어른인 척을 해야만 되었다. 거기에다 회기동의 기숙사에서 오 개월이나 한 방에서 기숙했던 탓에 서로 간 스스럼도 없었다. 그리하여 순이는 일의 분담으로 순이자신은 손님을 받으면서 재단과 마무리를 맡았고, 재숙이는 재봉 일만 하도록 배려를 해주었다. 그랬지만, 재숙이는 일손이 곰 떠서 미쳐 순이를 따라잡지 못했다. 일감들이 너무 많이 밀리면서 어떤 때는 밤을 새우는 날이 많아졌다. 그렇게 한 달 보름이 지난 어느 날이었다. 중년남자가 들어오더니 벽에 걸린 천들을 마구 흔들어대면서 악까지 써댔다. 그의 행동에 놀란 순이가 물었다.

"왜 이러세요? 대체 무슨 일이세요?"

"아니, 남의 양장점을 월부로 샀으면 월부 돈을 줘야 되는 거 아니요? 벌써 한 달이 지나고 보름을 더 기다려도 감감무소식이 니 이러지. 왜 돈은 안주는 거요? 어서 돈을 내놔요. 빨리 내 돈 을 내놓으라고."

그 말에 어이가 없어진 순이가 물었다.

"이 양장점을 월부로 샀다고요? 월부로 파셨단 말입니까? 그 런 것도 있어요?"

"그래요. 그것도 몰랐어요? 보아하니 일감이 많아져서 양장점 이 잘 된다는 소문도 났던데, 빨리 내 돈이나 내놔요. 어서."

"몰랐네요. 그런데 왜 월부로 사요?"

"내가 그런 것까지 어떻게 알아요, 그건 그쪽 사정이지. 암튼 어서 돈을 내놔요. 어서 돈을 내놓으라고."

언성은 더욱 더 높아졌다. 하도 보채는 통에 순이는 훈씨에게 전화를 걸어서 물었다.

"작은아버지. 이 양장점을 월부로 사셨어요?"

"그래."

"왜요?"

"왜라니. 돈이 없으니 그랬지. 그런 것도 모르냐? 지금 나는 바 쁘니까 이만 전화를 끊어라."

하고는 전화를 뚝 끊어버렸다. 순이는 하는 수 없이 그동안에 먹는 것과 쓰는 것까지 아껴 푼푼이 모은 돈을 모두 탈탈 털어서 중년남자에게 넘겨주었다. 돈을 받은 중년남자가 가면서 엄포까지 쳤다.

"다음 달에는 절대로 날짜를 넘기지 말아요. 제 날짜에 맞춰서 딱딱 돈을 내놓으라고요. 알겠어요?"

중년남자에게 그동안에 피땀처럼 모아둔 돈을 다 빼앗기고 나니 순이는 허탈감에 빠지고 말았다. 세상에 이럴 수는 없다. 믿는 도끼에 발등 찍힌다는 말처럼 자기의 돈은 한 푼도 둘이지 않고서 주인 행세를 하려 드는 훈씨가 사람처럼 보이지 않았다. 양장점을 사줄 것처럼 큰소리치더니만 겨우 월부로 사서 순이에게 갚으라는 식으로 나왔다. 결과적으로 자기의 돈은 한 푼도 들이지 않고 양장점의 주인이 되려는 수작이 아니고 무엇이랴. 그러니까 불쌍한 순이를 이용해 먹자는 수작이 아니고 무엇이랴. 의붓아비도 그랬었다. 작은 집에서 잘 있는 순이에게 공부를 시켜준다고 꼬드겨서 중학교를 보내놓았다. 처음에는 의붓딸이라고 책도 헌 것, 옷도 헌 옷, 학비는 작은아버지의 빈민증명서를 받아다가 반값만 냈다. 그래놓고서 순이가 성인이 되기 전 열일곱 살 때 순이 명의의 재산을 팔아오도록 엄마에게 강요했었다. 그래놓고서 그 판돈으로 자기 앞으로 땅을 샀다. 이런 짓들이 도둑질이 아니고 무엇이랴. 그런데 훈씨도 똑같은 방법을 사용하고 있었다. 한 푼의 돈도 들이지 않고서 순이의 노동력을 가로챌 심산이었던 것이다. 가까운 친척이라 여겼는데, 역시 남이었다. 그런 괘씸한 마음으로 시름에 쌓여 있는데, 조기가 순이를 찾아왔다. 이런 기분이 잡쳐있는 와중에 무슨 일로 조기가 찾아온 것일까? 순이는 그게 궁금했다. 대체 나에게 무슨 볼 일이 있어서 여기까지 찾아와? 일을 하느라 너무 바빴지만, 순이는 일을 멈추고 손님대접을 위해 조기를 데리고 화천강가로 나갔다.

화천 강은 바다처럼 넓었다. 잔잔한 물결이 한없이 수평선으로 펼쳐있어서 끝은 까마득하게 보였다. 그 먼 곳으로부터 밤이 되면, 확성기를 통해 노래가 흘러나왔었다. 아~ 아~, 나는 좌리. 노래의 제목은 알 수 없었지만, 그렇게 외쳐대는 어느 남자가수의 목소리가 순이의 귓속으로 쏙쏙 들어와서 박히곤 했다. 순이는 속 타는 가슴의 답답함을 그 남자가수가 노래로 대신해서 불러주는 것 같아서 너무 좋았다. 호소하는 목소리가 심금을 울려주면 순이의 마음은 강 상류로 치달았다. 강의 상류에는 댐이 있다. 1944년, 일본의 총독부에서 수도권에 있는 군수공장전력을 공급하기 위해 이곳에 댐을 만들었고, 고인 물로 발전기를 돌려 전기를 생산해냈기 때문에 대붕호라 이름을 붙였단다. 그런데 1955년 11월18일에 한국의 초대대통령 승만이 6사단 방문을 기념해서 파라호라고 개명을 했단다. 파라호란 의미는 오랑캐를 물리쳤다는 것인데, 1951년 5월 14일부터 25일까지 42일 동안 이곳 화천의 대이리 북한강변 461도로에서는 한국의 6사단 일개 소대가 퇴각하던 중공군과 치열한 전투 끝에 중공군을 물리쳤다는 의미란다. 이때 퇴각하던 중공군들은 호수를 헤엄쳐 달아나다가 이만 오천 명이 물에 빠져죽었고, 일개 대대가 생포된 장소다. 그 중공군들이 순이의 아버지를 북으로 납채해 간 장본인들이다. 그런 전설의 물을 바라보고 있는데, 조기가 순이에게 말했다.

"눈 좀 감아 봐."

"왜요?"

"글쎄. 어서."

순이는 조기가 시키는 대로 눈을 감았는데, 감각으로 느껴졌다. 조기의 손이 잔잔히 떨리고 있었다. 그리고 잠시 후에 조기는 순이의 손가락에 반지를 끼워주며 말했다.

"자, 이제 됐으니 눈을 떠봐."

순이가 눈을 뜨니 과연 반지였다. 금이었는데, 얇고 가벼운 것을 보니 반 돈 같다. 돈 없는 조기가 성의껏 돈을 모아서 장만해 온 것 같았다.

"이게 뭐예요?"

"생일선물이야."

"생일?"

"오늘이 순이 생일이잖아."

그러고 보니 순이는 이제껏 생일이라고 누려본 적이 없었다. 늘 사는 게 바빴고 또 천덕꾸러기여서 누가 생일을 차려주는 일도 없었다. 더군다나 엄마는 순이의 생일 따위는 염두에도 없어서 순이의 생일날에 호박죽을 끓인 적도 있었는데 조기는 순이의 생일을 잊지 않고 챙겨주고 있다. 참으로 고마운 일이다. 그런데 생일선물치고는 좀 이상했다. 웬 반지야? 반지로 말할 것 같으면 '너는 내 사람이야.'라는 징표가 아니던가. 그런 선물을 갑자기 받자 순이는 불편한 감정이 생겼다. 아직은 아닌데, 왜 이리 서두를까? 순이는 분명히 영채에게 말했었다. 그냥 만나보는 거다. 더 이상은 아니야. 그 말을 영채가 조기에게 전하지 않은 모양이다. 그리고 또 있다. 남산의 중국집에서 오 년을 기다려 달라는 조기의 청에 그러마고 응했을 뿐인데, 조기는 순이에게 반지를 끼워준다. 생일선물이라며.

양장점에 돌아오니 낯선 남자가 재숙에게 시비를 걸고 있었다. 그것을 본 조기가 남자에게 대들었다. 순식간에 두 남자는 치고 박을 정도의 기세로 다툼질을 벌이기 시작했다. 순이가 옆에서 보기에는 별스런 일 같지도 않은데, 저들은 왜 싸움까지 벌이는 것이지? 이러다 큰 싸움이라도 나면 어쩌지? 걱정을 하는데, 언제 싸웠느냔 듯이 두 사람은 악수까지 나누며 화해를 해버렸다. 도대체 남자의 심리들이란 알 수가 없었다. 저리 쉽게 화해할 일을 왜 싸우는 것이지? 쌈닭들인가?

밤이 깊어졌다. 순이는 재숙이와 함께 자던 방을 조기에게 내주었다. 손님이므로 손님대접을 해야 되었기 때문이었다. 그런 다음 재숙이와 순이는 양장점의 재단대 위에서 부둥켜안고 자는 둥 마는 둥 밤을 보냈다. 다음 날에 조기는 일찍 떠나갔지만, 순이는 조기의 행동이 이해되지 않았다. 왜 반지를 벌써 준 것이지? 족쇄인가?

며칠 후였다. 순이는 양장점에서 사용할 천들을 사려고 서울로 가야만 되었다. 가는 길에 창경원 구경도 하자며 훈씨 처와 재숙이가 동행을 했다. 동대문시장에서 천을 사기 전에 셋은 창경원으로 갔는데, 순이는 거기에서 조기를 불러냈다. 그동안에 조기는 원주에 머물다가 형과 삼촌이 졸업한 뒤에 야간대학에 들어갔고 낮에는 직장에 나간다고 했다. 넷이서 함께 사진을 찍으며 즐겁게 노는데 조기가 순이의 위아래를 살피며 한마디 던졌다.

"살이 너무 많이 쪘어."

그 말에 순이는 약간 조기에 대하여 실망을 했다. 이 사람은 겉모양에 대해 꽤나 신경을 쓰고 있구나. 순이는 일을 하느라 자신이 살찐 것도 몰랐었는데, 조기의 말을 듣고서야 살이 쪄 있다는 것을 알게 되었다. 사람은 자기 스스로는 볼 수 없다. 그래서 거울이 필요한 거다. 아니면 사진을 찍어서 살피지 않으면 자신의 모습을 알 수가 없었는데, 조기가 알려주었다. 아마도 조기는 살찐 여자를 싫어하는 모양이다. 그 말에다 조기는 또 한마디를 덧붙였다.

"내가 고삼 때였어. 수학여행을 가다가 버스가 굴러서 병원에 입원한 적이 있었거든. 그때 간호사가 나에게 얼마나 잘해 주었는지 몰라. 아직도 생생해."

그 말을 왜 조기는 순이에게 하는 것일까? 구태여 하지 않아도 될 말인데, 서슴없이 하고 있다. 이게 무슨 의미인가? 앞으로 자기에게 잘 해 달라는 식의 당부일까? 거기에다 또 덧붙여서 주절거렸다.

"사는 게 너무 고달프고 괴로워서 근무가 끝나면 술을 마셔. 얼마나 혼자서 퍼마셨는지 정신까지 잃어버릴 정도로 마셨는데, 집은 어떻게 잘 찾아갔는지 모르겠어. 아침에 잠에서 깨어나 정신을 차리고 눈을 떠보면 울타리 안에 쓰러져서 자고 있는 거야. 안집에 미안해서 초인종 누르기가 싫으니까 담을 타넘은 다음에 정신을 잃고 그냥 거기에 쓰러져서 잠을 자고 있었거든."

그 말에 순이는 고개를 갸웃거렸다. 술이라면 순이는 진저리가 났다. 작은아버지도 술주정뱅이였고 의붓아비도 술주정을 그리 많이 했었는데. 조기도 그러는 모양이었다. 조기는 일없이 그렇게 주절거리는 말마다 순이의 가슴을 콕콕 찔러서 기분을 잡치게 만들었다. 괜히 불러냈나? 이런 상황이 마음에 맞지 않다는 말인가? 그러니 날보고 어쩌라고? 대체 무슨 의미들이야? 생일선물이라며 순이에게 반지를 주더니, 그에 대한 대가를 바라는 것인가? 순이는 그랬다. 조기로부터 다른 여자와 비교되는 것도 싫었고, 작은아버지처럼 인사불성이 되도록 술을 마시는 것도 싫었다. 그리고 남들이 다하는 고생을 힘들다면서 괴로워한다면 생활력에도 문제가 있어 보였다.

결단의 순간

양장점에 새 천들을 많이 사다가 진열해놓으니, 손님들은 밀물처럼 몰려들어서 일감들은 산처럼 늘어났다. 그런데 재숙이는 열심히 쉬지 않고 재봉질을 해댔지만, 굼뜬 솜씨인지라 일처리를 빨리 빨리 해내지를 못하였다. 순이가 하는 일에 비해 재봉일이 자꾸 밀리게 되자 순이는 한 가지 방법을 생각해 냈다. 엄마

집에는 쓰지도 않는 재봉틀이 두 개나 있다. 그것을 하나 가져오면 순이도 시간여유가 생길 때마다 짬짬이 박음질을 도와주면 일은 더 빨라질 수 있을 것이다. 그런 생각으로 훈씨 처에게 말했다.

"작은엄마. 엄마 집에 가면 재봉틀이 두 개 있어요. 한 개만 달라고 해서 가져오세요."

그러자 역마살이 끼어서 돌아다니기를 즐겨하는 훈씨 처가 대답했다.

"그래? 그러면 좋지 뭐. 내가 얼른 다녀올게."

얼씨구 좋다하는 마음으로 곧장 원주로 달려가더니만 이내 재봉틀을 가지고 와서는 그랬다.

"네 엄마가 말이다. 지난달이 산달이었단다. 한 달이 지나도 아기가 나오지 않고 있대. 아마 산 구완해 줄 사람이 없어서 그런 가 봐."

순이가 물었다.

"외할머니는요?"

엄마가 양키물건장사를 하는 내내 외할머니는 엄마 집에서 엄마의 일을 도와주었었다. 사실 여자가 하는 일은 그랬다. 누군가 대신해서 집안 살림을 해주지 않으면 돈벌이는 불가했는데, 엄마는 그걸 이용하고 있었다. 가난한 친정어머니를 집에 불러다 놓고 부려먹었는데, 하는 일이란 주로 아이들 보는 일과 집안 살림살이를 모두 외할머니에게 맡겨놓고서 장사에만 몰두했었다.

"네 외할머니는 치매가 와서 작은아들네로 갔대."

"그럼. 작은엄마가 산바라지를 해주고 오지 그랬어요."

그러자 훈씨 처가 버럭 화를 냈다.

"여기 일은 어쩌고? 내가 그럴 여유가 어디에 있냐?"

순간 순이의 마음속에서 잠자고 있던 억하심정이 치솟아 올라 더 이상 참을 수가 없어졌다.

"여기에서 작은엄마가 하는 일이 뭔데요? 그냥 놀고 있잖아. 자기 집으로 갔다가 또 여기로 왔다가 그것도 일이에요? 그리고 엄마는 남도 아니잖아요. 작은엄마의 형님이고 결혼식까지 올려 준 부모와 같은 사람인데, 그런 것도 못해줘요? 내가 지금 작은 엄마네 일을 해주고 있잖아요."

"이게 왜 내 일이냐. 우리 일도 되고 네 일도 되지."

"이게 어째서 내 일이예요? 명의가 작은아버지 앞으로 되어 있잖아요. 그리고 이 가게는 왜 월부로 샀어요?"

"돈이 없는데 그럼 어떻게 하냐. 그렇게라도 해야지."

"돈이 없으면 살 생각일랑은 하지 말든지. 돈도 없으면서 왜 있는 척을 했어요? 그래가지고 잘 있는 나를 빼내다가 이 따위 고생을 시키느냐 말이에요. 무엇 때문에 월부로 사서 나만 괴롭혀요. 결국 이게 뭐야. 나를 이용해서 꿩도 먹고 알도 먹자는 수작이잖아. 그렇게 하려면 적어도 당신은 내 엄마의 산바라지 정도는 해줘야지. 안 그래? 당신들이 그 따위로 구는데, 내가 미쳤다고 당신들을 위해서 돈을 벌어주고 있어야 되겠느냐고. 뭐? 양장점을 두 개 만들어서 나란히 이웃하고 살자고? 남의 노동을 착취해서 배불리자는 수작은 꿈도 꾸지 말아요. 떡 줄 사람은 생각하지도 않는데, 김칫국부터 마시는 형국이잖아. 난 그렇게는 못해. 아니, 안 해. 그 따위의 더러운 속셈을 가진 당신들을 위해서 내가 희생물이 되라고? 절대로 그러지는 않겠어. 이제 난 갈 것이니까 그리 알아요."

순이가 하던 일을 내팽개치면서 일어서자 훈씨 처가 대들었다.

"돈은 너만 버냐? 재숙이도 일하고 나도 일하잖아."

"작은엄마가 지금 여기서 무슨 일을 하고 있다는 거야? 왔다 갔다 그게 무슨 일이야. 노는 것이지. 그러니까 앞으로는 당신이 다 알아서 일을 해. 난, 더 이상은 하지 않겠어."

"이 가게의 월부 값을 다 갚은 다음에 두 개로 만들어서 하나는 네가 갖고 하나는 내가 가지면 되잖아. 넌 앞으로 결혼도 할 거잖아. 남자도 왔다갔다며?

훈씨 처는 순이의 정곡을 찔렀다. 아마도 재숙이가 훈씨 처에게 고해바친 모양이었다. 그래서 순이가 한마디 던졌다.

"그 사람하고 내가 결혼을 하든 말든 거기까지 작은엄마가 참견할 일은 아니에요. 암튼 나는 이런 고생은 더 이상 하지 않을 것이니까 그리 아세요. 작은엄마가 엄마의 산 구완을 해주기 싫다고 하니, 내가 가서 할 겁니다."

순이는 가방을 싸들고 밖으로 나왔다. 얼마 되지 않은 짧은 기간이었지만, 참으로 지긋지긋한 날들이었다고 생각되었다. 뼈골이 빠지도록 잠도 제대로 못자면서 먹는 것까지 아껴가면서 죽어라 일한 결과는 이것이었다. 번 돈들은 모두 가게를 판 주인이 생기는 족족 나타나서 싹 쓸어가 버렸으니 말이다. 그런 식의 깨진 독에 물붓기식 일이 순이에게는 지칠 대로 지쳐버리게 만들었다. 월부 값을 갚느라 밥도 제대로 못 먹으면서 수제비로 끼니를 때우곤 하던 일들을 생각하면 화가 났고 그 화를 참으려니 얼굴에는 여드름 꽃들이 만개하게 되었다.

가는 날이 장날

늦가을인지라 화천에서 원주로 향하는 자동차도로의 양 옆에는 농가의 농토들이 줄지어 있었는데, 벼 베기가 거의 끝나가고 있었다. 텅 빈 논바닥의 군데군데에는 볏단들이 높게 쌓여있었는데, 그런 것들은 보며 순이는 이제 겨울이 코앞에 다가섰음을 알게 되었다. 버스에서 내려 엄마 집에 당도하니, 엄마는 타작 중이었다. 만삭의 몸으로 뒤뚱거리다가 순이를 보더니만, 모처럼 반겼다.

"네가 어쩐 일이냐?"

"엄마 산달이 지났는데도 아기가 나오지 않는다고 해서 산구완 해주러 왔어요."

말하는 순간 하늘에서는 눈이 펄펄 날리기 시작했다. 눈 내리는 걸 보며 엄마는 타작하는 일들을 남들에게 맡기면서 거기를 나오며 순이에게 말했다.

"가자."

엄마와 함께 집으로 왔는데, 그날 밤에 엄마는 또 딸을 낳았다. 순이 아래로 아들이 있었지만, 그 애는 전쟁 때 열병에 걸려서 죽었다. 그 후 아들 바라기의 엄마는 아들이 없다는 핑계로 순이를 버리고 재가해서 딸 셋을 줄줄이 낳았다. 그러다가 의붓아비가 바람을 피우는 통에 샘이 났는지, 아니면 일이 잘되려 해서였는지는 몰라도 의붓아비 상대의 여자는 딸을 낳았고 다행히 엄마는 아들을 낳아서 가정의 풍파는 면했다. 그랬으면 됐지 욕심 많은 엄마는 아들을 하나 더 낳으려고 낳았는데 또 딸이었다. 하지만 순이는 명색이 엄마의 산바라지를 하러 왔기 때문에 밤사이 엄마로부터 쏟아져 나온 많은 피 빨래들을 해야만 되었다. 큰 다라에 담아서 개울로 나가보니 개울물은 모두 꽁꽁 얼어붙어 있었다. 돌로 얼음을 깬 다음에 물에 손을 넣어보니 얼음장 같았다. 너무 차가 와서 손도 담글 수 없었다. 겨울눈이 내린데다 바람까지 차갑게 불어서 더 추웠지만, 일껏 가지고 간 빨래들을 그냥 가지고 올 수는 없었다. 찬 물에 빨래를 하는데 손가락들이 떨어져 나갈 정도로 아팠다. 시리던 끝에는 아리기까지 해서 손톱들이 빠져나가는 줄 알았다.

스물한 살 된 순이는 이런 일이 처음인지라 힘겨웠지만, 흐르는 눈물을 꾹꾹 삼켜가면서 빨래를 다했다. 몸속으로는 찬 기운이 몰려들면서 눈물로 변해 흘렀지만, 이를 꼭 물면서 참아야만 되었다. 이 일은 누가 하라고 해서 한 일도 아니고 순이 스스로가 자청한 일이었기 때문이었다. 눈물을 머금고 아픔을 참아가며 집으로 돌아와서 손을 녹이기 위해 엄마 방으로 들어갔다. 엄마의 방은 산후조리를 위해 불을 많이 땠기 때문에 지글지글 끓었다. 순이는 엄마가 누워있는 이불 아래에 손을 디밀었다. 언 손을 녹이려는데, 얼어있던 피부가 갑자기 부풀어 오르기 시작했다. 얼얼해지면서, 따끔거려 순이는 어쩔 수 없이 손을 이불속에 디밀었다 뺐다 하는데, 엄마의 잔소리가 시작되었다.

"그러니까 내가 뭐랬어. 집구석에 가만히 처박혀 있다가 시집이나 가면 오죽이나 좋아? 되지도 않는 일을 하느라고 여기저기로 쏘다니며 헛고생질만 해대지. 멍청이 같으니라고."

들고 보니 엄마의 말은 틀리지 않았지만 일이 그렇게 꼬여가는 것을 순이로서도 어쩔 수 없어하는 순간이었다. 엄마의 그 같은 말은 순이가 순이 자신에게 하고 싶었던 말이지만, 그런 말을 엄마로부터 듣는 다는 게 영 마음이 편치 않아서 순이는 은근히 화가 치솟았다. 순이가 그러는데도 다 이유는 있었다. 이 모든 일이 다 엄마 때문이 아닌가. 그런데 엄마는 자신의 잘못은 모르고 마냥 순이 탓만 돌리고 있어서 속으로 곪아있던 순이의 마음 상처를 엄마가 건드린 꼴이 되고 말았다. 결국 상처가 터트려지면서 화로 변해 순이는 악을 썼다.

"내가 왜 멍청이야? 그러는 엄마가 더 멍청이지."

"내가 무얼 어쨌다고?"

"엄마는 자신이 벌여놓고서도 무엇이 잘못된 지도 몰라? 그러니까 엄마가 더 멍청이야."

"내가 무얼?"

"그것도 몰라? 엄마는 왜 내 명의의 재산을 다 팔아다가 남의 명의로 해놓았잖아? 그래도 되는 거야? 그게 멍청이가 아니고 뭐야?"

느닷없이 재산타령을 하는 통에 엄마는 잠시 머뭇거리다가 대꾸했다.

"재산? 그게 왜 네 재산이냐? 내 재산이지."

"그 재산이 어떻게 엄마 재산이야? 엄마 명의로 되어있었어? 내 명의의 재산이었잖아. 그게 어떻게 엄마 재산이냔 말이야. 딸의 재산을 가로채서 새남편에게 빼앗긴 여자가 멍청이가 아니고 뭐야? 그 재산은 엄연히 내 할아버지의 재산이었고, 내 명의의 땅들이었다고. 그리고 엄마는 왜 자기의 새남편에게 날보고 자꾸만 아버지라 부르라고 강요를 해? 그 사람이 내 아버지야? 내 아버지는 따로 있잖아. 엄마의 새남편이 나와 무슨 상관이야? 남이잖아. 그 따위로 일을 해놓고도 잘났다고 큰소리를 쳐? 내가 그냥 당신들에게 당하고만 있을 줄 알았어? 천만의 말씀이야. 내가 꼭 내 재산을 찾고 말거야."

순이의 악다구니질에 엄마는 한참동안 생각에 잠기더니 입을 열었다.

"그래서 지금까지 너를 먹이고 입히면서 학교도 보내줬잖아."

"먹이고 입히면서 학교에 보내준 거? 그런 것은 고아원에 갖다 넣었어도 국가에서 다 해줘. 그게 무슨 자랑이라고 떠들어대? 고아원에서도 해주는 일을 가지고 엄마가 돼서 그 정도도 못해줘? 내가 더 억울한 것은 내가 학교 다닐 적에 엄마는 나에게 도시락 한 번 싸준 일이 없다는 거야. 그래서 나는 하루에 두 끼만 먹고 살았단 말이야. 알아? 그뿐인 줄 알아? 교복과 책들은

모두 남이 쓰던 헌 것들을 반값으로 사서 주었고, 학비는 작은아
버지 빈민증서를 받아다가 반값만 주었잖아. 교복은 또 어땠고?
가장 싸구려 천으로 솜씨도 없는 양복점에서 맞춰줘서 내가 다
시 다 고쳐 입고 다녔어. 그뿐인 줄 알아? 책가방도 싸구려 남자
가방을 사줬잖아. 학교에서 돌아오면 어떻게 했어? 등에는 곧장
애들을 업혀 놓아서 공부할 시간도 없었잖아. 그래놓고서 무엇
을 잘했다는 거야? 그게 엄마라는 사람이 나에게 할 짓이냐고.
그렇게 거지취급을 해놓고서도 생색을 내면서 돈까지 채 가? 그
러니까 엄마는 틀림없는 멍청이야. 알아?"

　순이는 내부로부터 솟구치는 대로 악을 써댔다. 그에 할 말을
잃은 엄마가 엉엉 소리를 내어 울기 시작했다. 그때였다. 현관문
이 열리면서 의붓아비의 말소리가 들려왔다.

　"무슨 일이요? 왜 이리들 시끄럽소?"

　의붓아비가 방문을 열자 엄마의 얼굴은 순식간에 퉁퉁 부어
올랐다. 아기를 낳은 바로 뒤에 받은 충격 탓이리라. 순이는 얼
른 자리를 박차고 일어나서 밖으로 나갔다. 엄마가 괜스레 순이
의 속을 박박 긁어대니 순이도 그렇게 할 수밖에 없었다. 그동안
참고 참아왔던 울분들이 화로 변해 화풀이를 해버렸던 거다. 한
바탕 악을 써대고 밖으로 나가니 막상 갈 곳이 없어졌다. 엄마의
산바라지를 해준다고 와서는 엄마와 싸움만 벌였다. 이제 나는
어디로 가야 되지? 갈 곳을 잃은 순이는 하늘만 쳐다보았다. 눈
에서는 쉬지 않고 눈물이 흘러내려서 앞을 가로막았다. 세상 어
디에서도 순이를 오라며 손짓하는 곳은 한 군데도 없었기 때문

이었다. 그래서 순이는 결심을 했다. 내 재산을 모두 찾자. 이제는 엄마도 작은아버지도 다 소용이 없다. 내 것을 찾아 나도 나의 새로운 삶을 살아야 한다. 그런 생각이 머릿속을 꽉 채웠다. 어쨌거나 내 몫의 땅은 찾아야 돼. 앞으론 절대로 남에게 당하고만 있진 않을 것이다. 순이는 서서 이를 갈면서 조기에게 전화를 했다. 그동안 조기는 서울생활이 견딜 수 없었음인지 모든 걸 포기하고 집에 내려와 있다가 전화를 받았다.

"나, 지금 원주로 왔어요."

"원주 어디에?"

"하지만 인제에 가려고요."

"거기는 왜?"

"내 땅을 찾아야겠어요. 다녀올 것이니까 그리 알라고요."

순이는 그랬다. 한 군데 조용히 머물러 있지를 못하니까 주소가 자꾸 변경되었는데, 조기는 줄기장창 편지를 써 보냈기 때문에 받은 편지보다는 못 받는 편지들이 자주 발생했었다. 그것의 예방책으로 조기에게는 더 이상 화천에 있지 않으니까 그곳으로 편지를 보내지 말라는 의도였다. 그런데 조기가 그랬다.

"아니. 그러지 마. 내가 같이 가줄게. 여자 혼자서 어딜 간다고 그래? 내가 동행할 테니까 어디서 만나지? 그래. 그게 좋겠군. 버스정거장에서 기다려. 내가 곧 갈게."

전화를 끊고 곧 버스정거장에 갔는데, 조기가 먼저 와서 기다리고 있다. 순이는 버스에 올라앉아서 화천에서의 일과 엄마와 싸운 과정을 자세하도록 조기에게 설명하며 다짐까지 했다.

"내 재산을 꼭 찾아야겠어요."

"……."

버스는 달리고 달려 오후에야 인제에 도착을 했다. 둘은 곧장 등기소로 향했고 직원에게 부탁을 해서 할아버지 명의로 된 재산의 등기부등본을 모두 찾아냈다. 참으로 엄청난 분량이었다. 두꺼운 등기부등본 다섯 권 거의가 다 할아버지 명의의 땅들이었는데, 그 많은 재산을 순이는 손도 한 번 못 대보고서 모두 작은아버지와 엄마에게 빼앗긴 거였다. 엄마가 재가를 하고 초등학교 다닐 때는 교과서도 없이 다녔고, 중 고등학교 때는 남들이 쓰다버린 것들을 반값에 사서 가난하게 공부를 했었다. 그런데 자라나서 알고 보니 엄마와 작은아버지가 모두 가로챘던 거였다. 순이 아버지는 장남이었고, 당시에는 장남에게만 상속권이 있었기 때문에 할아버지의 모든 재산은 아버지에게로 옮겨와야 옳았다. 그런데 아버지가 행방불명된 상태에서 엄마는 북쪽에서 내려온 새 남자를 만났는데, 그들은 가호적을 만들어서 살았기 때문에 엄마는 이중의 호적을 소지하게 되었다.

그렇게 몇 년을 보내다가 순이가 성인이 되기 전에 작은아버지와 엄마는 합세를 해서 아버지의 사망신고를 했고 그로 인해 순이에게 넘어오게 된 순이 명의의 재산을 모두 팔아서 둘이 나눠가졌다. 그것은 순이가 미성년자였기 때문에 가능했었다. 몇 년 만 더 있다가 아버지의 사망신고를 했어도 이런 일은 일어나지 않았을 것이었지만, 두 사람은 그러지 않았다. 그런 사실이 순이는 너무나도 괘씸했다. 엄마의 이중 호적을 정리하게 위해 아버지의 사망신고를 했더라도 재산에만은 손을 대지 말았어야 했다. 그 뒤 엄마는 순이 몫의 돈을 작은아버지로부터 받아다가 땅을 샀는데, 그 명의를 의붓아비 앞으로 해놓았으니 순이로서는 얼마나 억울한 일인가. 그 일이 너무나도 억울해서 순이는 밤마다 이불을 머리끝까지 뒤집어쓰고 숨죽여 울곤 했었다. 이런 억울함은 그 누구에게 하소연을 할 수가 없었다. 모두 엄마가 저지른 일이기에 말이다. 세상에서 가장 가까우면서도 의지해야 될 엄마가 순이에게 준 손해와 상처는 잊으려 해도 잊혀 질 수가 없었다. 그렇게 다섯 권의 등기부를 다 열람하고 나니, 밤이 되었다. 버스들은 이미 다 끊긴 상태여서 별 도리 없이 둘은 근처에 있는 작은 여관으로 가야만 되었다. 조기가 앞장을 섰고 순이가 뒤를 따르는데, 앞서가던 조기가 걷다가 순이를 돌아보며 빈정거렸다.

"여자가 말이야. 겁도 없어. 당당하게 남자를 따라오네?"

그 말에 순이는 조금 발길을 멈칫하면서 당황되었다. 이런 상황에서 어떻게 처신을 해야 되지? 함께 동행 할 적에는 이미 어떤 각오가 되어있었을 터이지만, 막상 그런 상황에 부딪치고 보니 양심에는 일말의 가책이 일어났던 모양이었다. 조기의 말끝에 순이는 여러 가지로 들어온 사람들의 말들을 떠올렸다. 어떤 사람이 물었단다. 애인과 함께 여행을 갔는데, 밤이 되었다. 그러면 어떻게 할래? 애인을 쫓아가서 애인에게 당할래? 아니면 혼자 있다가 낯선 남자나 깡패에게 당할래? 그렇게 묻는다면? 차라리 애인에게 당하는 편이 훨씬 더 낫단다. 기왕 이래 된 것을 이제 와서 어쩌겠는가. 다시 돌이킬 수는 없다. 어찌 되었든 벌판에 서게 된 운명인데, 어디에서 누구에게 당하든 매 일반일 것이다. 차라리 잘 알고 지내던 조기에게 당하는 편이 훨씬 더 나을 것이란 생각에서 순이는 히죽하니 미소만 지었다. 거기에 다 조기와는 벌써 기다려주겠다는 약속까지 한 사이였다. 오 년 이 아니고 그 기간이 좀 더 단축된들 어떠하리.

　시골의 작은 여관방은 전기세를 아끼느라 방과 방 사이의 벽 천정 가운데에 구멍을 하나 뚫어놓고서 전구 하나로 두 방을 한 꺼번에 밝히도록 해놓았다. 그런 탓에 이 방에서 나는 소리는 저 방까지 쉽게 들릴 수 있었다. 그러하든 말든 순이는 너무나도 피곤했다. 어제 밤에는 엄마의 산바라지를 하느라 밤을 새웠고, 날이 밝은 동시에 빨래를 가지고 갯가에 나가서 얼음장을 깨고 빨래를 했으며 그리고 엄마와 싸운 뒤에 여기까지 왔으니 어찌 피곤하지 않을 수 있었으랴. 어서 잠이나 자고 싶은 심정이었다. 조기를 앞질러 냉큼 방으로 들어서니 여관주인이 이불 두 채를 가져다준다. 그러자 조기는 담배 한 대를 피우고 오겠다며 밖으 로 나가버렸다. 혼자 남게 된 순이는 생각에 잠겼다. 좀 전에 하 던 조기의 말이 떠올랐기 때문이었다. 여자가 겁도 없이 남자를 당당하게 따라오네. 그 말을 던져놓고 조기는 무슨 생각을 하려 고 담배를 피우려는 것일까? 이제 둘은 똑같이 실업자신세가 되 었다. 그리하여 금전적인 여유도 없었지만, 구태여 방을 두 개 얻 었다가 얼굴도 모르는 남자에게 당하느니 차라리 이편이 더 낫겠 다 싶었는데, 조기는 아닌 것 같았다. 이리 된 상황에 많은 부담을 느끼고 있는 모양이다. 그렇다면 이불은 따로 펴야지. 살만 닿지 않으면 별일은 없을 것이다. 그렇게 결정을 내린 순이가 이불 두 채를 각각 펴놓고 양쪽으로 밀었다. 그러자니 자연스레 가운데에는 통로가 만들어졌다. 이렇게 하면 되지. 뭐가 걱정이야. 이불을 깔아 놓으니 순이는 얼른 자고 싶었다. 따스한 방바닥의 온기가 피곤을 짓눌러서 물밀듯이 잠이 찾아왔다. 억지로 눈꺼풀을 올리고 있는데, 밖에서 들어온 조기가 그걸 보고 놀랐다.

"이게 뭐야? 여긴 삼팔선인가?"

"예, 삼팔선이에요. 삼팔선에 와서 또 삼팔선을 그었지요. 여긴 금지구역."

말을 하고 순이는 마음속으로 저울질을 했다. 이 밤에 조기가 이 선을 넘어와서 나를 건드려 놓으면 조기와 결혼을 할 것이다. 그러나 끝까지 모른 척을 한다면 이것으로 끝이다. 사랑이 무엇인가? 내가 이토록 마음이 아프면서 힘들 때, 다독여주면서 감싸주고 모든 것을 이해해 줘야 된다. 그런데 조기는 그런 면에서는 많이 부족했다. 순이가 하소연처럼 아픈 부분들을 모두 다 털어냈을 때 조기가 그랬었다. 소설이나 써보지. 그래. 그 말이 무슨 뜻이었을까? 더 이상 그리 구질구질한 소리들은 듣고 싶지 않다는 의미일 것이었다. 순이의 마음을 결단코 이해해 주면서 다독여주고 싶지 않으면서 어떻게 오 년을 기다려 달라며 반지까지 주었지? 겉만 번지르르 사랑하는 척을 하면서 정작 마음속에는 어떤 빗장을 잠그고 있는 것은 아닐까? 왜 가까이 오기를 거부하는 것이야? 순이는 지금 이 순간에도 조기가 회상하듯 말 했던 간호사의 이야기를 잊지 않고 있다. 왜 구태여 하지 않아도 될 간호사의 말을 순이에게 했을까? 그 밑에는 순이와 간호사를 비교하는 마음이 숨어 있는 게 뻔했다. 아직도 간호사를 못 잊어서 순이에게는 마음의 빗장은 잠그고 있는가? 그러면서 어떻게 순이에게 오 년을 기다려 달라고 한 것인가? 분명 오늘밤은 조기 마음이 빗장을 여느냐 마느냐의 갈림길에 놓여있다. 만일 마음의 빗장을 잠근 사람이라면 내가 무엇 하러 오 년씩이나 기다려야 돼? 차라리 오늘 밤에 끝장을 내버리리라. 아침이 될 때까지도 순이를 건드리지 않는다면 이것으로 끝이다. 그러나 순간을 소중히 여겨서 서로간의 사랑하는 마음을 주고 받게 된다면 순이는 조기의 버팀목이 되어 주리라 다짐을 하다가 자신도 모르는 사이에 잠이 들고 말았다. 얼마나 잤을까. 조기가 옆에서 끙끙 앓는 소리를 내고 있었다. 잠결에 듣고 놀란 순이가 물었다.

"왜 그래요? 어디 아파요?"

"배가 너무 아파. 너무 아파서 죽을 지경이야."

"왜 배가 아프지? 저녁 먹은 게 체했나?"

"아니야. 그건 아니고. 하고 싶은 것을 참고 있어서 그래."

하고 싶다고? 순간 순이는 닭살이 돋았다. 하고 싶으면 하면 된다. 그런데 왜 망설이면서 참아? 약혼식은 없었었지만, 결혼까지 약속한 사이다. 그래놓고서 조기는 이 밤의 욕정을 참으면서 아파해 했다. 그런 조기의 마음을 순이는 이해되지 않았다. 지금 둘 사이를 그 누구도 말리는 사람은 없다. 애써 참아야 될 이유도 없는데, 조기는 무얼 망설이고 있는가? 왜 참아? 반지까지 끼워 주었으면서? 왜 참고 있는 거야? 순이가 고개를 갸우뚱 거리며 조기에게 물었다.

"그러면 내가 어떻게 해야 돼요?"

"너무 아파서 견딜 수 없으니까 배나 좀 문질러 줘."

순이는 잠결에 일어나 앉아서 조기가 시키는 대로 조기의 배를 문질러주기 시작했다. 한참을 문지르는데, 조기가 또 말했다.

"살에다 손을 대고 문지르면 때가 나오니까 옷 위에다 손을 대고 문질러 줘."

순이는 조기가 시키는 대로만 했다. 졸려서 너무 졸려 눈꺼풀은 천근만근으로 내리 쏟아졌지만, 억지로 참으면서 문지르고 있는데 조기가 중얼거렸다.

"내가 너를 건드리면 넌 틀림없이 불행해져. 그러니까 그럴 수는 없고 우리 입맞춤이나 할까? 키스 정도는 괜찮겠지?"

"……."

아프다고 엄살을 피워대던 조기는 순이의 대답도 전에 순이를 덮쳤다. 입맞춤을 하면서 몸부림을 한참동안 치더니 그만 포기해 버린다. 그러자 순이는 허탈감에 빠져들었다. 괜히 잠만 설쳤다. 이게 뭐야? 무슨 짓을 한 것도 아니고 안 한 것도 아니다. 떨떠름하고 미적지근한 이 상황은 대체 뭐야? 조기는 순이를 말로만 사랑하는 척을 했을 뿐, 마음의 빗장은 풀지 않고 있다. 무엇이 무섭고 두려웠지? 나를 건드려 놓으면 내가 불행해 진다고? 그게 무엇을 뜻하는 거야? 아직도 간호사와 나를 비교하는 것일까? 그런 잊지 못할 여자가 있으면서 왜 나에게 오 년을 기다려

달라고 했어? 오 년 후에는 대체 무엇이 달라질 것이라고? 현실은 처참하게 뭉개버리면서 내일만 바라보려는 게 조기의 사랑법인가? 한바탕 조기로부터 발산되는 용트림에 시달리고 난 순이는 더 이상 잠이 오지 않으면서 기분만 더러워졌다. 해가 뜨고 날이 밝아진 다음에 거울을 보니 순이의 얼굴은 마음만큼이나 흉측하게 일그러져 있었다. 양장점에서 받았던 스트레스로 인한 얼굴의 여드름들이 더 성해져서 눈 뜨고는 차마 볼 수 없는 지경에까지 이르렀다. 그때 조기가 말했다.

"우선 나가서 밥 먹고 청평으로 가자."

청평에는 무엇 하러 가느냐며 순이는 묻지도 따지지도 않았다. 말없이 따르면서 그냥 잠만 자고 싶었는데, 조기에게는 또 다른 계획이 세워져있었던 모양이었다. 청평으로 향하는 버스 속에서 순이는 지쳐 쓰러질 지경이 되었다. 깊은 잠에 빠지려는데 조기가 말했다.

"자, 내리자고."

조기는 순이를 데리고 댐이 있는 곳으로 향했다. 시멘트로 웅장하게 막아놓은 댐 위에는 담수들이 가득 차 있었고, 산으로 둘러쳐져 있는 사방의 경치는 참으로 아름다웠다. 끝내주는 풍경을 자랑하는 댐 앞에 서서 조기가 설명을 했다.

"자, 봐. 이 땅을 사서 유원지를 조성하는 거야. 그림 같은 집도 짓고. 어때?"

그 말에 순이는 어이가 없어졌다. 조기는 돈의 여유가 없어서 대학도 제대로 다니지도 못했다. 거기에다 작은아버지 집에 얹혀서 살고 있는 것 같았는데, 무슨 돈으로 유원지를 만들겠다는 것이지? 결국 순이를 따라나섰던 것은 바로 그 때문이었구나. 순이가 재산을 찾겠다고 하니까 그 재산을 바라서였어. 그러니까 떡 줄 사람은 생각하지도 않는데, 김칫국부터 마시는 꼴이었다. 누가 나의 재산을 너에게 주겠다고 했어? 그리고 그 돈은 아직도 어찌 될는지 불확실한 상태에 머물러있는 돈일뿐이다. 그런데 수중에는 돈도 없으면서 원대한 꿈을 펼치고 있다. 앞으로 그 돈을 찾으려면, 작은아버지와 엄마를 고소해야 된다. 고소를 하면 민사소송이기 때문에 수년은 족히 걸릴 터다. 그런 것도 모르면서 무슨 수작이야. 이런 어리석은 남자에게 돈을 주려고 내가 피붙이들을 감옥으로 보내? 물론 순이가 민사소송을 내서 이기게 되면 돈은 찾을 수 있겠지만, 동시에 엄마와 작은아버지는 쇠고랑을 차고 감옥에 들어가서 그만한 대가를 치르지 않으면 안 된다. 대체 조기가 뭐라고 내가 그런 짓까지 해서 이 사람의 뒷바라지를 해? 순이가 도리질을 쳤다. 이 사람은 아니야. 절대로 아니다. 적어도 순이의 생각은 이랬다. 우린 아직 젊었고 또 돈은 벌면 되잖아. 그러니까 피붙이들까지 감옥에 넣고서 돈은 찾아서 뭘 해. 그러지 말고 모두 용서하고 우리 함께 새 길을 가자. 그랬어야 옳았지만, 조기는 결코 그러지 않았다. 순이는 어려서부터 가장 가까운 사람들로부터 당하기만 하면서 항상 피해자로만 살아왔었다. 그런데 조기도 마찬가지가 아닌가. 도둑놈의 심보를 가지고 있다. 사람들은 왜 모두 다 이런 식들이지? 어려운 지경에 처해있는 순이에게 도와 줄 생각은 전혀 하지도 않으면서, 어떻게 하면 이용이나 해 먹을까 하는 생각만 하고 있으니 말이다. 조기와 헤어지고 엄마 집으로 돌아온 순이는 마음에 빗장을 잠그면서 결론을 내렸다. 이제는 끝이다. 헤어져야지.

마음의 빗장

순이는 조기에게 열장이나 되는 긴 이별편지를 썼다. 얼떨결에 새끼손가락까지 걸면서 오 년을 기다리겠다고 했지만, 아무리 생각을 해봐도 이건 아닌 것 같다. 그러니까 이제 우리는 이쯤에서 이별을 하자. 만일에 많은 시간이 흐르는 가운데서 서로간 사랑을 느끼게 된다면 그때 다시 만나자. 많이 늙은 다음에. 이런 내용의 사연을 담아 순이는 영채에게로 편지를 보냈다. 조기에게 전해 달라면서. 영채로 인해 조기를 만나게 되었으니 영채가 결말을 내려줘야 한다면서. 편지를 영채에게 보내고 순이는 곧장 다시 화천으로 향했다. 달리 갈 곳이 없어서였는데, 그사이 훈씨 처는 양장점을 정리한 다음에 천들과 함께 재숙이를 데리고 오음리로 가서 남아있던 천들을 모두 소비시켰단다. 설명을 하던 재숙이가 순이에게 알려주었다.

"언니. 언니에게 온 편지들을 작은엄마가 다 찢어버리던데."

"왜?"

"몰라. 나 보는 앞에서 그랬어."

"그랬구나."

"그리고 언니. 나도 이제 집으로 갈 거야. 여기 일도 다 끝났거든. 그동안에 작은엄마가 대접도 아주 잘해 주었어. 월급도 후하게 쳐주었으니까 언니 따라 갈 거야."

재숙이의 말에 순이는 생각했다. 재주는 순이가 부리고 이득은 재숙이가 보았구나. 세상은 왜 이런 식으로 나에게만 가혹하지? 되는 일은 없고 하고 싶은 일도 없는 허망함에서 서운한 느낌만 감싸고 돌았다. 순이는 지난 몇 달간 뼈가 빠지도록 일만 했고, 수고비는 한 푼도 받지 못한 채 오음리를 떠났다.

찬바람이 몰아치는 겨울의 한복판이어서 시골버스에는 사람이 없었다. 오로지 재숙이와 순이만 타고 있었다. 텅 빈 버스 속에서 순이는 무심히 창밖만 바라보았다. 시골버스는 고불고불한 산골 길을 돌아서 춘천에 당도했다. 그리고 춘천에서는 여러 명의 손님을 태우고 다시 원주로 향했다. 그때 재숙이가 입을 열었다.

"언니. 요즘 언니의 그 사람은 어떻게 지내고 있어?"

"그냥, 잘 지내고 있어."

"난 언니가 그 사람하고 잘 됐으면 참 좋겠더라. 둘이 같이 다니면 너무 보기에도 좋아. 꽤나 부럽데."

"그랬니? 그런데 이젠 헤어지려고 해."

"왜?"

"그런 일이 있었어."

"에이, 그러지 말고 그냥 사귀어. 남들 보기에는 얼마나 아름답게 보인다고. 키도 잘 어울리고 둘 다 잘생겼잖아. 그림이 아주 좋아. 영화에 나오는 주인공들처럼 보여."

"겉보기만 좋으면 뭐해. 실속이 있어야지."

"무슨 일이 있었어?"

"사람이란 그렇더라. 어떤 사람은 함께 있으면 마음이 편한 사람이 있고 또 어떤 사람과 함께 있으면 마음이 불편한 느낌 같은 거."

"그건 그래."

"함께 있을 때 편해야 행복도 느끼잖아."

"맞아."

"그런데 그 사람은 아니야."

"어떤 면에서?"

"암튼. 그래."

"왜? 무슨 일이 있었어? 어서 말을 해 줘. 그러니까 더 궁금하네."

순이가 말을 하려는데, 뭔가 이상한 느낌이 뒷자리로부터 전해져왔다. 누군가 둘의 말을 엿듣는 것 같은 느낌인지라 순이는 얼른 뒤를 돌아다보았다. 그런데 이게 웬 일인가. 조기 친구가 순이의 바로 뒷자리에 앉아서 두 사람의 대화를 엿듣고 있는 게 아닌가. 이 사람이 어떻게 저기 앉아있지? 그렇다면 내내 내 주위를 맴돌고 있었나? 저 친구는 조기를 만난 첫날에도 나타나서 순이를 눈여겨 살피던 사람 같아서 순이가 또 다시 슬쩍 뒤를 돌아다보았다. 확실했다. 얼굴은 둥글었으며 검었다. 그런 조기 친구가 왜 순이의 바로 뒷자리에 앉아서 귀를 쫑긋이 세우고 있었을까? 춘천까지 오는 동안 다른 사람은 아무도 없었으니, 분명

저 사람은 춘천에서 탔을 것이다. 그렇다면 순이가 여기 앉아 있은 것을 먼저 보았을 터이고 보았으면 당연히 인사부터 해야 옳았다. 그런데 몰래 앉아서 순이의 말들을 엿듣고 있었다. 우연이라고 보기에는 석연치 않은 부분이 너무 많아서 순이가 재숙이에게 눈짓으로 속삭였다. 내 바로 뒷자리에 앉아있는 사람은 조기의 친구다. 그런데 왜 저 사람이 저기에 앉아서 우리의 대화를 엿듣고 있지? 그랬지만 눈치 없는 재숙이는 마냥 떠들어대기만 했으므로 순이는 먼저 화제를 다른 방향으로 돌렸다.

"그건 나중에 얘기 하자. 그리고 난 내일 동생이 중학교 입학 시험 보는데 거기나 가려고 해."

"언니가 왜?"

"나는 학교 다니는 동안 내내 엄마가 한 번도 학교에 와 준 적이 없었거든. 다른 애들에게도 올 엄마는 그럴 거잖아. 그럴 때마다 내가 너무 외롭고 쓸쓸했기 때문에 동생에게는 그런 마음 들지 않게 해주려고."

"벌써 내일이 입학시험 날인가?"

"그래."

대답을 한 순이가 속삭이는 말로 재숙에게 하였다.

"그런데 말이야. 뭔가 이상하다?"

귓속말로 했는데, 눈치 없는 재숙이는 큰 소리로 물으며 뒤를 돌아다보았다.

"뭐가?"

"작은 소리로 해. 지금 내 바로 뒤에 어떤 남자가 우리말을 엿

듣고 있어. 조기의 친구 같으니까 안보는 척을 하면서 뒤를 슬그머니 봐봐."

그랬는데도 재숙이는 소용이 없었다. 어디? 하며 뒤를 돌아보자 앉아있기가 거북살스러웠던 조기 친구는 홍천에서 버스가 정거하자 쫓기는 듯이 버스에서 내려버렸다.

"저 봐. 내 말이 맞지. 방금 버스에서 내린 사람은 조기 친구야. 한 번 봤는데 인상이 남아. 항상 나를 감시하는 눈초리였거든. 오늘도 그래. 자기가 나를 안다면 나에게 먼저 인사를 해야옳았지. 그런데 저 사람은 몰래 내 뒤에 앉아서 우리말을 엿들었어. 그러다가 발각이 나니까 도망치듯 내려버리네. 저 사람의 집은 원주인데, 왜 홍천서 내리냐? 그것도 수상하잖아. 내 감시자가 아니라면 그럴 필요는 없지."

"그게 무슨 말이야? 왜 그래야 되는데?"

"그건 나도 모르지. 왜 그러는지. 하지만 난 기분 나쁘다. 전에영채도 그랬었어. 바느질 따위에는 취미나 관심도 없던 애가 왜양재학원에 들어왔었겠냐. 그때부터 난 기분이 내내 나빴어. 나를 감시하려고 영채가 양재학원에 들어온 게 아닌가 하는 생각때문이었지. 왠지 모르게 조기는 처음부터 계속해서 자기 주위의 사람들을 모두 나에게 인사를 시키면서 다니더라고. 사람들을 동원시켜 나를 꼼짝 못하게 할 속셈이었나 봐."

조기 친구가 버스에서 내려 걸어가는 뒷모습을 보던 재숙이가고개를 갸웃거리며 물었다.

"그런데 저 사람은 어디서부터 뒤를 밟았지? 우리가 원주로 갈 것은 어떻게 알고?"

"아마 춘천에서 탔을 거다. 버스는 시간제로 운행하잖아. 몇 시쯤의 버스를 탈 것이란 계산이 나왔겠지. 계산하기는 좋잖아. 화천에서 오는 첫 버스는 시간도 정해져 있잖아. 그런데 또 이상한 일이 있다."

"무슨 일?"

"그 사람하고 인제여관에서 하룻밤을 보냈거든."

"그랬어?"

호기심 많은 재숙이가 눈으로 대답을 재촉했다.

"한 방에서 잠을 자는데, 조기가 그러더라. 배가 아파서 죽겠다며 괴로워하는 거야."

"왜?"

"내가 물어보았지. 배가 왜 아프냐고. 저녁 먹은 게 체했느냐고 물었더니 그건 아니래."

"그럼?"

"그게 하고 싶어서 그렇다는 거야."

"그거?"

"응."

재숙이가 듣고 가만히 생각에 잠기더니 또 물었다.

"그래서 어떻게 했어?"

"어떻게 하긴 밤새껏 배만 밀어줬다."

"언니. 내가 언니에게 가르쳐주겠는데 말이야. 그렇다면 그 사람쯤 여자경험이 있는 사람이다."

"그래?"

"여자경험이 없다면 왜 배가 아프겠어. 그런 걸 모른다면 아프리도 없지. 여자경험이 없는데, 어떻게 알아. 경험이 있으니까 그게 또 하고 싶었던 거야. 그래서 배가 아픈 거였어. 분명해. 틀림없어."

재숙이가 장담을 했다. 재숙이는 그런 것을 또 어떻게 알았을까? 그러나 그런 것은 어디까지나 재숙이의 문제인 탓에 거기까지 순이가 따질 이유는 없었다. 다만 재숙이가 확신을 주었기 때문에 순이는 그렇게 믿을 수밖에 없었다. 재숙이는 양장 일에는 항상 순이의 뒤에 쳐져 있었지만, 또 다른 방면에서는 월등할 수도 있을 것이었다.

"그럴까?"

순이가 반신반의하자 재숙이는 단언을 내려주었다.

"확실해. 내가 장담할게."

"하긴, 고삼 수학여행 때 버스가 굴러 교통사고가 나서 병원에 입원을 했었대. 그때 담당간호사가 무진장 자기에게 잘 해 주더라는 이야기는 하더라."

"것 봐. 틀림없다니까."

순이는 재숙이의 말을 듣고서야 조기에게 향하던 마음을 완전히 접을 수 있었다. 마음 안에 다른 여자가 도사리고 있었으니 순이에게 사랑을 나누어줄 눈곱만치의 여유도 없었을 것이다. 그래놓고서 잇속만 챙기려는 심사가 순이의 비위를 건드려서 정은 뚝 떨어졌다. 그런 과거의 경험 때문에 계속적으로 순이를 의

심하면서 비교까지 했었구나. 그런 거였구나. 순이는 고개를 끄덕이며 다시는 조기를 안 볼 속셈으로 마음의 빗장을 걸어 잠갔다. 그리고는 열 장의 이별편지를 보낸 것은 참으로 잘한 일이라며 스스로를 칭찬했다.

다음날이다.

순이는 재숙이에게 말했고 작정했던 대로 동생을 따라서 학교로 갔다. 동생이 시험을 보는 학교이기도 했지만, 순이가 이 학교를 졸업한 탓에 모교이기도 해서였다. 졸업하고 이 년 만에 다시 와보니 감개가 무량해서 교정의 여기저기를 살피는 중에 시험시작 벨이 울렸다. 동생은 시험장으로 들어갔는데, 하늘에서는 눈발이 펄펄 휘날리기 시작했다. 눈을 맞으며 교정을 한 바퀴 휘둘러보는데, 눈이 순이의 마음을 풍선처럼 부풀어 오르게 만들었다. 풍선을 타고 하늘로 올라가면 옛날의 기억들이 새록새록 되살아났다. 과거로의 여행길을 떠나면 그 끝은 언제나 인제로 가서 머문다.

인제에는 눈이 많이 내렸다. 내리는 것과 어울려 날씨도 몹시 추웠지만, 아이들은 그런 따위에는 아랑곳하지 않았다. 눈이 많이 내리는 날에는 아이들의 키를 훨씬 넘을 정도로 쌓인다. 그렇게 되면 이웃과의 왕래를 위해 어른들은 눈을 치워서 길을 만드는데, 개미굴 같이 길을 닦아 놓는다. 이웃과의 길을 터놓기 위해 개미굴 같이 만든 길을 아이들과 바둑이들은 좋아서 뛰어다녔다. 눈이 너무 많이 내려 세상이 하얘지면 추워서 학교에 가기 싫다면서 순이가 울어댈 때마다 할머니는 냉큼 업어서 학교에 데려다 놓았다. 그러면서 말씀하셨다. 솜을 두툼하게 넣은 두루마기를 입혀놓으시고는 '아이고, 내 새끼. 이렇게 옷을 껴입었으니 눈밭에 뒹굴어도 얼어 죽진 않겠네.'하시던 목소리가 지금도 머릿속에 쟁쟁하게 남아있다. 그런 날들이 너무 그리워서 발걸음을 옮겨놓는다. 어디로 갈까? 그냥 마냥 걷고만 싶었다.

눈을 맞고 걸으면 행복했던 마음은 스스럼없이 되살아난다. 그럴 때면 두 팔을 벌리고 하늘을 쳐다보다가 결정짓는다. 어제 본 재숙이네로 가자. 재숙이가 알려주었었다. '언니, 나 내일 양장점을 개업할거야. 가게는 다 준비됐거든. 한번 놀러 와.' 그 말이 생각나서 재숙양장점으로 가려 교문을 나서는데, 교문 앞에 조기가 서서 순이를 기다리고 있다가 앞을 가로막았다. 이 사람은 어떻게 여기에 와 있지? 고개를 갸웃거리는 순간 순이는 스스로 깜짝 놀라고 말았다. 어제의 예언이 어쩌면 이리도 잘 맞았을까? 순간 부르짖었다.

"어머? 어떻게 알았지?"

놀라는 동시에 확인되었다. 분명히 어제 버스 속에서 순이가 재숙에게 말을 했었다. 그 말을 조기 친구가 듣고 전했다. 내일 시험 장소에 가봐. 거기가면 만날 수 있어. 혹시나 였는데, 역시나가 되었다. 아하, 그러니까 조기는 내내 순이의 뒷조사를 했던 것이 분명하구나. 그런 생각에 머물자 더 이상 조기와는 상대가 하고 싶지 않아졌다. 그냥 마주치기도 싫었으므로 순이는 조기를 피해서 앞만 보고 걸어갔다. 이에 조기도 지지 않을세라 순이의 뒤를 졸졸 따라붙으면서 졸라댔다.

"대답해 줘. 우리가 왜 헤어져야 되는지의 이유를. 내가 그 이유를 알아야 받아들일 수 있잖아."

이건 받아들이거나 받아들이지 않을 문제는 아닌 것 같았다. 일종의 순이 자신의 통보였다. 단지 기분이 나쁘다는 이유하나만으로. 그 기분들을 어찌 말로 다 표현할 수 있겠는가. 말을 꺼내자면 너무 길었고 이유를 대면 그에 대한 반응이 따를 것이다. 그렇게 이어지는 것들이 너무 싫어서 순이는 입을 꾹 다물고 그저 앞만 보고 걸어 나갔다. 조기 또한 기어이 순이로부터 헤어져야만 되는 이유를 캐기 위해 바짝 따랐지만, 순이의 마음빗장이 이미 잠겼으니 어쩔 수는 없었다. 다만 하늘에서는 소리 없이 눈만 뿌려댔고 세상이 온통 새하얗게 변해져만 갔다. 말문을 닫은 순이의 뒤를 끝까지 따라올 기세이던 조기가 지쳤는지 마음을 돌리고는 토라졌다. 그 눈을 맞으며 순이는 앞만 보고 걸어갔고, 조기는 계속 따르며 졸라댔다.

"어서 말을 해 줘. 우리가 왜 헤어져야 되는지의 이유를 말해 줘. 어서 말을 해 달라고."

"……."

"난 도무지 이해가 안 돼. 내가 무얼 잘못했는지 알아야 고칠 게 아니냐고? 우리가 왜 헤어져야 하느냔 말이야. "

"……."

계속해서 따져 묻는 조기의 질문에 순이는 더 더욱 머릿속이 하얘져갔다. 어떻게 무슨 말을 하지? 왜 나를 도무지 믿지 못하면서 항상 사람을 시켜 뒷조사를 했느냐고 물어야 되나? 그런 다음에 올 구차한 변명 따윈 듣고 싶지도 않았다. 그냥 그런 굴레가 싫었다. 그리고 또 있다. 지금까지 나에게 준 사랑은 과연 진실한 사랑이었나? 조기는 간호사와 순이를 마음속으로 비교하며 저울질이나 했었을 것이다. 그렇게 줄기차게 따라오던 조기는 어느 만치에서는 더 이상 따라오기를 포기한 채 따라오지 않았다. 결국 조기는 언젠가 순이로부터는 저런 식으로 떠나버릴 사람일 것이었다. 오 년 후나 십 년 뒤의 일이 좀 더 빨리 찾아온 것뿐이라며 순이는 고개를 끄덕였다. 이것으로 조기와는 모두 끝났다. 그리고 허전한 마음이 된 순이는 몸이 지칠 때까지 눈 내리는 길을 계속해서 걸어나갔다.

미련의 청산

그로부터 오십 년의 세월이 지난 4월 16일이었다. 영채가 만나자는 전화를 해서 순이가 나가보니, 승열이와 옥자도 나와 있었다. 그런데 그녀들 앞에서 영채가 느닷없이 소문을 냈다.

"얘들아. 순이는 말이다. 처녀 적에 내 조카하고 연애를 했었다. 얘, 순이야. 너는 조기하고 이 년이나 사귀었다면서?"

"그랬지."

"그랬는데 생각은 안 나냐?"

"생각이 안 난다면 사람도 아니지."

"그럼 한 번 만나봐라. 그 사람은 지금 대구에 살고 있대. 경찰이 되었다더라."

"경찰?"

"그래."

경찰이 되었다는 말에 순이는 중학교 동기동창생인 영풍이를 떠올렸다. 영풍이는 학교 다닐 적에는 참으로 온순하면서도 인정이 많은 학생이었다. 무슨 일이든 솔선수범으로 나섰고 공부도 잘 했었다. 그런데 동창생 상희의 연결로 영풍이를 만났는데, 영풍이는 예전의 영풍이는 아니었다. 아주 딴 사람이 되어있었다. 순이는 남편을 대동하고 나갔었는데, 여덟 살이나 많은 순이 남편에게 영풍이는 예의도 없이 막가파식으로 나왔다. 말마다 반말을 사용하면서 상대를 진압시키려는 행동도 서슴치 않았다. 기분이 나빠진 남편이 얼굴을 찡그리며 투덜거렸다. '새까맣게 어린 녀석이 되게 건방지군. 어디라고 반말 짓거리야? 한 대 때려주고 싶네.'하는 남편에게 순이가 말렸다. '그러니 내가 뭐랬어요. 동창모임에는 왜 따라 오느냐고요.' 또 있었다. 순이네와 이웃하고 있는 헌기 형사도 그랬다. 초등학교도 못 나온 아내를 무식하다며 괄시를 하더니만, 돈 많은 과부와 붙어 다니면서 아내에게 이혼을 강요했다. 강요를 당한 아내가 순이에게 탄식했다. 남편이 바람났는데, 그걸 내가 알았기에 이혼해야 된대요. 남편이 바람난 사실을 알면 육 개월 내에 자동으로 이혼된다면서요? 그 말에 순이가 아니라고 가르쳐도 헌기 아내는 막무가내였다. '아줌마가 뭘 알아요? 제 남편은 형사예요. 형사가 더 잘 알지.'

하도 남편이 옳다며 고집을 부려대기에 어쩔 수 없이 순이는 여의도의 가정법률상담소에 전화를 걸어서 세세히 설명해 달라며 부탁까지 했었다. 그때는 헌기 부인이 까무러쳐 있었는데, 가정법률상담소의 상담원이 세세히 설명을 해주자 그제야 헌기 부인은 깨어나서 회복된 적이 있었다. 바람피운 걸 알아도 절대로 이쪽에서 이혼 도장을 안 찍어 주면 이혼은 절대로 안 되니까 도장은 절대로 찍어주지 말아요. 그렇게 해서 기절사건은 수습된 적도 있었다. 사람은 모르면 당하기 마련이다. 특히 요즘의 형사는 더 그럴 것이라는 단정을 내리면서. 사람이 직업을 만드는 게 아니라 직업이 사람을 만든다는 것에 찬성표를 던지게 되었다. 그런데 하필이면 조기가 경찰이 되었단다.

"그런데 너는 조기와 왜 헤어졌니?"

"그땐 내가 너무 힘이 들었었어. 사는 게 버거워서 어쩔 수 없었지."

"너에게 반지도 주었고 인제의 여관에서 하룻밤도 보냈다며?"

"그랬지."

"그런데 그 반지는 어떻게 했니?"

"팔아버렸다. 반지는 가지고 있어서 무얼 해. 귀찮기만 하지."

"네가 편지에 썼었잖아. 늙어서 다시 만나자고."

"그땐 그랬었지. 사실은 오 년이 되던 날, 내가 조기를 찾아갔었다. 전화를 걸었더니, 사촌여동생이 받더라. 집에 없다고 해서 들어오면 전해달라고 했는데, 밤이 깊도록 연락이 오지 않는 거야. 직장 때문에 다음날 출근을 해야 되어서 그냥 올라왔다.

그리고 다음 주말에 다시 재숙양장점으로 갔더니 재숙이가 전해주더라."

"뭐라고?"

"그 다음의 일은 재숙이에게 물어봐. 재숙이가 증인이다."

말을 해놓고 순이는 지난날들을 떠올렸다. 조기와 헤어지기로 작정하고 집에 돌아오니, 엄마는 순이에게 얼마의 돈을 마련해 주면서 말했다.

"이 돈을 가지고 어서 떠나라. 영원히. 다신 나타나지도 마."

돈을 받아 든 순이는 곧장 서울로 올라와서 그 돈으로 방을 한 칸 얻었다. 그리고 여기저기를 전전하던 끝에 공무원이 되었고 직장이 마련되자 생활걱정이 사라졌다. 그러는 사이에 어언 오 년이 지났으므로 순이는 조기와의 약속을 지키려고 주말에 재숙양장점으로 갔었다. 조기와 연결이 되려면 그 길 밖에 없었기 때문이었다. 조기네로 전화를 걸자, 조기는 없었고 사촌여동생이 받았다.

"누구세요?"

"저, 정순이에요."

"아, 예."

조기의 사촌여동생도 조기와 순이의 일을 다 알고 있는 듯했다. 그래서 부탁했다.

"오빠는 계신가요? 계시면 좀 바꿔주세요."

"집에 없어요."

"그럼 말씀 좀 전해주세요."

"무슨 말이요?"

"제가 지금 재숙양장점에 와서 있으니까 들어오시면 여기로 전화를 해달라고요."

"그러죠. 재숙이 전화번호는 제가 알고 있어요."

말하고 전화는 뚝 끊겼다. 조기의 사촌여동생은 순이와 동갑내기였지만, 재숙이와는 동기동창지간이었다. 그러나 밤이 늦도록 기다려도 조기로부터는 아무런 연락이 오지 않았으므로 순이는 그냥 서울로 돌아왔다. 그리고 다음의 주말에 순이는 재숙양장점으로 갔는데, 재숙이가 신경질을 부렸다.

"에이, 언니 땜에 나만 되게 혼났잖아."

"왜?"

"언니가 가고 조금 있으니까 조숙이하고 오빠 친구가 같이 온 거야. 와서는 막 야단을 치잖아. 일껏 마음잡고 새 생활을 하려는 사람에게 무엇 하러 또 나타나서 찝쩍거리느냐면서 다시는 연락하지 말래."

"그랬어?"

"그럼. 그러면서 나에게 얼마나 야단을 치는지 말이야. 난 어이가 없어서 혼났네."

"알았다. 이젠 됐어."

재숙이가 전해준 말을 들은 순이는 참으로 기분이 나빴다. 찝쩍거리다니. 순이가 무슨 화냥인가? 아무리 그렇더라도 그렇지. 명색이 선배인데, 선배에게 그런 막말을 써도 되는가? 역시 막돼먹은 집안 같았다. 돌이켜보니 영채도 그랬다. 동창생 문자를 자기 삼촌에게 중매시켜서 결혼을 했는데, 사사건건 트집을 잡아가며 문자를 욕해댔다. 순이 앞에서 그랬었다. 야, 그렇게 못돼먹은 여자가 세상에 또 어디 있냐. 조상이 물려준 재산을 가지고서 장사를 한답시고 다니면서 다 팔아 제꼈단다. 그 때문에 우리 삼촌만 병 들어서 일찍 죽어버렸어. 아니면 또 있다. 영채의 큰오빠는 딸 하나를 데리고 재혼을 했다. 전처에게서 난 딸을 영채와 영채 언니가 거두고 있었는데, 두 여자가 조카를 어찌 가르쳤는지 제 아비와 새 어미를 향해 쌍소리까지 들먹여가면서 욕을 해댔다. 그런 욕들을 누가 가르쳐 주었겠는가. 영채와 영채 언니일 것이다. 그리고 또 있다. 이제 와서 친구들 앞에서 과거지사를 까발릴 필요가 뭐 있을까? 영채는 그런 사람이었다. 그런 면들이 아마도 그 집안의 내력 같았다. 교양이란 도무지 찾아볼 수도 없는 나씨집안과 연을 맺지 않은 것이 얼마나 다행스러운 일이었던가. 역시 그때 헤어지기를 참 잘 했구나. 구설수에 말려들지 않으려고. 그런데 조기와 순이가 맺을 기회는 한 번 더 있긴 했었다. 순이는 재숙이가 전해준 말을 듣고 허전해하자 재숙이가 권했었다.

"언니. 우리 마음도 착잡한데, 가톨릭회관에서 레크리에이션 강습을 하는데 거기나 가볼까? 분도 풀 겸?"

"그러자."

둘은 가톨릭회관으로 향했고 거기에서는 남자들과 여자들이 함께 어울려서 손을 맞잡고 빙빙 도는 서양 춤을 가르쳐주었다. 순이와 재숙이가 열심히 배우고 있는데, 쪽문이 잠시 열리면서 누군가 들여다보고 있는 느낌을 순이는 감지했다. 느낌에 아마도 조기와 조기의 친구 같았다. 순이가 열심히 춤을 추고 있는데, 누군가 들여다보았다. 힐끗. 그리고 그 후에 다시는 조기와 연락이 되지 않았었다. 그런데 영채가 이제 와서 새삼 순이를 부추겼다.

"조기를 한 번 만나봐라."

"싫어."

"넌 조기가 궁금하지도 않아?"

"응, 하나도. 이젠 벌써 오십 년의 세월이 흘렀잖아. 마음속에서도 지워진 지는 오래되었다. 그런데 이제 와서 새삼스레 만나선 뭐하게. 좋은 시절에 맺지 못한 인연인데, 다 늙어서 만나보면 무얼 해. 안 보는 게 더 낫다. 서로 늙은 모습을 보게 되면 실망만 돼. 과거는 과거일수록 더 아름다운 추억으로 다듬어 지잖아. 그냥 궁금한 추억으로 족해. 추억이 현실로 둔갑되면 실망만 더 커진다."

"조기는 너와 헤어지고 무진장 상처를 많이 받았나보더라. 그러니까 그 애가 왜 대구까지 내려갔겠니. 아는 사람이 하나도 없는 대구까지 말이다."

"그건 아니지. 나에게 밀어붙이지마."

"왜?"

"그 사람의 첫 사랑은 따로 있었어. 묻지도 않았고 알고 싶지도 않은 간호사 이야기를 왜 나에게 뜬금없이 말을 했겠어. 그 사람의 첫 사랑은 간호사였어."

그러자 영채는 곧 입을 다물어버렸고 영영 순이 곁에서 사라졌다. 친구들 모임을 먼저 짜서 결성하더니만, 그것까지도 무산시켜놓았다.

순이는 오늘도 생각한다. 남들의 부추김에 놀아나는 사람에겐 절대로 진정한 사랑의 마음은 존재하지 않는다는 걸 말이다. 만일 조기가 순이를 진정으로 사랑했었다면, 간호사의 이야기는 절대로 꺼내지도 말았어야 했다. 그랬더라면 얼마나 좋았을까? 그리고 또 있다. 소설이나 써보지 그래. 그 말 때문에 지금 순이는 소설가로 살고 있지만, 사랑의 의미에 대해서는 다시 되새김질해본다. 사랑이란 상대의 아픔을 감싸주는 것이지, 비교하거나 대체시키는 것이 아니란 걸 말이다. 사랑의 훈풍이어야 아름다운 꽃도 피우게 될 것이다.

아내로 산다는 것

"케이프타운에 도착했습니다. 어서 빨리 내리세요. 서둘러야
해요."

사장이 일행들에게 계속적인 지시를 내렸다. 일행들이 짐을
찾아서 들고 밖으로 나오는데, 눈보라가 심하게 몰아친다. 강한
바람까지 동반하고 있어서 견딜 수가 없는 지경이다. 모두들 춥
다면서 벌벌 떨어대기 시작했는데, 정말로 추웠다. 한국은 지금
초여름에 접어들었으므로 일행들은 떠날 때 초여름 옷을 입고
있었다. 거기에다 아프리카는 더운 나라라는 선입견 때문에 일
행들은 모두 여름옷차림이었으니 맑은 하늘에 날벼락을 맞은 셈
이다.

"아이, 추워. 눈까지 내리고 있네. 어쩌지? 전부 여름옷만 챙겨
왔는데?"

누군가 걱정을 했고

"정말이네. 어쩌면 좋아."

또 누군가 받아서 맞장으로 걱정을 해댄다. 그때 정미는 길바
닥에서 트렁크를 열었는데, 옆에 서있던 영수가 정미를 소리쳐
나무랐다.

"지금 뭐하는 거야? 길에서?"

"가만있어 봐요."

정미는 영수의 말 따위는 귓전으로 흘리면서 고집스레 트렁크를 연다. 그 속에서 잠바 두 개를 꺼냈는데, 하나는 영수의 것이고 또 하나는 정미의 것이다. 그걸 본 영수가 신경질을 부려댄다.

"넣지 말라고 그리 말렸는데도 듣지를 않고 기어이 넣었어? 암튼 저 고집은 못 말려."

"잔소리는 그만 하고 어서 입기나 해요. 추운데 벌벌 떨기만 할 거예요?"

"싫어. 안 입어. 다들 떨고 있는데 나만 입으라는 거야?"

영수는 한사코 거절한다.

"입든 말든 어서 받기나 해요. 자. 난 입을 거니까."

정미는 영수의 잠바를 영수에게 주고는 트렁크의 뚜껑을 닫았다. 한국에서 생각할 때 아프리카는 더위만 있는 나라인줄 안다. 그러나 여행이란 귀로 듣는 것과는 영 딴판일 때가 너무 많다. 십 수 년 전에 대만에 갔을 때도 그랬다. 대만은 더운 나라인지라 여름옷만 잔뜩 챙겨갔었는데, 낮에는 찌는 듯이 더웠다. 그러나 새벽이 되자 어찌나 추운 지 몸을 움직이지도 못할 지경이 되었다. 더운 나라여서 난방시설은 아예 없었으므로 불현듯 추위가 닥치면 어디에다 하소연 할 수도 없었다. 오들오들 떨며 몇 시간을 버티느라 얼마나 고생을 했는지 모른다. 캐나다에서도 그랬다. 삼복 때인지라 여름인 줄 알고 기껏 해야 가을 옷들만 챙겨갔었는데, 오타와의 여름은 한국의 겨울수준이었다. 그

때도 얼마나 덜덜 떨었는지 모른다. 그때부터 정미는 짐을 꾸릴 때마다 트렁크 속에 여분의 두꺼운 잠바를 넣기 시작했다. 그걸 본 영수가 극구 말렸다. 더운 나라로 가는데, 잠바가 무슨 소용이야. 어서 빼. 가방만 무겁게 하려고 그러지. 막무가내로 나왔지만, 정미는 듣지 않았다. 영수 몰래 두꺼운 겨울잠바 두 개를 트렁크에 넣었고 이 지경에 이르니 영수의 말대로 하지 않기를 참 잘했다는 생각까지 하고 있었다. 그런데 영수는 자기의 명대로 하지 않았다며 한사코 입지 않겠단다.

"맘대로 해요. 들고 다니든지. 난 일단 줬으니까. 추워서 감기에 걸려도 난 몰라요."

말하고 정미는 겨울 잠바를 입었다. 너무 따스했다. 그때서야 영수는 마지못해 잠바를 입었다.

원초적 생명들이 숨 쉬는 땅에는 누구나 갈 수 있는 곳은 아닌 것 같았다. 아프리카 여행을 위해 협회의 회원들은 모임까지 만들어가면서 일 년간 적금까지 넣었다. 매달 13일에 만나서 점심을 같이 먹으면서 친목도 다지며 여행계획을 철저히 세웠었다. 그런데 일은 비틀어지고 말았다. 적금 타는 날이 7월 16일인데, 여행 날짜는 6월 20일로 잡혀졌다. 그때 가야 가장 좋은 계절을 볼 수 있단다. 그로 인해 적금을 붓던 사람들 대부분은 빠지게 되었지만, 정미는 달랐다. 절약정신이 강해서 미리 저축해 놓은 여분의 돈이 있었기에 영수의 승낙만 받으면 되었다. 그러나 아무리 곰곰 생각을 해봐도 영수는 도저히 승낙을 해줄 것 같지가 않았다. 구두쇠라는 별명은 제쳐 두고서라도 보름씩이나 집을 비운다면 선선히 보내줄 위인도 아니기 때문이었다. 가긴 가야 되겠는데, 어떻게 한다? 어찌해야 영수의 승낙을 받을 수 있지? 여러 가지 궁리 끝에 정미는 이런 결론을 내렸다. 함께 가자고 해야지. 비용까지 대준다면 거절은 하지 않을 거다. 자기의 돈은 한 푼도 들이지 않으면서 공짜로 아프리카 구경을 시켜 준다는 데, 마다할 사람은 아무도 없을 것이다. 거기에다 정미는 또 한 생각을 떠올렸다. 언젠가 영수는 혼자서 중얼거렸었다. 아프리카 구경을 한 번 가보고 싶네. 그랬던 일들에 용기를 얻은 정미가 신문을 열심히 들여다보고 있는 영수에게로 다가가서 넌지시 마음을 떠보았다.

"여보. 소설가협회에서 아프리카 여행을 간다고 하는데 함께 갈래요?"

그 말에 영수의 눈이 휘둥그레지면서 정미를 쳐다보며 묻는다.

"뭐? 아프리카?"

"예."

그러자 영수는 잠시 생각에 빠진다. 영수는 구두쇠인데다 자존심이 너무 강했다. 돈이 아까워서 절대로 함부로는 돈을 쓰지도 않는다. 그 때문에 영수는 결혼 초부터 자기 혼자서만 유럽·중국·일본·미국 등지를 다녀왔지만, 정미에게는 단 한 번도 함께 가자는 말은 하지 않았다. 거기에다 정미가 가지고 있는 돈이란 돈은 모두 다 빼앗아간 다음에 생활비는 야박스레 겨우 겨우 입에 풀칠이나 할 정도로만 찔끔찔끔 주는 통에 화가 난 정미가 반란을 일으키기도 했었다. 그러나 그런 것들은 아무런 소용도 없었다. 영수의 버릇을 안 탓에 정미는 생활비를 아끼는 것은 물론이려니와 월부 장사도 했고 친구들과 계도 만들어가며 돈을 모아왔다. 영수가 물었다.

"비용은 얼마나 드는데?"

"사백만원인데, 비용은 내가 다 델게요."

선심 쓰듯 정미가 자신 있게 말하자 영수는 또 물어본다.

"돈은 있어?"

"있으니까 가자는 것이지요."

정미의 말에 영수는 한동안 뜸을 들이더니

"좋아. 가지."

선선히 승낙한다. 정미는 그렇게 영수로부터 승낙을 받은 것만으로도 족했다. 일단은 가봐야 하겠기에. 여행이란 작정을 한다고 해서 갈 수 없다. 거기에다 아프리카 여행은 단단한 체력까지 요구되었다. 적어도 스물두 시간을 비행기 안에서 버틸 수 있는 힘이 있어야 했고, 또 보름 동안 외지에서 버텨낼 건강도 받쳐 주어야만 되었다. 영수의 승낙이 떨어지자 정미는 초록여행사 사장의 지시대로 인천공항으로 가서 황열병주사도 맞았다. 아프리카에 가려면 말라리아예방주사는 필수적으로 맞아야 되기 때문이었다.

비행기는 오후 7시 20분 KE 607기로 인천공항에서 출발한다며, 오후 다섯 시까지 나오라는 사장의 당부가 있었다. 정미부부가 모임장소에 당도하니 일행들은 거의 다 모여 있었는데, 명칭은 '소설가협회 여행단'이라고 붙어있다. 그런데 이사장을 비롯

한 열두 명만 빼고는 모두 낯선 얼굴들이다. 하긴 정미가 명색은 소설가였지만, 소설가들 모임에는 자주 나타나지 않았으므로 많은 사람들을 모르고 지내는 편이다. 대신 집에서 영수라는 거목의 그늘 밑에서 순종하는 살림만 살아왔었다. 그것은 본래 정미가 사람 만나는 것을 그리 즐겨하지 않는 탓도 있었는데 정미는 일행들 앞으로 가서 안면 익은 사람들에게만 인사를 했다.

그때 사장이 명령을 내린다. 수속은 다 마쳤으니까 어서 들어가세요. 면세점에서 살 것이 있으시면 사시다가 정각 일곱 시에 비행기 표에 기재된 번호 앞의 개찰구로 가서 비행기를 타면 됩니다. 단체여행은 보통 이십여 명 내외의 인원이 주를 이루고 있었지만, 이번 여행은 정원이 사십 명이란다. 아프리카는 먼 거리에 있었고, 비용도 많이 들기 때문에 다른 여행사와는 달리 인원을 배로 증가시켰단다. 그런 인원을 인솔할 사람은 자기밖에 없다며 사장은 큰소리를 친다. 젊은 애들은 감당이 안 돼요. 저는 여행을 아주 좋아해서 젊어서부터 세계 각지 안 가본 데가 없어요. 여행의 풍부한 경험을 바탕으로 여행사를 차렸거든요. 많은 인원의 통솔도 얼마든지 가능해요. 자화자찬까지 하면서 너털웃음을 웃는다. 일행들은 두고 보자는 식으로 사장의 명령에 따라 비행기 표 체크를 마치고 안으로 들어갔다. 모두들 너무 일찍 서두른 탓에 시간은 많이 남아돌았다. 정미가 여기저기를 기웃거리는데 영수가 보챘다.

"어이. 나, 배가 고프네."

영수의 말 폼은 항상 이런 식이었다. 정미는 개나 소가 아님에도 불구하고 좋은 이름인 여보나 당신 아니면 자기라고 부르면 얼마나 좋겠는가. 그런데 그런 이름들은 아예 부를 생각은 하지도 않고 항상 정미를 부를 때 '어이'했다. 그 꼴이 아니꼽지만 정미는 눈을 감아주면서 친절하게 반응했다.

"배가 고파요? 그럼 메밀국수나 먹읍시다. 한국에서는 마지막 식사니까."

메밀은 소화도 잘되면서 살도 찌지 않는 음식이다. 거기에다 나쁜 물질들을 배설시켜주기 때문에 아무리 많이 먹어도 탈이 나지 않는 게 특징이다. 그래서 정미는 메밀음식을 권했다. 영수는 배가 고플 것을 염려해서 새벽같이 집을 떠날 때도 밥을 먹고 출발했다. 그리고 비행기에 오르면 또 아침밥이 나올 것인데, 그 사이를 참지 못하고서 밥 타령을 해댄다. 항상 배고픔을 참지 못하는 영수를 보고 정미는 이런 생각을 했었다. 어렵고 가난했던 왜정시대의 식민지시절에 태어나서 제대로 먹지 못하면서 자라났기 때문일 거야. 그랬었는데, 아니나 다를까 정미는 나중에야 그 이유를 알게 되었다. 영수와 함께 건강검진을 하러가서 같은 사진기로 똑같이 찍었는데, 정미의 위는 크면서도 길었다. 그러나 영수의 위는 짧으면서 작았다. 같은 사람인데, 왜 저렇게 모양이 다르지? 생각을 해보니 창자가 자라날 시기에 굶주린 탓이라는 생각이 들었다. 그런 영수에 비해 정미는 해방 이후에 태어났으며 또 풍족한 가정에서 배불리 먹고 자라났으니까 위가 저리도 크면서도 길었다. 그래서 정미는 왕창 많이 먹기도 했지만, 한 번 잔뜩 먹으면 몇 끼를 굶어도 어지간히 버틸 능력은 있었다. 그런데 늘 밥 타령만 해대는 영수의 아내로 살다보니 혼자 먹도록 놔둘 수가 없어서 함께 먹다보면 자연스레 정미는 뚱보가 되고 만다. 그 때문에 정미는 살이 안찌는 음식인 메밀을 즐겨하니 영수는 마지못해 응한다. 영수는 본래 메밀 같은 음식은 좋아하지 않았다.

"그러지 뭐."

부부는 메밀 집으로 들어가서 국수를 먹고 얼추 시간이 되어 비행기에 올랐다. 그런데 여자 세 명이 오지 않아 그녀들을 기다리느라 삼십 분이나 늦게 이륙했다. 잽싼 여자들은 짐을 비행기에 붙여놓고는 세 시간이 지나도록 나타나지 않았으므로 그녀들의 짐을 내려놓고 출발하였다. 비행기가 하늘 높이 치솟아 안정권에 이르자 사무국장이 『매혹의 아프리카 여행』이라는 책자를 만들어서 일행들에게 한 권씩 나눠주었다. 책을 본 영수가 감탄한다.

"역시 소설가인지라 잘 썼네."

책 속에는 아프리카에 대한 정보들을 비롯해서 그곳 현지의 상황까지 낱낱이 들어있어서 많은 참고가 될 것 같았다. 여행이란 본시 낯선 얼굴들과의 만남인 동시에 낯선 고장들을 체험할 수 있는 기회여서 세상의 연결통로역할을 한다. 첫날은 틀에 박힌 의자에 앉아서 천정만 바라보아야만 되는 곤혹을 치렀다. 홍콩에서 요하네스버그로 가는 비행기를 갈아타는 일 외에는 서있을 일이란 없었기에 일행의 얼굴들을 익힐 기회는 한 번도 없었다. 그러나 하루가 지나고 이틀이 지나면서 서로 얼굴들은 익혀져 갔고 나중에는 형제들보다도 더 가깝게 친해졌다. 이런 점이 여행의

장점일 것이다. 여러 날 동안 함께 먹고 같은 호텔에서 잠을 자면서 같은 시간대의 교통수단을 이용하다보면 서로가 친해지기 마련이다. 그런데 영수는 그런 것에 대해서도 불평을 늘어놓는다.

"난, 아는 사람이 하나도 없고 말이야. 괜히 온 것 같아."

그 말에 정미가 한마디 해준다.

"누군 다 알아요? 처음부터 아는 사람들이 어디 있어. 나도 아는 사람보다 모르는 사람이 더 많지만 함께 다니다보면 다 친해지게 돼요? 여행이 그런 것이지 뭐. 어떻게 잘 아는 사람들끼리만 여행을 다녀요?"

영수와 정미는 이런 점도 달랐다. 영수는 아는 사람들과만 여행을 다니는 것으로만 알았고, 정미는 주로 협회를 따라 다녔으므로 서로 몰랐던 사람들이 나중에는 친해지는 법도 익혔는데, 영수는 딴판이었다. 어디를 가든 자기가 활개를 치면서 통반장을 해야 직성이 풀리는 성격인지라 그러지를 못하니까 짜증만 나는 모양이다. 비용까지 대주며 함께 왔는데도 그러하니 어찌하랴. 참아야 한다며 정미는 입술을 깨물었다.

비행기가 하늘 속의 궁창으로 완전히 올라 안정권에 이르자 저녁식사가 나왔다. 대한항공인지라 한국음식이 나왔다. 조금 전에 메밀국수를 먹었지만, 이 음식이 어쩌면 한국음식의 마지막일거라는 생각에서 정미는 음식들을 꾸역꾸역 입속으로 쑤셔 넣었지만, 반밖에는 들어가지 않았다. 배가 너무 불러서 움직일 수도 없었다. 세 시간 이십 분 만에 홍콩비행장에 도착을 했는데, 홍콩시간은 한국시간보다 한 시간이 더 늦다. 한국의 시간은

24시인데, 홍콩시간은 23시다. 홍콩에서 23시 50분발 요하네스 행 SA287기를 올랐는데, 엔진고장에 나서 그것을 고치느라 또 한 시간이 지체된다. 그래서 정미가 투덜거렸다.

"비행기를 미리미리 고쳐놓을 일이지 사람을 태워놓고 고치느라 야단들이야."

그러자 영수가 군자다운 말로 정미를 다독인다.

"가다가 고장 나는 것보다야 안전하게 고쳐서 가는 게 더 낫지. 홍콩에서 요하네스버그까지는 열두 시간이나 걸리잖아."

열두 시간을 좁은 의자 속에서 쪼그리고 앉아 있을 생각을 하니 눈앞은 난감해져서 정미가 투덜댔다.

"오늘따라 비행기 의자가 더 좁게 느껴지네. 답답해서 견딜 수가 없어."

정미가 보채니 또 영수가 달래준다.

"그러려니 해야지."

항상 조급하면서도 신경질적인 모습은 전혀 보이지 않는다. 이 사람은 왜 이렇게 갑자기 변했지? 성급하기 짝 없던 영수가 참고 있는데, 이번에는 정미가 참지를 못하면서 보챈다. 그러나 정미는 지루함을 달래는 방법을 알고 있다. 어느 한 곳에 신경을 집중시키면 시간은 빨리 간다. 집중을 하려면 글쓰기가 최고다. 이럴 때를 대비해서 정미는 아들 정남이가 읽고 버린 책 『7일간의 여행』을 손가방에 넣은 것이 떠올랐다. 책을 꺼내어 읽으면서 요점정리를 해나갔다. 책 한 권을 전부 읽으면서 요점정리를 끝내고 시계를 보니, 아직도 여섯 시간은 더 남아있다. 홍콩과

요하네스는 여섯 시간의 시차 때문에 밤은 엿가락처럼 더 늘어진다. 남은 시간에는 잠이나 푹 자려고 물감기약을 마셨지만, 효과는 나지 않았다. 요점정리를 하느라 신경이 너무 날카로워진 모양이다. 신경을 누그러뜨리기 위해 이름도 뜻도 모르는 외국 영화를 틀어놓고 넋을 뺀 다음에 움직이는 그림들만 멍청히 바라다보았다.

자는 둥 마는 둥 앉아있는데, 목적지에 도착했다는 아나운서의 목소리가 들려온다. 이럴 땐 한국비행기라서 참 좋다. 같은 언어를 쓰는지라 잘 들린다. 그런데 사장이 갑자기 서두른다. 어서 내릴 준비를 빨리빨리 하세요. 요하네스공항에 도착했으니까 남아공의 국내비행기로 갈아타야 돼요. 서두르지 않으면 비행기를 놓쳐요. 다그치는 말에 모두들 서둘렀지만, 검색대를 빠져나오자 다른 여행사의 한국 사람들과 합세되면서 번잡해졌다. 사장이 또 소리친다. 한국인 관광객들에게 차례를 양보해주세요. 먼저 보내고 그 뒤를 따르세요. 그렇게 양보를 한 탓에 일행은 사장의 지시대로 따랐지만, 타야 될 비행기를 놓치고 말았다. 이걸 어쩌지? 사장이 뒤통수를 긁적이다가 다른 궁리를 짜냈다. 가만 있자. 여기서 잠깐만 기다리고 계세요. 그러고는 어디론가 가버린다. 일행은 사장이 시키는 대로 할 수밖에 없다.

한참 후에 사장이 나타나서 다른 지시를 내린다. 다음에 출발하는 비행기에 탑승할 수 있도록 만들었어요. 아휴, 한동안 진땀을 뺐네. 사장은 손수건으로 이마에 흐르고 있는 땀을 닦아내며 저쪽으로 가세요. 가서 비행기를 타면 됩니다. 하고는 앞장서서 걸어간다. 한국에서 처음 만났을 때는 뚱뚱해서 날렵해 보이지도 않았는데, 아프리카에 당도하니 자기 집에 온 사람처럼 펄펄 날아다닌다. 한 순간에 훨씬 젊어버린 것 같다.

　케이프타운공항에서 내린 일행은 테이블마운틴이 있는 바로 아래에 위치한 할로데이 인 호텔로 갔다. 방 배정이 시작되었는데, 명부상으로는 두 번째에 적힌 정미부부에게 사무국장은 맨 나중에 방을 배정해준다. 그 사이 영수가 투덜거렸다.
　"사람을 우습게보고 있네. 저것들이 그냥."
　그 말을 들은 정미가 선수를 쳐서 사무국장에게 소리쳤다.
　"아니, 왜 명부 차례대로 방을 배정하지 않고 우리는 제일 늦게 주는 거야? 정말로 이 따위로 할 거야?"
　그러자 사무국장과 사장이 달려와서 달래준다.
　"아직 청소가 덜 되어서 그랬어요."
　정해준 방에 짐을 올려다놓고 다시 버스에 올랐다. 식당에서 점심을 먹고 테이블마운틴으로 향했는데, 산의 정상이 책상처럼 되었다고 해서 붙여진 이름이라며 사장이 설명을 해준다. 여기 엘리베이터는 세상에서 제일 큽니다. 우주선 모양의 엘리베이터가 빙글빙글 돌아가면서 사방을 다 볼 수 있도록 해놓았다. 그것을 타고 사방을 관망하며 산 정상으로 향했다. 케이프타운시내의 전체를 볼 수 있는 좋은 기회였다. 과연 만델라의 고장이네. 아주 질서 정연해. 누군가 감탄을 했다. 영국의 통치아래 있던 남아공에는 빈부의 차가 너무 심했단다. 그래서 민중운동가 만델라는 그의 모토로 모든 인류를 공평하게 해주려는 공평을 원칙으로 지킨 사람이란다.

산 위 정상에 오르니 또 다른 세상이 펼쳐졌다. 테이블마운틴은 만델라의 모토처럼 공평을 상징하고 있었다. 인류는 모두 다 공평해야 한다는 것. 높고 낮음이 없어야 된다는 것. 그런 의미를 전해주는 산 같았다. 바위가 넓은 평지로 펼쳐져 있기 때문에 위나 아래는 없었다. 고원의 평평 지대에는 돌 조각들로 가득 채워져 있었는데, 그것들을 둘러보다가 부부는 깨진 바위를 하나 발견했다. 그런데 이곳의 바위는 한국의 바위와는 아주 달랐다. 겉은 검은 색깔인데, 깨진 부분의 속은 핏빛이다. 마치 아프리카인들을 닮은 것처럼 돌이 그랬다. 아프리카인들은 피부가 검은데, 입술은 붉은 핏빛이다. 자주색 같기도 한 진빨강색인데, 이런 돌을 보기는 난생 처음이다. 한국에는 이런 돌들은 없다. 울릉도를 덮고 있는 바위들처럼 여기 테이블마운틴에도 바위들이 시루떡처럼 켜켜로 쌓여있어서 산은 온통 돌들의 천지였다. 마운틴을 한 바퀴 도는데, 바람이 거세었다. 바람 때문에 너무 시원했는데, 일행들 틈에서 영수는 정미의 뒤만 졸졸 따라다니면서 정미의 독사진만 찍어댔다. 마운틴을 반 바퀴쯤 돌다 바다가 내려다보이는 자락 끝에 서자, 도사 옷을 입은 남자가 강의를 하고 있다. 일행들은 그 강의를 들으러 우르르 몰려들었지만, 정미는 그 꼴이 보기 싫어서 영수의 옆구리를 쿡쿡 찔러댔다. 영수가 정미를 쳐다보자 정미는 가자는 눈신호를 보내면서 중얼거렸다.

"도사는 산속에 있어야 걸맞지. 세속에 물든 사람이 무슨 도사야. 도사 옷만 걸치면 다 도사냐?"

정미의 타박에 영수는 하는 수 없이 못이기는 척 정미의 뒤를 따랐다. 테이블 마운틴을 한 바퀴 돌고나니 찻집이 나왔다. 들어가서 차를 마시는데, 일행들이 하나둘씩 들어선다. 도사의 강의가 별거 아니었다는 듯 각자 커피를 시켜서 마시고는 케이블카를 타고 하산했다. 그러노라 하루가 다 지나갔다. 여기서 하룻밤을 잤을 뿐인데, 이틀이 지났다. 한국과 남아공의 시차가 일곱 시간이나 되기 때문이었다.

케이프타운은 참으로 아름다운 도시다. 지중해성 기후여서 여름에는 비가 오지 않는단다. 그 때문에 포도들이 잘 익어서 포도주의 맛은 세계에서 최고란다. 주택들은 모두 이층이나 삼층으로 되어있는데, 각진 주택에 하얀 색을 칠해놓아서 마치 주택전시장 같았다. 바닷바람과 우기 때 내리는 비로 인해 도시에는 먼지 하나 없다.

테이블마운틴 아래에는 워터프린트가 자리 잡고 있는데, 여기는 별장지대란다. 그곳을 배경으로 일행은 단체사진을 찍었다. 아름다운 경치를 자랑하고 있었지만, 이런 곳에 이주해서 항상 한가롭게 망망대해만 바라보게 된다면 얼마나 지루할까? 막힌 데가 없어서 더 허전할 것만 같았다. 사람 사는 일에 모두가 다 잘되는 일만 있다면 아마 재미는 없을 것이다.

점심을 먹으러 식당으로 갔는데, 맨 나중까지 부부의 식탁에는 음식이 나오지 않았다. 방 호수를 정해주는 데도 그러더니 식당에서도 그런다. 이에 화가 난 정미가 또 큰소리를 냈다.

"빨리빨리 줘요. 왜 우리만 맨 나중에 주느냐고."

세상에서 좋은 사람으로 태어난 사람은 아무도 없다. 어디를 가든 천덕꾸러기신세가 되고 보니 화만 치솟았다.

부부가 든 방은 314호실이다. 정미는 늦게 잠이 들었지만, 집에서의 버릇대로 새벽 두 시에 깨어났다. 그 시간은 하루 중에서 가장 정적이 흐르는 시간인지라 정미는 이런 시간을 너무 좋아한다. 사람들이 모두 잠들어있어서 너무 조용했다. 정미가 부스스 일어나서 그림자와 대화를 나누며 커피도 마신다. 커튼을 제키고 창밖을 바라보니, 한국에서 본 해남의 풍경과 흡사했다. 해남도의 밤도 칠흑처럼 캄캄했었다. 그 때문에 밖은 모두 바다인 줄로만 알았었다. 그런데 날이 샌 뒤에 보니 바다는 아니고 모두 맨 땅들이었다. 여기도 마찬가지다. 어둠이어서 바다처럼 보였지만, 바다는 아니고 맨땅이다. 그걸 어찌 아느냐 하면 낮에 보았기 때문이다. 바다는 여기서 몇 불럭이나 떨어진 곳에 있었다. 시선을 먼데로 향하니, 작은 항구가 보인다. 항구에는 십 여대의 배가 정박해서 작은 불빛들을 깜빡이고 있었다. 키가 큰 야자나무가 창문 바로 앞에 서서 흔들거렸기 때문에 바람이 불고 있는 방향까지 알려준다. 소나무는 한국의 소나무들처럼 잎사귀가 토실하지 않고 실처럼 가늘어서 길기만 한데, 그것들이 바람을 따라서 하늘거려대는 폼이 더 멋졌다.

아침이 되니, 한국과 스페인의 축구경기 팔강전이 벌어지는 날이란다. 축구로 말할 것 같으면 스페인이 세계 제일의 강국인데, 감히 좁쌀만큼 작은 나라 한국이 스페인과 맞붙게 되었단다.

그 경기 때문에 여덟 시에 떠나기로 정해진 관광은 경기가 끝난 아홉 시로 변경되었다. 그 시간까지 호텔에 머물면서 어정거려야 될 판국인데, 일행들이 이구동성으로 떠들어댔다.

팔강까지야 기적적으로 올라갔지만, 사강은 기대도 못하지. 하지만 사강까지 오른다면 또 얼마나 기쁜 일이야? 그런 기대감을 안고 호텔세미나실을 빌려서 모두들 텔레비전 앞에 모여 앉았다. 무슨 경기든 그렇다. 혼자 보면 재미가 없지만, 여럿이 보면 와~ 하는 함성 소리 때문에 재미는 두 배로 증가되어서 사람의 마음을 졸아들게 해준다.

부부는 시간 맞춰 세미나실로 갔는데, 실력은 양쪽이 막상막하다. 전 후반이 끝났는데도 서로 골대에 볼을 넣지 못해서 삼십 분 더 연장전에 들어갔다. 그런데도 승부는 나지 않아 하는 수 없이 이번에는 양쪽 다섯 선수가 꼴 대를 향해 볼을 차서 승부를 가리기로 했다. 한국선수들은 다섯 명이 모두 골대 속에 볼을 넣었는데, 스페인 선수는 네 명만 넣었고 한 명이 실수를 한 덕에 자랑스럽게도 대한민국선수들이 사강까지 진출하게 되었다. 장하다. 대한민국의 선수들이여. 박수갈채를 보내며 선수들을 길러낸 히딩크에게 감사했다. 그래서 사람은 지도자를 잘 만나야 성공도 할 수 있다. 그동안에 히딩크는 온갖 기량을 다 동원해서 전심전력으로 선수들을 길러냈고 이런 결과도 나왔다. 일행이 호텔 밖으로 나가자 어제까지도 재피니스? 차이니스? 하고 묻던 남아공사람들이 일제히 일행들을 향해 '오오, 코레아 남버 원.'하며 엄지를 척 들어서 보여준다. 코레아란 이름이 삽시간에 남아공 전체를 뒤흔들어놓았다. 남아공사람들은 인도인들이 상권을 모두 차지하고 있어서 인도인들을 제일 싫어해요. 그 다음은 중국 사람들인데, 중국인들은 돈 버는 일에는 일가견들이 있어요. 사장이 설명을 해준다. 무슨 일에든 승리는 기쁨을 안겨준다. 축구가 사강에서 이긴 탓에 한국 상품들의 주문이 쇄도되고 있단다. 텔레비전이 이런 소식을 전해주었다.

오늘의 여행지는 물개 섬이다. 육지에서 조금 떨어진 바위섬인데, 물개 모양으로 되어있어서 붙여진 이름이란다. 물개 섬으로 가기 위해 배타는 곳 방앗간에 들렸는데, 방앗간이란 남아공식의 매점 명칭이다. 아프리카에는 가는 곳곳 마다 방앗간들이 많았다. 거기에서는 수공예품인 나무 조각들이나 이상하게 생긴 돌들을 팔고 있다. 배를 타고 바다로 나가니, 무인도들이 많았다. 무인도마다 물개들이 떼를 지어서 앉아 있었는데, 바위 위로 내리비치는 일광욕을 즐기고들 있었다. 어떤 바위섬에는 물개의 까만색들이 바위 전체를 덮고 있어서 검은 섬처럼 보였다. 간혹 하늘에는 구름떼들이 몰려들기도 했는데, 섬으로 오가는 길목에는 절벽 산도 있다. 깎아지른 듯 산은 높았는데, 섬 전체가 시루떡 같은 바위들이 켜켜로 쌓여있었다. 그 섬을 돌아본 다음에는 펭귄마을로 향했다.

펭귄마을에는 부시맨들이 살고 있었다. 들어가는 입구의 정경은 너무 아름다웠고, 먼 곳에는 바다도 보였다. 주택들도 많았다. 모래 위로 깔린 아스팔트길을 걷노라니, 부시맨들이 노래를 부르면서 춤추고 있는 곳이 나타났다. 부시맨들의 특징은 노래를 부르면서 춤추는 것을 좋아한단다. 그들은 취미자랑을 하면서 돈도 벌고 있다. 일행이 그들을 지나치려하자 더욱 더 신나게 노래를 불러가며 춤을 춘다. 저들은 여행객들이 던져주는 돈으로 살아간다는데, 어떤 사람은 염치도 없이 그들과 같이 사진을 찍고서도 돈 한 푼 내놓지 않고 가버린다. 그러나 어쩔 수 없다. 세상은 모두 천차만별의 사람들이 살아가는 곳이기에 항상 자기들의 방식대로 살아가기 마련이다. 정미의 생각에는 영화에서 본 벌거벗은 토인들만 부시맨들인 줄 알았는데, 여기 부시맨들은 단체로 똑같은 옷들까지 입고 있었다. 문화의 혜택을 누리면서 살아간다. 그들 중 리더인 사람은 다른 색깔의 윗도리를 입고 있다. 거기를 지나 곧장 가니, 작은 나무 아래에서 펭귄 한 마리가 알을 덮고 앉아있다. 작은 펭귄에게는 일생에서 가장 힘든 일이겠지만, 일행은 신기하다며 알을 품고 있는 펭귄의 몸체를 열심히 들여다보기까지 한다. 아프리카펭귄들은 아주 작아서 앙증맞다. 한국의 동물원에서 보는 펭귄 크기의 삼분지 일밖에 안 되어서 너무 귀엽다. 나무로 연결로를 만든 바닷가의 산책로를 걸으면서 사진도 찍었고 아름다운 풍경도 감상했다.

그곳을 떠나 부지런히 달려 이번에는 아프리카의 최남단 땅끝에 있는 희망봉으로 향했다. 1487년에 포르투갈은 스페인의 강한 힘에 떠밀려서 더 이상은 육지로의 진로가 막히자, 가야 될 곳은 바다뿐이었단다. 그리하여 바다 밖의 땅을 개척하려고 주앙2세는 세 척의 배를 바다에 띄우면서 탐험대를 조직했단다. 1488년이 되자 두 척의 배가 바다의 풍랑에 밀려 두 주간이나 바다 위에서 표류했었는데, 북쪽으로 밀리던 중 희망봉을 찾아내게 되었단다. 그때 배를 지휘하던 사람이 바스톨로머우 디아스였다. 처음에는 폭풍을 피하기 위해 얻게 된 땅이라 '폭풍의 곶'이라고 불렸지만, 주앙2세는 그 이름을 다시 고쳐서 희망봉이라고 했단다. 희망봉으로 가는 길에는 아프리카선인장들이 꽃들을 피워놓고 뽐내고 있었으며, 에델바이스 꽃들도 있었다. 한국에서는 도저히 찾아보기 힘든 희귀한 식물들이지만, 이곳에는 지천으로 널려져있었다.

희망봉은 육지의 끝과 바다가 연이어져 있어서 바람이 세찼다. 몹시 추워 그냥 서있기도 힘들어서 봉 아래로 내려갔다. 출렁거리며 파도치는 바다에는 다시마들이 무성하게 자라나서 서로 엉키어 있었다. 뭉텅이들로 너무 많이 자라나있어서 청소비용도 만만치 않단다. 그런데 마침 중국에는 다시마가 없으므로 중국당국과의 협의 아래 중국에서는 공짜로 다시마를 뜯어가는 조건으로 청소까지 해주고 있단다. 꿩 먹고 알 먹는 식이다. 이를테면 중국에서는 없는 다시마를 공짜로 뜯어다가 전 국민에게 팔아서 좋고, 남아공정부에서는 청소비가 안 들어서 좋단다. 일종의 상부상조로 일석이조의 효과를 누리고 있다.

저녁식사 후에 호텔로 돌아오니, 아침에 팁이라며 탁자 위에 놓고 간 동전들이 그대로 있다. 물론 청소도 되어있지 않았고 다 쓴 휴지 같은 소모품들도 채워놓지 않았다. 정미가 영수에게 타박을 보냈다.

"것 봐. 왜 그랬어? 일하는 사람이 기분 나빴나 봐. 자기들을 얕본다고 말이야. 그러니까 내가 그랬잖아. 일 달러짜리를 놓으라고. 그런데 동전들만 놓더니, 이 꼴이 되었네."

그런 걸 보니, 부시맨들은 자존심도 강한 모양이다. 머리를 굴려 백일들을 잡아 눌러 살도록 하는 재주도 좋았지만, 자존심도 몹시 강하다는 걸 알았다. 다음부터는 공손하게 깨끗한 지폐 한 장으로 팁을 놓아야 된다.

초저녁 여덟 시에 잠든 정미는 새벽 두 시에 깨어났다. 그러나 영수는 다르다. 밤중까지 텔레비전을 틀어놓고 시끄럽게 굴면서 정미의 잠을 방해하다가 정미가 일어나면 그제야 잠을 자려 텔레비전과 불을 끄고서 눈을 감는다. 그런 탓에 정미는 불을 켤 수도 없다. 조심스레 어둠 속을 더듬어 창 앞으로 다가선다. 창밖을 내다보니, 낮에 내리던 눈은 이제 비로 변해 있다. 그런데 너무 춥다. 미리 준비해온 내복을 꺼내서 입었지만, 날이 새기 직전의 추위는 더 냉랭했다. 견딜 수가 없어지자 다른 생각을 해냈다. 이럴 땐 뜨거운 물에 몸을 푹 담그는 게 최고다. 욕조에 뜨거운 물을 잔뜩 받아놓고 들어가서 오랫동안 앉아 있으려니 물은 차츰 식어져갔다. 하는 수 없이 욕조에서 나와 뜨거운 커피 한 잔을 마시니 오므라졌던 몸이 활짝 펴졌다.

오늘은 먼 곳에서만 바라보던 바다에 있는 로번 섬으로 가는 날이다. 로번 섬은 만델라가 민주화운동을 하다가 잡혀서 이십칠 년간 옥살이한 곳이란다. 여덟 시에 출발을 한다는데, 비가 내리고 있다. 오후에는 열여섯 명이 네 팀으로 나누어서 골프라운딩을 하기로 되어있었으므로 미리 골프복장으로 단단히 껴입었다. 로번 섬에 가려면 워터 프런트로 가서 배를 타야만 된다. 버스를 타고 워터 프런트에 당도하니, 바람이 너무 세차서 오늘은 배 운항을 하지 않는단다. 삼 미터정도의 파도도 집채만 해서 원양어선이 뒤집힌다는데, 오늘의 풍랑은 십 미터이상이란다. 십 미터의 파도는 엄청나요. 절대로 못갑니다. 사장이 부연설명을 해준다. 그 말에 정미는 로번 섬을 바라보니, 로번 섬은 바다 건너 바로 코앞에 있다. 정미가 사장에게 물었다.

"하필이면 왜 저토록 가까운 곳에 만델라를 가두었어요?"

"육지와는 가까워도 저 섬으로 가려면 수심이 수십 미터입니다. 거기에다 밑에는 산호초들이 엉겨있고 상어 떼들이 우글거려 배가 뒤집히는 날엔 살지 못하거든요."

사장의 설명에 일행은 로번 섬 가기를 포기하고 근처에 있는 박물관을 한 바퀴 돌면서 사진을 찍었다. 그 사이 사장의 설명이 시작되었다.

"만델라는 금년 7월 18일이 여든네 살 생일을 맞이합니다. 만델라는 악명 높은 '아파르트 헤이드'라는 정책을 철폐시키고 민주주의를 이끈 장본입니다. 만델라는 남아공의 인종차별정책을 철폐하기 위해 운동을 하다가 투옥되어 이십칠 년간 옥살이를 한 뒤 1993년에 노벨평화상을 수상했습니다. 그런데 이십칠 년간이나 옥바라지를 하면서 두 아들을 낳은 첫 번째 부인과는 이혼을 하고, 당시의 왕비이던 그라카 매첼과 재혼해서 지금은 매첼과 매첼의 딸과 셋이서 런던 부근 별정에서 살고 있어요."

그 말에 정미는 혀를 끌끌 찼다.

"틀려먹었네. 아주 틀려먹었어. 남들의 인권을 위해서는 물불을 가리지 않으면서 애를 쓴 사람이 자기의 자식을 둘씩이나 낳아주고 이십칠 년간이나 옥바라지 한 부인을 버리다니. 거기에다 다른 여자와 결혼해서 남의 딸을 데리고 행복하게 잘 살고 있다고? 도무지 이해가 안 가. 남자는 다 그런가?"

그러자 사장이 변명을 늘어놓는다.

"부인과의 관계는 그랬지만, 만델라는 참으로 의리 있는 사람이에요. 의리를 지키기 위해 함께 감옥에서 옥살이 한 친구들을 모두 내각으로 등용했습니다. 그리고 그와 같이 옥살이 했던 친구아들을 지금의 대통령으로 올려놓았어요. 자기아들은 지능이 모자라기 때문에 대통령감은 못된다면서요. 현재 남아공대통령의 나이는 육십 세입니다."

로번 섬에 가는 일이 취소되었으므로 시간은 많이 남아돌았다. 시내 관광을 하고 백화점에서 아이쇼핑도 했는데, 남아공사람들은 수준이 아주 높았다. 전에 아프리카에서 최고의 도시로 자랑하던 케냐에서는 백인들을 모두 쫓아낸 뒤 말할 수 없는 황폐지역이 되어졌단다. 이 일을 본 만델라는 백인들을 쫓아내지 않고 더불어 사는 방법을 채택했단다. 이를테면 낮에는 백인들이 도시의 거리를 차지했고, 밤에는 흑인들이 판치도록 만들어서 동행의 삶을 살아가는 방식이란다.

요하네스공항에서의 일이다. 키가 작으면서 수염을 기른 육십 대의 남자가 여행 가방을 정리하다 실수로 땅에 골프공을 떨어뜨렸다. 그것을 본 정미가 물었다.

"어머, 골프도 쳐요?"

남자가 대답했다.

"두 팀은 정해졌는데, 한 팀을 더 만들려고요."

"그러면 거기에 우리 부부도 끼어주세요."

그랬는데, 일이 잘되어 정미부부도 골프라운딩을 할 수 있게 되었단다. 모든 일들이 계획 이상으로 진척되어 가고 있음에도 불구하고, 영수는 내내 투덜거려댔다.

"난 다음부턴 절대로 당신을 따라다니진 않을 거야."

"에그, 당신이 따라붙기 전에 내가 함께 다니지 않을 걸. 그러니까 그런 염려는 하지도 말아요. 착각도 분수 있게 하라고."

날이면 날마다 불평불만만 늘어놓는 게 영수의 나쁜 버릇인 줄 뻔히 알고 있지만, 오늘은 그런 말까지 해대니 정나미가 떨어진다. 오전 내내 그칠 줄 모르고 줄줄 쏟아져 내리던 비는 오후가 되자 말끔히 개였다. 골프를 치는 데는 참으로 좋은 날씨다. 라운딩 팀은 현지교포를 따라서 골프장으로 향했고, 나머지사람들은 포도주농장으로 견학을 갔다. 즐겁게 라운딩을 끝내고 봉고에 올라서 마지막 팀을 기다리고 있는데, 승호가 버스에 오르면서 대중과 싸잡아서 그의 아들들을 욕해댔다.

"대통령이라는 작자가 말이야. 민중 살리기에는 신경도 쓰지 않고 노벨평화상 타는 일에만 급급해서 아들 셋을 모두 도둑질이나 하도록 만들고 있어. 국민들 돈을 모아다가 로비를 해서 노벨평화상을 탄 거 누가 모를 줄 알고? 아주 못된 인간이야."

그 말에 정미도 동조했지만, 참고 있었는데 승호가 대신해서 말을 해준다. 승호의 말에 정미의 속은 후련해졌지만, 정미의 옆에 앉아있던 영수가 배알이 꼴리는 모양이다. 한 집안에서 같은 밥솥의 밥을 삼십 년 이상이나 함께 먹었으면 의견이 같아지련만 이들 부부는 아직까지 서로 각각이다. 그런 줄도 모르고 영수는 정미의 귀에다 대고 속살거린다.

"나한테 한 번 걸리면 가만 두지 않겠어. 나쁜 놈. 왜 대통령을 했고 노벨평화상까지 받은 사람을 욕하는 거야?"

당장 달려들 기세로 눈을 부릅뜬지라 정미가 말렸다.

"당신이 대중씨와 무슨 상관이 있어요? 괜스레 남의 일에 쓸데없이 끼어들지 말아요. 가만히 있어요."

정미가 말리자, 영수는 더 한층 신경질을 부려댔다.

"에이, 괜히 왔어. 남들은 서로들 다 아는 모양인데, 나만 모르는 사람들뿐이잖아."

"본래부터 알고 지내는 사람이 누가 있어요. 한 번 만나고 두 번 만나다보면 알게 되는 법이지. 당신은 사회생활을 그리 많이 했다면서 그런 것도 몰라요? 속이 좁아가지고서는. 지금부터 다시 새롭게 친구들을 사귀면 되잖아."

한마디 쏘아대니 조용해진다.

승호는 전직이 신문기자였단다. 지금은 출판업을 하고 있는데, 겉보기에는 아주 얌전하면서도 순해 보였다. 그러나 말하는 투를 보니 성깔은 있어 보였다. 전직이 기자였다니 알만도 하다. 사람은 성격이 직업을 만드는 게 아니라 직업이 성격을 만들어준다. 괜한 일에 트집을 잡아서 전번의 대통령을 욕하는 걸 보니, 기자의 습성이 아직도 붙어있는 것 같았다. 보아하니 출판일도 제대로 안 되는 모양이다. 사람은 그렇다. 일이 잘되면 자기 탓이고, 안 되면 조상 탓으로 여긴다. 일마다 짜증을 부려대니 일이 잘 될 리는 없다. 사람은 일이 안될 수록에 공손해야 일도 잘 풀리게 된다.

포도농장에 견학 갔던 사람들이 돌아와서 합세를 한 다음 호텔로 돌아왔다. 샤워를 한 뒤에 저녁을 먹으러 갔는데, 중국집에서 만찬처럼 술판이 벌어지자 사장이 떠들어댔다. 케이프타운의 포도주가 맛이 좋고 유명한 것은 다 이곳의 기후 탓입니다. 지중해성 기후여서 여름에는 비가 오지 않으면서 바다로부터 불어오는 습한 바람이 포도의 당도를 높게 만들어서 최고의 맛을 만들어줘요. 식당에서 창밖을 보니 도시가 너무 아름답다. 야트막한 산을 무대로 해서 이층이나 삼층의 낮은 양옥들이 즐비한데, 모두 다 하얀 색깔들을 칠해 놓았다. 너무 깨끗하다. 거리에는 굴러다니는 휴지조차 하나도 없다.

오늘은 요하네스버그로 다시 간단다. 케이프타운으로 오기 전에 남아공 국내선 비행기를 갈아타려고 잠깐 들른 곳인데, 요하네스버그는 몹시 추웠었다. 옷을 단단히 껴입었지만, 기회가 되면 공항면세점에서 사파리 하나는 꼭 사야 되겠다고 다짐했다. 케이프타운도 추우니까 거긴 더 추위가 심할 것이다. 요하네스버그는 십 년 전만 해도 한국 사람들의 출입은 감히 엄두도 내지 못했단다. 남아공이 유엔협정을 위반한 까닭에 국제회의에서 제외되었기 때문이었단다. 그로 인해 한국정부에서는 비자도 내주지도 않으면서 일절 왕래조차 못하게 하였다. 만일 정부의 허가 없이 멋대로 다니면 중앙정보부에 끌려가서 죽도록 매를 맞아야 된단다. 당시는 군부의 통치하에 있었고 중앙정보부는 군부중의 핵심부였다. 막강한 권력기관이었는데, 지금은 상황이 아주 달라졌다. 만델라가 민주화를 이끌었고 유엔협정에 호응하면서 한국을 방문한 덕에 현재는 홍콩을 거쳐서 올 수 있다.

한국에서 생각할 때 아프리카하면 모두 가난한 줄로만 알았는데 와보니 딴판이다. 각종의 아름다운 주택들과 문화시설들이 놀랄 만치 잘되어 있었다. 주차시설·도로시설·호텔시설들은 수준급 이상인데, 케이프타운과는 달리 요하네스버그에는 낮에도 흑인들이 거리를 누비고 다니고 있었다. 길에는 온통 흑인뿐이어서 정미가 고개를 갸웃거렸다. 지금은 겨울이고 햇살도 그리 뜨겁지 않다. 바람마저도 시원했으며 물이 검거나 땅이 검은 것도 아니다. 그런데 사람들의 피부색깔들은 왜 모두 검을까? 어떤 사람이 그것에 대한 설명을 해준 적이 있긴 했다. 하나님이 흙으로 사람을 빚어서 구울 때 실수를 해서 그리 되었단다. 불에 구우려고 불속에 사람을 넣었는데, 깜빡 조는 사이에 너무 타서 검게 되었다나? 그 말은 맞을까? 그러면서 성경 속의 인물인 이집트여자 하갈을 떠올렸다. 하갈은 아브라함의 부인인 사라의 여종이었다. 물론 검둥이였는데, 자식을 주겠다던 하나님은 사라의 경수가 끊어졌어도 아기를 주지 않았다. 더 이상은 기다리지 못하고 사라는 아브라함을 부추겼단다. 하갈에게로 들어가서 아들을 얻자. 그런 꾐에 빠져서 아브라함은 하갈에게로 들어갔단다. 그때 잉태되어 낳은 아들이 이스마엘이다. 이스마엘은 하갈의 피부색깔을 닮아서 까맸을 것이다. 그 후에 하나님은 약속을 잘 지켜서 경수가 끊어진 사라에게도 아들을 주어 백인들의 조상이 되었고, 흑인들의 조상은 이스마엘일 것이다.

공항에 도착했지만, 공항 안의 면세점에 탐나는 물건은 하나도 없다. 그냥 프리토리아로 향했다. 프리토리아는 남아공의 행정수도인데, 남아공에는 행정수도·사법수도·입법수도가 모두 분리되어 있단다. 입법수도는 케이프타운에 있고, 사법수도는 부름폰테인에 있었으며, 여기 프리토리아에는 대통령이 살고 있으면서 집무실도 있단다. 한국의 청와대와 같은 곳인데, 대통령궁과 집무실 앞에는 노점상이 리어카 위에다가 물건들을 팔고 있었다. 이게 바로 자유와 공평의 상징인가? 일행들은 그 앞에서 제각각으로 폼 나는 자세의 사진들을 찍어댔다. 그 다음에는 스넬렌보쉬박물관으로 갔는데, 박물관 앞에는 네델란드인 어머니가 두 자녀를 데리고 서있는 동상이 있다. 이 여자가 가장 처음으로 남아공 땅에 정착하면서 백인들이 남아공의 영토를 차지하기 시작했단다. 원주민은 호텐토트나 부시맨들인데, 1488년에 포르투칼사람들이 케이프타운에 들어왔고, 그를 기점으로 해서 1652년에는 네델란드의 동인도회사 사장 얀 판리백이 동양무역의 보급기지건설을 위해 케이프타운에 상륙하면서 네델란드인들의 이주가 이어졌단다. 그 후 영국계·프랑스계·독일계 등이 들어왔고, 비백인 아프리카의 흑인 반투족이 이주해서 살고 있단다. 아시아인은 인도인과 파키스탄인 그리고 컬러드인들

이 있는데, 1795년에 나폴레옹이 이곳을 점령했다가 1815년에
는 영국이 정식으로 남아공을 식민지로 삼게 되었단다. 1952년
에는 남아공이 한국전쟁에도 참전을 했었는데, 남아공의 인종차
별정책으로 인해 한때는 한국과 미수교 상태인 적도 있었단다.
박물관 안으로 들어서니 남아공의 노동역사가 그려진 그림들이
즐비하게 나열되어서 벽에 붙어있다. 이들은 백인들에게 지배당
하던 시절을 부끄럽게 여기지 않으면서 역사로 남겨 후손들에게
교훈을 삼고 있었다. 진실은 진실 되게 전하자는 의도일 것이다.

　관광을 마치고 저녁을 먹으러 한국 식당에 갔는데, 각기 자기가
원하는 자리를 찾아서 앉는 방법을 취하였다. 정미부부의 앞자리
에는 안영작가와 이명작가가 와서 앉자 영수가 또 투덜거렸다.

　"나를 꼭 여자들 속에 앉힌다니까."

　정미가 손짓으로 부른 사람들도 아닌데 영수는 꼭 그런 식으
로 해석해서 매사를 불평불만으로 털어냈다. 식사를 하면서 이
야기를 나누는 사이, 영수는 그녀들 둘 다 자기와 동년배들인데
모두 고향이 같다는 사실을 안 뒤부터는 은근히 신이 나서 열변
을 토해냈다. 안영작가는 지방대학을 나와 서울의 고등학교에서
교편을 잡고 있다가 정년퇴직을 했단다. 그런데 교직에 있으면
서 대학원도 다녔다며 꽤나 아는 척을 해댔다.

　"제가 아이들을 다루다보니 그렇더라고요. 귀염 받게 하는 애
들이 따로 있어요. 저들이 스스로 귀엽게 구는데, 어찌 예뻐하지
않을 수가 있겠어요?"

　그 말에 정미는 입을 삐죽거리며 성경 속의 말씀을 연상했다.

사람은 그렇단다. 사랑받을만한 자를 사랑하는 일은 누구나 다할 수 있다. 그러나 사랑할 수 없는 사람들까지도 사랑하는 게 참사랑이다. 이를테면 소외되어서 주눅이 들어있는 계층의 사람들을 아껴주면서 감싸주는 일들을 일컫는데, 자신감이 없고 수줍어서 윗사람들에게 가까이 다가가지 못하는 사람들을 사랑해주라는 거였다. 사람을 싫어하는 사람들은 마음속에 상처가 도사리고 있어서 그런 아픔 때문에 사람을 꺼리게 된단다. 상처 입은 아이들에게 용기를 북돋아주면서 자신감을 넣어주는 일이 참사랑인 것이다.

안영작가가 말하는 사이 정미는 초등학교 때의 일을 떠올렸다. 육학년 때였는데, 담임선생님은 그랬었다. 공부 잘하는 승은이와 민자에게는 온 정성을 다 기울이면서 중학교까지 보내주었다. 왜냐하면 그들에게 싹수가 있어 보였기 때문이었는데, 공부도 못하면서 가난 때문에 교과서도 없이 구석진 자리에서 웅크리고 있던 정미라는 아이는 있었는지 없었는지 기억도 못하고 있었다. 그런 것이 무슨 사랑인가? 그러나 결과는 어떠한가. 담임의 배려로 고등학교까지 나온 민자와 승은이는 너무나도 평범한 주부가 되어있다. 그러니까 사람의 장래는 아무도 모른다. 한 치 앞도 모르기 때문에 사람은 누구에게든지 공평하게 대해줘야한다. 결과적으로 진정한 도움이 필요한 사람에게는 외면을 하면서, 자기의 눈에만 잘 보이면 사랑을 베풀어준다는 원리는 아주 잘못된 원칙이라고 정미는 여겨졌다.

저녁 식사 후에는 산 프라노 인터콘티넨탈호텔에서 투숙하였다. 별 다섯 개짜리라면서 사장이 으스댔다. 가보니 건물의 높이도 꽤 높았지만, 안으로 들어서니 시설들은 너무 좋았다. 곳곳마다 으리으리했는데, 화장실과 화장대가 별실로 구분이 되어서 따로 따로 있었다. 욕실과 샤워장도 분리되어 있었는데, 모두 대리석으로 되어 있었다. 사장이 말했다. 잠들기 전에 짐을 분리해야만 돼요. 케냐로 가서 쓸 물건들은 작은 가방에 넣고 나머지 불필요한 물건들은 큰 가방에 넣어서 이 호텔에 맡겨둘 것입니다. 케냐에서 사파리를 마친 다음. 다시 여기로 와서 비행기를 타야 되기 때문입니다. 해서 가방정리를 하는데, 영수가 자꾸만 정미에게 잔소리를 해댔다.

"쓸데없는 물건들은 왜 잔뜩 가지고 와서 나만 힘들게 해. 무엇하러 이따위 것들까지 다 넣어서 생고생을 시키느냐고. 모기향·망원경·카메라도 두 개씩이나 가지고 왔네. 그뿐이야? 옷은 뭣하러 이토록 많이 가지고 왔어. 이 책은 또 뭐야? 무겁기 짝 없는 책을 잔뜩 가져왔군. 왜 나를 함께 가자며 꼬드겼나 했더니만, 이제 보니 짐꾼으로 부려먹을 속셈이었어. 에이, 신경질 나."

그 통에 정미는 케냐대사관에 주려고 넣은 책 여섯 권을 큰 트렁크 속에 그대로 남겨두면서 탄식했다. 아~ 난 왜 저런 인간을 만나 이 꼴로 살아야만 되지? 손끝도 까딱하지 않으면서 그저 입으로 잔소리만 퍼붓네. 고개를 저으면서 참고 참다가 큰 소리를 던졌다.

"짐은 내가 다 알아서 챙길 것이니 이제 그만 잔소리해요."

정미는 탄식이 저절로 나왔다. 많고 많은 남자들 중에서 왜 하필이면 어쩌다 저런 인간과 부부가 되었을까? 왜 꼭 저런 인간이었느냐고. 영수를 만나도록 해준 하나님이 원망스러워졌다. 도무지 마음도 맞지 않거니와 이혼을 하려해도 이혼은 절대로 되지 않았다. 정미는 더 이상 상종하고 싶지 않은 영수를 뒤로 하고 잠자리에 들어갔다. 얼마나 잤을까? 영수가 불을 켜는 바람에 정미는 잠에서 깨어났다.

"아직 세 시 삼십 분이군. 더 자야겠네."

영수는 그렇게 말하고 곧 잠속으로 빠져들면서 코까지 골아대기 시작했다. 영수는 그저 머리만 땅에 대면 곧 잠이 들곤 했지만, 정미는 달랐다. 한 번 잠에서 깨고 나면 더 이상 잠들기는 너무 힘들었다. 자려고, 자려고 애를 쓰면서 뒤척여도 한 번 달아난 잠은 더 이상 오지 않았다. 하는 수 없이 일어나서 화장실로 향했는데, 화장실은 별개의 방으로 되어있어서 너무 좋았다. 문을 닫으니, 영수가 잠자는 데는 아무런 지장도 주지 않았다. 참으로 좋았다. 화장대 앞에 불을 켜고 앉아서 그동안에 밀린 일기들을 썼다.

오늘은 나이로비로 가는 날이다. 나이로비는 케냐의 수도인데 전에 백인들이 통치할 적에는 아프리카에서 가장 손꼽히는 수준 높은 도시였단다. 그러나 케냐인들이 백인의 지배에서 벗어나려 폭동을 일으켰고, 끝내 백인들을 모두 추방해 버렸단다. 백인들이 없는 땅에서 자기들끼리는 아주 잘 살게 될 줄 알았는데, 그게 아니었다. 흑인들은 다시 무지의 세계로 들어가게 되면서 경제는 파탄에 빠졌다. 경제가 엉망으로 변하니 국민들은 자연스럽게 모두 추해지기 시작했단다. 길에는 제일 값싼 경유에서 쏟아져 나오는 검은 매연들이 자동차들의 뒤꽁무니에서 풀풀 품어냈고, 오토바이에서는 더 검은 연기들이 소리까지 쏟아내면서 달려들 갔다. 그 걸 본 만델라가 아마도 생각을 바꾼 모양이었다. 함께 살자. 백인들을 몰아내지 말고 함께 더불어 살아야 수준도 높아질 수 있다. 하나님이 백인들을 향해 왜 택한 민족이라고 했는지 이해가 갔다. 흑인들이 백인들의 두뇌를 따를 수 없으니까 그랬을 것이다. 그래서 만델라는 결정을 내렸을 것이다. 공존하자. 공존을 하되, 통치는 흑인들이 할 것이다. 그렇게 공존의 길을 택한 남아공은 지금의 정책 중에서 아주 성공한 케이스란다. 케냐의 언어는 반투어를 쓴다. 케냐는 타조라는 의미인데, 최대의 그룹이 반투어족들이란다. 이들은 주로 농경민들이고, 그 다음 그룹인 키쿠유족은 목축업에 종사하고 있단다.

나이로비공항에 도착해서 짐을 찾는데 선균씨의 짐이 어디론가 사라졌다. 요하네스공항에서 누군가 챙겨줄 것을 믿고 자기 짐의 관리를 소홀히 한 탓이다. 없어진 짐 때문에 한바탕 소란이 벌어졌지만, 찾기는 힘들 것이란 결론이 내려졌다. 단체여행에서도 자기의 짐은 자기가 꼭 꼭 알아서 잘 챙겨야 되는 것은 당연하다. 유인원박물관으로 갔는데, 사자와 코뿔소의 박제들이 있었다. 인간모형을 한 실재의 인간 뼈들까지 잘 보관되어 있었는데, 아프리카의 역대 추장들 사진들도 벽에 나란히 걸려있었다. 각종 새들과 동물들의 모형들도 있었고, 악어·이상한 짐승들·각종 뱀의 모형들도 있었다. 그것들을 돌아보고 전시실을 나왔는데, 사무국장이 이쪽과 저쪽을 나누어서 호명하고 있었다. 한국대사관에서는 작가들만 초청했기 때문이란다.

"저녁식사는 작가와 가족들이 별도로 행동하고, 작가와 관련 없는 관광객들은 식당으로 가면 됩니다."

나이로비호텔의 방으로 들어가니 말로만 호텔이었다. 시골의 초라한 여관 같았지만, 명색이 호텔인지라 엘리베이터 앞에는 경비원도 서있었다. 정원에는 칸나·자카란다·부겐벨리 꽃나무들이 곳곳에 심겨져 있었는데, 시내에서 쏟아져 들어오는 자동차의 매연들 탓에 꽃들은 하나도 예쁘지 않았다. 같은 꽃이지만, 태국의 골프장 꽃들은 공기가 맑고 햇빛을 잘 받은 탓에 색깔들은 원색적으로 아주 선명하다. 그런데 이곳의 꽃들은 매연들 때문에 희끄무레한 색깔들로 변해서 몸살을 앓고 있는 것 같았다. 방에서 단장을 하는데, 영수는 샤워까지 한다. 비싼 정장을 입으며 꽃단장에 열중인지라 정미가 그 모습을 보고 미소 지으며 비꼬아준다.

"자기가 초청인사냐?"

정작 초청을 받은 정미는 대충 헝클어진 머리만 매만진다. 밖으로 나가니 여행사를 통해서 온 사람들은 모두 식당으로 향하고 있었다. 작가와 가족들은 랜드로버자동차에 올라 대사관으로 향했는데, 낮엔 작열하는 태양 때문에 무척이나 더웠지만 지금은 시원하다 못해 춥기까지 했다. 이곳의 기후는 하루에 사계절이 다 들어있단다. 그래서 별도의 온냉방은 필요치 않단다. 낮에 지붕에서 받아들인 뜨거운 열기들이 지붕을 덥혀놓으면 밤의 추위도 잘 견디도록 해주기 때문이란다. 하늘이 내려준 천혜의 지역이라며 사장은 열변을 토해낸다. 기후가 너무 좋아서 살기는 아주 편합니다.

케냐는 아프리카대륙의 동부에 위치해있다. 영연방에 속하는 공화국이었지만, 1930년대부터 키쿠유족을 중심으로 독립운동을 벌였고, 1963년 12월 12일에는 독립이 성사되었단다. 그리고 1964년 12월 12일에 케냐공화국이 탄생되었는데, 한국과는 1964년에 수교가 이루어졌다. 이십 년 후인 1982년 8월에 전두환 대통령이 케냐를 방문해서 정상외교가 시작되었는데, 지금은 영국과 미국으로부터 군비원조를 받고 있단다. 친서방의 반공색체가 농후한 나라여서 국가의 예산책정 때도 원조비를 넣을 정도로 남의 도움을 바라며 살아간단다. 그런 바라기정책 탓에 지금은 원조의 손길들이 조금씩 끊어지고 있단다. 나이로비의 밤은 참으로 어두웠다. 한치 앞도 분간이 안 되는 칠흑의 어두운 숲속 길을 여섯 대의 랜드로버자동차들이 잽싸게 달려갔다. 그런데 달리다보니 운전기사는 한국대사관이 어디에 있는지도 모른단다. 한참동안 숲길을 헤매었는데, 어둠 속에서 숲길을 돌고 돌아서 겨우 대사관을 찾아냈다. 대사관에 당도하니, 대사부부와 서기관과 비서가 정문 앞에 나란히 서서 허리 굽혀 정중하게 인사하며 반겼다. 예의가 아주 바르다. 응접실로 들어가자 오렌지주스 한잔씩을 준다. 마시고 나자 작가들은 식당으로 안내되었다. 가족들은 영부인이 영접을 한다면서 안쪽으로 안내되었으므로 정미가 영수에게 눈짓을 했다.

"저쪽으로 가요."

그러나 영수는 정미의 말 따위는 귓전으로 흘려버리고는 정미가 가는 쪽에서 앞장을 선다. 여기까지 와서도 고집을 부리는 데야 어쩔 수 없다. 그냥 안으로 들어갔는데, 테이블위에는 각각의 이름표들이 올려져있다. 모두 자기의 이름표가 있는 앞으로 가서 의자에 앉았는데, 영수의 이름은 있을 리가 만무했다. 결국 영수는 자기의 자리가 없었다. 정미의 말을 듣지 않더니만, 웃기는 꼴이 되어 서성이다가 망신을 당한 뒤에야 가족들이 모인 곳으로 가며 투덜거렸다.

　"승호는 왜 저기에 있어? 저 사람도 가족이잖아."

　정미가 영수에게 설명을 해주었다.

　"작가들이 대사초청을 받게 된 것은 모두 승호씨가 주선을 한 거래요. 다리를 놓아준 장본이니까 그렇지요."

　영수가 나간 뒤에 화기애애한 분위기 속에서 만찬은 끝났다. 모두들 가지고 온 책들을 걷었지만, 정미는 영수의 잔소리 때문에 가져온 책들을 모두 남아공의 호텔에 두고 왔으므로 혼자서 중얼거렸다. 내 이럴 줄 알았어. 남편이라는 작자가 도무지 내 삶에 한 치의 도움도 되지 않는다니까.

　다음 날이다.

　본격적인 사파리가 시작되자 사장은 신이 나서 설명을 했다. 아프리카대륙에는 쉰 두 개의 나라가 있어요. 그중 마흔 세 개의 나라는 빅토리아호수 남부에 위치해 있습니다. 이들은 각 부족 간 다툼이 아주 치열해서 정권을 잡게 되면 통반장을 다해먹도록 제도가 되어있어요. 외국에서 원조가 와도 빈민들에게는 한 푼도 나눠주지 않으면서 고위층끼리만 나눠 먹어요. 케냐는 해발 1,600미터에 위치해 있고, 저습냉한 온대성의 사바나기후인지라 계절간의 차이는 별로 없어서 사람이나 동물들이 살아가기에는 아주 좋은 곳이지요. 그러나 너무 무방비상태로 어린아이들을 혼자 내버려두면 사자의 밥이 되고 말아요. 이제 가보시면 알겠지만 여긴 모기가 없어요. 들판에는 인디안 티포리아 나무들이 곳곳에 서있었다. 잘 펴진 양송이 버섯이나 우산 같은 모양을 하고 있었는데, 케냐의 이름으로는 로꼬리란다. 토르리스아카시아 나무라고도 불린다면서 사장의 설명은 이어졌다. 킬리만자로는 암보셀리에서도 볼 수 있어요. 그런데 암보셀리에서 보는 산의 모습은 더 아름답습니다. 산 정상의 눈은 운이 아주 좋아야만 볼 수 있는데, 오늘은 어떨는지 모르겠네요. 산에 올라가려면 탄자니아 땅에서만 올라갈 수 있습니다. 나이로비에서 암보셀리로 향하는데, 끝없이 달리는 동안 초원은 한없이 이어지고 펼쳐진다. 들판에는 동물들이 보이지 않았고, 주민들이 살고 있는 가난한 모습들만 자꾸 나타난다. 그들은 닭장처럼 얼키설키 엮은 허름한 집에서 살고 있었는데, 한국에서 전쟁이 끝난 직후의 모습과 많이 닮아있다. 한국도 전에는 저랬었다. 남산에 올라가서 서울 시내를 내려다보면 양철조각이나 판자들로 덕지덕지 덮어놓은 위에 바람에 날아가지 못하도록 돌들을 잔뜩 얹어놓은 지붕들이 즐비했었다. 모두들 게딱지처럼 작으면서도 외소한 집에 기거를 했었는데 지금은 딴판의 다른 세상이 되었다. 빌딩도 많아졌고 아파

트들이 즐비하다. 모두 다 박정희 대통령의 주선으로 개선 된 것
들이다. 주택들도 깔끔하면서 정갈하게 꾸며놓았다. 몇 시간째
초원을 달려 나이로비를 벗어날 무렵, 일행은 자동차를 세워놓고
길가에서 불에 구워 팔고 있는 옥수수를 사먹었다. 나이로비국립
공원 안으로 들어가자, 양떼들과 소떼들을 몰고 가는 목동들이
하나 둘씩 보이기 시작했다. 목동들은 하나같이 붉은 색의 천을
몸에 걸치고 있었는데, 이것이 망토다. 사각의 보자기 천을 이웃
꼭지 끝끼리 어깨와 목의 중간에 묶어놓고 나머지는 치마처럼 아
래로 늘어뜨려 놓았다. 묶은 부분을 풀면 커다란 보자기가 된단
다. 이것이 이들의 사계절 옷이란다. 오른손에는 하나같이 긴 작
대기를 들고 있었는데, 이 또한 목동의 증표란다. 이들을 마사이
전사라고 부르는데, 마사이전사가 걸어가고 있는 곳에는 틀림없
이 수십 마리에서 백 마리가 넘는 가축들이 떼를 지어 따르고 있
었다. 가축들은 목동의 지휘 하에 푸른 초원에서 천혜의 혜택을
누리면서 한가롭게 풀을 뜯고 있었다. 이러한 방목지역을 얼마를
달렸을까? 처음 보는 새 한 마리가 눈에 들어오자 일행들은 사진
기를 들이대고 마구 찍어대며 소리쳤다.

"코끼리다. 저기 코끼리가 있다."

"어머, 저기는 사슴도 있네. 떼들이야."

암보셀리공원으로 가는 길에는 토르리스아카시아나무가 아주
많았다. 나무들은 평온하게 서서 바람에 가지들은 한들거렸고,
중심나무는 정갈하도록 반듯하게 가지들을 지탱하고 서있었다.
무성하도록 벌어진 가지들은 사방팔방으로 넓게 퍼져서 그 무성

함을 자랑했는데, 멀리서 보면 마치 펼쳐놓은 우산의 모양 같았다. 가지 끝에는 열매처럼 생긴 큰 돔 모양의 둥근 둥지들이 매달려 있었는데, 이것이 해매코프라는 새의 집이란다. 해매코프 새는 전신이 암갈색인데, 머리 부분에는 수목을 닮은 갓 모양의 깃이 있었다. 토르리스아카시아나무 아래에는 작은 산처럼 생긴 진흙더미가 있었는데, 망구스의 집이란다. 망구스는 길이가 25~40센티미터의 크기인데, 꼬리길이와 몸의 길이가 거의 같은 쥐 모양의 동물이다. 이들은 작은 쥐나 도마뱀을 잡아먹지만, 호르호르 새도 잡아먹는단다. 경계해야 될 경우, 주위를 살필 때는 뒷다리에 힘을 주고 잠시 서있는 일도 가능하단다. 얼룩말들이 나타나기 시작할 무렵, 일행은 암보셀리로지에 도착했다. 각기 방 배정을 받는데, 지금까지 묵던 호텔의 분위기와는 영 딴판이었다. 넓고 푸른 초원에 나무로 지은 단층집인데, 방 두 개가 나란히 붙어있는 주택이었다. 집 앞 베란다에는 의자 두 개와 탁자가 놓여있었다. 뜰은 모두 자연적으로 조성된 잔디밭이어서 탁자 앞 의자에 앉아 자연을 실컷 감상할 수 있도록 되어있었다. 방으로 들어가려는데, 사바나원숭이들이 사람 주위를 맴돌면서 장난질을 쳐댔다. 정미부부가 짐을 풀려고 방 안으로 들어가자 종업원 베로니카가 와서 인사를 깍듯이 한다. 그런 다음 침대 위에 묶여져 있던 모기장을 풀어서 침대 가장자리에 가지런히 정리했다. 그런데 그것은 영화에서 보던 여왕의 침대처럼 아늑해졌다. 화려한 침대의 분위기는 보기만 해도 기분이 좋았다. 베로니카가 영어로 설명을 한다.

"밤 열한 시가 되면 전등불은 자동으로 꺼져요. 그 후에 중요한 일을 보려면 촛불을 켜야 됩니다. 성냥과 초는 여기에 있어요."

베로니카가 손가락으로 가리키는 곳을 보니, 초는 유리램프 속에 들어있다. 그 옆에는 성냥이 있었는데, 정미가 그것을 보며 고개를 끄덕였다. 아하, 이렇게 해두면 불이 날 염려는 없겠구나. 그걸 보며 정미는 어렸을 적의 일을 떠올렸다. 한국에도 전기가 들어오기 전에는 호롱불을 켰었다. 사기그릇의 뚜껑에 심지를 박아서 그릇 속 휘발유기름을 심지가 빨아들여 심지 위로 불을 붙여서 썼었는데, 호롱불은 바람만 스쳐지나가도 꺼지곤 했었다. 한국인들은 왜 그 호롱불에 유리를 씌울 생각 따윈 하지 못했었지? 그걸 보며 케냐사람들이 한국인들보다 머리가 더 좋다는 생각을 해보았다. 여장을 풀고 있는데, 재촉전갈이 왔다. 어서 사파리를 하러 가야돼요.

점심을 먹고 랜드로버자동차에 오르자 운전기사는 사파리를 위해 자동차의 지붕을 위로 올려서 열어놓는다. 뚜껑을 열고 사람이 서면 가슴 위쪽으로 시원한 바람이 정통으로 불어온다. 뿐만이 아니라 멀리까지도 바라볼 수 있어서 시야까지 확장되었다. 얼굴위로 바람을 맞으며 들판으로 나가자, 끝도 없이 펼쳐진 초원이 나타난다. 동해바다에서 바라다보는 태평양의 바다처럼 한도 끝도 없이 대지가 펼쳐진다. 땅 끝인가 하면서 달려가 보면 또 다른 초원이 이어져 있다. 초원에는 달구어진 태양의 열기에 따라서 무엇인가 앞에서 아롱거려댔다. 궁금해진 정미가 사장에게 물었다.

"눈앞에 아롱거리는 것은 뭐예요?"

"신기루예요."

그제야 정미는 고개를 끄덕였다. 아하, 저런 것이 신기루로구나. 신기루 속을 달려가니, 타조의 무리 떼·가젤 떼·멧돼지 떼·임팔라 떼·얼룩말 떼·코뿔소 떼·리드 벅·코끼리 떼들이 무리를 지어 풀을 뜯거나 서서 서성거리고 있다. 그것들을 보며 사진을 찍는 사이에 킬리만자로를 덮고 있던 구름떼들이 서서히 물러나면서 산의 몸체가 드러나기 시작했다. 그러자 이언작가가 소리친다.

"저것 봐요. 킬리만자로 정상에 눈이 보여요."

손으로 가리키는 곳을 보니 정말이다.

"맞네."

정미는 감탄을 하는데, 영수가 어깃장을 놓는다.

"거짓말 하지 마. 산이 어디에 있냐. 다 평원인데."

"누가 거짓말을 한다고 그래요? 저쪽을 봐요. 저쪽이요."

정미가 손가락으로 산 쪽을 가리키니, 그제야 영수가 고개를 끄덕이며 시인한다.

"정말이네. 난 반대쪽만 보았거든."

"평생을 속고만 살았나? 왜 내 말은 그리도 못 믿어요?"

정미가 토라지면서 영수를 핀잔하자 영수는 그저 허허 하고 웃어버린다. 일행은 모두 신이 나있다. 아직은 구름 속에 희미하게 가려진 킬리만자로를 카메라로 찍어대면서 멋을 부려댄다. 요렇게 찍어야 잘 나올까? 아니면 저렇게 찍어? 여러 각도로 재보는데, 양재동에서 월간 『책 읽은 사람들』을 발간하고 있다는 호운작가는 책의 겉표지에 좋은 사진을 내야 된다며 커다란 카메라를 두 개나 메고 왔다. 이리저리 돌려가며 열심히 찍어대는데, 인천공항에서 처음 만날 때는 거지같아 보였었다. 옷이 후줄근해 보였고 수염까지 자라나 있어서 별로였는데, 여기 사파리에 오니 멋쟁이로 보인다. 거기에다 커다란 사진기를 들고 사진을 찍어대니 더 멋지다.

킬리만자로는 일본의 후지산처럼 생겼다. 해발 5,898미터인데, 산 아래에는 꽃들이 피어 있단다. 서쪽으로 지려 준비 중인, 타는 듯이 붉은 태양을 바라보고 있는데 사장이 소리치며 달려간다. 저기 사자있는 곳이 발견되었어요. 선두로 달려가자 다른 랜드로버자동차들도 따르기에 급급해진다. 부지런히 달려서가 보니 암사자 한 마리가 강아지처럼 귀여운 네 마리의 새끼들을 지켜보고 있다. 앉아서 여기저기를 두리번거렸는데, 어린 사자들은 너무 귀엽다. 철부지로 보여 더 예뻤는데, 어릴 때는 사람이나 동물이나 다 똑같이 예쁘다. 한 뱃속에서 함께 생겨나고 태어나서인지 하는 행동들도 모두 다 똑같이 움직인다. 천방지축으로 돌아다니는 폼이 너무 평화스러워 보인다. 사장의 설명이 이어졌다. 암사자는 새끼를 낳은 다음, 떠난 남편을 그리워하면서도 새끼들 돌보는 일에만 열심이지요. 새끼들이 다 자라나서 각 곳으로 흩어지면, 이 암사자는 또 다른 남편을 만나게 됩니다. 새끼들이 크기도 전에 다른 남편을 만나면, 새로 맞이한 의붓아비는 가차 없이 남의 자식이라며 죽여 버려요. 그러니까 죽임을 당하기 전에 어서 자라나서 독립을 해야 됩니다. 어머니 곁에서 멀리 떠나야만 살아남을 수 있어요. 이것이 사자들의 세계인 동시에 양육강식의 법칙이에요.

사장의 설명에 일행은 애처로운 눈으로 어미사자와 새끼사자들이 놀고 있는 광경을 한참동안 바라다본다. 죽은 잡초들 위에서 고등색깔의 사자피부는 햇살에 반짝거렸는데, 조용히 앉아있는 암사자의 모습은 평화로움 그 자체였다. 사람들이 커다란 암사자를 사파리 하는 것처럼 암사자도 일행들을 구경거리로 여기는 모양이었다. 여기저기 두루두루 살피고 있었다. 사자들의 노는 모습을 본 다음, 돌아오는 길의 산기슭에서 워터벅 무리들을 만났다. 그들이 놀고 있는 모습을 구경하는 사이에 태양은 구름속으로 순식간에 숨어버렸다. 태양이 사라지자, 갑자기 추위가 몰려들었다. 태양의 위력이 얼마나 큰 지 다시 한 번 실감되었다. 태양은 참으로 위대한 존재였다.

1,700미터 고원지대의 밤은 너무나도 추웠다. 낮에는 쇠파리들이 윙윙거리며 사람의 피부를 찔러댔지만, 그들은 모두 어디에 숨었을까? 넓은 초원에 덩그마니 지어진 호텔인지라 모두 자가발전기를 사용한단다. 냉난방의 시설은 전혀 없고, 뜨거운 물만 목욕용으로 공급되고 있었는데, 그것도 시간제인지라 따스한 물 나오는 시간을 못 맞춘 부부는 목욕도 하지 못했다. 그러나 낮에 베로니카가 와서 침대 위로 내려준 모기장이 볼수록 신기하면서 아름다웠다. 누워서 감상에 젖었다. 천정에 둥근 쇠를 만들어서 붙여놓고 거기에 줄을 달아놓았다. 그리고는 망사 천을 달아매놓아서 아래로 늘어뜨리면 나팔모양이 되면서 침대를 감쌌다. 한국에서

보는 사각모양의 모기장과는 완전히 다른 모습이다.

방문도 신기했다. 문의 허리를 반으로 잘라서 아래 문은 아예 닫아놓았고, 위의 문만 잠글 수 있도록 해놓았다. 위아래 두 문을 모두 열어놓으면 이곳에서 서식하는 몽키라는 놈이 방으로 들어와서 제멋대로 어질러놓기 때문이란다. 간혹 먹을 것도 훔쳐간단다. 식당의 음식은 그런대로 먹을 만은 했지만, 고추장 생각이 간절했다. 이럴 때를 대비해서 정미는 핸드백 속에다 고추장과 소금을 뿌려 구운 김을 챙겨왔다. 그것을 먹으니 너무 좋았다.

저녁 식사를 마치고 방으로 들어오니, 그 흔한 텔레비전도 없다. 물론 화장대나 냉장고도 없었는데, 너무 심심하니까 잠만 청할 수밖에 없어졌다. 누워서 창문을 통해 밖을 내다보니 킬리만자로 위에 하얀 달이 두둥실 떠있다. 그러나 얼마 뒤에는 달마저 사라져서 세상은 온통 어둠만이 감돈다. 어둠 속에는 움직임이란 전혀 감지할 수도 없었다. 정미는 화장실에 가고 싶어서 일어났다. 시계를 보니 새벽 네 시다. 일어날 시간인지라 초에 불을 붙여놓고 일기를 썼다. 날이 밝기를 기다려서 뜰로 나가 산책을 하면서 여기저기를 기웃거렸다. 그러는 사이 일행들은 하나 둘씩 짐을 챙겨들고 호텔에서 나온다. 모두 모여들자 킬리만자로를 배경으로 해가 떠오르는 풍경을 감상했다.

어제 사장이 말했었다. 해 뜨는 광경은 참으로 장관입니다. 그래서 정미는 킬리만자로 위로 해가 솟는 줄로만 알고 있었다. 산쪽만 바라보고 있었는데, 해는 반대편에서 떠올랐다. 동편에서 떠오른 해가 제일 먼저 비추는 곳이 킬리만자로의 정상이란다.

산꼭대기의 정경을 자세하게 관찰하려면 망원경이 필요했다. 확대경으로 보니 산의 정상은 마치 크림스프를 케이크 위에 부어서 스프가 흘러내리는 것 같은 형상을 이루고 있었다. 킬리만자로는 모두 부드러운 곡선을 이루고 있어서 정미는 단정을 내렸다. 분명히 여자의 산이다. 전에 광교산을 오르는데, 어떤 사람이 가르쳐주었다. 산에도 암수가 있어요. 돌이 많고 험악하면 남자의 산이고, 부드러운 능선으로 이루어져 있으면서 주로 흙이 많은 산은 여자의 산이에요. 이를테면 관악산은 남자 산이고, 광교산은 여자 산이지요. 저 광교산을 바라보세요. 여자가 누워있는 형상이잖아요. 잘 보세요. 쌍둥이봉우리는 여자의 두 젖가슴이고, 그 아래는 배 부분입니다. 그런 식으로 해석을 해보니 분명히 킬리만자로는 여자의 산이었다. 그것도 한을 품은 여자? 가슴에 눈을 가득 쌓아놓고 있으니 마음은 얼마나 시릴까? 마치 정미 자신을 닮은 것 같아서 더 애틋하게 느껴졌다. 베로니카가 방의 점검을 위해 나타났다. 베로니카는 정미와 키가 똑같았는데, 정미보다는 더 날씬하면서 이목구비도 확실하게 구분 지어져 있었다. 호텔에서 근무하는 걸 보니 대학은 나왔을 것이다. 엘리트일 것이란 생각이 들어서 정미가 요청했다.

"우리 같이 사진 좀 찍을래?"

"오케이."

베로니카는 좋다면서 정미와 함께 또 영수와 같이 사진의 모델이 되어주면서 말했다.

"사진은 꼭 보내주세요. 주소는 여기에 있습니다."

베로니카는 종이에다 자기의 주소까지 적어주면서 아주 좋아했다. 많은 관광객들을 대해서였는지는 몰라도 촌스러운 면은 전혀 없었다. 아주 세련돼 보였다.

"알았어. 보내줄게."

정미가 베로니카의 어깨를 다독여주면서 얼굴까지 비벼준 다음에 주소를 가방 속에 넣었다. 아프리카 여행 때는 반드시 황열병주사를 미리 맞아야 했고 여행 중에도 일주일에 한 알씩 단체로 약을 복용했었는데, 그런 것은 엄포와 같았다. 생각한 것만치 위험한 곳은 아닌 것 같았다. 여기도 사람 사는 곳이니까 너무 많이 경계할 필요는 없을 것이다. 기온은 한국과는 영 반대다. 한국은 지금 여름인데, 이곳은 겨울이다. 그런데 낮에는 몹시 더웠지만 그 흔하다는 모기는 전혀 없었다. 대신 밤에는 너무 추워서 내복과 함께 스웨터까지 껴입어야만 되었다. 그러나 그럭저럭 견딜 만은 했다.

다음 날이다. 아침식사를 마치고 일찍 사파리를 나갔는데, 얼마쯤 랜드로버자동차가 평원을 달리고 있을 때, 무전기에서 소리가 들려왔다. 케냐의 언어 스와힐리어여서 알아들을 수는 없었지만, 아마도 사자가 어디쯤에 있다는 정보일 거였다. 운전기사가 통화를 끝낸 뒤에 부지런히 달리기 시작했다. 하늘 높은 곳에는 독수리 떼들이 원을 그리면서 비행하고 있었는데, 그것을 손가락으로 가리키며 운전기사가 킬킬거렸다. 그 아래로 가니 다른 랜드로버자동차들이 벌써 도착해 있었다. 사람들이 토로리스나무 숲속을 손가락으로 가리켰다. 그곳을 보니 얼룩말의 긴

다리를 사자들이 뜯어먹고 있다. 또 다른 곳에서도 한 대의 랜드로버자동차가 나타났는데, 이런 일을 대비해서 정미네 팀은 어제 미리 운전기사에게 팁 십 불을 주었었다. 돈의 기운이 남들보다 먼저 볼 수 있도록 효과를 부추겨준 모양이다. 부부가 타고 있던 랜드로버자동차가 반대편으로 돌아가니, 그곳에는 수사자가 있었다. 이미 배를 잔뜩 채웠음인지 반쯤 눈을 감고는 땅 위에 길게 누워 있었다. 얼룩말의 머리와 허리 위 상체 부분은 벌써 수사자의 입속으로 들어간 모양이다. 남아있는 허리 아래 부분을 암사자와 새끼사자들이 열심히 뜯어먹고 있다. 얼룩말 떼들은 사자가 나타나면 부지런히 도망을 친다. 말 살려라하면서 달아나는데, 큰 말들은 다리가 길어서 잘 뛰어가지만, 다리가 짧으면서 어린 말들은 뜀박질까지 미숙해서 뒤로 쳐지기 마련이다. 이들 중의 한 마리는 틀림없이 사자들의 밥이 되고 만단다. 사자들은 가장 쇠약한 어린 말을 잡아서 사자가족들에게 포식을 시켜주고 있었다.

점심식사 후에도 사파리는 계속되었는데, 이번에는 나이로비를 지나 아버데야 국립공원으로 향했다. 이 공원은 1883년에 최초로 이곳을 방문했던 영국인 탐험가의 이름을 따서 조성된 공원이란다. 이동 도중에 커피나무를 재배하고 있는 밭을 지나가는데, 산모퉁이를 돌아가자 제주도의 어느 산골마을과 흡사한 풍경이 나타났다. 집이 하나 보였는데, 대문이 제주도 식이다. 나뭇가지들로 엮어진 울타리의 양쪽 끝에는 굵은 나무가 기둥으로 양쪽에 두 개 박혀져 있었는데, 그게 대문의 문설주였다. 문설주 사이가 들고나는 문인데, 기다란 작대기가 네 개 가로질러 져있다. 세 개를 걸쳐 놓으면 집안에는 아무도 없다는 표시라는데, 그 집에는 작대기 네 개가 걸쳐져 있어서 궁금했다. 그것이 무엇을 뜻하는 지 그 누구도 모른 채 자동차는 계속 달려갔다. 그런 것을 보며 정미는 생각했다. 사람이 살아가는 모습은 어디에나 다 같구나. 저런 방식을 사용하게 된 것은 제주도가 먼저일까 아니면 이곳이 먼저였을까? 나이로비와 암보셸리에서 보던 초원의 풍경들과는 달리 이곳은 산과 구릉지의 연속된 길이었다. 산 속인지라 심하게 구불거렸는데, 강원도의 산골길과 흡사한 길을 랜드로버자동차는 부지런히 오르고 내리면서 달려 나갔다. 도중에는 노디플로라나무들도 많았는데, 이 나무로는 나이로비에서 흔히 볼 수 있는 전봇대를 만든단다. 하늘로 향해 직선으로만 곧게 뻗어 자라났기 때문에 목재로 사용하기가 아주 좋단다. 비도 내리지 않는 곳이라는데, 나무들은 어떻게 저리도 울창하게 하늘을 찌를 듯이 자라나고 있을까? 자연의 섭리가 참으로 신기했다.

이 지역의 사람들은 모두 부지런한 것 같았다. 쉬거나 노는 사람은 하나도 없었고, 모두들 분주히 움직이는 사람들뿐이었다. 학교에서 집으로 돌아가는 아이들도 많았는데, 아이들의 머리를 보니 누가 남자이고 누가 여자인지 분간이 가지 않았다. 얼굴색은 하나같이 까맣고 반들거렸으며, 머리는 짧게 밀어서 까까중들이 되어있었다. 태어날 때부터 머리카락이 강철 같이 세면서 고불거려 그대로 놔두면 머리끝이 피부를 찔러서 상처를 내기 때문에 아예 빡빡 밀어버린단다. 그런 중에도 멋을 아는 여자아이들은 길게 길러서 양 가달로 쫑쫑 따놓았다. 아이들의 모습을 보노라니 한국의 이조시대가 연상되었다. 남자들은 하나같이 작대기 하나만을 들고 가볍게 걸어가는데, 여자들은 머리나 등에 짐을 잔뜩 이고 지고 낑낑거리며 힘겹게 걸어갔다. 여자들은 대체 무슨 죄가 그리도 많아 저토록 힘겹게 살아가야 되는 거야? 잠시 하나님을 원망하다 곧 생각을 돌이켰다. 그 답이 성경에 이미 기록되어 있었기 때문이었다. 여자하와가 남자아담을 꾀어서 죄를 짓게 했다는 거다. 그 벌로 여자는 애를 낳는 고통과 함께 남자의 슬하에서 종처럼 살아야 되는 신세가 되었단다.

　트리톱스호텔을 향해 달려가는데, 트리톱스호텔은 두 개가 있단다. 하나는 마을 어귀에 있고, 또 하나는 버스를 타고 더 달려가서 산꼭대기에 있다는데, 그곳은 나무 위에 호텔을 지어놓았단다. 방갈로식이라며 사장이 설명했다. 나무 위에다 어떻게 호텔을 지었어? 정미는 그게 궁금해서 고개를 갸웃거리며 그곳의 모양이 무척이나 궁금해졌다. 우선 마을 어귀에 있다는 트리톱스호텔로 들어갔는데, 이층의 건물이었다. 아래층에는 식당과 함께 넓은 정원이 펼쳐져 있었는데 아주 넓었다. 주차장도 컸고, 정원에는 커다란 선인장들이 무더기로 서있었다. 각종의 나무들과 꽃들이 다투어서 피어있었다. 식당으로 들어가는데, 누가 시키지도 않았을 것이련만 공작 한 마리가 슬그머니 나타나더니, 일행들 앞에서 날개를 활짝 펴고 한 바퀴를 돌면서 자기의 자태를 자랑한다. 그걸 보며 모두들 감탄했다. 어머나! 너무 예쁘다.

공작은 한참동안 일행들로부터 박수갈채를 받으며 자기의 기량을 맘껏 자랑하더니, 춤추기를 멈추고 자기 집으로 들어가 버린다. 사람들은 모두 재미있다며 깔깔거렸는데, 일행 중에서 머리를 길게 어깨 위로 늘어트린 젊은 여자가 정미 곁으로 다가와서는 친근한 척 귓속말로 속삭인다.

"선생님. 저는 선생님의 소설로 지금 논문을 쓰고 있어요."

그 말에 정미는 깜짝 놀랐다. 내가 말을 잘못 들었나? 해서 확인 차 다시 물었다.

"이연작가 소설로요?"

"아니요. 정미선생님의 소설로요."

그럴 수도 있을까? 정미는 깜짝 놀라지 않을 수 없었다. 갑자기 변두리의 인생에서 주인공으로 발탁된 것처럼 얼굴이 화끈하게 달아오르며 붉어졌다. 잘 쓰지도 못한 덕분에 책을 내자 함께 소설쓰기 공부를 하던 희순이가 그랬었다. 이제 그만 써. 그런 소리까지 들었기 때문에 소설 쓰기를 포기하고 소설을 더 잘 쓰기 위해 지금도 공부를 계속하고 있는 중인데, 그런다. 모르면 용감하다는 말이 스쳐지나간다. 전에 정미는 자신을 잘 몰랐기 때문에 용기가 솟구쳐서 그 기운으로 여러 편의 소설을 발표했었다. 그런데 희순이의 말을 듣고는 갑자기 너무 부끄러워졌다. 얼마나 소설을 엉망으로 썼으면 그런 말을 했을까? 생각할수록 부끄럽기 짝이 없는데, 그런 졸작의 소설들을 가지고 논문을 쓰고 있단다. 정미도 그러긴 했었다. 석사학위를 받으려고 논문을 택하려는데, 지도교수가 그랬다. 인환교수님의 소설로 논문을 쓰면 어떠세요? 등단도 시켜주셨잖아요. 그래서 시작을 했었는데, 인환소설가는 학벌이 너무 좋아서 교수님까지 되었지만, 소설은 별로였다. 그런 심판의 잣대위에 자신이 벌써 올라있다니 너무 부끄러웠다. 그래서 정미는 더욱 공손히 말했다.

"등단은 팔 년 전에 했지만, 아직도 변변한 소설 한 편 쓰지 못해서 너무 부끄럽던 차예요. 그런데 그런 소설로 논문을 쓰신다고요?"

"예. 제 이름은 문희예요. 목포대학원 국문학과에서 석사를 마치고 지금은 박사과정에 들어갔어요. 지도교수님은 금호선생님이신데, 아마 여기서 정미선생님을 만났다고 하면 아주 좋아하실 겁니다. 우리 함께 사진 찍어요."

문희가 옆으로 와서 찰싹 달라붙더니만, 지나가는 호운작가를 불러서 사진을 찍어 달라는 부탁까지 한다.

"그래요. 같이 찍어요."

문희는 작가도 아니라면서 예명으로 여행에 가담했단다. 작가들은 대부분 자기의 본명은 밝히지 않고 예명만 사용하기 일쑤여서 명단만 보면 누가 누구인지 알 수가 없다. 문희는 그런 와중에 소설가인척을 하면서 사무국장과 호운작가 가운데 서서 열심히 사진을 연거푸 찍어댔다. 문희 덕분에 정미도 그들과 함께 사진을 찍었고, 점심 식사 후에 얼마쯤 쉬며 놀다가 버스에 올랐다.

산속에 있다는 나무 위에 지은 호텔로 향하였는데, 정미는 그 호텔의 모습이 무척이나 궁금했다. 나무 위에다 어떻게 호텔을 지었을까? 방 하나도 아니고 사층의 건물이라는데? 고개를 갸웃거리며 상상의 날개를 폈는데, 막상 도착을 해보니 나무 위에 지은 게 아니었다. 나무에 의지해서 옆으로 4층의 목조건물이 서 있었는데, 위로 오르는 계단 쪽만 나무에 붙어 있었다. 그리고 연이어 사층으로 이어지면서 기억자로 꺾여있었다. 이곳은 영국의 엘리자베스 여왕이 공주이던 시절인 1952년에 남편 필립공과 함께 묵던 날, 아들이 잉태되었단다. 그리고 다음 날 아침에는 아버지왕의 사망소식을 접하면서 여왕이 되어 유명해진 호텔이란다. 일층은 종업원들이 사용하였고, 이층에서 사층까지는 모두 객실이었다. 객실은 모두 팔십 개가 있는데, 방마다에는 샤워장도 있었다. 방과 방들 사이는 긴 복도로 이어져 있었고 커다란 식당도 있었다. 이곳에 손님이 너무 많아서 객실이 모자라면 좀 전에 들렀던 마을 어귀의 호텔로 보내진단다. 사층 위의 옥상으로 올라가보니 사방이 탁 트여서 전망대처럼 멀리까지 내다보였다. 넓게 펼쳐진 풍경들을 감상하노라니 가슴까지 후련해졌다. 호텔 건물 아래의 입구에서는 코끼리 떼들이 물을 마시기도 하고 풀을 뜯기도 하면서 서성거리며 놀고 있다. 가끔 멧돼지·코뿔소·사슴들이 나타나기도 한단다.

　방 배정을 받고 저녁식사를 하는데, 파티가 벌어졌다. 미국의 애리조나주에서 왔다는 소년이 생일을 맞아서 가족들이 함께 여행을 와서 생일잔치까지 벌여준다. 그 덕에 식당 안의 모든 관광객들은 축제분위기에 휩싸였다. 지배인은 흑인추장으로 변장을 하고서 악단들을 지휘하였는데, 종업원들은 모두 악단으로 변해서 악기연주를 하였다. 여행객들은 넓은 홀로 나가서 손뼉을 치면서 춤을 추고 노래도 불렀다. 모두들 신나게 노는데, 사장이 말했다. 서양 사람들은 잠도 안자고 밤새도록 사파리를 해요. 그러니까 여기서는 잠을 자지 마세요. 그랬지만 정미는 그럴 수는 없었다. 초저녁잠이 너무 많아서 견딜 수가 없었기 때문이었다. 대신 식당에 있는 창문을 통해 밖을 내다보았는데, 어둠이 서서히 내리덮고 있는 풍경은 장관이었다. 어두워지면 무서운 동물들이 나타난다는 사장의 말과는 달리 넓은 연못 주위에는 달빛만이 조용히 쏟아져 내려 한가롭게만 보였다.

방은 깨끗하면서도 잘 정리되어 있었다. 좁은 공간이었지만 침대와 함께 필요한 물건들은 다 구비되어 있었으므로 전혀 불편함은 없었다. 그러나 목욕탕이나 화장실은 공동으로 사용해야만 된단다. 샤워를 하고 나니, 피부는 매끈거렸다. 물이 참으로 좋은 모양이었다. 아침 일곱 시 삼십 분에 출발을 해야 된다는 사장의 말에 잠이나 푹 자려고 정미는 판피린을 한 병 마셨다. 그 덕에 깊은 잠을 잘 잤다.

새벽 네 시 삼십 분이 되자 영수가 정미를 깨우고서 자꾸만 말을 걸어댔다. 방은 좁았고 나무로 되어있는 데다가 이층이어서 삼층과 사층의 복도에서 오가는 사람들의 발소리까지 삐걱거리며 밤새껏 들려왔었는데, 그런 걸 생각할 줄 아는 사람이라면 좀 조용히 해줘야 된다. 그런데 영수는 목소리까지 큰 사람이 자꾸만 떠들어댄다. 남의 생각도 할 줄 모르는 사람인지라 신경이 곤두선 정미가 책망을 하려다가 그만둔다. 시끄러워요. 좀 조용히 해요. 그러면 성질 급한 영수는 더 크게 언성까지 높여댈 것이다. 시끄럽긴 뭐가 시끄럽다고 그래. 사람이 말도 못해? 항상 나만 나쁘다고 그러지. 그렇게 더 시끄러워질 바에는 차라리 대꾸도 하지 말자. 내가 밖으로 나가면 그만이다. 정미는 자리에서 일어나 외출복으로 갈아입었다. 옥상으로 올라가니, 새벽의 공기가 상쾌하도록 온몸을 휘감아 돈다. 코끼리 떼들도 잠을 자러 저들 집으로 들어간 모양이다. 건물 아래의 공터에는 아무 것도 없다. 무서운 곳이라는 사장의 말과는 영 딴판이다.

아침식사는 마을 어귀의 호텔로 가서 먹는단다. 버스를 타러 마당으로 나온 일행들은 여기저기 마음이 가는 곳에 서서 사진기를 눌러댔다. 먼저의 호텔로 와서 식사를 마치고 정원을 산책하는데, 너무 아름답게 잘 꾸며져 있다. 그러나 엊저녁에 먹은 판피린이 이제야 그 약효를 발하는 모양이다. 자꾸만 졸려온다. 흔들리는 버스 안에서 푹 자고 나니, 모두들 잠속에 빠져있다. 잠든 모습들을 보며 정미는 생각했다. 버스가 달릴 때의 흔들거림은 어머니의 뱃속과 같이 아늑한 느낌을 던져준단다. 잠시 후에 사장이 설명한다.

"나쿠루국립공원으로 가는 도중에 몇 군데 방앗간에 들르겠습니다."

그 말에 정미가 물었다.

"방앗간이 뭐예요?"

"물건 파는 가게를 여기서는 그렇게 불러요."

"아하. 그게 방앗간이로구나."

아프리카 특유의 상품들은 모두 돌이나 나무 조각들뿐이다.

상가 앞으로 갔는데, 흑인들이 졸졸 따르면서 졸라댔다.

"이 물건을 사세요. 아주 좋아요. 멋있어요."

언제부터 한국말을 배웠는지 모두들 한국말 사용을 능수능란하게 하고 있었다. 지구 반대편에서 피부색깔까지 다른 사람들로부터 한국말을 들을 수 있다는 게 꽤나 신기했다. 그러나 그들에게서는 특유의 노린내가 풀풀 풍겨져서 견딜 수가 없었다. 냄새를 피하려고 멀리 가면 흑인들은 막무가내로 쫓아와서 달라붙어 졸라댔다. 물건 파는 상술은 황색의 인종들에게서 배웠나? 동대문이나 남대문 시장에 온 기분이다.

"마이네임 이즈 토미. 유어 네임?"

"마이네임 이즈 정미."

"오, 정미."

그렇게 간단한 대화를 나누고는 한바탕 웃어댔다. 말을 붙이고는 아주 친한 척 대화를 시도하다가는 자기의 가게를 꼭 이용해 달라는 부탁도 잊지 않았다. 멀지 않은 곳에 있는 톰슨 폭포로 가니, 한국에서 흔히 볼 수 있는 작은 폭포였다. 높이는 274미터라는데, 한국에서는 이런 폭포가 지천으로 깔려있었다. 그런데 이곳에선 아주 유명하단다. 폭포가 너무 귀하니까 이런 것도 유명하다. 폭포를 지나 적도로 갔다. 버스에서 내려 언덕 아래를 바라보니, 먼 곳에 있는 적도의 띠가 한눈에 들어왔다. 한 줄로 움푹 패인 구릉지역인데, 평지와는 확연히 다르도록 띠로 형성되어져 있었다. 위에서 아래로 내려다 본 다음, 아래로 내려가서 적도라는 표지판 앞에서 사진을 찍었다.

여기저기를 서성거리는데, 방앗간들이 너무 많았다. 흑인들이 떼거지로 나타나서는 자기 가게의 물건들을 팔기 위해 벌떼처럼 몰려들면서 사정을 해댄다. 냄새를 피해 쫓기다시피 하다가 사람들이 많이 몰려있는 곳으로 가까이 가보니 자갈밭에서 비닐 양동이를 놓고 실험을 하고 있다. 무엇을 하는지 몰라서 처음에는 무심히 지나쳤다. 돌에다 그린 지도를 팔려고 수작을 부리는 줄 알았었다. 그런데 좀 이상하게 여겨져서 가까기로 가보니, 적도에 대한 설명을 열심히 하고 있다. 양동이에 물을 가득 담아서 적도에 놓고 물 위에 지푸라기를 띄운다. 그러자 지푸라기는 움직이지를 않았다. 정지된 채로 있었는데, 잠시 후에 양동이를 적도의 북쪽으로 옮겨 놓으니 양동이 물 위의 지푸라기가 시계도는 방향으로 돌기 시작한다. 그 다음에는 적도의 남쪽으로 양동이를 가져가니 양동이 속 물 위의 지푸라기가 이번에는 시계가 도는 반대방향으로 돌아갔다. 이것을 보며 우주의 원리가 참으로 신기하다는 것도 알았지만, 이런 것들을 찾아낸 인간의 위대함에도 감탄이 되었다. 이는 분명 점을 치는 것은 아니다. 우주의 신기한 원리를 증명하고 있는 설명이어서 이것을 본 정미가 생각에 잠겼다. 동양의 음양오행과 방위를 보며 절기를 알아맞히는 기술은 또 얼마나 정교한 일인가. 인간의 위대함을 다시 한번 깨달았다.

나이로비에서 북동쪽으로 160킬로미터를 달려가면 나쿠루호수가 나온다. 호수 관광을 나서기 전에 짐을 방에다 놓고 식사를 하러 가는데, 공항에서 골프공을 떨어트렸던 키가 작고 수염을 기른 남자가 영수 옆으로 슬그머니 다가오더니 영수의 귀에다 대고 한 여자를 턱짓으로 가리키며 말한다.

"저 여자를 좀 봐요."

영수가 놀라서 물었다.

"왜요?"

"가만히 보니까 오전에 입는 옷과 오후에 입은 옷이 달라요. 그런데 저녁이 되니까 또 갈아입었어요. 팔색조인가? 왜 저렇게 옷을 자주 갈아입어? 정말 웃기네."

그 말에 영수는 여자를 눈여겨보았고, 옆에 있던 정미가 가르쳐주었다.

"저 여자는 소설가가 아니에요. 시인인데, 시인들은 대부분 그래요. 많은 옷을 가지고 다니면서 자주 갈아입곤 해요. 그게 특징이에요."

"아아, 그렇군요."

수염이 고개를 끄덕인다. 알겠다는 표시다. 식당으로 들어간 영수가 빠른 걸음으로 가더니만, 팔색조시인의 옆자리에 앉으면서 말을 붙인다.

"시인이시라면서요?"

"예."

팔색조는 고개 숙여 인사를 하면서 부드러운 미소를 짓는다. 그리고는 자기 앞의 음식을 덜어서 영수의 접시에 얹어주며 물었다.

"고향이 어디세요? 말투가 고향 사람 같은데?"

"벌교입니다."

그러자 팔색조가 반색을 한다.

"어머나! 어쩐지. 저하고 고향이 같으시네요. 연세가 저보다 많으신 것 같으니까 이제부터는 제가 오라버니라고 부를게요."

말하면서 영수의 팔짱을 낀다. 영수에게 찰싹 달라붙는 바람에 무색해진 정미가 모르는 척을 하면서 눈을 감아버린다. 그러나 곁눈으로 몰래 두 남녀를 감시하기 시작한다. 팔색조는 스무 명의 여자들 중에서 가장 여성되기를 자처하고 나선 모양이다. 장소를 옮길 때마다 옷을 갈아입고 나타나서는 새침한 눈매와 꼭 다문 입을 해댄다. 그러나 발을 옮길 적마다 뒤꿈치를 들고서 조심스레 걷는다. 더 요상한 것은 무더위 속에서도 목에는 얄팍한 목도리를 언제나 휘감고 있는 일이었다. 마치 남자 사파리를 하러 온 여자 같아 보였다. 그에 맞춰서 영수는 예순여덟이라는 나이를 어디에다 팽개쳐 놓았는지 가는 곳마다 식사 때 포도주를 일행들에게 사면서 신사이기를 자처하고 나섰다. 이럴 때는 꼭 야생의 사자이고 싶은 모양이다. 그럼에도 불구하고 팔색조는 자기의 감정을 시로만 표현했다. 저녁 식사를 마친 후에는 아름다운 목소리로 한껏 목청 높여 산타루치아를 노래했다. 그 꼴이 역겨워진 일행들은 하나 둘씩 흩어져서 각기 자기들의 방으로 들어가 버렸다.

다음날이다. 호수관광을 나가는데, 사장이 설명한다. 사해로부터 모잠비크에 이르는 띠 모양의 땅은 꺼져있어요. 꺼진 띠의 한 곳에 나쿠루호수가 있는데, 이 호수의 둘레는 50킬로미터입니다. 염수호인지라 홍학들은 염분을 취하기 위해 이 호수로 몰려들어요. 나쿠루호수는 사해 다음으로 큰 호수인데, 붉은 홍학의 무리 떼들이 살고 있지요. 이백만에서 삼백만 마리 정도나 되기 때문에 케냐정부에서는 국립공원으로 지정해 놓았어요. 한국에서 볼 수 있는 홍학들보다는 몸집은 작은데, 사람들이 가까이로 갈라치면 겁이 많아서 곧장 멀리 도망을 가버리는 겁쟁이들이에요. 홍학은 앞쪽에서 보면 분홍색이지만 뒤에서 보면 흰색입니다. 날개를 펴면 날개 밑이 검은 색이어서 더 아름다워 보여요. 호수 주변에는 소시지나무들과 원숭이들이 아주 많았다. 특히 물을 먹고 있는 수사자와 나무 위에 앉아있는 암사자의 모습은 장관이다. 들판에는 사자 떼들이 모여서 오후의 한나절을 평화롭게 즐기고 있었는데, 사자들은 저들을 구경하는 인간 따위에는 관심조차 두지 않는다. 이때 두 톤가량의 커다란 코뿔소가 육중한 몸을 이끌고 어슬 걸음으로 산책하는 모습이 보였다. 그 외에 가젤·버팔로·영양·사슴 등이 호수주변을 맴돌고 있었는데, 사장의 설명이 또 이어졌다. 케냐에서 제일 큰 도시는 나이로비이고, 두 번째는 암보셀리이며, 세 번째로 큰 도시가 나쿠루입니다. 현재 나쿠루에는 천오백만의 인구가 살고 있어요. 사파리를 끝내고 호텔로 돌아오자 레이크나쿠루로지의 정원에는 수영장도 있다는 걸 알았다. 정원이 너무 아름답게 꾸며져 있었고, 가는 곳마다 별장 같은 집들이 있었다. 식당은 별도로 지어져 있어서 아주 훌륭했다.

　단층의 방갈로 스타일의 방에는 화장실과 샤워장이 별도로 분리되어 있었는데, 화장대와 옷장과 간이의자도 비치되어 있어서 오래 머물고 싶어졌다. 한 달 정도 머물면서 휴양을 하면 좋을 정도로 모든 시설들이 잘 갖추어져 있었다. 특히 모기장은 한국처럼 사각으로 되어있었지만, 한 모기장 속에 두 개의 침대가 모두 들어가 있었다. 모기장의 하얀 망사 천에는 야자수 나무가 그려져 있어서 분위기는 시원해 보였다.

나쿠루를 뒤로 하고 마사이마라로 향했다. 마사이마라국립공원은 '그레이트 리프트 벨리'라고 불리는 거대한 단층의 함몰대에 위치하고 있어서 해발 1,700미터의 고원에서 내려다보면 아련한 대평원으로 펼쳐져 있었다. 탄자니아의 세링게티국립공원과 인접하고 있어서 텔레비전드라마 '동물의 왕국'이나 영화 '야생의 엘자'를 촬영한 곳이란다. 마사이마라로 향하는 길은 울퉁불퉁하면서도 너무 멀었다. 덜컹거리는 자동차 속에서 밖을 내다보니 가는 곳곳마다에는 마사이족들이 보였다. 마사이족들은 마치 흑단나무를 조각해서 깎아놓은 마네킹같이 생겼는데, 균형은 잘 잡혀져 있었다. 거기에다 길게 뻗은 몸체 아래에는 작대기처럼 곧고 긴 두 다리가 받쳐져있었고, 어깨와 몸에는 특이하도록 빛을 발하는 빨간 원색의 보자기를 둘러서 입고 있었다. 빨강의 밝은 원색이 검은 피부와 너무 잘 어울려서 더욱 더 원색적인 느낌을 발산했다. 마사이전사들이 손에 든 긴 막대기는 가축을 몰기 위한 도구인데, 이 작대기 하나로 이들은 초원의 동물들을 지휘하면서 살아간단다. 이런 마사이족들을 보면서 정미는 성경속의 인물인 믿음의 조상 아브라함을 떠올려보았다. 아브라함도 목동이었단다. 농사 따위에는 아예 소질도 없었기에 살길을 찾아 나서던 중 젖과 꿀이 흐르는 가나안의 기름진 땅을 찾게 되었고, 거기에 기근이 생기는 통에 이집트까지 갔었다. 아마도 이때 이집트여자인 종 하갈을 만났을 것이다.

마사이족들은 문명의 시대 속에서 살아가고 있었지만, 이들은 옛적의 습관을 버리지 못하는 모양이었다. 동물들과 어울려서 살아가는 삶이 최고라고 여기는 모양인지 아주 자연적인 삶의 방식을 취하고 있었다. 소똥과 말똥들을 뭉쳐서 벽을 만들어서 집을 만들었고, 나뭇가지들을 얼기설기 엮어서 지붕도 해놓았다. 안에 들어가 보니 비바람은 족히 피할 수는 있겠지만, 흡족한 편은 아니었다. 그러나 다행히 이 지역에는 비가 내리지 않으니까 낮의 뜨거운 햇살만 피하면 되었다. 밤이 되어서 추우면 불도 지필 수 있도록 불 피우는 곳도 있었다. 사람이 사는 곳에서 어린 소나 말의 새끼들이 함께 살아간단다.

드넓은 평원을 얼마나 달리고 또 달렸을까? 산이 보이기 시작했다. 산이 나타났다는 것은 고원지대라는 증거인데, 집들이 하나 둘씩 나타나기 시작했다. 가게가 있는 작은 마을을 지나 더 높은 지대로 향했는데, 거기에는 마사이족들이 떼로 몰려있었다. 그런데 마사이마을을 견학하려면 일인당 이십 불씩을 지불해야 된단다. 일행은 사십이 명인지라 단체권을 사서 추장에게 입장권을 주고는 부락 안으로 들어갔다. 이 부락의 이름은 마사이마야타란다. 부락의 왕으로 불리는 남자가 여행객들을 맞이하느라 앞으로 나서더니 똑 바른 자세로 위로 올라갔다 내려갔다

하면서 경중경중 뛰기 시작한다. 그게 춤이란다. 누가 더 높이 뛰는 지 또는 높이 뛰어서 멀리까지 볼 수 있는 지를 내기하는 경기 중의 하나란다. 사는 방법도 아주 간단했다. 추장이 한바탕 뛰어 오르기를 하더니, 다음에는 전사들이 줄을 서서 한바탕 소리를 질러대면서 경중경중 뛰기 시작한다. 이것이 무사의 춤이란다. 자기들 끼리 한바탕 소리 지르며 경중경중 뛰더니, 이번에는 관광객들 사이로 꽥꽥 소리를 쳐가며 주위를 맴돌아서 혼 줄을 쏙 잡아 뺀다. 일부러 상대의 혼을 빼기 위한 작전이란다.

이들 틈에 문희가 합세를 하였다. 빼빼마른 몸매의 어깨위에 머리는 산발을 하고서 마사이족들을 따라 덜렁덜렁 뛰자 추장이 문희에게로 다가가서 속삭였다. 나중에 정미가 문희에게 물었더니 추장이 그랬단다. 여기서 나와 같이 살자. 춤사위를 마친 후에 울타리 안으로 들어가니 옛날 조선의 정취 같은 느낌이 풍겼다. 마사이마야타 식구는 모두 서른두 명이란다. 안마당을 가운데로 하고 주위를 삥 돌아서 울타리모양으로 방들이 연이어서 나란히 붙어 있었는데, 그 안마당은 밤에 가축들이 잠자는 곳이란다. 낮에는 밖으로 나가서 방목을 하다가 밤이 되면 추위를 피해 여기로 들어온다며 사장이 설명을 해주었다. 이 사람들 앞에서 소똥이나 말똥이 더럽다고 하면 아주 크게 화를 내요. 그러니까 그런 말은 절대로 하지 마세요. 그리고 여자는 결혼 전에는 아무 남자와 동침을 해도 괜찮지만, 일단 결혼을 하면 한 남자의 아내로 노예처럼 살아가야 됩니다. 만일 남편의 친구가 놀러오면 마사이전사는 아내를 친구에게 빌려주기 때문에 자식을 낳아도 누구의 자식인지 분간을 할 수 없어요. 그러기 때문에 마사이전사들은 자식에 대한 애착은 없답니다. 다만 여자들이 자식에 대한 애착을 가지고서 기르고 보살펴줘요. 그런 여자의 몸값과 소의 몸값은 똑같이 책정해 놓고 있어요. 그 말을 듣자니 성경 속 구약시대의 풍습이 머릿속에 떠오른다. 구약시대의 모습도 이런 모습 같았을 것이다. 음식은 소의 젖과 목에서 빼낸 피를 섞어 통에 부어서 만든 요구르트를 마시는 것이 고작이란다. 이들에게는 화장실·욕실·치약·칫솔 같은 것은 아예 모르고 산단다. 이번에는 사장이 추장의 설명을 해석해 주었다. 소의 목에서 피를 빼고, 상처 난 그 자리에 진흙을 바르면 곧 아문답니다.

　추장의 긴 설명이 끝나자 일행은 집안 구경을 하기 시작하였다. 한 번에 여섯 명씩만 관람이 가능했으므로 차례를 기다려 안으로 들어가니, 집안은 칠흑처럼 어두워서 아무 것도 보이지 않았다. 이런 현상을 정미는 어렸을 적에도 많이 겪었던 일들이어서 아주 익숙했다. 잠시 서 있으려니 희미한 빛이 드러나면서 실내의 모습들이 보이기 시작했다. 그리고 또 얼마쯤 있으려니 차츰 물체의 형상들이 확실하게 보였다. 눈의 착시현상 탓인데, 눈앞에 드러난 방은 두 사람이 꼭 붙어서 자면 꽉 찰 정도의 작은 침실이었다. 다음 방도 똑같은 크기였는데, 거기는 거실이란다. 거실에는 불을 지필 수 있는 공간도 있었는데, 거실 다음이 아이들의 방이다. 아이들 방의 크기나 부부침실의 크기는 똑같았다. 거기를 지나니, 복도처럼 좁은 길이 있었다. 매우 짧은 거리였는데, 한 사람이 겨우 통과될만한 넓이였다. 뚱뚱한 사람은 절대로 지나갈 수도 없을 것만 같은 좁은 길옆에는 어린 말이나 어린 소가 새로 태어나면 사용되는 방이 있었다. 그 방을 지나 뒤뜰로 돌아가자 동물처럼 살아가는 마사이족들도 어쩌면 다가오는 문명의 흔적들은 거부할 수 없었음인지 구슬로 만든 공예품과 조각품들을 진열해 놓고서 팔고 있었다. 화장실이나 먹을 물도 없으면서, 돈은 필요한 모양이었다. 마사이족 남자들은 밖에서 사냥이나 전투만 하고 여자들은 집안에서 집을 짓기도 하고 빨래를 하면서 끼니도 마련하고 아이들도 기르며 집안을 돌봐야 된단다.

마사이마야타부락을 나와 밤에 잠을 자야 될 키코록로지를 향했다. 마을을 지나노라니 집들의 지붕은 양철로 되어있었다. 현대 건물로 된 집들도 있었고, 학교도 있었다. 추장이 영어를 할 수 있는 것은 아마도 이 학교에서 교육은 받은 탓일 거다. 학교를 다니지 않았다면 스와힐리어나 그들 특유의 민족어들을 사용했을 거다. 그러나 추장은 영어를 사용할 줄 알았다. 영국이 통치하던 시절에 이들에게는 한 줄기 문명의 빛이 전해지긴 했었을 것이련만, 이들은 문명을 거부했을 것이다. 특히 마사이족들은 문명과는 잘 어울리지를 못한단다. 학교를 졸업하고 도회지에 나가 취직이 되어도 오래 버텨내지 못하고 다시 고향으로 들어오곤 한단다. 하긴 문명이란 남의 지배 속에서 살아야 되는 불편함이 따르기 마련이다. 키코록로지에는 한 시쯤에 도착을 한다고 했었는데, 가보니 오후 두 시가 다 되었다.

점심식사 후에 사파리를 하는데, 끝없이 펼쳐진 평원을 랜드로버자동차가 달리기 시작했다. 어느 정도 달리는데, 운전기사의 무전기에서 소리가 났다. 운전기사가 무전기를 받고는 어디론가 급히 달려간다. 가보니, 다른 랜드로버자동차들이 이미 와서 있다. 수풀 근처에 당도하자 얼룩말을 뜯어먹고 있는 사자 떼들이 보였다. 한 가족인 듯한데, 수사자는 이미 배가 불렀는지 누워서 꾸벅꾸벅 졸고 있다. 어미와 새끼들은 수사자가 남긴 얼룩말을 뜯어먹느라 열심인데, 사장이 설명한다. 수사자가 사냥을 하면, 우선 내장부터 먹어치워요. 그런 다음에 배가 부르면 절대로 과식은 하지 않습니다. 남긴 것들은 암사자와 새끼들에게 양보를 하지요. 암사자와 새끼사자들이 포식을 하고 나면, 그후에는 하이에나와 재칼들이 와서 먹어요. 그들도 배가 부르면, 그 다음에는 독수리 떼들이 날아와서 나머지를 모두 청소합니다. 그래서 독수리들을 청소부라고 불러요. 이렇듯 동물들의 세계에는 엄연한 질서가 존재하고 있답니다. 오늘은 이것으로 성과는 만족입니다. 이제 볼 것은 다 봤어요.

호텔에 돌아와서 샤워를 하는데, 녹물이 쏟아져 나온다. 하지만 어쩔 수는 없다. 녹물로 샤워를 마치고 하룻밤을 묵었다. 아침식사를 하려고 탄자니아국경까지 가는 동안에도 사파리를 하는데, 사장이 설명했다. 동물들은 이곳의 추위를 피해 모두 탄자니아국경으로 갔어요. 여기서는 동물들을 볼 수 없으니까 우리도 국경까지 가야돼요. 탄자니아의 세렝게티국립공원이 있는 국경지대까지 가자, 국경은 강물이 가로질러 흐르고 있었다. 마라강이라고 부르는데, 물색이 검었다. 이 지역의 특징은 검은 흙인 모양이다. 코끼리의 피부 색깔과 비슷한 색깔인데, 마라강의 물속에는 하마들이 숨어서 살고 있단다. 가끔씩 하마들은 바깥구경을 하려고 고개를 쳐들고는 여기저기를 살피다가 다시 물속으로 숨어버리면 강물은 이내 잔잔해진다. 그것을 본 사장이 설명을 해주었다. 하마들이 저러는 것은 모두 숨을 쉬기 위해서예요. 물속에는 산소의 양이 적어서 공기로부터 산소를 보충하는 것입니다. 마라강에는 하마 떼들이 많았지만, 악어들도 많았다. 머리를 쳐들고 숨바꼭질을 하던 하마나 악어들이 물속으로 들어가서 숨어버리면 강은 다시 평온하도록 잔잔해진다. 떠오르는 아침햇살을 받으니 강물은 금빛으로 반짝거렸다. 돌아서려는데, 목을 길게 고추 세운 기린 떼들과 타조 떼들이 나뭇잎들을 뜯어먹으면서 서성거리고 있었다. 기린의 목 길이는 나무들보다도 더 높아서 나뭇가지 높은 곳에 매달려있는 잎이나 열매들까지 마음대로 따먹고 있었다. 가젤 떼들과 코끼리 떼들도 자주 볼 수 있었지만, 일행의 목적은 그게 아니었다. 사자 떼들을 꼭 다시 한 번 만나야만 된다면서 사장은 일행을 이끌고 국경지대까지 온 거였다. 그러나 사자들은 더 이상 찾지 못하게 되자 허탈해진 마음으로 돌아서려는데, 하늘에 독수리 떼들이 배회하는 것이 눈으로 들어왔다. 그러자 랜드로버운전기사는 다시 차를 돌려 독수리 떼들이 떠돌고 있는 곳으로 향했다. 독수리 떼들이 배회하는 곳에는 틀림없이 사자들이 사냥한 것이 있다면서. 하늘에서 독수리 떼들이 돌고 있는 곳을 몇 바퀴 돌고 도는데, 정미의 눈에 사자가 보였다. 정미가 엉겁결에 크게 소리쳤다.

"저기 사자가 있다."

확실치는 않았지만, 일단은 그렇게 소리쳤다. 그런 다음에 초록색 나무의 숲속 틈에 갈색 비슷한 것을 본 랜드로버기사가 그 옆으로 바짝 다가갔다. 자세히 보니 갈색은 바로 수사자의 얼굴이었다. 한바탕의 싸움을 벌이고 사냥한 것을 실컷 먹고는 수풀 속에 앉아서 밖의 동정을 살피고 있는 중이었다.

"정말이네."

영수가 고개를 끄덕였다. 운전기사는 랜드로버자동차를 사자가 있는 쪽으로 바짝 들이댔다. 자세히 살펴보니 수풀 속에는 많은 사자 떼들이 있었다. 정미가 또 소리쳤다.

"야, 저기도 있다."

누군가 말했다.

"맞아. 저쪽에도 있어."

모두들 함성을 질러대는데, 커다란 코끼리 한 마리와 세 마리의 새끼들을 데리고 어슬 걸음으로 나타나더니 사자들이 있는 쪽으로 다가왔다. 사람들이 사자들에게만 관심을 두니, 코끼리들이 화가 난 모양이다. 자기들에게도 관심을 둬 달라는 듯 코를 벌름거리며 다가와서는 코로 수풀을 휘젓기 시작했다. 그러자 먹이를 먹던 사자들이 하나 둘씩 수풀 밖으로 나와 어디론가 가버리기 시작했다.

"어머, 뭐야? 떼들이잖아."

누군가 소리쳐서 보니 일가족 이상의 숫자였다. 떼를 지어서 일어섰는데, 아무것도 없는 것처럼 보이던 수풀 안에 저토록 많은 사자 떼들이 숨어있다는 것을 알게 되니 수풀이 무서워졌다. 그때 운전기사가 스와힐리어로 소리쳤다.

"차 밖으로는 절대로 나가지 마세요. 큰일 납니다."

그러나 일행들은 눈치로 알아차렸다. 코끼리에게 대항을 해봤자 질 것이 확실한 것을 계산한 암사자들은 앞장을 서서 피하기 시작했고 그 뒤를 새끼 무리들도 다투어서 따랐다. 줄을 지어서 느릿한 걸음걸이로 이곳저곳으로 흩어져버린다. 모두들 자리를 피하자 맨 나중에야 수사자가 주위를 살피며 다른 곳으로 걸어갔다. 사자들이 한꺼번에 일심동체로 달려들면 코끼리 정도는 이길 수 있으련만, 그들은 그러지 않았다. 새끼들을 보호하기 위해 일단은 뒤로 물러서는 질서의 원리도 아는 모양이었다. 나중에 세어보니 사자들의 숫자는 어림잡아 삼십 여 마리쯤이나 되었다.

사장이 소리쳐 말했다. 정말로 오늘 이 장면은 하이라이트중의 하이라이트입니다. 행운 중의 행운이에요. 그토록 찾아 헤맸어도 못 보던 장면을 보게 되었으니 이것이 드라마가 아니고 무엇이겠습니까. 로지로 돌아와서 점심식사를 하고, 호텔 앞에서 6호차 일행들은 단체사진을 찍었다. 그런 다음에 서쪽으로 지는 태양의 열기를 마주하면서 여섯 시간을 달려 나이로비에 도착했다. 산 정상에 살고 있는 마사이마을을 출발해서 산 아래로 내려갈수록 문명은 더욱 더 발달되어 있다는 것이 확연하게 드러나 보였다. 그리고 나이로비의 도심에 지은 파나피릭호텔은 완전한 문명의 표본이었다. 시내에서 자동차들이나 오토바이들에서 뿜어대는 지독한 매연들과 함께 다 쓰러져가는 닭장 같은 서민들이 살고 있는 집들과는 비교도 안 될 정도의 호텔은 수필가 숙희의 동생 락원이 지었단다. 왕궁처럼 생긴 호텔인데, 락원은 케냐대통령과 아주 절친한 사이란다. 그래서 대통령의 보호를 받으며 카지노를 운영하고 있다는데, 파나피릭호텔은 단독의 주택처럼 지어져 있었다. 모두 아홉 채가 있었는데, 일정한 간격을 유지하면서 골고루 흩어져있었다. 주택의 사이사이마다에는 정원이 아주 넓었는데, 정식 명칭은 사파리파크호텔이란다. 호텔 내에는 키르니보르라는 레스토랑이 있었는데, 거기서 일행은 저녁식사를 했다. 식사는 참으로 일품이었는데, 케냐의 대초원에 살고 있는 온갖 종류의 동물고기들이 다 있었다. 주로 악어·타조·기린·임팔라·얼룩말·돼지·양·소·닭·사슴고기들이었다. 이것들을 바비큐로 만들어서 식탁에 나열해 놓았다. 고기 옆에는 언제든지 포도주가 곁들여져 있었는데, 여러 가지의 많은 고기들을 먹다보니 나중에는 어느 게 무슨 고기인지 분간도 가지 않았다. 이런 사치를 누릴 수 있도록 해준 주선자들께 고마움이 느껴졌다.

저녁식사를 끝내고 방으로 들어서자 유럽의 어느 박물관에서나 보던 넓고 좋은 사각형의 침대가 부부를 기다리고 있었다. 물론 모기장은 왕후의 것처럼 훌륭해서 부부는 황홀경에 빠질 수밖에 없었다. 결혼할 때는 돈이 없어서 신혼여행도 못 갔었는데, 사십 년을 가난과 싸우다보니 이제는 이런 천국의 맛도 누릴 수 있게 되었다. 정원에는 수영장도 있었고 사우나장과 스포츠센터를 비롯한 쇼핑센터까지 고루 갖추어져 있어서 참 좋았다.

하룻밤을 보내고 아침 식사 후에는 카렌타운에 있는 카렌블릭

슨 사가박물관으로 이동했다. 이곳은 '아웃 오브 아프리카' 영화
의 촬영지다. 주인공 카렌 블릭슨은 1914년 25세의 젊은 나이
에 덴마크로부터 이곳으로 왔단다. 1931년까지 온갖 역경을 다
겪으면서 커피공장을 운영했던 여자다. 부모로부터 많은 유산을
물려받은 다음에 이곳에 정착을 해서 사업을 시작했는데, 1966
년 77살까지 살다가 세상을 떠났단다. 사업이 망한 경위의 자전
적 소설을 영화화한 것인데, 비록 망하기는 했어도 한 여성의 모
험을 보는 것 같아서 아주 신선한 감을 전해주었다. 아름다운 아
프리카를 배경으로 한 여인이 겪은 인생의 여정을 그렸는데, 밀
도 있는 명작이어서 사람들에게는 호평을 받았단다. 첫 장면은
새로운 삶을 찾아서 부푼 꿈을 안고 미지의 땅인 아프리카로 떠
나는 카렌의 모습으로부터 시작되었다. 그런데 그녀의 부푼 꿈
과는 달리 남편 브로와의 갈등으로 파경을 맞게 되었고, 그 후에
모차르트를 좋아하는 데니스와 사랑에 빠지게 된다. 그러나 카
렌의 불행이 데니스와의 행복으로 전환될 무렵에 카렌의 커피
공장에는 불이 났고 데니스의 죽음으로 영화는 끝났다. 아무 것
도 소유하려들지 않던 데니스와 아프리카에 화합되어가는 카렌
의 모습이 잔잔하게 잘 그려져 있었다. 박물관으로 변신된 영화
의 촬영장소 카렌의 집은 아담한 단층집이었다. 현관으로 들어
서면 서재로 사용하던 곳이 전시실로 바뀌어져 있었다. 그곳에
는 카렌의 젊은 시절의 모습과 늙은 시절모습의 사진이 나란히
걸려있었고, 남편 브로와 연인 데니스의 사진도 함께 나란히 걸
려있었다. 카렌의 책상 위에는 그녀가 읽던 책들이 있었는데, 남

편 브로와 애인 데니스와 주인공 카렌이 모두 한 곳에 모여서 머물고 있는 영혼들의 모습은 참으로 신기했다. 죽으면 모두 이렇게 되고 말 것이다. 원수도 사랑하는 사람도 없어진다.

서재의 좌측 방은 카렌의 침실이다. 침대는 싱글인데, 그 옆에는 카렌이 입던 승마복과 다른 옷들도 걸려있었다. 아울러 카렌의 역할을 맡은 여배우가 입었다는 옷들도 함께 걸려있었다. 현관에서 곧장 마주보이는 방은 남편 브로의 방이었단다. 그곳에도 싱글침대가 놓여있었고, 옆에는 사냥도구들이며 브로의 옷들과 데니스가 입었던 옷들도 함께 걸려있었다. 물론 모두 배역들이 입었던 옷들이란다. 카렌의 침실과 마주보이는 방은 응접실이었단다. 지금은 박물관의 사무실로 이용되고 있었는데, 현관의 우측 그러니까 카렌의 서재와 마주보이는 방이 주방이다. 그 안에는 믹스기·계란거품기·냄비·조리기구들이 있었는데, 현재 한국에서 주로 사용되는 물건들과 같았다. 1962년 당시에도 카렌은 이토록 수준 높은 생활을 하면서 살았었단다. 카렌의 커피 농장은 600에이커인데, 한국의 평수로는 약 12,000평이란다.

나이로비에서는 세 시 삼십 분 비행기로 출발하였다. 두 시간 이십 분을 달려서 도착을 하니 저녁 여섯 시가 되었다. 그런데 케냐의 여기저기 방앗간에 들려서 산 물건들이 너무 많아져서 가지고 간 트렁크로는 절대로 트렁크가 모자랐다. 아주 커다란 트렁크 한 개를 더 샀는데, 새로 사들인 돌이나 나무조각품들을 모두 큰 트렁크 속에 넣었는데도 칸이 모자랐다. 그래서 가지고 온 트렁크

들 속에도 잔뜩 쑤셔 넣었다. 들어보니 너무 무겁다. 이걸 어떻게 가지고 가지? 그런 상황은 비록 부부만은 아닐 것이다. 짐이 너무 많아지면서 또 무거운 돌들인지라 호텔종업원들은 방까지 날라다주기를 거절해 버렸다. 어쩔 수 없이 각자가 짐을 챙겨야 되었는데, 정미가 주위를 둘러보니 영수는 어디에도 보이지 않았다. 정미 혼자서는 이 많은 짐들의 감당이 안 되어서 여기저기를 두리번거리다보니 에스컬레이터 위에 영수가 올라가고 있는 모습이 눈에 띠었다. 정미가 혼자서 트렁크 세 개를 낑낑거리며 씨름하고 있는 사이에 영수는 팔색조여자의 핸드백을 대신 들고서 저만치 올라가고 있었다. 팔색조는 영수의 옆에 바짝 붙어 서서 온갖 아양을 다 떠는 모양이었다. 마치 저들이 신혼부부인 것처럼 행세를 했다. 그래서 정미가 영수를 향해 큰소리로 불렀다.

"여보. 여보."

불렀지만, 영수는 듣지도 못하면서 올라만 갔다. 무슨 이야기가 저리도 깨가 쏟아지게 많을까? 아무 소리도 들리지 않는 모양이다. 화가 치민 정미가 더 큰 소리로 악을 써가며 불렀다.

"여보!"

그러나 엘리베이터에서 내린 영수는 이제 보이지도 않았다. 화가 머리끝까지 치솟은 정미는 머리가 터질 지경이 되었다. 그러나 이제는 어쩔 도리가 없어졌다. 그냥 이대로 끌고 갈 수밖에 없었다. 별 도리 없이 정미는 혼자서 끙끙 거리며 무거운 돌덩어리들이 들어있는 트렁크 세 개를 하나하나 간신히 끌어다가 에스컬레이터의 발판에 얹어놓았다. 다행히도 에스컬레이터여서 쉽게 오를 수 있었다. 발판에 올려놓으니 자동으로 올라갔다. 에스컬레이터를 타고서 삼층에 오르니 영수는 팔색조와 나란히 소파에 앉아서 태평스레 떠들면서 웃고 있다. 그 꼴을 본 정미가 악에 치받쳐서 소리를 질러댔다.

"당신이란 작자. 여기는 뭐 하러 왔어? 대체 당신은 뭐하는 인간이야? 이 무거운 돌덩어리들은 뻔질나게 사대더니만, 자기 짐도 챙기지 않고서 딴 여편네 가방이나 들고 다녀? 못돼 처먹은 인간아. 너도 인간이냐?"

많은 사람들 속에서 정미가 영수를 향해 삿대질을 하며 악을 써대자 깜짝 놀란 영수가 대꾸도 못하더니 자리에서 일어선다. 일행들의 시선이 모두 자기에게 쏠리는 것을 안 영수가 잠시 머뭇거리더니 다짜고짜 사장에게로 달려가면서 삿대질까지 하며 소리친다.

"내가 우리 마누라에게 혼이 난 것은 모두 당신 때문이야."

놀란 사장도 가만히 있지 않는다.

"내가 무얼 어쨌다고 그래요?"

"당신이 그랬잖아. 짐은 엘리베이터 앞에 두고 몸만 올라가라고. 안 그랬어? 그래서 난 당신 말만 듣고서 올라왔는데 이 꼴이 됐잖아. 내가 무얼 잘못한 거야?"

듣고 보니 적반하장이다. 못할 짓을 해놓고도 영수는 잘못이 없단다. 부부여행으로 와서 외간여자만 챙기는 멍청이도 할 말은 있는 모양이다. 잘못한 것이 없단다. 사장과 영수가 한바탕 다툼질을 벌이는 사이에 정미는 후회한다. 젠장. 일껏 돈 들여 데리고 왔더니, 하는 짓거리가 고작 싸움질이네. 아이고. 내가 끝까지 참았어야 했는데, 참을 인자가 세 개면 살인도 면한단다. 왜 그걸 잊었었지? 그런 후회를 하면서 또 다른 결심까지 한다. 앞으로 당신 따위를 내가 데리고 다니나 봐라. 앞으론 절대로 이런 짓은 하지 않을 거다. 결심을 했는데도 줄줄 흘러내리는 눈물은 막을 도리가 없다. 아내로 산다는 것은 이런 것인가? 앞으로는 사자들로부터 더 배워야 될 것들이 많은 것 같다.

한 바탕 부부싸움을 벌이고 나니 서먹한 마음뿐이다. 그러나 어쩔 수없이 한 방에서 또 하룻밤을 보내고 금광도시를 견학해야 한다. 요하네스버그를 부자로 만들어준 것은 다이아몬드광산이란다. 땅 밑으로 몇 십 미터는 더 될 것 같은 깊이인데, 땅속으로도 엘리베이터를 운행하고 있다. 타고 들어가니, 개미굴 같은 여러 통로들이 여러 갈래로 뻗어져있다. 다이아몬드보석을 캐내느라고 판 땅굴인데, 그 속을 걸으면서 정미는 생각을 다듬는다. 사람이 살아가는 길도 이럴 것이다. 어느 길로 가야 바른 길인지는 잘 모르지만, 어찌되었든 앞으로 가야만 되는 길이 바로 인생길이다. 이제 사십 년을 살고 나서 후회한들 무슨 소용이 있겠는가. 그냥 입이나 다물고 주어진 일에만 충실하자. 다짐을 하면서 걷는데, 한바탕 망신을 당한 영수가 이제 자기의 잘못을 깨달은 모양이다. 정미의 핸드백을 들고 정미의 뒤를 졸졸 따라다닌다. 사람은 싸워야 성장을 한다더니, 그 말이 맞는 것 같았다.

내 비서는 어때요? ─────────────

엉키 목사가 칠판에다 자기의 휴대폰전화번호를 적는다.

011-8249-6666

정갈하도록 각이 진 정자로 적었는데, 그것을 본 익자가 고개를 갸웃거렸다. 어? 666은 악마의 숫자인데? 목사의 전화번호가 왜 하필이면 악마의 숫자를 택했어? 666에다 6이 하나 더 있잖아. 그런 생각을 하는데, 엉키 목사가 뒤로 돌아선다. 이목구비가 반듯하면서 전체적으로 큼직큼직한 눈·코·입의 조합이 조금은 이국적으로 생겼다. 갸름한 계란형의 얼굴로, 키는 아주 크거나 그렇다고 아주 작은 편도 아닌 보통의 키다. 그 키와 얼굴은 규형도 잘 맞아서 잘생긴 편에 속했다. 저만하면 미남이지. 아주 밉상은 아니다. 그때 엉키 목사가 학생들을 향해 말한다.

"우리 학교로 말할 것 같으면 외국에서 박사학위를 받은 교수들만 백 명이 넘어요. 거기에다 저는 금년에 환갑인데, 이 학교의 부총장이면서 박사이고 목사입니다. 그리고 성경학을 담당하고 있는 교수입니다. 여기 칠판에 적은 번호는 제 휴대폰의 번호예요. 여러분에게 어떤 문제가 생겨서 저의 힘이 필요하시게 되면 언제든지 이 번호로 전화를 해주세요. 제가 힘닿는 데까지 모두 책임지고 도와드리겠습니다. 예를 들어 건강검진 같은 것도 말입니다."

엉키 목사는 손가락을 네 개 활짝 펴서 칠판을 가리키며 설명을 끝내고는 손바닥을 비벼서 턴다. 그 말에 익자는 자동적으로 노트에다 엉키 목사의 휴대폰번호를 적었다. 지금까지 살아오면서 어느 누구에게든 부탁을 해본 적은 없었지만, 그래도 누가 알겠는가. 사람의 앞일이란 아무도 모르는 일이다. 부지불식간에 갑작스레 어려운 일이 생겨 부탁할 일이 생길는지는 아무도 모르기 때문이었다. 엉키 목사는 생김새뿐만 아니라, 목소리도 다정했으며 발음까지 명확했다. 그래서 한 마디 한 마디의 말들이 모두 익자의 귀 속으로 들어와서 쏙쏙 박힌다. 사람이 아주 영리해 보였으므로 익자는 고개를 끄덕거렸다.

(누구에게 배웠는지, 참 잘 배웠네. 아주 정통으로 기초는 잘 다져졌어.)

익자는 지난 삼십오 년간 교회를 열심히 다니면서 무수하게도 많은 설교들을 들어왔다. 처음에는 진리라는 설교가 무슨 의미인지 알아듣지도 못하였다. 왜냐하면 말도 안 되는 소리로만 목사들이 설교를 했기 때문이었다. 이를테면 처녀가 성령으로 잉태되어 아들을 낳았다고 하든지 아니면 이단이 오면 아예 집안에도 들이지 말라는 식의 말들이었는데 당시 익자의 생각으로는 그런 것들이 모두 말도 안 되는 말들이었다고 생각했었다. 어떻게 처녀가 애를 밸 수 있어? 말도 안 되는 소리다. 그리고 왜 사람이 찾아왔는데, 집안에도 들이지 말라는 것이야? 그런 것들이었다. 말도 안 되는 말들을 말이라며 주장을 해대니까 어찌 옳다고 여길 수 있었겠는가. 그렇게 고민하던 끝에 익자는 스스로 깨닫는 날이 왔다. 그것은 파출소에 잡혀가서도 술주정을 부려대던 시동생 때문이었는데, 시동생은 술을 마시고 난동을 부리다가 파출소에 잡혀갔었다. 그런데 파출소에 잡혀가서도 의자를 던지며 고래고래 소리를 질러댔다. 밖에서 가만히 그 광경을 바라보던 익자가 중얼거렸다. 저 인간은 왜 저래? 파출소 안인 것도 모르나? 그러다가 깨달음이 왔다. 아, 저러는 것은 술에 취해 몰라서 저러는 것이다. 모르니까 파출소에서도 술주정을 부리는 것이야. 그러니까 나도 마찬가지다. 도저히 진리라는 성경이 믿어지지 않는 것은 몰라서다. 저 시동생처럼. 술에 취한 사람처럼. 만일 진리라는 성경의 이치를 확실히 안다면 의문될 일도 없을 것이려니와 믿음도 생길 것이니까 성경공부를 해보자. 그런 생각이 든 익자는 곧 목사님을 찾아갔다. 목사님. 저에게 성경을 좀 가르쳐 주세요. 그러자 목사님은 곧 교회에다 성경학교를 개설하였고 사람들을 모아들였다. 그러면서 익자에게 알려주었다. 신학교에 함부로 가서는 절대로 안돼요. 신학교에서는 신학만 가르치는 곳이지 성경말씀은 가르쳐주지 않아요. 그러니까 바른 신앙생활을 하려면 성경을 하루에 세 장, 주일에는 다섯 장을 읽으시면 일 년에 성경을 한 번 통독할 수 있게 돼요. 그래서 익자는 목사님의 말씀대로 성경을 꼭꼭 읽으면서 그 해석법을 위해 저녁마다 교회에 나가 성경공부를 했다. 성경은 모두 육십육 권인데, 목사님은 낱낱으로 각권을 뜯어서 전문목사님들을 초청해서 가르쳐주기 시작했다. 그 덕분에 익자는 매일 밤마다 네 시간 씩 삼 년 동안을 열심히 배운 결과 지금은 진리가 무엇인지 정확히 알게 되었다. 그런데 엉키 목사는 그 진리대로만 올바르게 하나님의 말씀을 선포하고 있었다. 그리고 농담도 곁들였다.

"제가 이스라엘로 성지순례를 갔었을 때의 일이에요. 이스라엘사람들이 저에게 묻더라고요. 어느 지파 사람이냐고. 그래서 제가 말했습니다. 단지파사람입니다."

그 말에 학생들은 일제히 까르르 웃어댔다. 무슨 지파 사람은 유대인들에게만 속하는 문제인데, 한국 사람이 단지파라고 말했기 때문이었다. 하긴 엉키 목사의 말은 다 거짓말은 아닌 듯 했다. 한국 사람이지만, 한국 사람은 본래 단군의 자손이니까 단지파임이 분명할 터였다. 거기에다 덧붙여 엉키 목사는 얼른 스치고 보면 이스라엘사람처럼 이국적인 인상까지 풍기고 있었다.

(재치 넘치게 농담도 잘하시네. 역시 강의가 아주 훌륭해.)

익자는 그렇게 여겼는데, 곧 쉬는 시간 벨이 울렸다. 쉬는 시간인지라 익자는 일어나서 화장실로 갔다. 일을 본 다음에 강의실에 와보니 누군가 익자의 책상 위에 초콜릿 한 개와 사탕 두 알을 올려놓았다. 익자가 두리번거리자, 옆 자리에 앉아 있던 익자 또래의 여자가 가르쳐준다.

"부총장님이 갖다 놓고 가셨어요. 실례지만 지금 몇이세요?"

강의실 전체를 둘러봐도 익자의 나이가 제일 많아 보였던 모양이다. 하긴 이삼십 대나 다니는 학교에 할머니가 된 익자가 들어왔으니 금방 눈에 뜨일 만도 했다.

"예. 쉰아홉입니다."

그러자 여자가 반색을 하며 손을 내민다.

"아, 반가워요. 저와 동갑이시네. 이렇게 만나게 되어서 반가워요. 저는 이 학교에서 석사를 마쳤고, 지금은 대학에서 일어강의를 하고 있어요."

"아, 일본어요?"

"예. 우린 동갑이니까 앞으로 친하게 지내십다."

"예. 그럽시다."

대답하고 익자는 자리에 앉아서 지난날을 돌이켜 본다. 정식으로 밟아서 학교에 들어왔다면 익자의 나이는 이십대여야 맞다. 그런데 익자는 젊어서 엉뚱한 광기를 부리다가 지금에야 뒤늦게 공부를 시작했다. 나이 들어서 시작한다는 공부가 처음에는 부끄럽기도 하고 창피하기도 했었지만, 젊어서의 광기가 잘못된 일임을 알았으므로 이제부터라도 열심을 내리라 작정을 하였다. 세상 돌아가는 대로 앉아서 태평스레 보낼 일만은 아닌 것 같아서였다. 꼭, 의대만 가라는 아버지의 강요가 익자로 하여금 삐뚤어진 길로 가도록 만들었었고, 방황의 끝에서야 익자는 철학의 길로 들어섰다. 뒤늦은 나이인 마흔 여덟이 되어서야 다시 공부를 하기로 작정한 익자를 그 누구도 말릴 수는 없었다. 마냥 우격다짐으로 대하던 깡패 남편도 익자에게는 손을 들고 말았다. 남편은 그랬다. 아들이 결혼을 하려는데, 어미라는 여자가 이제 다시 대학을 다니겠다고? 그것도 아무 짝에도 소용없는 철학과를? 미친 거 아니야? 그렇게 막말까지 했어도 익자의 고집은 꺾지 못했다.

이제 다시 포기할 수는 없다. 기어이 끝까지 공부를 마칠 것이다. 그런 식으로 옆 사람들의 만류에도 듣지 않았다.

시험 때는 깡패 남편의 방해가 너무 심해서 여관방을 전전하며 공부를 했고 또 어떤 때는 자동차 속에서 공부를 하면서 대학을 마쳤다. 그런데 무슨 심보인지 남편의 마음이 갑자기 변하면서 자꾸만 학비를 대주며 대학원에도 가라며 부추겼다. 그렇게 하는 데는 뚜렷한 목적도 없었고, 남편이 돈을 대주니까 거절하지 못해서 가는 길이 여기까지 온 거다. 그런 탓에 익자는 젊은 사람들과 어울리기 위해 절대로 추해 보이지 않으려고 무진장 애를 썼다. 학교를 갈 적에는 주로 백화점에서 산 옷을 걸쳤고, 희끗희끗 세어져 가는 머리는 항상 검은 색으로 염색까지 해서 단정하게 빗어 내렸다. 그런 단아한 모습이 아마도 엉키 목사의 눈에 확 들어갔는지는 모르겠다. 어쩌라고 사탕이랑 초콜릿을 책상 위에 놓고 갔지?

집으로 돌아온 익자는 책상 앞에 앉았다. 맏며느리 노릇 하느라 젊으면서 싱싱하던 좋은 세월을 다 보내고 늦은 나이에 책을 펼치면 눈에는 글씨도 보이지 않았다. 처음에는 갑자기 눈이 나빠져서 왜 이런가 했었는데, 그게 노안이라고 했다. 돋보기를 써야 글씨가 보이는데, 그걸 몰라 일 년이나 끌탕을 했었다. 글씨를 읽으려고 돋보기를 쓰는데, 서른 살의 아들 도치가 와서 하소연을 늘어놓았다.

"어머니. 저는 도저히 지금의 대학원에는 더 이상 다닐 수가 없어요."

"왜?"

"저는 저의 모든 것을 다 포기하면서 신학을 택했잖아요. 그런데 다른 사람들은 그렇지 않은가 봐요. 모여서 잡담하는 걸 들어보니 너무 한심해요. 어떻게 하면 돈을 많이 벌 수 있을까에 대한 논쟁들만 벌여요. 인적이 없는 땅을 싸게 사서 비닐하우스를 지어놓고 일단 교회 간판만 걸면 된대요. 그렇게 있다가 나중에 그 땅이 개발되면 땅값을 많이 받을 수 있대요. 교회 간판만 걸어놓으면 세금도 없다고요. 그게 목사 될 사람들의 입에서 나올 말입니까? 너무 더러워요. 그런 사람들과는 상종하기도 싫어요. 교수님들은 다 좋은데, 동료들이 너무 천박해 보여서 상대하기도 싫어요."

"그래서 어떻게 하겠다고? 이제 너는 서른 살이야. 어른이니까 너 하고 싶은 대로 하렴."

"그동안 여기저기를 돌아다니면서 알아보았어요. 저를 오라는 데는 한 군데도 없어요."

"그럴 테지. 뭐 특출 난 사람도 아닌데 누가 오라고 하겠어."

"그래서 어머니께 부탁을 드리는 건데요. 어머니가 다니시는 학교로 저를 옮겨주시면 안되겠어요?"

"안될 거야 없지만. 거기라고 별 수 있겠어? 세상 돌아가는 모양이 다 거기서 거기인데."

"암튼 저는 지금의 학교를 떠나고 싶을 뿐입니다."

"그렇다면 내가 한 번 알아 볼게. 네 방에 가있어."

도치가 가버린 뒤에 익자는 노트를 펼쳤다. 강의실에서 적은 부총장의 휴대폰번호 생각이 나서였다. 부총장이 그랬었다. 무슨 일이든 어려운 일이 있으면 부탁을 하세요. 제가 도와드리겠습니다. 그랬으니 한 번 전화나 걸어보자. 안되면 말고. 되면 좋겠지. 도치가 한숨까지 쉬며 괴로워하는 표정이 안쓰럽게 여겨지던 익자는 부총장 휴대폰의 다이얼을 꼭꼭 찍어 눌렀다. 곧 신호가 갔고, 엉키 목사의 부드러운 목소리가 들려왔다.

"여보세요?"

"예. 저는 안익자라고 합니다. 상담학과의 대학원생이에요."

"그런데 무슨 일이시죠?"

"성경학 시간에 부총장님께서 칠판에다 전화번호를 적으시면서 말씀하셨잖아요. 어려운 일이 있으면 부탁하라고요."

"그랬지요."

"그래서 부탁을 드리려고 전화를 했습니다."

"무슨 부탁인데요?"

"저에게 신학대학원에 다니는 아들이 있어요. 그 애가 지금 다니고 있는 학교엔 절대로 더 이상 다닐 수 없다면서 우리 학교로 옮겨달라네요. 어떻게 안 될까요?"

"안될 거야 없지요. 한번 데리고 나오세요."

"언제 찾아갈까요?"

"내일도 좋아요. 오전 열 시에 제 사무실로 오세요. 강의 받으시던 건물의 팔층에 있어요. 제가 비서에게 말을 해 놓을게요."

"예. 알겠습니다. 그럼 내일 가겠습니다."

전화는 뚝 끊긴다. 가보면 알게 될 것이지만 일이 이상스레 쉽게 잘 풀려가는 듯했다.

다음날이다. 익자는 아들 도치를 데리고 학교로 갔다. 도치가 다니고 있는 학교는 남쪽으로 내려가야 되었지만, 익자가 다니는 학교는 서울의 강남에 있다. 아마도 도치는 옛날이 그리운 모양이다. 어려서부터 내내 강남의 팔 학군에서 귀공자처럼 살았었는데, 고삼 때 공부를 등한히 한 까닭에 수능을 망치고서 지방대로 내려가게 되어 부모도 경기도로 이사를 했다. 그런 탓에 도치는 서울을 떠난 지도 어언 십 년의 세월을 보냈다. 전철에서 내려 교문으로 들어가는데, 전에는 작은 건물 하나뿐이던 학교가 십 년이 지난 지금에는 팔층의 건물과 함께 여러 동의 건물들이 불쑥불쑥 솟아나 있었다. 학교라고는 했지만, 도시에 온 것 같은 느낌까지 든다. 정문으로 들어서자 돌에 새긴 문구가 눈 안으로 들어온다. '진리가 너희를 자유하게 하리라.' 글귀를 중얼거려 읽으며 익자가 앞장을 섰다. 그 뒤를 도치가 따랐는데, 팔층의 건물에서 엘리베이터를 탔다. 익자는 학교를 오가면서도 오로지 강의실만 오갔을 뿐, 팔층에 오르기는 이번이 처음이다. 엘리베이터의 문이 열리자, 복도의 벽이 앞을 가로막는다. 좌측으로 보니 통로가 나왔는데, 참으로 이상하게 생겼다. 복도 끝에는 창고 문처럼 생긴 철문이 하나 있을 따름이다. 익자가 여기저기를 살피며 도치에게 물었다.

"여기가 부총장님 방인가?"

중얼거리며 고개를 갸웃거리는데. 도치가 손가락으로 가리킨다.

"맞아요. 문 위에 팻말이 있네요. 부총장실."

"그런데 문은 왜 이렇게 생겼냐? 마치 창고 문 같네. 철문인데다 틈새도 없어. 모든 소리들이 다 차단되게 생겼다."

절대로 열려지지 않을 것 같은 철문의 둥근 문고리를 잡고 돌리면서 안으로 밀어보았다. 그러자 문은 보기보다는 쉽게 열렸다. 익자가 고개를 디밀고 조용히 물어본다.

"여기가 부총장님 방이 맞나요?"

"예. 맞아요. 어서 들어오세요. 그러지 않아도 총장님으로부터 좀 전에 전갈을 받았어요. 들어오셔서 잠시만 기다리시면 곧 오신답니다."

비서가 책상 앞에 앉아 있다가 일어서서 익자를 반갑게 맞이한다. 익자와 도치가 안으로 들어서자 비서는 의자를 손으로 가리키며 친절하게 말한다.

"여기 앉으세요."

비서가 가리키는 의자에 익자가 다소곳이 앉으며 비서를 바라보았다. 그런데 비서는 너무나도 황홀하도록 잘 생겼다. 이름난 여배우를 뺨칠 정도로 예뻤다. 부총장님은 재주도 참 좋으시다. 어디에서 저런 미스 코리아 감을 비서로 데려오셨나? 얼굴은 갸름한 계란형의 미인인데다가 이목구비들이 반듯하면서 또렷하다. 참으로 잘 생겼다. 거기에다 몸매까지 팔등신의 균형으로 잘 잡혀져 있다. 키가 조금은 작을 뿐이었지만 아담한 체구다. 비서로 있기에는 아까운 미모다. 감탄을 하는데, 비서가 엉덩이를 살랑살랑 좌우로 흔들어대며 걸어 다닌다. 그런데 또 한 가지 이상

한 것은 옷의 모양새다. 꽃무늬가 잔뜩 새겨진 얇은 잠자리 날개 같은 천의 원피스를 입고 있었는데, 허리는 날씬하게 들어갔으며 아랫단은 나팔모양으로 퍼져있다. 술집에서 흔히 볼 수 있는 모양의 원피스인데, 비서가 걸을 때마다 아랫단의 기지들이 출렁거려댄다. 유혹의 수작인가? 비서를 보며 익자가 고개를 갸웃거린다. 술집도 아닌 사무실의 비서가 왜 저런 옷을 입고 있지? 거기에다 문은 또 철통이다. 그런 생각에 젖어있는데, 철문이 벌컥 열리며 엉키 목사가 헐레벌떡 들어서며 다급히 말한다.

"이쪽으로 오세요."

엉키 목사의 전용 방으로 들어간다. 도치를 앞세워서 익자가 엉키 목사의 뒤를 따라 들어가 보니, 별천지가 펼쳐져 있다. 마치 천국에 온 기분이다. 사방으로 빛이 차단되어서 흐린 전깃불에 의지하고 어둑한 복도와는 달리 햇살이 너무 환하게 비쳐지고 있어서 눈까지 부시다. 벽이었을 방의 기억 자는 시멘트벽돌을 헐어내고 유리벽을 설치해 놓아서 방 안은 너무나도 해맑다. 커다란 유리의 창 아래 턱밑에는 책들이 가지런히 꽂혀있었고, 유리벽의 모퉁이에는 집무책상이 버티고 있다. 책상 위에는 커다란 컴퓨터도 한 대 놓여있다. 기억 자 유리벽의 반대편인 벽, 그러니까 대각선의 왼쪽 벽에는 나무문이 하나 있는데, 아마도 그 문을 열고 들어가면 부총장이 누워서 쉬는 방에 침대가 있을 게 분명했다. 아울러서 욕실과 화장실도 있을 터. 그런 것들은 요즘 흔히 볼 수 있는 광경이니까. 문이 하나있는 왼쪽 벽 앞에는 이십여 명의 간부진들이 모여 회의를 할 수 있도록 커다랗고

긴 탁자에다 이십 여개의 의자들이 일정한 간격을 두고 놓여있다. 그리고 익자와 도치가 방금 들어선 방문의 바로 앞에는 오인용 소파가 놓여 있었는데, 엉키 목사가 손으로 소파를 가리키며 말했다.

"거기 앉으세요."

"예."

익자가 앉으니, 도치도 익자 옆에 따라서 앉는다. 소파에 앉아 주위를 둘러보니 모두 꽃밭이다. 실내정원이라고 해야 될까? 꽃들 중에는 난 꽃이 가장 많다. 모두 교수들이나 학생들로부터 선물로 들어온 것들일 것이다. 아주 소중하게 잘 가꾸어 놓았다. 익자가 꽃들을 보며 감탄한다.

"화초들을 너무 잘 가꾸셨어요."

엉키가 소파에 앉으며 대답한다.

"제가 가꾼 것은 아니고요. 비서가 다 가꾼 것들입니다. 아주 부지런하면서도 착실해요.

묻지도 않았는데 설명까지 덧붙인다.

"아, 그래요?"

익자가 고개를 끄덕이자 엉키 목사가 묻는다.

"서류는 가져오셨나요?"

"예. 여기 있습니다."

익자는 대답을 했고, 도치가 서류뭉치를 엉키 앞의 탁자위에 조용히 올려놓는다. 엉키 목사는 도치가 준비해온 서류들을 살피더니, 도치를 향해 칭찬한다.

"아드님이 아주 똑똑하게 잘 생겼어요. 학벌도 좋고 경력도 좋아 제가 탐이 나요. 아들 삼고 싶은데, 그래도 돼요?"

순간 익자는 생각한다. 아하, 이 사람은 슬하에 아들이 없나보다. 그래서 남의 아들이라도 아들로 삼고 싶은 것이겠지. 하고 생각을 하면서 익자가 얼른 맞장구친다.

"그러시면 저는 더 좋지요. 그러지 않아도 아들은 목사가 되겠다고 하는데, 아버지가 한사코 반대를 하는 통에 중간에서 제가 괴로워요. 그러니까 그렇게 하시면 저도 좋아요."

"알겠습니다. 전학하기로 수속을 하세요."

"그런데 지금 다니는 대학원에서 삼 학기를 마쳤거든요. 이쪽으로 옮겨와도 삼학기만 하면 졸업은 되는 거죠?"

"그렇지요."

엉키 목사가 고개를 끄덕이며 웃는다. 수속이라는 것은 등록금을 내라는 소리여서 익자는 교무실로 가서 등록금을 낸다.

집에 돌아온 익자는 곰곰 생각에 잠긴다. 고맙게 응해주었으니 무엇으로 보답을 하지? 궁리 끝에 익자는 이백만 원을 마련해서 엉키 목사에게 가져다준다.

"양복이나 한 벌 해 입으세요."

그러자 엉키 목사가 제안한다.

"이거 너무 고맙네요, 제가 차를 사죠."

"됐어요. 제가 고마워서 인사를 하는 것입니다."

"암튼, 지금 곧장 삼성역 코엑스 옆에 있는 서점으로 가세요. 거기가 제 아지트거든요. 거기서 기다리세요. 곧 제가 갈게요.

먼저 가세요."

"반디서점을 말씀하시는 거죠?"

"예. 맞아요. 거기서 만납시다."

"예. 그러죠."

대답을 한 익자는 곧장 삼성역으로 향했다. 지난 십팔 년간 강
남역에서 산 덕분에 코엑스 쪽의 지리는 환했다. 전철을 타고 갔
는데 반디에 도착하니 엉키 목사가 먼저 와서 익자를 기다리고
있다. 익자가 엉키를 보고 놀란다.

"어머나! 벌써 오셨어요? 날아오셨나요?"

"저도 전철을 타고 왔습니다."

"똑같은 전철인데, 어떻게 그리 빨라요?"

"전 그런 사람입니다. 아직 식사 전이시지요?"

"예. 제가 점심을 살게요."

"아뇨. 제가 사겠습니다."

엉키는 예의도 발랐다. 인사도 잊지 않는다. 스승으로부터 밥
을 얻어먹기는 이번이 두 번째다. 익자를 소설가로 등단시켜준
인환선생도 이랬었다. 제자에게 자주 밥을 사주곤 해서 제자들
사이에서는 칭찬이 자자했다. 그런데 엉키도 그런다. 이때 엉키
가 제안을 한다.

"제가 단골로 다니는 양식집이 있어요. 강남역 로터리에 있는
한양입니다."

"예. 저도 거긴 잘 알아요. 하지만 들어가본 적은 없어요."

"거긴 아주 좋아요. 한적해서 아는 사람이 없거든요. 거기까지

갈 적에 같이 가면 학생들이 행여나 보고 의심을 할 테니까 따로 가요. 멀찌감치 떨어져서요."

"알았어요."

익자는 엉키가 시키는 대로 따른다. 말이 많은 세상인지라 행동 하나하나에도 조심해야 함은 당연하다. 더군다나 대학원의 부총장이니 조심해야 되는 것은 물론인지라 이해가 되었다. 한 가지 이상한 것을 보면 사람들은 풍선처럼 부풀려서 소문들을 낸다. 없는 말도 만들어내는 세상이니까 조심 하는 일은 나쁘지 않다. 한양으로 들어갔는데, 거기에서도 엉키는 날렵하게 먼저 와서 있다가 익자를 안내한다.

"저는 이런 음식들을 좋아해요. 뷔페인지라 야채와 고기를 마음대로 먹을 수 있잖아요. 자기의 식성에 맞춰서."

"그러네요."

"마음에 드는 것들을 골라서 드세요. 비싸지도 않고 건강에 좋아요."

"알겠습니다."

익자는 엉키와 함께 식사를 끝난 뒤에 차도 함께 마셨다. 엉키가 묻는다.

"박사과정이지요?"

"예."

"그러면 논문을 쓰세요."

"싫어요. 전 논문은 쓰고 싶지 않아요. 소설가인지라 소설만 잘 쓰면 돼요. 지식을 더 넓히려고 들어왔습니다. 학위에는 관심도 없어요."

"그래도 쓰세요."

"싫어요. 안 써요."

"논문은 쓰셔야 됩니다."

"왜요? 제가 필요치 않은데요?"

"그래도 쓰세요."

"싫어요."

"왜요?"

"소설가이니까요. 소설만 잘 쓰면 돼요."

"소설은 쓰세요. 그리고 논문도 쓰세요."

아주 강압적이다. 이 사람은 왜 이러지? 잠시 생각에 잠기다가 익자가 말했다.

"이 나이에 논문은 써서 무얼 하게요? 남들은 다 정년퇴직을 하는데. 그래서 논문에는 관심도 없어요."

"그래도 쓰세요."

엉키는 줄기차게 졸라댄다. 익자는 어쩔 수 없이 생각을 저울 위에 올려놓고 고개를 갸우뚱거린다. 써야 되나? 말아야 하나? 그러다 겨우 대답한다.

"정 쓰라고 하시면 저는 융기에 대해서 쓰고 싶어요. 왜냐하면 융기에서 저는 많은 은혜를 받았거든요. 그래도 돼요?"

"되지요. 융기는 치유문학이니까 상담학과도 상통돼요. 그런 데다 논문의 최종심사권은 저에게 있으니까 제가 된다면 되는 것입니다."

"그럼, 쓸게요."

익자가 결심을 하자 엉키의 얼굴에 미소가 피어난다. 한 가지를 이루어냈다는 승리감 때문인 모양이다.

"제가 다 도와드릴게요. 지도교수는 기창교수로 하세요."

"왜요?"

"기창교수가 욥기와 관련이 있는 과목이잖아요. 고전문학전공자니까."

"글쎄요. 그건 생각을 좀 해보고요."

집에 돌아온 익자는 일이 이상하게 돌아가고 있는 것에 스스로 놀라지 않을 수 없어진다. 석사학위를 받을 때도 그랬다. 깡패 남편은 방송통신대학을 다닐 적에는 그리도 반대를 하고 나왔었는데 졸업을 하자 권했다. 석사학위도 따 봐. 공부하는 일에선 방해만 일삼던 사람이 갑자기 변했다. 겨우 방송대학을 나왔으니 과연 본 실력인지 알고 싶은 모양이다. 돈까지 대주면서 재촉을 해대는 통에 집에서 가장 가까운 대학원에 들어갔는데, 또 지도교수가 권했다. 인환선생님의 소설로 논문을 쓰세요. 소설가로 등단시켜주신 분이잖아요. 목적도 없이 남편의 부추김에 떠밀려온 지라 익자는 아무래도 좋아 고개를 끄덕였다. 집에 돌아온 익자가 인환선생께 전화를 했다. '선생님. 제가 선생님 소설로 논문을 쓰려고요.' 그러자 인환선생이 몹시 좋아한다. 그리고는 자신이 가지고 있던 모든 자료들을 모아서 익자에게 보내주는 친절도 베풀었다. 그 덕에 논문은 아주 쉽게 완성이 되었고 지도교수의 적극적인 도움으로 학위도 쉽게 땄었다. 그런 일들은 모두 누군가의 도움임이 느껴져서 그 분이 하나님일 것이라고 생각했다. 이런 일들은 자신의 혼자 실력만으로 안 된다. 분명히 하나님의 도우심이 있었을 것이다. 하나님이 운행하시는 운명열차는 왜 나를 자꾸만 이쪽으로 밀어붙이는 것이지? 전에 소설가로 등단하려 할 적에는 방해꾼들이 너무나도 많았었다. 무엇인가 되려 할 때마다 누군가 톡톡 나타나서 방해를 했었다.

특히 남편은 더 했었다. 난 글을 읽는 것도 쓰는 것도 다 싫어. 그냥 나만 바라보면서 살라고. 왜 그렇게 못해? 남편은 집안에만 처박혀서 일기 쓰는 일까지 말리던 사람이다. 그 덕에 익자는 결혼하고 팔 년 동안 집에만 처박혀서 아무 일도 못하고 살다 보니 그에 병이 나고 말았었다. 일명 화병이었는데, 불현듯 화가 솟구치면 이성을 잃을 정도로 변했었다. 그러나 남편의 눈에는 안하무인이었다. 절대로 아무 것도 통하지 않았었다. 너무나도 괴롭고 많이 아파서 남편 몰래 점집을 찾아갔었다. 나는 왜 이렇게 자꾸만 아파요? 그걸 묻자 점쟁이가 알려주었다. 역마살이 끼어서 그래요. 이런 사주는 무엇이든 해야 됩니다. 하면 일마다 잘 돼요. 익자가 다시 물었다. 남편이 밖에도 못나가게 하는데, 도대체 무슨 일을 할 수 있겠어요? 그때 점쟁이가 알려주었다. 밖으로 못 나가게 하면 방에서 왔다 갔다 라도 하세요. 집에 돌아온 익자가 생각에 잠겼다. 집안에서 왔다 갔다만 해? 그것도 하루 이틀이지 어찌 허구한 날 방 안에서만 왔다 갔다 할 수 있겠어? 그러다 생각해 낸 것이 소설 쓰는 일이었다. 그래. 소설을 쓰자. 소설 속에서는 세계 어디든 다닐 수도 있을 것이고 하고 싶은 말도 등장인물을 통해 다 할 수 있으면서 누구에게 구속을 받지 않아도 된다. 그래서 글쓰기를 시작했는데, 남편이 또 반정거렸다. 이 따위가 글이냐? 도저히 말도 안 되게 썼잖아. 이따위 머리를 가지고서 쓴 글을 대체 누가 읽겠냐. 이걸 글이라고 썼어? 그 말을 들은 익자가 이번에는 도전의 방식을 취했는데, 바로 소설 쓰는 공부였다.

남편은 유난스레 익자의 바깥출입을 싫어했기 때문에 익자는 남편 몰래 소설 쓰는 공부를 배워보려 다녔다. 남자들의 엉키는 곳에 가면 나중에 남편으로부터 구설수에 오를까봐 일부러 여자들만 모여서 공부하는 곳을 택했었다. 그러노라 매사가 더딜 수밖에 없었다. 특히 여자들 간의 질투는 너무나도 완강해서 일마다 꼬였다. 그래서 등단이 더 늦어졌다. 그렇게 등단을 했으니 이제 학위 따위는 안중에도 없는데, 엉키가 자꾸만 쓰라며 졸라댄다. 이 사람은 왜 이래? 무슨 성과를 올리기 위함인가? 거기에다 지도교수까지 추천을 하려한다. 꽤나 수상스러웠다.

요열교수의 강의시간이다. 박사과정인지라 학생은 둘 뿐이다. 익자와 주영이. 그 덕에 강의도 단출했다. 세 사람이 마주 앉아서 주거니 받거니 토의식으로 진행되었다. 요열이 익자에게 묻는다.

"그 연세에 무슨 생각으로 박사과정까지 들어오시게 되었어요?"

그 말에 익자가 대답한다.

"갑자기 눈먼 돈이 생겼어요."

"그렇게도 돈이 생겨요?"

"그럼요. 돈에는 눈이 없잖아요. 그러나 발은 많아요."

"돈에 발이 있다고요?"

"예. 발이 있어요. 네 귀퉁이가 바로 발인데, 두 발뿐인 사람이 네발 가진 돈을 따르려고 하면 도저히 따라잡지 못해요. 그러나 네 발 가진 돈이 두발 가진 사람 잡기는 아주 쉽거든요. 실은 저의 어머니가 제 앞으로 작은 땅을 주셨는데, 그 땅은 저에게는 아무짝에도 쓸모없는 땅이었어요. 억울하게 세금만 꼭꼭 내고 있었는데, 그 땅을 외사촌동생이 필요하다며 사겠다고 했어요. 필요 없는 땅인지라 그러라고 했지요. 구백만원에 팔았는데, 외사촌동생이 남편에게 불어버렸어요. 누님에게 땅값 구백만원을 송금했다고. 그 말을 들은 남편이 그러더군요. 그 돈으로 자기에게 양복 한 벌을 해달라고. 그래서 단방에 거절했어요. 싫어요. 왜냐하면 남편은 생활비도 아주 최소로 주면서 항상 따지곤 했어요. 그뿐인 줄 아세요? 제 수중에 돈이 있는 걸 알면, 무슨 수를 써서라도 다 빼앗아 가요. 그렇게 미운 사람이 양복을 해달라는 거예요. 싫다고는 했지만 내 수중에 돈이 있는 걸 알면 아마 그 사람은 분명히 생활비도 주지 않을 게 뻔해요. 그래서 박사과정에다 등록금으로 넣었어요. 박사과정을 하겠다면서. 그렇게 등록을 한 겁니다. 한 학기만 다니려고요. 그랬는데 남편이 계속해서 등록금을 주는 거예요. 별난 사람 다 보면서 살아요."

"그러셨군요. 여기 계신 주영씨는 제가 석사학위논문을 지도했습니다."

"그럼 두 분은 아주 친하시겠네요?"

"그런 셈이지요."

"그런데 참 이상한 게 있어요."

"뭐가요?"

"저는 절대로 논문 따윈 쓰지 않겠다는데, 왜 자꾸만 부총장님께서는 논문을 쓰라고 권하시는지 알 수 없어요."

"부총장님과는 어떻게 아시는 사이인데요?"

"처음에는 몰랐죠. 부총장님께서는 칠판에다 자기의 휴대폰 전화번호를 적어주시면서 어려운 일이 있으면 언제든지 전화하라고 하셨어요. 부탁을 하면 다 들어주신다고 해서 노트에 적어 놓았었지요. 그런데 저에게는 신학 하는 아들이 한 명 있는데, 다니던 학교가 싫다면서 우리 학교로 옮겨 달라는 거예요. 그 때문에 제가 먼저 부총장님께 전화를 걸어 부탁을 했더니 얼른 들어주셔서 아들도 이 학교에 다녀요. 그렇게 알게 되었는데, 절보고 자꾸만 논문을 쓰라 하시네요. 왜일까요? 뭔가 좀 이상해요."

익자가 의심의 눈빛을 보내는데, 요열은 아무런 대꾸도 하지 않으면서 다른 곳으로 화제를 돌려버린다.

"저는 금년 들어 크게 교통사고가 세 번이나 났어요. 그럴 때마다 느끼는 것인데, 하나님께서 항상 저를 지켜 보호해 주시고 계신다는 생각이 들어요. 한 번도 아니고 세 번씩이나 자동차는 모두 폐차까지 됐는데, 식구들은 손끝 하나 다치지 않았거든요."

"맞아요. 저도 그런 걸 항상 느껴요. 시시때때로 내가 원하지도 않았는데, 일이 슬슬 좋은 쪽으로만 풀려가는 것이라든지 아니면 제가 너무 많이 아파서 교회를 찾아갔을 때 너무 신기한 일도 생겼었어요. 그토록 아프면서 나를 괴롭히던 병이 모두 사라졌어요. 어찌 이런 일이 생길 수 있을까 하는 의문이 들어서 그것을 밝혀보고 싶어요."

"아하, 그러니까 체험신앙을 가지고 계시네요."

"늦게 배운 도둑질이 더 무섭다는 말도 있잖아요. 저의 집은 본래 할아버지께서는 아주 독실한 우상숭배 자였어요. 꼭두새벽마다 매일같이 산으로 올라가셔서 서낭신께 밥을 새로 지어서 바치며 가내의 평안을 비셨거든요. 서낭신을 다른 이름으로 성황이라고도 불리는데, 산에서 가장 튼실하면서도 잘생긴 소나무를 말해요. 그러시면서 그것도 모자라서 저에게는 오래 오래 살기를 원하셔서 점쟁이를 아버지로 삼아주시기도 했어요. 그러나 그런 것들은 다 소용이 없더라고요. 그렇게 빌면서 정성을 들였어도 집안은 깡그리 망했고 저는 늘 아프면서 외롭기만 했어요. 예수를 믿으면서 그런 쓸데없는 생각들을 모두 버렸더니 날이면 날마다 기적 같은 나날이 계속되고 있어요. 이렇게 지금 살아있다는 자체도 기적이에요. 그런 것들의 연구를 위해서 성경 66권을 삼 년간 낱권으로 쪼개어서 전문 목사님들에게 배우면서 성경을 일 년에 한 번씩 읽었어요. 그렇게 벌써 삼십 년의 세월을 보냈으니까 삼십 번 이상을 읽은 셈이지요. 그러는 사이에 저의 쾌쾌 묵은 옛 사상들은 바뀌어졌고 새사람이 되었어요. 이런 은혜들을 하나님께서는 저에게 주시려고 그동안에 저를 그리도 많이 훈련시키신 것에 대하여 항상 감사하는 마음을 가지고 있어요. 그래서 마음은 늘 평안해요."

"너무 존경스럽네요."

"그런데 부총장님께서는 저에게 기창교수님을 지도교수로 정하라 하시던데, 그 분은 어때요?"

그러자 얌전하던 요열의 얼굴에 분노의 기색이 완연하더니 말을 쏟아낸다.

"그 사람은 정말로 영 틀려먹은 사람이에요. 말하자면 얌체족속인데, 여기 가서 알랑 저기 가서 알랑 도무지 그 속을 모르겠어요. 진득하지도 못하면서 요리 붙었다 저리 붙었다 변덕이 죽 끓듯 하며 이간질로 농간까지 부려대요. 그 사람은 처음엔 아주 친절한 척을 하지만, 뒤에 가서는 어떻게든지 꼭 뒤통수를 친다니까요."

말을 하면서도 고개를 절레절레 흔든다. 언젠가 그로부터 크게 한번 당한 모양이다.

"그렇군요. 그 분에게는 그런 면이 있네요."

"제가 그랬다고는 절대로 말하지 마세요. 물으시기에 그렇다는 뜻입니다."

무심결에 말을 해놓고 말의 막음까지 잊지 않는다.

"그런 말은 안하죠."

잠시 후에 요열은 화장실에 다녀오겠다면서 밖으로 나간다. 그 틈새를 이용한 익자가 주영에게 넌지시 물어본다.

"석사 때 요열교수님이 지도해 주셨다면서요?"

"그랬죠."

"저 분은 어때요? 잘해 주시나요?"

"대체로. 교수님들 중에서는 제일 괜찮은 것 같아요."

주영과 대화가 끝나자 요열이 들어온다. 익자가 결정을 내리고 요열에게 부탁한다.

"교수님. 그럼 교수님께서 제 지도교수가 돼 주세요."

요열은 그래주기를 은근히 바랐다는 듯 얼른 대답한다.

"그렇게 하시겠다면 너무 황송하죠. 제가 무슨 실력이 돼야지요. 제가 지도를 할 일이 아니라, 오히려 선생님께 지도를 받아야 할 판국인데요. 그래도 이런 것은 과정이니까 그렇게 하세요. 저는 지금까지 성경을 겨우 세 번만 통독을 해놓고서도 집안에서 늘 으슥해요. 사실 저희 집안에는 거의가 다 목사들만 있거든요. 아버지도 형들도 동생들도 다 목사이고, 저만 장로입니다. 그런데 장로인 저보다도 실재로 목사들은 성경을 한 번도 읽지 않은 사람들이 대부분이에요. 그냥 신학교만 나와서 자격증을 받아 목사노릇들을 하죠."

"그러니까 마땅한 사람이 없어서 그러니까 결정을 해주세요."

"정 그러시다면야 그렇게 하죠."

"저는 성경 속에 있는 '욥기'로 논문을 쓰려 해요."

"좋아요."

요열은 흔쾌히 승낙한 뒤에 말을 덧붙인다.

"오늘 점심은 제가 사겠습니다. 지난번에는 선생님이 사셨잖아요."

요열은 말도 예쁘게 한다. 다른 세상의 사람 같다. 등단을 위해 여러 스승들을 거쳤지만, 대부분의 스승들은 제자들을 봉으로 안다. 항상 받들어주기만을 바라는 게 통상인데, 이 사람은 다르다. 부총장님도 그러더니, 이 사람도 그런다. 아마 이 학교의 전통적인 예의인 모양이다. 예의가 아주 발라서 마음에 들었다. 그러나 익자는 한 번 튕겨보았다.

"교수님이 그러시면 안 되죠."

"아닙니다. 교수라고 해서 얻어먹기만 하면 안 되죠. 이번에는 제가 꼭 살 겁니다."

"그렇게 하시고 싶으시다면야 어쩔 수 없죠. 그렇게 하세요."

음식점에서 식사를 끝내고 요열과 헤어져서 집으로 가는데, 엉키로부터 전화가 걸려온다.

"접니다."

"예."

"지금 어디 계세요?"

"강의가 끝나서 집으로 가는 길인데요."

"저를 좀 만나고 가세요."

"어디서요?"

"삼성역이요. 거기서 기다릴게요."

"그러세요."

전화를 끊고 익자는 전철에 오른다. 반디에 도착하니 엉키가 기다리고 있다가 익자를 보고 곧장 옆에 있는 카페로 인도한다. 익자가 주변을 둘러보며 말한다.

"아주 복잡한 곳을 즐기시네요."

"외롭기 때문이에요. 저는 항상 마음이 허하면서 외로움을 자주 자주 느껴요. 그 때문에 사람들이 북적거리는 곳이 좋아요. 그러나 사람들과 대화는 별로하지 않습니다. 자, 안으로 들어가서 이야기해요. 커피는 제가 살게요."

말하고 엉키는 카운터로 먼저 간다. 커피 두 잔을 시켜서 받아들고 빈자리를 찾아가서 앉는다. 익자도 따라 앉으니 엉키가 권한다.

"어서 드세요. 이곳의 커피 맛은 아주 좋아요."

"커피를 즐기시네요."

"예, 이것이 이뇨작용을 해서 마음까지 진정시켜주니까요."

"마음에 분노가 많으세요?"

"저는 세 살 적에 아버지를 잃었어요. 제주도에서 일어난 사삼사건 아세요?"

"잘은 몰라도 들은 적은 있어요."

"저의 아버지는 그 사건에 연루되어 동네사람들에게 몰매를 맞아서 돌아가셨어요. 그러자 제 어머니는 세 살짜리 저를 버리고 재가를 했고요. 위로는 세 명의 누님들이 있었는데, 모두 남의 집으로 보내졌고 그나마도 저는 아들이라고 작은아버지가 거둬줬어요."

"그 때문에 목사님이 되셨군요."

"처음에는 공부를 아주 잘해서 사범학교를 나왔거든요. 하지만 취직이 안 됐어요. 빨갱이 자식이라면서요. 그래서 해병대를 지원했어요. 저 이래 뵈도 해병대출신이랍니다. 한 번 해병은 영원한 해병. 그런 말 들어보셨어요?"

"예. 우리 동네에도 그런 문구가 붙어있는 곳이 있어요."

"그리고 제가 이것을 다 뽑아왔어요. 학교도서관에서."

"이게 뭔데요?"

"욥기에 관한 논문들의 목록들입니다. 참고 하시라고."

"어머나! 고생하셨네요. 참 신기해요. 석사논문을 쓸 때도 인환선생님께서 자료들을 모두 주셨는데, 또 이러시네요. 너무 고맙습니다. 이거 황송해서 어쩌죠?"

"그리고요. 아들을 빨리 장가보내세요."

"왜요?"

"총각으로 사역을 하면 유혹들이 너무 많아서 힘들어요. 본인이 더 괴로우니까 사역하기 전에 결혼을 시켜야 됩니다."

"……."

"그래서 말인데, 도치의 짝으로 내 비서는 어때요? 나이는 도치보다 한 살 위지만, 아주 야무지면서도 똑똑해요. 한 살 많으면 어때요? 집안도 아주 좋아요. 아버지가 치과의사이거든요."

"너무 예쁘던데요?"

"그래서 추천하는 겁니다. 내 비서는 내가 시키는 대로 말을 잘 들어요. 지금의 비서가 오기 전에는 비서가 네 사람이나 바뀌었어요. 보시다시피 제 성격이 몹시 까다롭거든요. 네 명이나 버텨내지 못하고 나갔는데 지금의 비서는 벌써 저와 오 년째 같이 일하고 있어요. 사람이 아주 됐어요."

그 말에 익자가 고개를 갸웃거린다. 네 명이나 못 버티고 나간 자리에서 무슨 재주로 오 년씩이나 버틸 수 있었을까? 무슨 특별난 재주가 있었을까? 고개를 갸웃거리던 익자가 처녀 적 직장에 다닐 적의 일을 머릿속에 떠올렸다. 항간에 떠도는 말에도 이런 말이 있었다. 비서는 사장의 밥이다. 그런 말이 특별한 사람에게만 적용되는 줄 알았었는데, 그런 일을 익자도 직접 겪었었다. 익자는 행정실에 근무하고 있었는데, 어느 날 부장이 불러서 갔었다. 차를 한 잔 달라고 하더니만, 차를 마시면서 머리가 아프다며 이마를 짚어 달라고 했다. 가까이에서 부장의 머리를 짚어주는데, 갑자기 부장은 익자를 꼭 껴안으면서 부르르 떨어댔다. 한참을 그렇게 하다가 어쩔 수 없다는 듯 익자를 풀어주었었다. 어느 신문사의 사장도 그랬었단다. 자기가 실컷 데리고 놀던 여배우를 그냥 남에게 주기 아까우니까 아들과 결혼을 시켰었다. 아들도 처음에는 좋다며 결혼을 했지만, 나중에 아이들까지 낳은 다음 아들은 그 사실을 알게 되었단다. 그로부터 아들은 여배우와 이혼은 하지 않았지만, 서로 헤어진 채 둘 다 비극적으로 살아가고 있다.

그런데 익자가 본 비서의 꼴은 정말로 매우 수상쩍었다. 철문으로 된 현관문하며 비서가 입고 살랑거리며 다니는 잠자리 날개옷을 본 엉키가 아무리 직업이 목사라지만 어찌 보고만 있을 수 있었겠는가. 오 년을 그 자리에서 버티기 위해서는 아무래도 무슨 일이 벌어졌었을 것이라는 계산이 나왔다. 그래놓고서 그 일을 무마시키기 위해 지금 도치를 끌어들여서 아들 삼겠다는 수작을 부리는 게 분명하다. 아마 지레짐작일 것이지만, 그런 눈치를 채고서도 도치와 비서를 결혼시켜 놓는다면 나중에는 어찌 될까? 그래서는 안 된다. 지금은 도치가 비서의 미모에 홀딱 반해 좋다고 하겠지만, 훗날에 자식 낳고 살면서 그 사실을 안다면 이 어미를 얼마나 욕할까. 어미라는 여자가 겨우 한다는 짓이 그 것뿐이냐며 들이대겠지. 그래서는 절대로 안 돼. 그러나 이런 제안을 어떤 식으로 거절을 하지? 뭐라 트집을 잡아서 거절을 해? 익자는 계속해서 두뇌를 굴리던 끝에 겨우 한 말을 찾아냈다.

"도치보다 한 살이 더 위잖아요."

"연상이면 어때요? 연상도 괜찮아요. 겨우 한 살인데 뭐."

"그래도 좀 께름칙해요. 한 살 연상이면 범띠잖아요. 띠가 너무 세서 좀 그래요."

그렇게 거절을 하자 엉키는 잠시 생각에 잠기더니 다른 제안을 한다.

"그럼. 네 살 아래는 어때요? 제 친구의 조교인데, 이번에 학교에서 조교 백 명을 잘라냈어요. 그런데 무슨 일인지 그 애는 잘리지 않았더라고요. 애가 아주 싹싹하면서도 똑똑해요. 너무 영리하니까 자르기가 싫었었나 봐요. 아버지는 대학교 앞에서 양복점을 하고 있어요."

엉키의 설명에 익자는 또 머리를 굴려본다. 백 명의 조교가 다 잘렸는데, 대체 무슨 재주로 남게 되었을까? 그리고 학교에서는 왜 백 명의 여자 조교들을 모두 잘라냈을까? 그러니까 결국에는 조교나 비서나 마찬가지일 것이다. 저들도 조교의 밥일 것이 분명하다. 그리고 엉키의 친구라는 교수도 조교를 건드려놓고서 마음대로 자르면 일이 탄로날까봐 자르지 못한 것이 분명해. 그런 짐작은 갔지만 더 이상 거절할 거리가 없어서 익자는 마지못해 승낙한다.

"네 살 아래면 궁합은 좋아요. 차라리 그쪽으로 해주세요."

"그래요. 그러면 제가 친구에게 말해서 시간과 장소를 나중에 연락드릴게요."

하고 헤어진다.

기창교수의 강의시간이다. 기창교수가 익자에게 물었다. 부총장으로부터 무슨 언질을 받은 모양이다.

"논문은 어찌돼가고 있어요?"

익자가 시큰둥하니 말한다.

"그럭저럭요."

"어서 빨리 쓰세요. 공부를 마치는 동시에 학위도 받으셔야지요."

"그렇게 빨리 될 수 있을까요?"

"암 되지요. 그리고 가운 맞추는 일이 너무 늦으면 안 되니까 미리 가셔서 가운부터 맞추세요."

"가운은 꼭 맞춰야 돼요?"

"그럼요. 박사가운인데 빌려 입을 수는 없잖아요. 영원히 간직해야 되니까."

"어디서 맞춰요?"

"신촌에 가면 있어요. 아, 여기에 주소가 있네요. 우리 학교 단골집입니다."

익자와 기창교수의 대화가 이어지자 주영이 자리를 피한다.

"저는 화장실에 잠깐 다녀오겠습니다."

밖으로 나갔는데 누군가와 통화를 하는 모양이다. 화장실에는 가지도 않으면서. 그 순간 익자에게도 전화벨이 울렸는데, 기창교수가 말한다.

"받아보세요."

"예."

전화를 받으니 엉키다.

"친구 교수와 통화를 했어요. 모레 강남역 저와 만났던 그 카페 있지요? 거에서 열한 시로 약속했어요. 그리고 지도교수는 정하셨나요?"

"예."

"누구로요?"

"요열교수요."

"알겠어요."

대답소리가 싸늘해진다. 이 사람은 왜 이래? 이들은 짜고 치는 고스톱을 하고 있는가? 대체 무슨 이득을 챙기려고 이러고들 있지? 편 가르기가 너무 심한 것 같다.

강의가 끝나고 집으로 돌아오면서 익자는 곰곰 생각에 잠긴다. 머리를 굴려 계산을 해보니 엉키와 기창교수는 한 편인 모양이다. 그리고 요열은 은근히 자기 자랑으로 드러냈는데, 자기의 아내와 총장은 아주 친한 사이라고 했다. 그런데 엉키의 말을 들어보니 총장과 엉키는 사제지간이란다. 엉키의 말에 따르면 총장은 대학시절에 영어를 아주 못해서 엉키에게 영어 과외를 받은 탓에 사제지간이 되었단다. 그런 총장이 엉키의 능력을 인정해서 학교를 설립할 때 찾아와서 부탁을 했단다. 형님, 제가 학교를 설립하려는데, 좀 도와주세요. 그래서 함께 학교를 설립하였고 지금까지 키워왔단다. 그런데 이게 무슨 일이지? 편 가르기가 너무 심한 것 같다. 왜 편 가르기가 시작된 것일까? 어찌되었든 총장과 부총장의 사이는 요즘 별로 좋지 않은 것 같으니까 내가 중간에서 처신을 잘해야 저들의 농간에 휘말려들지 않게 될 것이라고 익자는 생각을 다듬는다. 내가 중심만 꽉 잡고 있으면 돼. 그런 다짐을 하다가 며칠 전에 만나서 하던 엉키의 말들을 다시 떠올려본다. 엉키는 그랬었다.

"제가 해병대출신이란 거, 말씀 드렸지요?"

"예."

"금년에 건강검진을 했는데, 글쎄 제 신체나이가 사십이랍니다."

"해병대출신 덕인가요?"

"암튼요. 그래서 저는 지금도 정력이 아주 왕성해요. 그런데 집 사람은 경수가 끊어졌다면서 나를 가까이 오지도 못하게 해요. 그러니 어쩝니까. 저의 애인이 되어주시지 않겠어요?"

"애인이요?"

"그래서 저는 애인이 필요해요. 인생의 마지막을 즐길 수 있는 애인 말입니다."

"……."

그 말에 익자는 대답도 못하면서 생각만 굴렸다. 나는 경수와는 아예 상관도 없이 빈궁마마로 살아가고 있다. 자궁을 잘라내었으니 호르몬도 나오지 않을 터. 남편과의 화합도 오래전부터 관계를 끊었었는데, 이제 새삼 그게 될까? 한 번 시험을 해봐? 그러다가 안 되면 또 무슨 망신이야. 차라리 완전무장으로 나가자. 그렇게 생각을 굴리는 사이 엉키가 또 말한다.

"저는 세 살 적에 어머니와 헤어졌기 때문에 사랑이 몹시 고파요. 우리 서로 사랑을 하면서 재미나게 살아요. 그리고 직함으로 부르지 마시고 그냥 제 이름을 불러주세요. 엉키씨라고 말입니다."

"……."

그 말에도 익자는 대답을 못하고 또 머리를 굴린다. 그렇게 되면 난 뭐야? 애인이 아니고 첩으로 살라는 말인가? 그건 아니다. 하지만 그 말을 단번에 거절까진 할 수 없다. 대답도 거절도 아닌 떨떠름한 자세로 헤어져서 익자는 집으로 돌아오며 깊은 생각에 빠졌다. 나는 왜 이 나이에 이런 취급을 당하면서 살아야 되는 것이지? 이제 와서 사랑놀이까지 해? 그래도 될까? 어쩌자고 이 늙은 여자를 부총장이라는 직함을 들고 나를 꼬드기는 것이야? 익자는 엉키의 요구에 대한 답을 찾아내기 위해 과거의 일들을 더듬어나갔다. 어려서부터 익자 역시도 삶이 너무 궁핍했고 엉키처럼 외로웠다. 누구에게든 기대고 싶어서 결혼을 했지만, 깡패 남편은 이기주의자여서 자기만 알았고 익자의 외로움 따위 안중에도 없었던 터라 많이 아프기도 하다가 교회로 나가서 은혜를 받고 병 고침도 받았다. 그랬었는데, 교회에서 가장 친하게 지내는 사람으로부터 멸시를 당했다. 대학 문전에도 못 가본 주제에 뭘 그리 아는 척을 하냐? 그 말에 몹시 화가 나서 그 여자의 이력을 조사해보니 좋은 대학을 나온 것도 아니었다. 겨우 B급이나 C급의 대학을 중퇴한 게 고작인데, 고졸이라는 익자를 멸시했다. 그에 화가 난 익자가 쓸데없는 객기를 부리다가 여기까지 오게 된 거다.

이런 것들도 다 하나님의 무슨 계획 속에 포함되는 것인가? 주님께서 밀어붙이신다면 나도 어쩔 수 없다는 생각으로 익자는 앞으로 닥칠 일들에 대하여 어떤 기대까지 걸어본다. 어찌 되었든 엉키는 익자에게 논문을 쓰라는 독촉을 하였으므로 집에 돌아온 익자는 논문의 초안을 작성해 나간다. 어떤 교수가 말했다. 석사과정에서 쓴 논문은 논문쓰기 연습일 뿐이라고. 그래서 학교에서는 『논문 작성 요령』이라는 책자를 주었다. 그것을 대조해 가면서 서론·본론·결론과 함께 초록을 작성하였다. 서론에서는 연구배경이나 목적도 써야 했는데, 선행연구들의 조사와 이론배경도 찾아내야 한다. 연구방법에서 연구의 구성은 어떻게 짜야 되는지를 생각하고 있는데, 선보러 나갔던 도치가 들어와서 너스레를 떨어댄다.

"나 참 기가 막혀서. 어떻게 부총장이란 사람의 눈이 겨우 그 정도야?"

"왜?"

"촌티가 줄줄 흘러가지고 함께 다니기도 너무 창피하더라니까. 그렇게 눈이 낮은 사람이 어떻게 부총장까지 되었는지 알 수 없어."

"어느 정도였는데?"

"무조건 창피할 정도였다고."

익자가 고개를 갸웃거리며 미소를 짓는다. 도치의 눈에는 이제 누구를 갖다 대준다 해도 안중에도 차지 않을 것이다. 엉키의 비서가 얼마나 황홀하도록 예뻤는지 한 번 보았으니까. 한 눈에 쏙 들었을 것이고 그런 기대를 안고 나갔을 터이니 실망할 것은 당연한 사실이다. 차라리 잘되었다. 백 명의 여자조교들이 다 잘렸다는데, 혼자 살아남은 것도 좀 이상했다. 어쩌면 처녀로써 볼짱은 다 봤을 것인데 좋다고 해도 걱정이 되었을 것이다.

"그래서 어떻게 했는데?"

"어떻게 하긴. 부총장님이 중신을 한 것이니까 그분 체면을 생각해서 내가 끝까지 예의를 갖춰서 잘 해주고 돌아왔어요. 점심도 일류 양식집에 가서 썰었고, 커피도 멋진 카페로 가서 마시며 이야기한 다음에 원주까지 데려다주고 왔어요."

"잘했네. 참 잘했어. 역시 내 아들이야."

"그게 다 부총장님 체면 세워드리기 위함이었다고요. 제가 그 여자가 좋아서 한 짓은 절대로 아니에요."

"알았어."

도치는 행여 익자가 밀어붙이기라도 해서 결혼까지 시킬까봐 은근히 걱정이 되는 모양이었다. 도치가 방에서 나가고 조금 있으려니 엉키로부터 전화가 걸려온다.

"도치 들어왔지요?"

"예."

"뭐라고 해요?"

"맘에 들지 않는대요."

"그럴 거라 생각했어요. 도치는 눈이 높잖아요. 그리고 논문은 잘 돼가고 있어요?"

"초안은 다 잡았어요."

"그러면 그것을 제 메일로 보내세요. 제가 봐야 돼요. 어디까지 진척이 됐는지를 제가 확인해야 합니다."

논문통과결정권은 모두 부총장에게 있다고 해서 익자는 어쩔 수 없이 시키는 대로 한다. 초안을 엉키의 메일로 보내고 얼마 지나지 않아서 엉키로부터 전화가 걸려왔다.

"초안을 제가 다 봤어요. 논문에 대해 이야기할 것이 있으니까 내일 제 사무실로 오세요."

그런 명령 때문에 익자는 다음날에 엉키의 사무실로 들어갔다. 사무실로 들어가는 동시에 엉키는 비서실로 통하는 문의 잠금쇠를 눌러버린다. 논문을 핑계로 엉키는 어떤 다른 수작을 벌이려는 모양 같았다. 이런 일을 자주 벌였었는지 하는 행동도 어설프지 않으면서 아주 능수능란하다. 어쩌면 논문을 핑계로 자꾸만 불러대는 꼴이 조금 수상쩍게 여긴 익자가 오늘은 일부러 속에 코르셋으로 무장하고 왔다. 나이는 많았지만 누가 알겠는가. 어떤 도둑은 할머니도 강간하고 달아났다는 뉴스를 들은 적이 있었기 때문이다. 사람이란 매사가 철저해야 된다. 언제 어디서 무슨 일을 당하게 될는지 아무도 알 수 없다. 그런 생각이 앞서서였다. 만일에 엉키에게 당해봐야 빈궁마마라서 아무런 표시는 남지 않을 것이다. 그리고 익자는 남편과 잠자리를 해본지가 참으로 오래되어서 가정생활에서도 아무런 파탄 같은 것은 생길 리가 만무하지만, 어찌 되었든 무장은 철저한 게 좋으리란 생각 때문이었다. 문을 잠근 엉키가 곧 익자를 얼싸안더니 입맞춤으로 열을 발산하기 시작한다. 엉겁결에 당하게 된 익자는 이런 경우 어떻게 처신을 해야 좋을는지 몰라서 그냥 방관한 채였다. 그러더니 그 다음에는 익자를 소파 위로 끌고 가서 앉힌다. 스커트를 걷어 올리고 넓적다리를 더듬는데, 탄탄한 코르셋이 방어막으로 등장하자 너무 탄탄하게 붙어있어서 벗기기 힘들다는 것을 안 엉키가 금방 익자의 바로 앞바닥에 무릎을 꿇고 앉아서 사정을 한다.

"저와 연애를 해요. 이렇게 빌게요."

익자가 엉키의 모습을 내려다보니 천박하기 그지없다. 겨우 이 정도였어? 박사이고 교수이고 부총장이라면서? 자기의 치솟는 성욕 하나를 이겨내지 못하고서 늙은 여자에게 구걸까지 해야 되는 이유가 뭐야? 늙은 여자에게도 이러한데, 어찌 저 싱싱하면서도 젊고 예쁜 비서를 그냥 놔두었겠어. 일을 저질러놓고 수습이 안 되니까 논문을 핑계로 모든 잘못을 나에게 뒤집어쓰려는 수작이 아니고 무엇이랴. 자기의 부인보다도 더 나이가 많을 나에게 이러한데, 저 비서는 온전하게 그냥 바라만 봤을 리도 없다. 익자가 빤히 내려다보자 이제 엉키는 창피고 체면이고 뭐든 다 내던진 상태가 되고 말았다. 부끄러운 것도 모르는 이런 사람에게 도치까지 맡겼으니 어찌해야 되지? 그냥 냉정히 뿌리칠 수도 없는 상황이라서 익자가 엉키의 얼굴만 빤히 내려다보고 있자 그제야 엉키는 부끄러움을 되찾은 모양인지 뒤로 물러나 일어서더니 구석으로 가서 한숨을 내쉬며 중얼거린다. 여자는 이래야 되는데. 내뱉는 한숨 속에는 한 줄기의 커다란 후회가 들어있다. 그 속에는 이런 뜻이 있을 것이다. 그때 비서가 속에다 코르셋만 입고 있었어도 일은 이렇게 커지지는 않았으련만. 한때의 기쁨과 희락이 나중에 두고두고 얼마나 큰 고통을 몰고 올 것인지 그때 엉키는 생각지 못했었을 것이다. 엉키의 중얼거림에 용기를 얻은 익자가 엉키를 향해 물었다.

"그런데 궁금한 게 하나 있어요."

"뭔데요?"

"비서는 왜 저런 옷을 사무실에서 입고 있어요? 마치 술집에 나가는 여자 같은 옷을요?"

익자의 질문이 엉키의 정곡을 찌른 모양이다. 양 볼이 벌겋게 달아오르면서 먼 산 쪽을 바라보며 대답한다.

"본인이 그렇게 입고 다니는 걸 제가 무어라고 말해요?"

말은 그랬지만, 그것만은 아니었을 거다. 자신의 정욕을 채우기 위해 어쩌면 그렇게 입고 다니라며 부추겼을는지도 모른다. 아무런 사이가 아니라면 옷매무새부터 나무라야 옳았다. 옷을 좀 단정하게 입고 다녀요. 그렇게 나무랐어야 옳았다. 그럼에도 불구하고 옷에 대해 한 마디도 참견하지 않았다면 그건 부추겼다는 증거다. 네 명의 여비서가 오래 버텨내지를 못하고 자주 바꿰었던 것도 이런 일 때문이었을 것이다. 아울러 지금의 비서가 오 년을 버텨낼 수 있었던 것도 엉키의 요구에 응했을 것은 분명하다. 어쩐지 현관문이 철통이더라니. 이런 꿍꿍이속이 있었구나. 사람은 누구든 마찬가지다. 첫 번의 실수는 실수였다고 변명이 되겠지만, 죄는 한번 짓고 나면 두 번 저지르게 된다. 그게 죄의 속성이다. 따라서 세 번, 네 번으로 치닫게 되면 습관으로 변해서 더 이상은 버리지 못하는 성격이 되고 만다. 죄는 술과 같다. 한 번 마시기 시작하면 술이 술을 마시게 되는 것과 똑같다. 나중에는 고치기 힘든 불치병으로 변한다.

그 일 후, 엉키는 도치에 관한 일은 입 밖에도 내지 않았다. 잘생겼고 야무지다며 아들 삼고 싶다고 보채더니, 언제 그랬느냐듯이 안면 몰수한다. 대신 도치가 집에 와서 투덜거려댄다.

"어머니. 학교에서는 먼저의 약속과는 말이 달라졌어요."

"어떻게?"

"지난번에는 삼학기만 다니면 졸업을 시켜준다고 했잖아요. 부총장님이."

"그랬지."

"그런데 그게 아니래요."

"왜?"

"저는 삼학기만에 졸업을 하기 위해서 열심히 공부를 했거든요. 그런데 졸업은 할 수 없다는 거예요. 상담과목이 통과되지 못했다면서 한 학기를 더 해야 된대요."

"그래?"

"목사가 되려면 상담은 필수래요. 목사안수를 받고 세상에 나가서 인격이 안 돼 있으면 안 된다며 인격부터 다듬어야 된대요. 저에게 문제가 있다면서요."

"무슨 문제?"

"엘리베이터를 탔는데, 상담교수들이 자기네들끼리 떠들어댔어요. 누구는 어떻고. 또 누구는 어떻다며 학생들을 막 까고 있었어요. 그런 비천한 사람들에게 어떻게 제 속의 이야기를 털어낼 수 있겠어요? 그래서 나는 내 이야기가 소문으로 퍼질까봐서 말을 안했는데, 그게 문제래요. 말을 하지 않으니까 왜 말을 하지 않느냐며 자꾸만 무슨 말이든 하라고 부추겨요. 말을 해야 치료가 된다면서. 할 말이 없다고 하니까 아무 소리든지 하래요. 소리를 막 지르든지 아니면 욕을 해도 된다면서요."

"무슨 교수가 그 모양이야? 그런 게 어디 있어?"

"글쎄 말이에요. 암튼 그래서 한 학기를 더해야 된다는 말씀을 드리려고요."

해놓고 나가버린다.

익자가 다니는 교회의 담임목사 유영은 가평에다 기도원을 샀단다. 아버지가 물려준 유산으로 사놓고서 교인들을 들들 볶아댄다. 기도원으로 기도하러 갑시다. 기도원에서 기도를 해야 응답이 잘 와요. 만민이 기도하는 집이라며 교회를 지어놓고서 개인소유가 될 수 없으니까 이번에는 기도원을 사놓고 그 짓거리를 한다. 자기의 뱃속을 채우려고 교회는 문까지 잠가놓았다. 마땅히 기도할 장소가 없어지니 익자도 어쩔 수 없이 기도원으로 따라갔다. 열심히 부흥회에 참석하고 있는데, 엉키로부터 전화가 걸려온다. 휴대폰을 들고 빨리 뛰어서 밖으로 나가 전화를 받으니 물어본다.

"지금 어디 계세요?"

"기도원에요."

"무슨 기도원이요?"

"가평기도원이요. 제가 다니고 있는 교회의 담임목사님께서 기도원을 사셨어요. 그래서 기도하러 왔어요."

"그렇군요. 그런데 논문은 어찌 돼가고 있어요?"

"잘 돼가고 있어요. 걱정하지 마세요. 제가 다 알아서 쓸게요."

"알았어요."

말하고 뚝 끊는다. 실없는 사람이다. 하긴 쓰기 싫다는 사람을 졸라서 시작한 일이니 책임감은 느낄 것이지만 이렇게까지 신경 쓸 필요는 없다. 그런데 남이야 어디서 무엇을 하든 자기가 남편처럼 일일이 체크를 해댄다. 무슨 관심이 저리도 많아.

학교에 가니, 요열은 나오지 않았다. 주영에게 물었더니, 주영이 알려준다.

"병원에 계세요. 전립선암이라서 수술을 해야 된대요."

"그럼 우리도 가봐야 되는 거 아니에요?"

"가봐야죠."

그 말에 익자는 주영을 따라서 병원으로 갔다. 요열이 익자에게 부탁한다.

"항상 기도를 많이 하신다니 저를 위해 기도를 좀 해주세요. 저는 요즘 너무 많이 힘들어요. 집 사람이 유치원을 경영하기 때문에 애들을 모두 장모님이 길러주셨어요. 그런데 요즘 장모님이 많이 편찮으셔서 애들 둘을 모두 호주로 보냈어요. 처제가 호주에 있거든요. 유학비도 유학비려니와 장모님의 요양비가 한 달에 이백만원이랍니다. 교수봉급으론 감당하기가 너무 버거워요."

들고 보니 돈이 필요하다는 말 같다. 그래서 익자는 요양비로 보태라며 돈 이백만 원을 주었었는데, 이번에는 병원에서 수술을 해야 된다니까 또 그냥 빈손으로 갈 수 없어서 병원비에 보태라며 이백만 원을 주었더니 요열이 그런다.

"안 선생님의 논문지도는 동국교수에게 가서 받으세요. 그분은 제 논문의 지도교수였거든요."

하는 수 없이 익자는 동국교수가 살고 있는 안양까지 논문지도를 받으러 다녔다. 그런데 또 요열은 이런 부탁을 한다. 저에게 골프채를 사주셔요. 아니면 저도 평양에 가고 싶으니까 평양에도 좀 보내주세요. 익자가 어떤 자랑을 하면 뭐든 자기에게도 해달란다. 처음에는 밥까지 사주며 의인인 척을 하더니만, 지도교수가 되더니 자꾸 손을 내민다. 요구만 늘어가니 어디가 끝인지도 모르겠다. 해달라는 논문지도는 해주지도 않으면서 요구타령뿐이다. 요열은 익자보다 여덟 살이 더 적었지만, 스승은 스승인지라 익자는 깍듯이 대접을 해 주었더니 이제는 이런 식으로 나온다. 그러는 동안, 예심 날이 다가왔다. 하도 달라는 요구가 많았으므로 익자는 노골적으로 터서 물었다.

"예심사례는 어떻게 준비해야 돼요?"

그러자 요열은 시큰둥하니 대답한다.

"그건 얼마 안 줘도 돼요. 그냥 구두 표 한 장이면 되고 그 이상은 필요 없어요."

말은 그렇게 했지만, 속내는 다를 것이란 생각에서 익자는 선심까지 써가며 후하도록 봉투에 넣는다. 심사위원 한 사람당 삼십만 원을 넣었고, 요열에게는 오십만 원을 넣어 봉투를 주었는데, 그것을 받아들고 갔던 요열이 익자에게 전화를 걸어서 만나자고 한다.

"어디로 나갈까요?"

"백화점 내 안동국수집이요. 그 집이 좋아요."

"예. 나갈게요."

익자가 가니 요열은 먼저 와서 기다리고 있다. 마주보고 앉았는데, 요열이 익자 앞에다 봉투들을 내놓는다. 보니 익자가 요열에게 주었던 봉투들 그대로다. 이건 또 무슨 의미야? 익자가 고개를 갸웃거리는데 요열이 말한다.

"이런 건 필요 없고요. 만일 학교에서 강의를 주신다면 하실 수 있으세요? 강의내용은 물론 저희 교수진들이 다 마련해 놓았으니까 안 선생님은 그냥 그 원고를 보고 강의만 하시면 됩니다. 문제는 서울이 아니고 원주인데요. 일주일에 두 번 가야 됩니다."

"보수는 얼마나 되는데요? 기름 값은 나와요?"

"기름 값이야 물론 나오지요."

익자가 잠시 생각에 잠긴다. 이 나이에 일주일에 두 번 원주까지 가서 강의를 하고 올 수 있을까? 순간 익자는 이순소설가를 떠올린다. 이순은 어린 나이에 특출 난 재능덕분으로 소설가가 되었었다. 그런데 학별이 적은 탓에 소설을 쓰면서 학교를 다녀 박사과정에까지 갔었다. 교수가 되려면 강사수련을 몇 년간 쌓아야 되었으므로 이순은 무리를 해가면서까지 여러 대학을 전전하였다. 그러다가 무리한 끝에 뇌졸중으로 쓰러졌다. 지금 이순은 교수는커녕 소설도 못 쓰는 신세로 변해서 세월만 축내고 있다. 이 나이에 무리를 하다 그 짝이 나면 공든 탑은 여지없이 무너져버리고 만다. 그런 생각도 들었지만, 익자는 용기를 내어 대답한다.

"그렇다면 한 번 해볼게요."

그러자 요열은 아주 작은 속삭임의 소리로 익자의 귀에다 대고 속살거린다.

"강의를 하시려면 학교에다 돈 오천만 원을 내야 돼요."

그 말에 익자가 깜짝 놀란다.

"오천만 원씩이나?"

눈이 휘둥그레지자 요열이 자근자근 설명한다.

"오천만 원은 최저 가격입니다. 그나마도 기독교학교라서 싼 겁니다. 다른 학교는 더 많아요. 아마 일억은 줘야 될 것입니다."

오천만 원이란 말에 익자는 석사과정 때 만난 명숙을 떠올렸다. 명숙은 유치원을 경영하다가 자기의 성에 차지 않아 공부를 더 해 보려고 대학원에 진학했고 석사를 거쳐 박사과정까지 마쳤다. 그러던 어느 날 익자에게 하소연을 했다. 언니. 강사가 되려면 오천만 원을 내야 된대. 그래서 하는 수 없이 남편이 경영하던 잡화가게를 팔아 학교에다 냈고 강사가 되었어. 그랬었는데 또 어느 날 한숨을 토해내며 하소연을 해댔다. 언니, 어쩌면 좋아. 남편이 미쳐버렸어. 가만히 있다가 울화가 치솟으면 옷을 모두 벗어던지고 길로 뛰어나가는 거야. 정처 없이 거리를 헤매다가 경찰에게 잡혀서 집으로 끌려오곤 해. 이건 사는 게 사는 게 아니야. 그 통에 아버지를 지키려고 애들은 학교까지 휴학했어. 지금은 무척이나 후회돼. 내가 그러지를 말았어야 했는데 하고 말이야. 익자는 그제야 고개를 끄덕였다. 아하, 그때 명숙이가 말한 오천만 원은 바로 이런 돈이었구나. 명숙은 익자보다 아홉 살이나 적었지만 명색은 선배였다. 그러나 명숙은 그런 따윈 불문에 붙이고서 항상 익자를 향해 언니라고 불렀었다. 그때 명숙의 나이는 마흔여섯 밖에 안 되어서 이해가 갔지만, 익자는 금년 쉰두 살이다. 어영부영하면서 강사노릇 하다보면 정년이 될 터인데, 도대체 몇 년이나 해 먹을 수 있다고 그리 많은 돈을 들여 고생을 사서해야 되겠는가. 괜스레 괜한 욕심 때문에 돈만 작살내고 말 것이 뻔하다. 그래서 익자가 단호하게 거절한다.

"저에게는 그런 돈도 없거니와 비록 있다 해도 그런 짓은 하지 않겠어요."

그 말에 요열의 얼굴이 순식간에 싹 바뀌더니 한마디 던진다.

"그렇다면 논문은 없던 일로 합시다. 이제 그만 쓰세요. 심사

위원들의 말이 논문이 영 아니라고들 해요. 과외를 좀 받으셔야
되겠다면서요."

"과외를요? 어디서 과외를 받아요?"

"동국교수 조교에게로 가서 받으세요."

"그 사람은 박사인가요?"

"아니죠. 박사과정입니다."

갈수록 첩첩 산이다. 박사과정인 익자에게 같은 과정에 있는
사람으로부터 과외를 받으란다. 말 같지도 않은 말을 한다. 지도
교수라는 사람이 논문의 지도는 해 줄 생각도 하지 않으면서 돈
만 받고 다른 학교의 학생에게 과외를 받으란다. 기가 찼지만,
억지로 참으면서 익자가 다시 물었다.

"과외비는 얼마인데요?"

"한 번 가는데 칠십만 원입니다. 일주일에 두 번 내지는 세 번
정도는 받아야 돼요."

"기간은 얼마나 걸려요?"

"그야 논문이 완성될 때까지 받아야지요."

"두 달이든 석 달이든 무제한으로요?"

"예."

대답이 너무 간단하다. 익자는 머리를 굴려본다. 일주일에 세
번씩 한 달이면 열두 번이다. 칠십만 원씩 열둘을 곱하면 팔백사
십만 원. 석 달이라 치면 삼천만 원에 달할 것이고 또 그 동안 다
니면서 드는 비용은 또 얼마나 될 것인가. 그리고 논문이 다 완
성되었다고 치자. 그때에도 심사위원들이 통과를 시켜주지 않으

면 더 골치만 아프게 될 것이다. 이 무슨 수작들인가. 학생의 돈을 빼먹기 위해 이런 작전까지 쓰는 것인가? 너무나도 어이가 없어진 익자가 소리 질렀다.

"이보세요. 지도교수라는 작자가 뭐하는 사람입니까? 당신이 논문지도를 해줘야 되는 거 아니에요? 논문을 지도해 달라고 지도비까지 주면서 지도교수로 정해 놓았더니 다른 학교로 가서 과외를 받으라고? 거기에다 저는 기독교전문대학원에 왔는데 불교대학원에 가서 과외를 받으라니 그게 말이 된다고 생각해요? 미안하지만, 저는요 과외열풍이 불던 시절에도 애들에게도 과외 따윈 시키지도 않던 사람입니다. 그런데 이 나이게 박사는 따서 무엇 하겠다고 과외까지 해요? 그렇게는 못해요. 아시겠어요?"

"그렇다면 할 수 없지요. 포기하시는 걸로 알겠습니다."

말을 던져놓고는 바람처럼 사라져버린다. 참으로 허망하다. 이 꼴을 보려고 지난 삼 년간을 헛된 공부를 했었나?

집에 오니 도치가 이상한 말을 한다.

"어머니, 아무래도 제가 이상해요. 귀에서 자꾸 이상한 소리가 들려요."

"무슨 소리가?"

"글쎄 저도 모르겠어요. 감정도 아주 이상해요. 이런 현상의 저를 다스릴 사람은 아무도 없어요. 목사님도 안 되고 의사도 안 돼요. 그런 사람들은 모두 저질들이잖아요. 하지만 부총장님 정도는 돼야 저 같은 사람을 알 것 같아서 말인데, 부총장님을 만나도록 주선을 좀 해주세요."

간곡하게 부탁을 한다. 도치의 말에 익자는 엉키에게 전화를
걸어서 부탁을 한다.

"부총장님. 우리 도치가 부총장님을 꼭 만나고 싶대요. 여쭤볼
말이 있다면서요."

"그럼 원주로 보내세요. 저는 지금 단과대학의 총장이 되어서
원주에 있어요."

"아, 그러세요? 승진을 축하드려요. 그럼 거기로 찾아가라고
할게요."

"그러세요."

도치는 대체 부총장에게 무엇을 물어보려는 것인가? 비서에
관해 물어보려는 것인가? 도치의 마음이 비서를 연모하고 있는
것은 아닐까? 그만치 엉키의 비서는 세련된 멋쟁이였고 이목구
비도 아름다웠다. 부총장을 도치가 직접 만나서 비서에 관한
말을 듣고 싶은 모양이었다. 그런데 엉키를 만나고 돌아온 도치
가 실망조로 고한다.

"만나긴 했고, 구내식당에서 밥도 함께 먹었어요. 그리고 끝이
에요."

아주 실망 조다.

익자는 강의를 다 들은 다음에 혼자서 구내식당으로 갔다. 밥
을 먹는데, 갑자기 조용하던 입구가 소란스러워진다. 무슨 일이
일어났나 하고 문 쪽을 바라보니 비서가 찰랑거리는 잠자리원피
스 자락을 휘날리며 엉덩이까지 흔들고 들어와서는 식판에 반찬

들을 이것저것 담는다. 식탁 위에 올려놓자 밥을 먹던 교수들이 일제히 일어서서 차렷 자세를 취한다. 이어 엉키가 나타났는데, 엉키가 음식이 놓인 앞 의자에 앉으니 다른 교수들도 모두 앉아서 먹던 밥들을 다시 먹기 시작한다. 익자가 고개를 갸웃거린다. 교수도 군대식이네. 위아래가 무서운 모양이야.

그 사이 반년의 세월이 후다닥 흘러서 도치가 졸업을 하는 날이다. 익자는 도치의 졸업식에 참석하기 위해 강당으로 들어간다. 백 명 이상의 목사교수들과 많은 신학생들이 모여서 찬송을 부르는데, 찬송소리가 너무 좋게 들린다. 우렁차면서도 아름다운 목소리들로 천상의 소리 같다. 지나간 일들이야 어찌 되었든 도치가 졸업을 하게 되었으니 감계가 무량할 따름이다. 은혜의 단비 속에서 예배를 드리는데, 총장이 찬물을 끼얹는다. 축사자리에서 총장은 축사는 하지 않고 설교를 열심히 해댄다. 자세히 들어보니 설교도 아닌 것 같다. 말마다 성경구절을 넣어서 조목조목 따지고 있었는데, 가만히 들어보니 엉키를 까고 있다. 성경말씀으로 빗대어서 공격하는 소리뿐이다. 엉키의 말에 따르면 학교건립부터 지금까지 도왔다는데, 도움을 원수로 갚고 있는 것 같다. 무참하게 공격했는데, 누구라며 이름은 대지도 않고 빗대어서 말을 했지만, 잘 들어보면 누구인지 훤히 알 정도로 세세하게 설명한다. 그 말을 들은 익자가 진저리를 친다. 무슨 총장이 저 모양이야? 공을 원수로 갚고 있잖아. 아무리 엉키가 큰 잘못을 저질렀어도 그렇지. 많은 제자들을 모아놓고 대체 무슨 수

작인거야? 저 소리들이 많은 학생들 앞에서 할 소리냐고. 익자
는 끝내 혀를 내두르면서 엉키의 얼굴을 쳐다보니 목석처럼 꼿
꼿하게 앉아있다. 총장의 명을 받들어 엉키 비서가 총장의 심부
름을 다 해주고 있다. 이게 웬 변이냐고? 강한 말 펀치 속에서
묵묵히 모든 말들을 흡수하고 있는 엉키가 불쌍했다. 아무리 죽
을죄를 지었더라도 그렇지. 어쩜 저럴 수가 있어? 쫓아내고 싶
으면 그냥 좋게 나가라고 할 일인데, 저런다. 저런 실력의 총장
아래에서 지금까지 공부를 한 익자 자신이 너무 부끄럽게 여겨
진다. 그러하니 오늘은 만사를 제쳐놓고 엉키를 위로해 줘야겠
다. 그런 마음으로 영동프라자로 갔다. 날씨가 점점 더 추워지고
있으니 따스한 잠바나 하나 선물로 줘야지 하는 마음으로 가게
로 들어갔다. 상인이 묻는다.

"누가 입을 건데요?"

"선물하려고요. 목사님께."

"그래요? 그럼 이 잠바가 좋아요. 따스하면서도 아주 편해요.
저도 교회를 다니는데, 담임목사님께 이 잠바를 선물했더니 너
무 좋아하셨어요. 아마 만족해하실 겁니다."

익자는 잠바를 사들고 엉키를 만나던 찻집으로 가서 엉키에게
전화를 걸었다. 엉키가 받더니 묻는다.

"지금 어디에 계세요?"

엉키의 십팔 번 같다. 엉키는 늘 그렇게 물었다.

"찻집에요."

"제가 지금 거기로 갈 것이니까 기다리고 계세요."

한참을 있으려니 엉키가 헐레벌떡 들어선다. 마치 익자에게서 전화오기를 기다리고 있기나 했었다는 듯, 들어와서는 짜증 섞인 음성의 낮은 목소리로 익자를 나무란다.

"지금 나를 동정하고 있는 거요? 왜 사람이 그렇게 말귀를 못 알아들어요? 만날 때마다 주입식으로 말을 해야 알아들어요? 남자와 여자는 다르다는 걸 왜 몰라요. 여자의 사랑은 계속 상승세를 타지만, 남자는 달라요. 한 번 화끈하게 달아올랐다가는 시들해지면 그것으로 끝나요. 그런 것도 몰라요? 사람이 왜 그리 눈치가 없어요?"

속사포처럼 쏘아댄다. 거기에다 가시 박힌 말까지 얹어놓으니 익자는 어안이 벙벙해진다. 대체 내가 무얼 어쨌는데 이러는 것이지? 얼마 전까지도 사랑한다는 말을 덧붙이면서 애인처럼 행세를 했었다. 그런데 지금은 단번에 싹 돌아서있다. 안색까지 싸늘해진 것을 보니 어이마저 없어진다. 누가 언제 상승곡선을 탔으며 누가 시들해졌다는 것인지도 모르겠다. 익자가 조용히 듣고만 있으려니, 자기 혼자 통반장을 다하며 떠들어댄다. 기가 차서 할 말을 잃은 익자가 멍청하니 앉아만 있었다. 화가 난 사람 치고는 너무나도 목소리가 낮으면서 소근 거렸기 때문에 정말로 화가 났는지 아니면 화가 난 척을 하려는지 분간도 안 간다. 저 말이 진실인가 거짓인가 가만히 듣노라니 그 말들 속에는 칼날들이 날 서있다. 상담학을 하면서 박사과정까지 온 사람에게 말귀도 못 알아듣는단다. 그게 멸시조가 아니고 무엇이랴. 강단에서 분명하도록 정확하게 진리를 강론하던 이전의 교수는 분명 아니다. 목사의 입에서 왜 저리도 거칠면서 세찬 말들이 쏟아져 나올까? 바벨론의 법전을 그대로 딴 구약의 성경에는 이런 구절들이 있다. 이에는 이, 눈에는 눈, 칼에는 칼로 맞서라. 그러고 보니 깡패 남편이나 목사교수나 수준에는 별반 차이도 없다.

이럴 때는 오히려 깡패 남편이 훨씬 낫다. 남편은 그 나마도 자기의 속내를 솔직하게 들어 낼 줄 안다. 그런데 엉키는 그렇지가 않다. 속내는 따로 두고 겉만 교양이 있는 척한다. 솔직함이라든지 진실이란 단어를 끌어다 붙인다면 오히려 깡패 남편이 더 솔직하다. 적어도 깡패 남편은 자기가 공부하기 싫으니까 대리만족으로라도 채워보려 익자에게 재정적인 뒷바라지도 해주고 있다. 그런데 엉키는 다르다. 겉으로는 꽤나 교양 있는 척 실력이 많은 척을 해댔지만, 속내를 저울에 달아보면 한 치 건너 두 치일뿐이다. 깡패 남편은 주먹을 써서 폭력을 가하지만, 교수 목사는 입에서 쏟아지는 말로 상대의 가슴을 무참하도록 난도질을 쳐댄다. 참으로 잔인하다. 목사라는 사람들은 사랑이란 말을 입에 버릇처럼 올려댄다. 그러나 진정한 사랑의 '사'자도 모르는 인간이다.

익자는 자신도 모르는 사이에 온몸이 부르르 떨려왔다. 이걸 한바탕 해줘? 익자는 몇 해 전의 일이 떠올랐다. 목사 부인이 익자의 집에 아침부터 전화를 걸어서 시비를 걸었다. 구역을 어떻게 관리하고 있는지 내가 다락방에 참석해서 봐야겠어요. 사모는 어디까지나 목사의 부인일 뿐이다. 그런데 마치 자기가 주인인 것처럼 구역장인 익자에게 훈계하려 했었다. 이에 참지 못한 익자가 목사의 집으로 쫓아가서 한바탕 해댔다. 그때 놀란 사모가 반 년 이상이나 음성이 나오지 않아 말을 하지 못했었다. 아마 그 말을 엉키가 목사로부터 전해 들었을 것이다. 그래서 엉키는 그랬었다. 사모들은 참으로 불쌍해요. 그랬었는데, 만일 다시 그런 일이 벌어진다면 나중에 익자는 또 후회하게 될 것이다. 그러하니 그냥 참자.

엉키는 어머니의 사랑도 받지 못하면서 자라났다고 하지 않았던가. 그런 탓에 본래부터 잔인했을 것이고 거기에다 해병대를 거쳤으며 히틀러를 연상시키는 독일서 박사학위를 받았다니 아마 천부적으로 잔인한 성격일 것이다. 본심이 악하면 아무리 공부를 많이 해도 다 소용없다. 그 때문에 그 간교한 머리로 자기의 죄를 도치나 익자에게 덮어씌우려 했었을 것이다. 내 비서는 어때요? 하며 아양까지 떨어대며 애인 하자고 조를 때와는 영 딴판이다. 왜 엉키라고 이름을 지었나 했더니만, 엉터리목사라고 그랬던 모양이다. 엉키의 입으로부터 쏟아져 나온 말들을 익자는 귀에다 모조리 주워 담아 저울 위에 올려놓으며 눈여겨보는데, 익자가 묻지도 궁금해 하지도 않는 자랑을 늘어놓는다.

"이 코트는 우리 집사람이 어제 사주었어요. 추운데 입으라고. 우리 집 사람은 한국 최고의 여대를 나왔고 아버지는 국회의원 출신이에요."

얼마 전까지 경수가 끝나 가까이도 오지 못하게 한다면서 들먹이던 아내를 지금은 칭찬하고 있다. 코드를 보니 후드모자가 장자리에는 털까지 달려있다. 돈 꽤나 준 것 같아서 익자는 사들

고 간 잠바를 떠올린다. 털은커녕 후드도 없는 그냥 잠바일 뿐
이다. 비교의 가치도 없다. 생활하면서 막 입을 잠바인지라 싸구
려로 보였으므로 익자는 잠시 갈등 속에 쌓인다. 이 잠바를 줘
야 돼? 말아야 해? 저울질을 하다가 결정을 내려버린다. 이왕에
산 옷이다. 그냥 들고 가면 입을 사람도 없다. 그냥 버릴 것이 뻔
하다. 쓰레기로 버리느니 그냥 주고 가자. 입든지 버리든지 그건
엉키의 몫이다. 그런 생각에 머물자 익자는 잠바를 탁자 위에 올
려놓는다. 속으로부터 솟구쳐 오르는 분노를 꾹꾹 눌러 참으면
서 생각을 다시 다듬는다. 똥이 무서워서 피하냐? 더럽고 냄새
가 나니 피한다. 그런 마음으로 익자는 끝까지 공손하게 설명을
덧붙인다.

"이건 선물이에요. 아들이 졸업을 했으니까 그동안에 보살펴
주신 은혜의 보답으로 잠바를 샀어요. 추운 날 입으시라고요. 그
리고 좀 전 졸업식장에서 보고 들었는데, 총장님은 참으로 너무
하다는 생각이 들었어요. 말할 수 없이 잔인하시던데요. 전교생
이 모인 앞에서 어쩌면 부총장님의 인격을 그런 식으로 묵살시
켜요? 그동안 쌓아온 인격도 있는데."

익자의 말을 조용히 듣고 있던 엉키가 뒷말을 잇지도 못하면
서 고개를 아래로 떨어뜨린다. 한참을 생각에 잠기다가 고개를
들면서 말한다.

"학교에 투서가 들어왔대요. 학생이 냈다는데, 이름을 밝히지
않아서 누구인지는 알 수가 없대요."

그 말에 익자가 놀라며 묻는다.

"투서요? 무슨 투서요?"

"그래서 난 그쪽이 투서를 냈나하고 오해를 했어요."

"제가요?"

익자는 그 말에 어안이 벙벙해진다. 본래 도둑은 제 발이 저리는 법이다. 죄는 자기 스스로가 지어놓고서 엉뚱한 사람에게 화살을 전가시키려 한다.

"……."

"저는 아니에요. 그런데 누가 투서를 했을까요?"

"글쎄 모르지요. 무명이라니."

말하고 엉키는 고개를 아래로 떨군다. 무언가 잘못 짚었었다는 결론이 내려졌을 것이다. 순간 익자는 요열교수와 주영을 한꺼번에 떠올린다. 맞다. 그들일 것이다. 요열교수는 언젠가 그랬었다. 주영씨는 전교조예요. 아주 나쁜 사람입니다. 학생들을 선동시키는 기질이 있거든요. 그랬었는데, 이번에 주영에게 갑자기 박사학위를 줬단다. 익자는 삼 년 내내 논문을 고치느라 손가락에 관절염까지 걸렸는데, 초등학교 교감인 주영은 교장으로 진급을 해야 된다면서 박사학위에 눈독을 품고 다녔었다. 그런 약점을 안 요열이 자기의 천적인 기창교수와 엉키를 몰아낼 속셈으로 주영을 시켜서 수작을 꾸미면서 반년 만에 논문을 완성케 해서 학위까지 주었을 것이다. 주영이야말로 얼마나 좋은 기회였을까. 익자가 논문통과 대가로 오천만원을 거절하자 주영에게 말했을 것이고 주영은 기회를 탁 잡았을 것이다. 투서와 함께. 이제 통박계산이 다 들어맞는다. 아무리 글을 잘 쓴다 해도 무슨 재주로 시작도 안 하던 박사논문을 한 학기 만에 완성시킬 수 있었겠는가. 그런 공론이 개입되지 않았다면 상상도 못할 일이다. 거기까지 생각해낸 익자가 그제야 손뼉을 친다. 어쩐지 주영은 자꾸만 익자의 뒤를 쫓고 있었다는 느낌을 찾아냈기 때문이었다.

"투서가 들어갔어도 그렇지. 그 많은 학생들 앞에서 말로 까발려 그런 망신까지 줘야 되느냐고요?"

"……."

엉키와 헤어져서 집으로 돌아오는데, 현호교수로부터 휴대폰으로 메시지가 날아왔다. 제가 강의를 하는데, 들으러 오세요. 문구를 읽으면서 고개를 갸우뚱거렸다. 이건 또 무슨 신호야? 궁금해서 익자는 현호의 강의를 들으러 갔다. 그런데 강의내용도 천박하기 이를 데 없거니와 현호는 말재주까지 없다. 지루하기만 했는데, 그것은 말이나 글의 내용이 서로 연결이 되지 않아서다. 저런 유치한 강의를 들으라며 메시지까지 보냈다. 더 이상 들을 가치가 없다는 생각에서 익자는 강의실을 나왔다. 저런 자에게 논문심사를 맡기다니 한심스럽기만 했다. 전에 예심 때 현호가 익자에게 반박했었다. '욥에게 자식이 어디 있습니까?' 너무 어이가 없어진 익자가 설명을 했다. '왜 자식이 없습니까? 일곱 명이나 있었습니다.' 논문 심사를 하러 왔다는 사람이 〈욥기〉 본문을 한 번도 읽지 않은 모양이다. 그래놓고서 심사를 하겠단다. 저들의 실력이 백일하에 드러났다. 무식한 걸 보면 아마도 돈으로 된 교수일 것이다.

본심 이틀 전이다. 요열이 전화를 해서 논문의 어디어디를 고치라며 지시를 내린다. 고쳐야 할 부분이라면 진즉에 지시를 내렸어야 옳았다. 논문은 어느 한 곳을 고치면 그것에 연결되어서 본문 전체를 고쳐야 된다. 그렇게 하다보면 문장들이 어긋나기 때문에 논문은 엉망으로 될 것이 뻔하다. 그런 일을 이틀에 하기란 불가능하다. 그럼에도 불구하고 이틀 전에 고치라는 지시를 내리는 걸 보니 이번에는 절대로 논문을 통과시켜주지 않을 속셈이 뻔하다. 이 노릇을 어쩌지? 그런 생각이 들자 휴대폰으로 슬쩍 메시지를 보낸 현호교수를 찾아가야겠다는 생각을 했다. 현호에게 미리 전화를 하고 복도에서 만났는데 현호는 냉정하기 짝 없다. 얼음장 같이 싸늘했지만, 익자가 마음을 다스리며 사정을 했다.

"교수님. 저에게 시간을 좀 내주세요. 드릴 말씀이 있어요."

그러자 현호가 딱 자른다.

"전 바쁜 사람이라서 시간이 없어요. 무슨 말씀을 하려는지 여기서 요점만 말하세요."

"지도교수님이 전화를 하셨어요. 논문의 몇 군데를 고치라는데 고치다보면 논문은 망가질 게 뻔합니다."

"그래서요?"

"그러니까 이번 심사는 받을 필요가 없을 것 같네요."

"그래도 심사는 받으셔야지요. 저는 바빠서 이만 가보겠습니다."

현호가 가버리고 익자는 복도의 의자에 멍청하니 얼마동안 앉아서 생각에 잠겼다. 그리고 결정을 내렸다. 현호의 말대로 본심은 받아야지. 그러나 요열의 말대로 고치지는 않을 것이다. 이미 떨어뜨리려고 작정들을 한 모양이니까.

본심의 심사 날에 익자는 도살장으로 끌려가는 소의 심정으로 본심 장에 도착했다. 아니나 다를까 분위기가 싸늘했는데, 현호가 먼저 논문에 대한 질책을 가하기 시작한다.

"이 논문은 말입니다. 도대체 기본이 돼있지 않아요. 이런 논문에다 우리가 어떻게 명예를 걸고 서명을 할 수 있습니까?"

이어 이번에는 요열이 조목조목 따져가며 난도질을 시작한다.

"제가 질문을 하겠습니다. 안 선생은 히브리어도 모르실텐데, 그 실력을 가지고 논문에다 히브리어를 그려서 넣으셨더군요."

"그려 넣은 것은 아닙니다. 저는 오래전에 히브리어를 배웠고, 너무 오래전의 일인지라 지난 방학 때 특강에 참석해서 다시 익혔습니다."

"성경구절에도 문제가 많아요."

품평하는 폼을 들으니 엉키로부터 들었던 방식하고 똑같다. 익자가 아는데, 요열에게는 그런 실력이 없다. 동국교수가 지도를 해주었고 지금도 익자에게 말했었다. 동국교수에게 찾아가서 지도를 받으세요. 그랬었는데 지금 요열은 익자가 엉키로부터 들었던 말을 한다. 엉키는 독일에서 논문심사 받을 때의 이야기들을 주절주절 익자에게 떠들어대곤 했었다. 독일 교수들은 그래요. 이것은 이래서 이렇고, 저것은 저래서 저렇다는 식으로 앞뒤가 딱 들어맞아야 통과시켜줘요. 그런데 지금 오열이 그렇게 따지고 든다. 아마도 엉키가 뒤에서 코치를 해주었을 것이다. 요열의 실력으로는 도저히 저런 질문들을 뽑아내지 못한다. 그러니까 뒤에서 엉키가 부추기고 있는 것이 확실하다는 직감으로 눈치를 챘다. 엉키가 익자에게 말했었다. 제가 독일서 박사학위를 받을 적에 독일의 교수님들은 참으로 엄격했어요. 이러이러한 문제들을 가지고서 이러이러하게 따지고 들더라고요. 그렇다면 엉키는 심사방법까지 뒤에서 조정을 하고 있는가? 결국은 뭐야? 돈 오천만원을 어디에다 쓰려고 저토록 저들은 발광들을 떨어대지? 그런 생각을 하는데 요열이 결정을 내린다.

"안 선생님, 미안하지만, 이 논문은 다음으로 미뤄야겠어요. 자, 이것으로 심사를 끝냅시다."

이어 미영교수가 비꼬는 투로 웃으며 말한다.

"총장님께서 안 선생 논문은 절대로 통과시켜주지 말라고 하셨어요."

"총장님이요? 그 분이 저를 어떻게 아세요? 저를 모르시잖아요."

"암튼, 좀 전에 오셔서 그리 말씀하시고 가셨어요."

그 말에 익자는 지난날 요열이 자랑하던 일을 떠올렸다. 요열은 그랬었다. 집사람이 총장님과 아주 친해요. 자랑을 했었는데, 심사방법은 엉키의 말을 닮았다. 대체 미영교수가 말하는 총창은 누구를 가리키지? 생각에 잠기는데 현호가 내지른다.

"그 나이에 박사는 따서 무얼 하겠다고 그리 꼬리를 치면서 다녀요?"

그 말에 어이가 없어진 익자는 더 이상 참을 수가 없어진다.

꼬리를 치면서 다녔다고? 그게 무슨 말이야? 설사 꼬리를 치면서 다녔다고 치자. 자기보다 열 살이나 많은 여자에게 그런 막말을 해도 되는가? 그 말에 머리끝까지 화가 치솟은 익자가 심사위원들을 향해 서서 냅다 소리를 질러댔다.

"무엇이 어쩌고 어째? 내가 꼬리를 치고 다녀? 너희들이 봤냐? 이것들이 대체 뭐하는 것들이야. 너희들이 교수면 다야? 위아래도 모르는 것들이 학생들을 가르치겠다고 나섰으니 나라꼴이 이 모양으로 된 거야. 알아? 돈이나 우려먹으려고 학생들을 들들 볶아대니 내 아들은 지금 정신병원까지 갔어. 그런 것이 다 너희들 책임이야. 정말 너희들 내 맛 좀 볼래? 내가 가만히 있을 줄 알아?"

입에 거품을 물고 악다구니질을 치니, 지도교수와 심사위원들이 모두 도망을 쳐버린다. 썰물처럼 빠져나간 빈 본심 실에 홀로 앉아서 익자는 허허 웃어버린다. 한바탕 해버려서 속은 시원했다.

다음날이다. 엉키로부터 전화가 걸려왔다.

"논문은 어찌 됐어요?"

알면서 모르는 척을 하고 수작을 부려댄다.

"낙방이죠. 그런데 미영교수는 왜 그래요? 왈가불가하며 나를 이상한 눈으로 쳐다보던데. 그 여잔 왜 그래요?"

익자의 질문에 한참동안 뜸을 들이던 엉키가 대답한다.

"내가 부탁을 했거든요. 안 선생의 논문을 꼭 통과시켜 주라고 했더니 어깃장을 부린 모양이네요. 내가 그 여자 채용 때 꽤나

까탈을 부렸거든요. 그 후부터 내 일이라면 사사건건 걸고넘어
져요."

"그런 줄 아시면서 뭐 하러 그런 쓸데없는 부탁까지 하셨어요?"

"……."

전화를 끊고 익자는 곰곰 생각을 해보니 뭔가 이상하다. 자기
가 끼어들면 논문통과가 안 될 것을 뻔히 알면서 부탁을 했다?
그렇다면 미영이 말하던 총장이란 누구를 가리키는가? 부총장
을 총장으로 말했나? 금년에 엉키는 부총장에서 단과대학의 총
장으로 승진을 했으니까 엉키를 가리켰나? 그런 존재의 진실을
밝혀내기 위해 익자가 엉키에게 제안을 했다.

"우리 만나요."

엉키를 만났는데, 뜬금없이 한흠목사 이야기를 꺼낸다.

"한흠목사와 저는 사제지간입니다. 청년 때 남대문교회에서
사제지간으로 만났어요. 그분은 전도사였고 우린 청년부였지요.
정길·용조·익태 모두 그때의 동료들로 모두 다 잘되었어요. 그
때는 한흠목사가 제자들을 쥐 잡듯 잡아 대서 담임목사님의 눈
에 나는 바람에 잘렸어요. 그리고 이내 미국으로 갔습니다."

엉키는 왜 느닷없이 한흠 이야기를 끌어내지? 그렇다면 엉키
는 한흠으로부터 익자에 관한 이야기를 다 들었을 거다. 익자의
남편이 깡패출신이라는 것과 익자가 자기 부인을 찾아가서 닦
달질을 한 탓에 육 개월이나 말을 하지 못했던 일들까지. 엉키의
설명에 익자는 대답도 하지 않고 엉키의 눈치만 보았다. 한참 후
에 엉키의 말이 다시 시작된다.

"사모들은 참으로 불쌍해요. 한흠목사가 전도사시절에 미국으로 간 뒤, 우리가 집으로 가보니 사모님이 임신중독증에 걸려있었어요. 먹지를 못해서 온몸이 뚱뚱 부어있더라고요. 돈 없는 우리들이 돈을 걷어서 미역과 쌀을 사다주었어요."

그 말에 이어 익자는 요열의 말을 상기시켜 보았다. '저의 단골세탁소가 엘지상가로 이사를 했어요. 그래서 거기에 자주 가거든요.' 그 말도 익자와는 아무런 상관이 없는데, 왜 그런 말을 구태여 했을까? 그러고 보니 엉키는 익자 몰래 익자의 뒷조사를 모두 했었던 모양이다. 무엇에 쓰려고? 아하, 그러니까 익자가 투서를 낸 줄 알고 그랬을 것이다. 아울러 시시때때로 전화를 해서 어디에 있냐며 묻기도 했었는데, 집으로 돌아온 익자가 허탈감에 빠져버렸다. 내가 이런 꼴을 당하려고 박사과정에 들어왔나? 일은 왜 이토록 자꾸만 비틀어지는 것이야? 고치라는 부분을 고치고 또 고치면서 컴퓨터의 커서들을 눌러댔더니, 오른쪽 인지손가락의 끝매듭이 두툼하게 부어올라있다. 만지면 아프다. 가만히 있어도 추운 날에는 쑥쑥 쑤셔댄다. 너무 많이 부려먹으니 손가락이 화난 모양이다. 엉키는 쓰지 않겠다고 우기는 익자에게 논문을 쓰라며 보채대더니만, 그에 익자의 손가락을 병신으로 만들어 놓았다. 손가락의 고통에 대한 하소연으로 남편에게 털어놓았더니 남편이 결론을 내려준다.

"결국 그놈들은 모두 다 돈 때문이었군 그래. 돈 때문에 낙방되었어. 그렇게 열심히 노력을 했는데, 공든 탑이 무너진다는 것은 말도 안 되니까 가서 깎아 달라고 말해 봐. 오천만 원은 너무 비싸니까 이천만원만 받으라고."

"에그. 말도 안 되는 소리에요. 오천만 원을 달라는데 어떻게 이천만 원만 받으라고 해요. 그런 말이 통할 것 같아요?"

"그래도 모르니까 한 번쯤 사정이나 해봐."

익자는 남편의 말대로 해보려고 요열에게 전화를 걸어서 요청했다.

"아무래도 안 되겠어요. 다시 논문을 지도해주세요."

그러자 요열은 싸늘하게 일언지하에 거절을 해버린다.

"주영씨는 본심 때 부인이 얼마나 열성적이었는지 알기나 하세요? 아주 지극정성이었어요. 너무 정성스레 음식들을 많이 싸와서 대접을 하니까 심사위원들이 모두 감탄을 하더라고요. 온갖 음식들을 챙겨 와서 큰 잔치를 벌였어요."

그 말에 익자가 고개를 갸웃거린다. 다른 것도 아닌 논문심사인데, 왜 부인이 나타나서 설쳐대? 그런 걸 심사위원들이 모두 감탄을 했다고? 본인의 실력과는 상관도 없는 부인이 왜 나타나서 정성을 기울여? 그런 것도 논문심사점수에 가산이 된다니 말도 안 된다. 세상은 그렇게 엉터리로 진행되어가는 모양이다.

"……."

"그렇게 아시고요. 저는 금년이 안식년이에요. 아프리카에 가서 쉬다가 올 것이니까 그동안 기다리고 싶으시면 기다리시고. 아니면 다른 교수를 찾아보세요."

하고 전화를 끊어버린다. 허망하게 앉아있는 익자에게 남편이 묻는다.

"왜 또?"

"돈 오천만 원을 요구해서 내가 거절하니 과외까지 받으라고 하던데 그 돈을 어디에다 쓰려고 한 짓들이지?"

"그것들이 받아 나눠먹을 속셈일 테지 뭐."

졸업을 했는데도 일이 풀리지 않는다며 도치는 방구석에만 처박혀서 있다가 밤이 되면 밖으로 나간다. 신학대학원을 나온 도치가 남들이 안 보는 밤에 술타령만 해대니 걱정이 된 익자가 언니 동생하고 지내는 건숙을 광화문에서 만나 털어냈다.

"내 아들이 아무래도 이상해요."

"왜?"

"방구석에만 틀어박혀서 문도 못 열게 하다가 밤이 되면 밖으로 나가 술만 마세요."

"아휴, 그러면 틀림없네. 스키조야. 우리 아들이 둘 다 스키조에 걸려서 내가 그 방면으론 도사가 됐거든."

"어마나, 그래요?"

"당장 가봐야겠어. 어서 앞장서요."

"우리 집은 여기서 아주 멀어요. 가는데 두 시간은 족히 걸려요."

"다섯 시간이 걸려도 동생일인데, 내가 가봐야지. 어서 갑시다."

건숙이 재촉을 한다. 익자의 집에 들어선 건숙이 익자에게 명령을 내린다.

"아들을 나오라고 해요."

익자는 건숙이 시키는 대로 도치의 방을 향해 소리쳤다.

"도치야. 이리 좀 나와 봐."

도치가 방에서 나오자 건숙은 다짜고짜로 도치를 나무란다. 그것도 도치의 가장 타격점이 되는 것들만 잡아서 콕콕 찔러댄다.

"야, 너는 말이다. 좋은 대학 나와. ROTC 다녀와. 미국유학까지 갔다 와서 신학대학원도 졸업했다며. 그런데 왜 매일 방구석에만 틀어박혀 있냐? 하다못해 노동품팔이라도 해야지."

그 말에 도치가 멍청히 서서 있더니만 소리친다.

"내가 무슨 짓을 어떻게 하든 당신이 뭔데 상관이야. 어디서 거지같은 여자가 나타나서 남의 자존심을 짓뭉개고 있어. 기분 잡치게."

쏘아대고는 이내 밖으로 나가버린다. 익자가 어이 없어하며 건숙에게 질타를 가한다.

"왜 그러셨어요. 자존심 상하게. 한껏 주눅 들어서 있는 애한테?"

"미국의 정신과의사들은 모두 다 이렇게 해요. 웅크린 자존심을 건드려서 말을 하도록 터트린 다음에 치료에 들어가요."

"언니는 의사도 아니잖아요."

"내가 말했잖아. 그 방면에는 내가 도사라고. 아들이 둘 다 스키조인데, 내가 무슨 짓을 안 해 봤겠어. 어쨌거나 나 지금 가슴이 조여들면서 아파 견딜 수가 없으니까 어서 물이나 떠와요. 빨리. 어서. 아이고. 나 죽네."

물을 뜨러 주방으로 가면서 익자가 생각한다. 건숙은 대형교회의 사모인지라 남의 상처를 건드리지 않으면서 자세한 설명으로 도치를 다독여줄 줄 알았었다. 그런데 사모라는 여자가 우격다짐을 써대니 도치로서도 화가 나서 어쩔 수 없었을 것이다. 물을 마신 건숙이 하소연하듯 털어낸다.

"우리 남편은 강남에서 유명교회의 담임목사였는데, 내가 자식을 위해 무슨 짓인들 안했겠어요. 기도원이란 기도원은 다 찾아다녔고, 병 고치는 은사를 받았다는 목사들까지 다 찾아다니면서 안수기도를 받았었어요. 그러느라 시간만 다 소비하면서 병만 더 키웠지 뭐에요. 요즘엔 미국으로 가서 약 처방을 받아먹으면서 사회생활을 조금씩 해요. 저 병은 약을 먹어야 돼요. 약을 먹지 않으면 병은 못 고쳐요."

건숙은 참으로 아는 척을 많이 했지만, 익자의 생각은 달랐다. 그렇다면 기도를 받고 병을 고친 사람들의 간증은 모두 헛것이라는 결론이다. 거기에다 직업이 사모인데, 하나님의 능력까지 무시하고 있다. 그러면서 상대의 가장 아픈 부분을 무참하도록 콕 찔러댄다. 자기의 가장 귀중한 자존감이 훼손되는데, 화가 나지 않을 사람은 아무도 없다. 당연히 도치는 화를 내야만 했었기에 이런 일이 생길까봐 염려된 익자가 한사코 말렸는데, 건숙은 말도 안 들었다. 극구 말렸는데도 굳이 와서는 이 지경만 만들어놓았다. 익자는 혀를 끌끌 차면서 건숙에게 물을 가져다주니 건숙이 물을 마시고는 일어선다.

"나, 집에 갈 거야."

버스 타는 데까지 나가서 배웅을 하고 돌아와서 밤이 되었다. 남편이 들어왔고 언제나 그렇듯이 밖에서 있던 도치도 따라서 들어온다. 깔끔한 성격의 남편은 옷을 벗고 화장실로 들어가서 세수와 아울러 발까지 씻고 있다. 그때 도치가 익자에게로 다가오면서 소리친다.

"당신은 뭐하는 여자야? 이 여편네야. 어디 가서 무엇을 하고 다니나했더니만, 겨우 한다는 짓이 그따위 미친 여자나 데리고 와서 남의 자존심을 깔아뭉개고 있어? 그래도 네가 어미냐? 이 못된 여편네야."

익자는 도치의 입으로부터 서슴없이 쏟아져 나오는 막말에 깜짝 놀라고 만다. 어려서부터 불면 날세라 만지면 깨질세라 세상에서 가장 귀하게 길렀더니, 도치도 그랬다. 세상에서 가장 예쁜 여자는 우리 엄마뿐이라면서 엄마만 교회에 열심히 다니다가 혼자서 천국가면 저는 어떻게 사느냐며 교회를 따라 다니던 아들이었다. 그런 탓에 신학대학원까지 공부를 시켰는데, 이 꼴이 된거다. 도치는 왜 갑자기 저렇게 변해버렸지? 그뿐만이 아니었다. 도치는 발로 문짝을 차서 문짝의 유리가 빠져나와 와장창 소리 내어 깨지면서 박살이 났다. 그 소리에 놀란 남편이 소리치며 뛰어나왔다.

"무슨 일이야? 왜 이리 시끄러워?"

나와 보니 집안이 아수라장이 된 것을 본 남편이 도치의 머리를 때리려고 주먹까지 쥐고서 달려들며 소리친다.

"이, 자식이?"

그러나 도치도 절대로 맞고만 있으려 하지 않는다. 이제는 대학도 나왔고 ROTC훈련도 받았다. 군대에 나가 장교로 있으면서 잔뼈까지 굵어졌는데 가만히 있지는 않았다. 도치가 때리려고 달려드는 남편의 팔을 휘잡았다. 도치의 힘에 밀려 뒤로 쫓기던 남편이 이대로는 안 되겠다는 듯 수화기를 들고 말했다.

"여보세요. 거기 파출소죠? 여기에 술을 처먹고 애비 때리는 불효자가 있으니까 어서 와서 데려가시오. 이 새끼가 미치지 않고서야 이럴 수는 없어."

말하고 수화기를 놓았는데, 곧장 초인종이 울린다. 익자가 나가보니 청년경찰 두 명이 서있다. 아마도 아파트의 주변을 순찰하다가 이상한 낌새를 감지하고 즉시 달려온 모양이다.

"무슨 일이 있습니까?"

아수라장이 된 응접실을 둘러보며 한 경찰이 물었다. 남편이 소리쳤다.

"이 새끼를 잡아가시오. 술 처먹고 집에 들어와서 애비를 때리고 술주정이나 하는 나쁜 놈이니까. 어서 빨리 잡아가요. 꼴도 보기 싫으니까."

그 말에 경찰은 익자를 빤히 쳐다본다. 어찌해야 좋으냐는 질문의 눈초리다. 익자의 대답을 기다리는 표정인지라 하는 수 없이 익자가 승낙을 했다.

"잡아가세요."

"그래도 되겠습니까?"

"예."

대답을 해놓은 다음에 익자의 가슴은 무너져 내린다. 어떻게 기른 자식인가. 금지옥엽으로 아끼면서 길렀는데, 결과는 이 꼴이 되고 말았다. 아들을 경찰서에 넘겨야 되는 일까지 벌어졌다. 익자의 대답이 떨어지자 경찰 두 명은 즉시 도치를 끌고 나간다. 저 애를 어디로 데리고 가는 것이야? 뒤 따르기 위해 익자가 부지런히 외출옷으로 갈아입자 남편도 부지런히 서둘러 따른다. 익자가 속히 걸으며 말한다.

"어디로 데려가는지 따라 가봐야 돼요."

익자가 뛰다시피 걸어서 자동차로 향하니 남편이 말한다.

"내가 운전할게."

도치를 태운 경찰차는 어디론가 달려가고 있다. 그 뒤를 익자와 남편이 따른다. 경찰차는 곧 용인 쪽으로 방향을 튼다.

"대체 어디로 데려가는 거야?"

익자가 중얼거리자 남편이 창밖의 풍경들을 바라보며 아는 척을 한다.

"이쪽으로 가면 용인시가 나오는데? 가만있어 봐."

용인방향으로 가더니, 이번에는 정신병원으로 들어간다. 정문에서 차단막이 앞을 가로막는다. 익자가 읊조리듯 중얼거린다. 어머나. 애를 정신병원으로 데려가네. 이를 어째? 승용차를 돌려 돌아오는 길에 익자는 가슴이 무너져 내리는 듯하다. 아울러 눈물까지 펑펑 쏟아져 내린다. 눈물을 계속 훔치는 익자를 본 남편이 처음으로 위로하며 후회한다.

"괜히 경찰에 신고를 했나?"

다음날 아침이다. 병원에서 전화가 걸려왔는데, 익자가 받으니 여직원이 묻는다.

"정도치씨 보호자 되시죠?"

"예. 그런데요."

"여기는 용인정신병원인데요. 상담 받으러 오세요."

그 말에 익자와 남편이 잽싸게 달려가니, 가족 상담실로 둘을 안내한다. 상담의사는 하얀 가운을 입고서 질문한다.

"이런 일은 어떻게 해서 벌어졌습니까?"

그러자 남편이 선수를 친다.

"애가 저리 된 것은 순전히 ROTC때문입니다. 전에는 저러지 않았어요. 아주 착하면서 성실했는데, 전방에 배치되어 근무하다가 동네 깡패들에게 몰매를 맞았어요. 그때 머리에 충격을 받았나 봐요."

엉뚱하게도 남편은 국가 탓이라며 우기고 있다. 기가 막힌 익자가 남편에게 질문을 던진다.

"그런데 신학교에 간다던 애가 왜 눈도 나쁜데 속이면서까지 ROTC를 지원했는지 알 수가 없어요."

그 말을 받아 남편이 으스대며 소리쳐 말한다.

"내가 가라고 했어."

"그렇다면 도치가 저리 된 것은 순전히 당신 탓이네. 그러니까 당신이 상담 받아요."

"내가 왜? 나는 아무 잘못이 없어. 저 애가 저리 된 것은 모두 다 당신 탓이야. 애를 마냥 오냐오냐하며 감싸고 도니까 온실 안의 화초로 자라서 저리된 거야. 애 버르장머리를 못되게 해 놓은 셈이지. 난 아무런 잘못이 없으니까 먼저 가겠어."

말하고 상담실을 나가버린다. 정작 장본인이 없어지니 병원 측에선 더 이상의 상담은 할 수 없게 되었다. 그러나 익자는 속으로 중얼거려댄다. 아들인데, 어쩌겠는가. 면회는 가봐야지. 다음날 익자는 혼자서 도치의 면회를 갔다. 도치는 철장 속에 갇혀 있다가 익자가 면회신청을 하자 그제야 밖으로 나온다. 도치가 익자에게 대들면서 욕한 일을 생각하면 연까지 끊고 싶었지만, 그래도 자식이라 어쩔 수 없었다. 환자 옷을 입고 멍청한 눈을 도사리고 있는 도치를 보니 익자는 가슴이 찢어지는 듯 아파왔다. 애지중지 고이 길렀는데, 이 꼴이 되고 말았다. 아마도 내가 왜 약을 먹어야 하느냐며 먹지 않겠다고 발악을 하자 감당이 안 된 병원 측에서 잠자는 주사를 지독하게 많이 놓은 탓이리라. 온몸이 통통 부른 채 마비되어 걸음걸이까지 뒤뚱거린다. 주위에서 서성거리는 환자들을 둘러보니 모두들 다 똑같은 자세다. 걸으면서 어정거리는데, 입에서는 줄기차게 담배들만 빨아댄다. 휴식시간을 보내면서 환자들이 빨아대는 담배연기 때문에 정원 주위는 온통 회색빛의 공기들만 떠돈다. 익자가 고개를 가로젓는다. 아니야. 여긴 병을 고치는 곳은 아니라 오히려 병을 만들어주는 곳이다. 어쩌면 사람을 이리 관리할까? 가축들의 관리소 같다. 속이 상하니 머리까지 아프다. 참고 참으면서 면회를 끝내고 밖으로 나왔는데, 엉키가 전화를 했다. 받으니 또 묻는다.

"어디 계세요?"

이제 그렇게 묻는 말이 짜증만 내도록 해준다. 익자가 퉁명스레 내지른다.

"그런 건 왜 자꾸만 물어요? 저는 지금 용인정신병원에 있어요."

"거기에는 뭐 하러 가셨어요?"

"내 아들 도치가 정신에 이상이 생겨서 병원에 갇혔어요."

"알았어요."

신경질적으로 익자가 내지르자 전화는 뚝 끊긴다. 할 일도 꽤나 없는 모양이다. 무엇하려고 수시로 익자의 거처를 확인하는 것이지? 죄를 저지르고 발이 저린 모양이다.

집에 돌아와서 익자는 텔레비전을 튼다. 뉴스 시간인데, 익자가 다니는 학교의 총장이 수갑을 차고 경찰에 끌려가고 있다. 저 사람은 왜 저래? 이상한 생각이 들어서 뉴스를 자세히 바라본다. 대학총장이 학교의 공금 육백 억을 횡령한 것이 밝혀져서 검찰에 송치되었습니다. 그걸 보며 익자가 고개를 끄덕인다. 공금을 착복하느라 돈 없는 학생들을 그토록 쪼아댔었구나. 불과 수 년 전에는 작고 초라하던 건물이 하나있었는데 갑자기 도시의 아파트처럼 불쑥불쑥 건물들이 솟아나더니만, 저러려고 그랬어? 그래서 지금 학교는 학문의 전당이 아니라, 돈 우려내는 곳으로 변해 버렸구나. 교육 따위에는 신경도 쓰지 않으면서 오로지 돈 벌기에만 급급했었어. 답답한 마음뿐이라서 가슴이나 후련해 보려는 생각으로 뒷산에 올라갔다. 산책을 했지만 그동안 당하기만 했다는 억울함이 자꾸만 치솟았다. 이대로 가만히 참아? 아니지. 그럴 수는 없어. 못 먹는 감 찔러나 본다는 속담도 있다. 비록 논문은 통과되지 못했지만, 화풀이나 해야지. 그런 생각으로 엉키에게 전화를 걸었다.

"여보세요?"

엉키는 전화 하나는 잘 받는다.

"저예요. 안익자."

"예. 무슨 용건이 있으세요?"

"있지요."

"뭔데요?"

"당신은 왜 그 모양 그 꼴이야? 사람이 왜 그래? 총장에다 교수이고 목사면 다야? 직함만 거창하게 가지고 있으면 누가 우러러 볼 줄 아느냐고. 인간이 돼 있어야지. 인간 자체가 틀려먹었잖아. 왜 그랬어? 내가 언제 논문 쓰겠다고 했었느냐고. 쓰기 싫다는 사람에게 자꾸만 졸라대서 쓰게 하더니, 교수들에게 개망신이나 당하게 하고 이제 내 손가락에는 관절염까지 걸렸어. 그 뿐인줄 알아? 우리 도치까지 정신병원에 가도록 만들었잖아. 그게 학교에서 하는 상담의 결과냐고? 이따위로 굴었는데 내가 가만히 있을 줄 알았어? 그리고 또 있어. 나는 기독교상담학을 공부하려고 들어갔는데, 왜 불교학교에 가서 과외를 받으라는 거야? 지도교수는 대체 뭐하는 인간인데? 지도교수가 논문을 지도해야 되는 거 아니야? 논문이고 뭣이고 이젠 다 소용없어. 사람을 파멸로 이끄는 인간들에게 내가 가만있지는 않을 거야. 알아?"

화풀이를 한 바탕 해댄 다음에 전화를 뚝 끊어버렸다. 집에 들어서는데, 요열로부터 전화가 걸려왔다.

"저 아프리카에는 잘 다녀왔고요 안식년도 무사히 잘 마쳤습니다."

목을 빳빳하게 세울 때와는 영 딴판으로 아주 공손하다. 익자에게 보고까지 하니 말이다.

"예. 그러세요."

이번에는 익자가 무덤덤하게 나왔는데, 요열이 그런다.

"논문지도를 받으셔야지요."

"글쎄요."

"저를 좀 만납시다."

"어디서요?"

"구성마을로 들어가는 입구에 주유소가 있어요. 주유소 앞에서 만나요. 오실 때 논문 정리하신 것을 잊지 마시고 가져오세요."

전화를 끊고 익자는 콧방귀를 뀐다. 가만히 입 다물고 있으면 병신인 줄 안다. 한바탕 떠들면서 화풀이를 해댔더니, 효과는 직방으로 나타났다. 익자가 주유소 앞에 당도하니 요열은 먼저 와서 기다리고 있다가 선물이라며 상자를 내놓는다.

"이거 받으세요."

"이게 뭔 대요?"

"선물입니다. 아프리카에서 사왔어요."

보니 긴 나무로 조각한 부부 한 쌍의 조각품이다. 아마도 엉키에게 가져다주었는데, 엉키가 그랬을 거다. '난 됐으니 안익자에게 가져다줘요.' 보나마다 뻔했다. 그걸 알지만, 그냥 인사를 한다.

"고맙습니다."

받으며 익자는 곰곰 생각을 한다. 그동안 엉키는 익자가 얼마나 사나운 여자인지, 또 그 남편은 나라 안에서도 유명한 깡패라는 것을 한흠으로부터 잘 들어서 알았을 거다. 잘못 건드리면 혼줄이 난다는 것까지를 염려해서 어서 속히 논문을 통과시켜 끝내도록 하라며 요열에게 지시했을 것이다. 그 후 논문심사는 급속도로 진전되었고, 병원에서 두 달간 갇혀 있던 도치가 돌아와서 너스레를 떨어댔다.

"어머니, 거기에 가보니까 다 공식이 있더라고요. 어떤 룸펜이 알려줬는데, 술을 마시고 부모에게 행패를 부리다가 잡혀오면 두 달이고, 술 먹고 친구들과 싸움질하다 잡혀가면 한 달간 가두어 둔대요. 지나보니 두 달이 되니까 나가라고 했어요."

간단하게 웃어버린다. 논문은 통과되었고 심사위원들이 모두 서명까지 했는데, 현호가 전화를 걸어서 이죽거린다.

"논문이 잘 다듬어지지도 않았어요. 미완성인데 출판하면 안 되니까 저를 찾아오세요. 제가 잘 다듬어드릴게요."

그래서 논문을 가져다주었는데, 현호는 다듬어줄 생각은커녕 질질 시간만 끌어댄다. 이걸 어째? 완전한 방해공작이로군. 제 실력을 내가 다 알고 있는데, 바빠서 제자 만나줄 시간도 없다는 사람이 무슨 재주로 어떻게 고쳐주겠다는 것이야? 요열은 익자의 논문을 가져다가 토씨까지 다 고쳐서 왔고 익자는 다만 그것을 정리한 것뿐인데, 현호는 그 논문을 가져다가 시간만 끌어댄다. 그러하니 현호의 말을 들으면 아마도 지금까지의 일은 헛수고가 되고 말 것이다. 현호가 그러든지 말든지 완전히 무시할 생각으로 익자는 다짐했다. 그냥 출판하자. 심사위원들의 서명까지 받았는데, 현호 따위가 무슨 상관이야. 그렇게 해서 익자는 학위식에 참석했는데, 익자가 현호에게 악수를 청하자 현호가 외면해 버린다. 그리고 모든 인사치레가 끝난 다음에 미영교수로부터 한 권의 책이 날아왔다. 미영이 쓴 책인데, 그 속에는 사과의 편지도 들어있다. '본의 아니게 모함을 해서 정말로 죄송합니다.'라는 문구와 함께. 그 후 기창교수에게서 전화가 걸려왔다.

"요즘 주영씨와는 통화하고 계시나요?"

"아뇨."

"왜요. 동기잖아요. 연락하고 지내세요. 교회의 권사님이 그러시면 안 되지요."

교수답게 책망해 준다. 그 말에 익자는 얼른 주영에게 전화를 걸었다.

"저예요. 안 익자. 요즘은 어떻게 지내고 계세요? 잘 지내시지요?"

그러자 주영이 깊은 한숨부터 쏟아내며 탄식한다.

"저는 요즘 이도저도 못하면서 쉬고 있어요."

"왜요? 박사학위를 받으셨으니 교장은 되셨을 건데?"

"그게 그렇긴 한데, 뭐가 잘못된 것 같습니다. 선배님이 먼저 받으셨어야 옳았어요. 제가 먼저 받아가지고서 아마 벌을 받았는지, 지금 저는 백혈병에 걸렸어요. 그래서 아무 일도 못하고 요양 중입니다."

"안 됐네요. 한창 일할 나이인데."

"글쎄 말입니다. 모두가 제 잘못으로 된 일 같아서 선배님께는 정말로 죄송해요."

"암튼 조리 잘하시고 빨리 쾌차하세요."

전화를 끊고 그제야 익자는 단정을 지었다. 그러니까 학교에 투서를 냈다는 사람은 주영이가 틀림없다. 요열의 꼬임에 빠져서 엉키를 몰아낼 속셈이었는데, 저들 때문에 익자의 일만 배배 꼬였었다. 그러니까 사람은 물만 마셔야지 살아보겠다는 의도에서 바닷물을 마시면 죽고 만다. 익자는 남편에게 학위증을 주면서 말했다.

"학위를 따면 이천만원 준다고 했지요?"

"그랬지."

"그럼 줘요."

남편은 얼른 은행으로 가서 돈을 찾아가다 익자에게 주고는 익자의 박사학위증을 복사해서 액자에 넣는다. 응접실의 벽에 걸으며 감탄도 아끼지 않았다. 우리 집안에도 박사가 한 명 나왔네. 그 옆에 서있던 손자도 감탄한다. 할머니가 박사학위를 따셨어요? 그것 따기가 너무 힘이 든다던데, 어떻게 그걸 따내셨어요? 하며 손뼉을 쳐준다.

내 편, 네 편, 우리 편 ————————————————

2014년 6월 22일이다.

해가 뜨겁게 내리쬐고 있어서 기온은 35도까지 치솟고 있다. 햇살의 뜨거운 열기 아래에서 성재가 멍청하니 서있다. 큰 도로 옆에 있는 정자각의 그늘에 있지 않고 몇 계단을 더 올라가서 경비실 건너편 공터에 있는 장의자 옆에 앉지도 않고 서서 담배만 빨아댄다. 바로 옆에는 쓰레기통이 놓여 있기 때문에 담뱃재는 쓰레기통에 털면서다. 얼굴은 태양의 열기로 인해 새카맣게 그을려서 생기는 있어 보였지만, 눈동자에는 이미 초점은 사라졌다. 한참을 우두커니 서서 줄담배를 피워 대더니, 무엇인가 다시 결심한 듯 성복천으로 내려간다.

아파트의 정문 오른쪽에는 돌 팻말이 보인다. 엘지 빌리지1차라는 글씨가 돌 위에 새겨져 있었고 바로 위로 큰 나무가 자라나서 이십 년의 연륜을 뽐내고 있다. 그 뒤에는 은행용 박스가 서 있었으며, 그 옆에는 경비실이 있다. 그러니까 경비실 건너편이 방금 성재가 떠난 자리인데, 몇 계단을 내려가야 정자각이 있다. 정자각의 그늘에는 네 명의 남녀가 모여 이야기꽃을 피우다가 그들 중 노년남자가 일어선다. 손에는 골프채가 들려져 있었는데, 갑작스레 무슨 볼일이 생각난 듯 쓰레기통 옆의 의자께로 천천히 걸어간다. 의자 위에다 들고 있던 골프채를 얹어놓고 바지를 추켜올린 다음에 관리실로 향한다. 관리실은 테니스장을 지나야 나온다. 그때 성복천으로 내려가던 성재가 다시 돌아와서는 의자 위에 올려 진 골프채를 보고 화를 낸다.

"어떤 놈이 남의 앉는 자리에 쓰레기를 올려놓았어?"

한동안 신경질을 부리더니 골프채를 집어서 반을 뚝 분질러 쓰레기통에 넣어버린다. 그것을 본 노년의 남자가 관리실에서 나와 의자 옆으로 오더니만 부러진 골프채를 보고 성재를 쳐다보며 다짜고짜 멱살을 잡는다.

"네 놈이냐? 내 골프채를 분질러 놓은 놈이? 이 놈 영 못 쓰겠구먼. 남의 소중한 골프채를 왜 네 멋대로 분질러. 어서 물어내. 이게 얼마짜리인지나 알아?"

멱살을 잡힌 성재가 빌다시피 쩔쩔매며 애걸한다.

"물어낼게요. 물어내면 되잖아요. 이깟 게 얼마짜리인데요?"

"이깟 것이라니. 이것은 비싼 물건이야. 그러나 새것은 아니니까 삼십만 원은 줘야 돼."

"알았어요. 주면 되잖아. 멱살을 놓아야 줄 수 있잖아요."

그 말에 노년의 남자가 성재의 멱살을 놓아준다. 성재는 주머니 속에서 지갑을 꺼내어 펼쳐보고 말한다.

"지금 저는 돈이 없으니까 어머니께 부탁해서 갖다 드릴게요. 그러면 되죠?"

"알았어. 그러니까 언제까지 준다는 거야?"

"내일이요. 내일 가져다드릴게요. 꼭이요."

다짐까지 해 보인다. 꼭 이라는 다짐에 노년의 남자는 손바닥을 한 번 털고는 이내 정자각으로 가버렸다. 정자각에 모여 있던 세 명의 여자들이 떠들어댔다.

"무슨 일이에요?"

"저 미친놈이 말이야. 내 멀쩡한 골프채를 분질러 버렸잖아. 아무래도 정신이 온전치는 않은 가봐."

"맞아요. 아무리 봐도 이상하더라니까. 아파트 내를 빙빙 돌다가는 성복천을 다녀오고 또 돌더니만 기어이 일을 저질렀구먼. 저런 사람은 관리실에 신고해야 돼요. 골프채 말고도 무슨 일을 저지를지 누가 아냐고요."

"맞아요. 이참에 내가 가서 신고하고 올게요."

하고 일어서서 관리실로 향한다. 그 사이 성재는 또 어디로 갔는지 보이지 않는다.

방은 북서 향 쪽으로 창문이 있어서 오후가 되면 더 덥다. 낮 동안에 달구어진 땅의 아스팔트에서 치솟는 열기가 오후에는 한꺼번에 몰려들기 때문이다. 오전에는 그 나마도 시원해서 창문과 방문을 활짝 열어놓고 건너 방의 문들과 동남향으로 난 창문을 열어놓으면 맞바람이 쳐서 아주 시원했지만, 오후는 달랐다. 바람마저 더움이 깃들어지면서 숨을 콱콱 막히게 했으므로 엄마는 에어컨을 틀기위해 문들을 모두 닫으려는데, 전화벨이 울린다.

"여보세요?"

"여기, 관리실인데요. 동네주민으로부터 신고가 들어와서 전화를 했습니다."

"예. 무슨 신고요?"

"댁의 아드님이 말입니다. 아파트 주위를 뱅뱅 돌면서 동네주민들에게 혐오감을 주고 있다고 해서요. 어떻게 조치를 좀 해 주십사 하고 전화를 드린 겁니다."

"그랬어요? 알겠습니다. 조치를 하겠습니다."

엄마가 얼른 대답하고 수화기를 놓으며 가슴을 짓누른다. 이제 올 것이 온 모양이다. 어쨌거나 성재의 행동이 달라졌다는 생각은 했어도 그 정도까지 갈 줄을 몰랐었는데, 드디어 막바지가 된 것 같았다. 그런 생각으로 방금 닫고 온 복도건너 안방 옆의 창 쪽으로 가서 아래를 내려다본다. 아니나 다를까 신고대로 성재는 쓰레기통 옆에 서서 담배를 빨아댄다.

(저기 있네. 어서 가서 데려와야지.)

엄마는 부지런히 외출복을 갈아입고 쓰레기통 옆으로 달려간다. 잠깐 사이인데 가보니 성재는 없어졌다. 어디로 갔지? 엄마가 고개를 갸웃거렸다. 성복천으로 갔나? 아니면 25시? 그런데 25시는 아파트에서 좀 떨어진 곳에 있었다. 그곳으로 찾으러 간 사이에 성재가 또 여기를 다녀갈는지도 모른다는 생각에서 엄마는 가만히 서서 머리로 저울질을 해본다. 그동안 엄마는 마음이 조마조마했었다. 아무래도 성재가 수상쩍다 여겼었는데, 성재에 대해 이해가 가기도 했었다. 어려서부터 유난스레 몸이 약했던 성재는 초등학교 때 온몸에 두드러기가 나서 많은 고생을 했었다. 처음에는 몰랐었지만, 엄마가 두드러기에 대한 연구를 하던 끝에 이유를 알기 위해 성재의 일기장을 뒤지다가 두드러기의 원인을 알아냈었다. 그것은 얼마 전에 지나간 6월 25일의 일이었는데, 길가에서 다리 잘린 사람이 앉아 구걸을 하더란다. 그래서 성재가 묻자 다리 잘린 사람이 가르쳐주었단다. 그놈의 전쟁이 내 다리를 빼앗아갔어. 그리고 옆에 있던 일석이가 말해주었단다. 공산군이 쳐 내려오면 우린 모두 죽는대. 그 말들이 공포를 만들어서 견디지 못하고 두드러기로 변해 괴롭혀왔다는 걸 알았다.

그 후 병 고치는 은사를 받았다는 엄마의 친구가 성재에게 기도를 해주면서 성재야, 너도 기도해라. 예수 피로 모든 더러운 것을 다 씻겨 가라고 말이다. 예수 피. 예수 피. 예수 피로 모든 악은 것들은 물러가라 하면 낳을 수 있어. 그 말은 딱 들어맞아서 성재가 샤워를 할 적마다 예수 피. 예수 피. 예수 피로 썩 물러가라. 이 더러운 두드러기야. 그랬더니 그때부터 두드러기는 나지 않았기 때문에 성재는 앞으로 목사가 되기로 마음을 먹었었다. 그런데 반대를 하고 나선 사람은 아버지였다. 야, 이놈아. 무슨 목사냐. 목사가. 그냥 살아. 고생을 사서 하려고 그래. 안돼. 절대로 안 돼. 목사가 되려하면 내가 절대로 학비는 대주지도 않고 이 집에서 쫓아낼 거야. 그렇게 엄포를 준 탓에 성재는 목사 되기를 포기하고 일반대학으로 가서 ROTC로 복무까지 마쳤다. 그런데 날이면 날마다 친구들과 어울려 술을 마시고 경찰서에 잡혀가는 날이 잦아지자 엄마는 성재의 장래를 염려해서 미국으로 보냈지만 성재는 일 년도 안 되어서 돌아와서는 엄마를 졸라댔다. 어머니, 아무래도 안 되겠어요. 저는 일이 전혀 풀리지를 않으니까 다시 신학을 해야겠어요. 하나님이 그쪽으로만 인도하시는 것 같아요. 그래서 신학대학원 공부까지 마쳤는데도 아버지의 반대는 칼날 같았다. 무쪽 자르듯이 강하도록 안 된다며 반대를 하고 나섰다. 귀신이 곡할 노릇이야. 왜 저래? 대체 목사와 자기와 원수지간처럼 저리도 반대를 하는 거야? 그러면서 엄마의 생각은 그랬다. 대학을 나왔고 ROTC까지 했으며 미국유학과 신학대학원까지 가르쳤으면 저 스스로 나가 자립을 하면 좋으련만 성재는 그러지도 못하면서 아버지로부터 온갖 구박이란 구박은 다 받고 있었다.

　아버지의 버릇도 이상했다. 다른 시간에는 조용히 있다가 밥만 차려다주면 밥상 앞에 앉아서 성재를 향해 욕질을 해댔다. 저 새끼는 뭐해? 왜 밥도 안 먹는 거야? 도대체 낮에는 뭐하고 방구석에서 뒹굴어대? 에이, 속상해. 요즘 배웠다는 애들이 다 저 모양이래. 내 친구 환섭이도 공무원 노릇을 해서 아들을 대학 보냈는데 글쎄 소설을 쓴다고 밤낮으로 방구석에만 처박혀 있어서 환장을 하겠대. 소설이 그게 돈이 되느냐 말이야. 나가서 일을 해야지. 일할 생각은 하지도 않고서 어디서 돈 떨어지기만 기다리고 있으니 속이 터져서 요즘에는 청소원으로 다니고 있다더군. 그렇게 주저리주저리 읊어대던 말을 떠올리며 밖으로 나가니 입주 당시에 심어놓은 조경의 나무들이 십사 년이 흐르자 제법 정리정돈이 되어서 S대학의 조경학과 견학코스로 지정되기도 하면서 더위를 한풀 꺾이도록 해주고 있었다. 그 아래로 걸으며 살폈지만, 성재는 없었다. 25시편의점으로 가볼까 하다가 거기로 간 사이에 길이 어긋날까봐 그만 두고 서있는데, 성재가 성복천에서 올라오는 게 보인다. 아, 저기 오네. 혼자 중얼거리는데, 엄마를 본 성재가 다시 돌아서서 성복천으로 내려간다. 엄마가 다급하게 불렀다.

"성재야, 성재야."

큰 소리로 부르자 마지못해 성재가 뒤로 돌아서서 묻는다.

"왜 그래요?"

"할 말이 있어서 그래. 같이 이야기를 좀 하자."

"됐어요."

말하고 성재는 다시 성복천으로 내려가려한다.

"되긴 뭐가 됐다고 그래. 어서 이리로 와 봐."

엄마의 애원에 성재는 망설이다 슬금슬금 눈치를 보고 다가오며 묻는다.

"왜요?"

"이리로 더 가까이 와."

하며 엄마가 성재 쪽으로 다가서려 하자, 성재는 손으로 막으며 소리친다.

"됐어요. 더 이상은 가까이 오지 말아요. 거기 서서 말해요."

그러자 엄마는 사정조로 말한다.

"아파트 주민들이 너를 관리실에 신고했단다. 네가 그러면서 다닌다고."

"제가 뭘 어쨌는데요?"

"너에게 생각이 있다면, 생각을 좀 해 봐. 그 잘생긴 얼굴을 햇빛으로 새카맣게 태워가지고 왜 하릴없이 아파트주변을 배회하고 있느냐 말이다. 눈에서는 강한 레이저 빛을 쏘아내면서 인상까지 고약하도록 무섭게 찡그리고 다니니 내가 봐도 무섭다. 그러니 사람들은 어떻겠어. 어서 집으로 들어가자."

"제가 말씀드렸잖아요. 예수님이 저를 찾아 오셨었다고."

"언제?"

"어머니께서 러시아로 여행가셨을 때요. 나 혼자서 집에 있을 때."

"예수님이 널 찾아왔었다고? 그게 현실에서 있을 법한 일이냐? 넌 지금 망상 속을 헤매고 있는 거야. 지금의 네 혈압은 110에서 170까지 치솟고 있잖아. 정상에서 50이나 수치가 더 올라가 있다는 것은 네 몸이 정상은 아니라는 증거야. 그래서 너에게는 휴식이 필요해. 나와 같이 홍천으로 가자. 거기 가서 머리를 식혀야겠어."

"싫어요. 전 하와이로 가야돼요. 예수님이 거기로 가라 하셨어요."

"비용은 마련이 됐니?"

"아뇨."

"그런데 무슨 수로 가겠다는 거야? 하와이 예수전도단에 가려면 적어도 육백만원 이상은 있어야 된다며? 돈도 없이 어떻게 가겠다는 거야? 그리고 예수전도 단에서 연락은 왔니? 너를 오라고 했어?

"안 왔어요."

"연락을 해본 적도 없는 그런 곳에 무턱대고 가서 무얼 어떻게 하겠다는 거야? 아무런 대책도 없이?"

그제야 성재는 가만히 서서 초점 없는 눈으로 생각에 잠기다가 대답한다.

"알았어요. 방에서 처박혀 잠이나 잘게요. 그렇게 할 테니까 먼저 들어가세요. 조금만 더 있다가 들어갈게요."

말을 끝낸 성재는 곧장 성복천으로 내려간다.

엄마는 이내 성재의 방으로 들어와서 살펴본다. 책상 위는 깨끗하게 치워져있다. 엄마는 얼마 전에 성재가 한꺼번에 무더기로 내놓은 속옷들일랑 양말들을 다 빨아 말려서 책상 위에 가져다 놓았었는데, 하나도 없다. 어디에다 두었지? 중얼거리며 책상 서랍을 열어보니 비어있다. 고개 갸웃거리고 현관으로 나가 신발장을 열어본다. 거기에도 성재의 구두는 없어졌다. 며칠 전에 쏟아져 내린 비를 흠뻑 맞았는지 구두는 물탕으로 범벅이 되어 있었는데, 없다. 도대체 제 물건들을 다 어디에 두었지? 고개 갸웃거리고 있는데, 성재가 들어온다. 엄마가 물었다.

"성재야, 비 맞은 구두는 어디에 두었어?"

"버렸어요."

"속옷들과 양말들은? 한꺼번에 다 빨았잖아. 책상 위에 얹어 놓았는데 그것도 없네."

"그건 잊어버렸어요."

"어디서?"

"쓰레기통 옆의 의자 위에서요. 속옷들·양말들·여권·신분증·운전면허증까지 가방에 넣어 의자 위에 올려놓고 성복천에 다녀오니까 누가 가져갔어요."

말하고 아무렇지도 않다는 듯이 방으로 들어가 버린다. 엄마가 성재의 뒤를 따라가서 방문을 열자 책상 앞에 앉아 있다가 성재가 눈을 흘기며 소리친다.

"왜 남의 방문을 함부로 열어. 빨리 닫아."

그 말에 깜짝 놀란 엄마가 문을 닫으면서 고개를 또 갸웃거린다.

"애가 왜 저리 변했지? 아무래도 이상해."

막내로 태어난 성재는 유난히 정이 많았다. 아들이었지만, 딸처럼 착착 붙어대면서 애교를 많이 부렸었다. 명절 때 친척들이 많이들 찾아와서 힘이 들 때면 엄마가 힘들어서 어떻게 하느냐는 걱정까지 하면서 잠이나 푹 자며 쉬라고 커튼까지 닫아주고는 쌓여진 못 다한 설거지까지 해주선 자상한 아들이었다. 여섯 살 때는 난 이 세상에서 엄마가 제일 좋다며 춤까지 추었었다. 그러던 성재가 스물다섯 살이 되자 백팔십도로 달라졌다. 전화를 해서 정말로 힘이 들어서 못 살겠다는 아우성 때문에 어찌 살고 있나 보려 엄마는 비싼 비행기 표까지 사들고 미국으로 갔었다. 그런데 시애틀공항으로 마중 나온 성재가 에스컬레이터를 타고 올라오는 엄마의 모습을 위아래를 흘겨보더니만, 단번에 나무랐다. 왜 그리 촌스럽게 옷을 입고 온 거야? 창피하게 스리. 미국까지 오면서 옷은 왜 그 꼴이야. 친구에게도 보여줄 수 없게. 투덜거리면서도 성재는 엄마를 중국음식점으로 데려갔고 거기에서 많은 친구들과 합세를 했다.

중국집은 항상 그랬다. 원탁의 탁자 주위에 성재와 친구들이 빙 둘러 앉았고 성재 옆에 엄마가 앉아있었는데, 음식이 나오자 접시가 모자랐다. 그것을 본 친구가 점원에게 말했다. 익스큐스 미. 디시. 원 플러스. 그 말에 점원은 못 알아먹겠다는 듯이 고개만 갸웃거리자 또 다른 친구가 소리쳤다. 프렛트. 원 모어. 그래도 점원은 못 알아듣겠다는 표정을 지었다. 그러자 세 번째 친구가 말했다. 세커. 원 몰. 각국의 말들이 동원되었어도 말귀를 알아듣지 못하겠다는 듯 점원은 다른 점원의 눈치를 살폈다. 그때 엄마가 접시를 들어 보이며 한국말로 했다. 이거 하나 더 줘. 그때서야 점원은 알겠다는 듯이, 오. 예쓰. 하고서 접시 한 개를 가져다주자 성재의 친구들은 일제히 하하하하. 웃으면서 떠들어댔다. 수화가 제일이네. 점심을 먹은 다음에 성재는 엄마를 시애틀 도심으로 데려갔는데, 느린 걸음의 성재와는 달리 엄마가 앞장서서 걸어갔다.

얼마쯤 가려는데, 성재가 소리쳤다. 그 쪽으로는 가지마. 가지 말라고. 그 말도 듣지 않고 앞으로 나가자 이번에는 악을 썼다. 가지 말라고 하면 가지 말아야지. 왜 말을 그리도 안 들어. 괜히 와 가지고 나만 귀찮게 굴고 있어. 아버지는 왜 같이 안 온 거야? 그때서야 성재는 불평을 털어냈기 때문에 엄마가 변명을 했다. 바쁘니까 못 왔지. 말은 그렇게 했지만, 사실은 아니었다. 성재아버지는 성재가 무조건 보기 싫다며 도리질을 쳤었다. 혼자 다녀와. 난 가기 싫어. 그래서 엄마 혼자 왔는데, 성재는 그랬다.

함께 오지 않을 것이면 차라리 오지나 말 일이지 무엇 하러 혼자 와서 나를 귀찮게 굴어? 에이 신경질 나. 성재의 그 말에 엄마는 도로 옆길에 퍼질러 앉아서 화를 삭이려다가 성재를 향해 욕을 퍼부었었다. 야, 이놈아. 나쁜 놈 같으니라고. 내가 돈 가지고 와서 너를 도와주고 있는데도 네가 나를 이리 구박을 하는데, 만일 네 놈이 잘 돼서 떵떵 거리고 살게 되면 아마도 그땐 나 같은 것은 집안에도 들이지 않을 것이다. 이 나쁜 놈아. 그렇게 욕을 퍼부어 놓고서 성재의 자취방에서 나와 엄마는 친구 집에 가서 있다가 돌아왔다. 그리고 곧 성재도 한국으로 나와서는 그날부터 방구석에만 처박혀 지내기 시작했다. 엄마는 엄마의 방으로 들어서며 중얼거렸다.

(저 혼자서 영원히 미국사람이 된 것처럼 찾아간 나를 괄시하더니만 왜 또 따라와서 저러는 거야?)

그 사이 아비가 들어오는 소리가 나서 엄마는 응접실로 나왔다. 엄마를 본 아비가 엄마에게 물었다.

"저놈은 오늘도 하루 종일 방구석에만 처박혀 있었던 거야? 도대체 무얼 하고 있는 거야?"

"나도 모르지요. 문도 열지 못하게 해요. 눈을 흘기면서."

"에이, 속상해. 그러니까 내가 뭐라 했어. 낳지 말라고 하니까 기어코 낳아가지고서 내 속을 박박 긁어대고 있어. 골치 아파 죽겠어. 자식이라고는 원."

하고는 소파에 앉으며

"난 저러지 않았어. 열여섯 살 어린 나이에 혼자 서울에 올라와서 고학으로 야간고등학교를 나왔어. 신문팔이와 화장품월부 장사까지 안 해본 게 없을 정도로 고생을 죽도록 하면서 여기까지 왔는데, 저 자식은 대체 왜 저 모양이야? 대학 보내줘. ROTC 다녀와. 미국까지 다녀왔고 신학대학원까지 다녔잖아. 그렇게 돈을 처들여서 뒷바라지를 했는데, 왜 저 모양 저 꼴이냔 말이야. 내가 지금 속이 터져나갈 지경이야."

아비가 목청 높여서 큰 소리로 말하자 성재가 밖으로 나가는 소리가 들려온다.

"저거 봐요. 성재가 다 들었단 말이에요."

"내가 괜히 말을 한줄 알아? 저 새끼 들으라고 한 소리야."

"그렇게 자꾸 애를 쥐어박지만 말고 마음을 좀 편하게 해줘요."

"내가 미쳤어? 왜 그래야 되는데? 저 새끼는 마구 구박을 해서 다루어야 돼. 밖으로 내쫓아야 된다고. 내 친구 환섭이도 그렇대. 큰 아들놈이 소설가가 되겠다며 하루 종일 방구석에 처박혀서 돈벌이는 절대로 하지 않는대. 결국에는 먹고 사는 게 힘들어져서 요즘에는 청소부 노릇을 한대. 늙은이가. 에그, 요즘 새끼들은 모두 하나같이 왜 다 저 모양들인지. 애써 돈을 벌어서 대학까지 가르쳐 놓으면 기껏 한다는 짓들이 방구석에 틀어박혀 빈둥거리는 게 고작들이야. 영 써먹을 데가 없다니까."

말을 마친 아비가 일어서서 안방으로 들어간다. 그 사이 엄마는 멍청히 앉아만 있었다.

홧김에 밖으로 나간 성재는 달리 갈 곳은 없었다. 겨우 간다는 곳이 25시 편의점이다. 편의점에는 길가 쪽에 나무로 뜰을 만들어서 쉴 곳을 해놓았다. 위로는 천막까지 쳐져있었고 여러 개의 의자와 탁자가 있어서 술을 마시기에는 안성맞춤이다. 성재는 편의점에서 맥주 두 캔을 사들고 의자에 앉아서 한 캔을 모두 마신 다음 거나하게 취기가 돌자 주먹으로 탁자를 치며 신경질을 부렸다. 에이, 저놈의 아비는 죽지도 않고 살아서 왜 나를 들들 볶아만 대? 어쩌다 저런 아비를 만나 이 고생이냐고. 내 인생이 이렇게 자꾸만 꼬이는 것은 모두 저 아비 때문이야. 말하고 다시 한 캔을 마저 마신 다음에 비틀거리는 걸음으로 집으로 향한다.

성재는 결혼한 지 이 년이 되었고, 슬하에는 딸도 있었으므로 갑자기 딸이 보고 싶어진 성재가 자기의 아파트로 향한다. 아내가 딸을 안고 어우르는데, 술 냄새를 풀풀 풍기며 성재가 들어섰다. 그 꼴을 본 아내가 소리친다.

"또 술 마셨어?"

"너라도 안 마시고는 배길 수 없을 거다. 나는 말이다. 절대로 맨 정신으론 살 수가 없어. 집이라고 들어오면 네가 나를 들들 볶아대고 어머니 집에 가면 아비가 또 들들 볶아대는데, 어떻게 맨 정신으로 살 수 있겠냐. 그래서 마셨다."

"난 이런 식으론 더 이상 못살아."

"못 살면?"

"별거하자고."

"지금 우리가 별거하는 거 아니냐? 나는 밤낮 어머니 집에서 있잖아."

"이게 무슨 별거야. 멋대로 드나들면서. 따로 살자는 말이야."

"따로 살고 있잖아. 네 소원대로. 내가 너에게 빨래를 해 달랬냐. 아니면 밥을 해 달라고 했냐. 나는 나대로 너는 너대로 살고 있잖아."

"갔으면 오지 말란 말이야."

"이 집은 엄연히 내 명의로 된 집이야. 그런데 내 집에서 네가 왜 맘대로 하냐?"

"에이, 신경질 나. 내가 나갈 거야."

하고는 딸을 안고 보따리를 싼다.

"잘 가라. 못된 것. 제깟 게 가봐야 제 언니네 집이지 뭐. 달리 갈 곳도 없으면서 까불어대고 있네."

가든지 말든지 하라는 식으로 성재는 벌러덩 방바닥에 누웠지만, 잠은 오지 않았고 머리만 아파진다. 차츰 술이 깰 무렵이 되자 성재는 이모저모로 생각을 다듬다가 벌떡 일어나 앉으며 중얼거렸다.

(그렇지. 그렇게 하자.)

엄마는 책상 앞에 앉아서 열심히 글을 쓰고 있는데, 성재가 들어서며 부른다.

"어머니."

엄마가 성재를 바라보며 물었다.

"왜?"

"드릴 말이 있어요."

"뭔데?"

"언제까지 이렇게 빈둥거리며 놀 수만은 없잖아요."

"그렇지."

"그래서 한 가지 아이디어가 떠올랐어요. 어머니께서 문학치유연구소를 차린 것처럼 저도 신학연구소를 차리려고요."

"신학연구소? 왜 하필이면 그런 연구소야?"

"모르는 소리 마세요. 저도 다 생각이 있어요."

"그렇다면 해보렴."

"어떻게 해야 되는지 수속절차나 가르쳐주세요."

"구청에 가서 신고만 하면 돼. 아주 간단해."

"어머니는 그냥 연구소만 차리셨잖아요. 저는 은행통장까지 개설해놓고 인터넷에 띄울 거예요."

"통장까지? 누가 너에게 돈을 입금시켜 줄 것이라고 생각하니? 어느 멍청이가 돈을 입금시켜? 돈을 줄 때는 그만한 명분이 있어야 되는 거야. 명분도 없거니와 네가 무엇이 그리 유명하다고 사람들이 너에게 돈을 보내?"

그 말에 비위가 상해진 성재가 방을 나가며 큰소리친다.

"두고 보세요."

성재가 나가고 조금 있으려니 전화벨이 울렸다. 과거 다락방의 순원이던 선희다.

"순장님. 저예요. 오랜만이지요?"

"그러네요. 그동안 잘 지냈어요?"

전에는 일주일에 한 번씩 교회의 구역에서 만났었지만, 지금은 순원들의 명단이 바뀌고 선희는 다른 다락방으로 배치된 탓에 선희를 본지가 오래되었다.

"잘 지내지 못했어요. 마음이 너무 울적해서 순장님 생각도 나고 해서 뵙고 싶어서요. 우리 만나요."

"좋아요. 어디로 갈까요?"

"순장님 아파트 앞 상가지하에 카페가 있어요. 거기로 나오세요."

"알았어요. 거기로 갈게요."

엄마가 일어서서 채비를 서둘렀다. 카페로 들어가니 선희가 먼저 와서 멍청하니 앉아있다. 무슨 생각을 저리도 골똘하게 하는 것일까? 생각하며 선희 앞으로 다가가서 말한다.

"요즘 더 예뻐졌네요."

"예뻐지기는요. 앉으세요. 무얼 드시겠어요? 차는 제가 살게요."

"생강차로 할게요."

그러자 선희가 손을 들어 보이며 말한다.

"사장님. 여기 생강차 두 잔이요."

그렇게 시킨 선희가 다음의 말을 잇는다.

"순장님. 며칠 전에 제 동생이 죽었어요."

"왜요?"

"7층 베란다에서 떨어졌어요."

"어머나! 집이 7층이었나요?"

"아니에요. 2층에 살았는데 남의 집 7층 난간으로 가서 떨어졌어요."

"왜 그랬을까요? 장가는 갔어요?"

"아뇨. 총각이에요. 일들이 너무 풀리지 않았었나 봐요. 보름 전에 저에게 전화를 했더라고요. 누나. 만나서 이야기를 하고 싶은데, 만나줄 수 있어? 그랬었는데, 제가 쌀쌀맞게 거절했어요. 또 손을 내밀려고 그러나 보다하고는 그랬죠. 나 바빠서 안 돼. 그랬는데, 그리 쉽게 갈 줄을 누가 알았겠어요? 그때 만나 이야기를 들어줘야 했었는데. 지금은 너무 후회가 되고 가슴까지 아파요. 그래서 순장님 아드님 생각이 나서요. 아드님은 요즘 어떠세요?"

"안됐네요. 우리 아들은 그냥 여전해요. 무슨 신학연구소를 차린다고 돌아다녀요."

"그렇군요. 암튼 잘 해주세요."

무슨 선견지명이 있어서인가? 남달리 선희가 걱정까지 해준다.

"그래야지요. 일이 어떤지는 몰라도 저 나름대로 할 일이 있다니까 안심은 돼요."

"우리 동생이 가고 나서 생각을 해보니까 젊은 사람들은 혈기가 왕성해서 무슨 짓을 저지를지 모르니까 잘 지켜봐야 될 것 같아요. 제 마음이 너무너무 울적했었는데 순장님 얼굴을 보니 엄마같이 느껴져서 마음은 안정되네요. 아들 잃고 난 우리 엄마가 얼마나 슬퍼하시는지요."

"왜 그러지 않겠어요. 다 길러놓은 아들인데."

다음날 아침이다. 텔레비전을 켜놓고 보면서 아비와 어미는 탁자 위에 밥을 올려놓고 먹는다. 텔레비전에서는 인간극장을 하고 있는데, 농촌에 내려간 총각이 열심히 농사짓는 모습을 보여주고 있다. 그걸 보며 아비가 말한다.

"남들은 저리 성실하게 살려고 애를 쓰는데, 저 놈은 왜 저리 방구석에서 빈둥대고 있어? 저 새끼는 어제는 뭐했어? 여전히 방구석에 처박혀 있었어?"

"무슨 신학연구소를 차린다면서 분주해요."

"신학연구소는 뭐 얼어 죽을 신학연구소야. 밖에 나가서 노동이라도 하라고 해. 저 젊은이를 좀 봐. 열심히들 살고 있잖아. 왜 그러지를 못하냐고."

"노동은 아무나 해요? 몸에 익었어야지."

"그 따위 식으로 맨 날 애를 감싸고 도니까 저 모양 저 꼴이 된 거야. 제가 하는 일이 뭐가 있어. 매일 비싼 밥이나 축내고 있잖아."

"그래도 요즘에는 교회에 나가 봉사도 해요."

"봉사는 뭐 얼어 죽을 봉사야. 봉사를 하면 돈이 나와? 처자식이 있으면 벌어 먹일 궁리를 해야지. 홀러덩 장가는 가서 애까지 달려가지고서 모두 그 짐을 나한테 맡기려고 해? 못된 놈 같으니라고."

"그만해요. 아침부터 왜 그래요?"

"내가 저 새끼 들으라고 하는 소리야. 듣고 정신을 좀 차리라고."

"일이 풀리지 않아서 그러는 거지요."

"풀리고 안 풀리고가 어디 있어. 정신 상태가 문제란 말이야. 정신 상태가."

그러고 나면 꼭 성재는 밖으로 나가는 소리를 낸다. 듣기 싫다는 신호다.

"저 봐요. 애가 듣는다고 잔소리는 말라고 했잖아요. 저 애는 속이 편해서 저러겠어요? 일이 풀리지 않아 그러는 걸 가지고서. 에이, 신경질 나."

엄마도 덩달아 자리에서 일어나 주방으로 가버린다.

"어미란 여자가 저 모양이니 새끼도 똑같지."

주방에 갔던 엄마는 할 일이 없었다. 엄마의 방으로 가서 책상 앞에 앉아서 생각에 잠긴다. 얼마 전의 일이다. 성재 딸의 유아세례를 받기 위해서 부모들이 아기들을 데리고 새신자실에 모여 있었다. 엄마가 슬며시 고개를 디밀어 안을 살펴본다. 성재아내는 딸애를 안고 있었는데, 딸애의 고개가 아래로 축 늘어져 있다. 깊은 잠을 자고 있었는데 얼마나 힘이 들까 해서 젊은이들 틈을 비집고 들어가 성재아내에게 물어본다.

"내가 은총이를 안아줄까?"

그러자 성재아내가 눈을 흘기며 뿌리친다.

"됐어요."

그러는데, 눈이 너무 무섭다. 수 년 전에 아비가 술을 마시고 들어와서 윗도리를 다 벗고 맨살로 화장대의 거울 앞에 앉아서 자신의 눈을 빤히 노려보고 있을 때와 똑같은 눈초리다. 그때 거울 속 아비의 눈은 확실한 마귀의 눈이었었다. 그런데, 지금 며느리의 눈이 그때 아비의 눈과 꼭 닮아있다. 소름이 오싹 돋아나면서 알아채고 고개를 끄덕였다. 성재가 알려주었었다. 명지는 마귀예요. 세례를 받고 교회는 나가지만, 하나님을 만난 게 아니에요. 사사건건 잔소리를 해대면서 싸우려고만 들어요. 저번에도 그랬어요. 은총이에게 유아세례를 받도록 교회에 신청을 했는데, 언니 집으로 가버려서 못 받았어요. 그때는 금요일에 데려왔더니 토요일에 가버려서 이번에는 토요일에 데려오려고 해요. 그랬었는데 성재는 자기의 계획대로 시행한 모양이었다. 자기의 의사와는 맞지도 않게 억지로 끌려온 탓이라 그러는 모양인데. 왜 괜스레 꼭 받아야하는 유아세례를 못 받도록 방해를 하느냐고. 그게 마귀의 짓이 아니고 무엇이랴. 그러고 보니 며느리 친정은 예수를 믿지도 않거니와 잘 모르니까 그 악이 명지에게까지 서려있을 것이다. 그래, 맞아. 마귀가 뒤에서 명지를 조정하고 있는 것이다. 그러니까 내가 참자며 엄마는 자신을 다독거린다. 그리고는 그곳을 나와 예배당으로 들어간다. 예배실의 강단에는 세례식이 거행될 준비가 다 되어있었다. 목사는 평소와는 달리 검정 망토에 빨간 깃이 달린 가운을 입었고, 유아세례 받을 아기들은 아빠와 엄마가 안고 줄을 지어 입장하기 시작한다. 다른 아기들은 주로 아버지들이 안았지만, 은총이는 명지가 꼭 안고 있다. 세례식은 곧 진행되었으며 은총이도 유아세례를 받았다. 식이 끝나고 사진 찍기 전에 엄마가 성재에게 말한다.

"부산떠느라 아침밥도 못 먹었지?"

"예."

"배가 고플 것이니, 식당으로 와. 내가 먼저 가서 기다릴게."

"예, 알겠어요."

교회 앞에는 온갖 음식점들이 즐비해 있었다. 그 중 성재와 약속된 삼계탕 집으로 엄마는 먼저 가서 자리를 잡고 기다렸다. 기념사진 찍기가 끝나자 성재는 은총이를 안고 있는 명지를 데리고 들어선다. 엄마는 흘기던 명지의 눈을 무시하고 반겼다.

"어서 와라. 여기에 앉아."

엄마의 말이 떨어지자 명지는 옆자리에 자고 있는 은총이를 눕히고 성재의 옆에 나란히 앉는다. 미리 시켜놓은 음식들이 나왔고, 밥을 다 먹고 난 명지가 말을 꺼낸다.

"어머니. 전 이대로는 절대로 못 살겠어요."

"못 살겠으면 어떻게 하려고?"

"별거하게 해주세요."

"별거라니? 지금 너희들 사는 게 별거잖아. 그런데 또 무슨 별거를 해? 이 따위로 살려면 아예 이혼을 해. 빨리 결정을 내라고. 시간이나 질질 끌어서 남의 신세나 망칠 생각은 하지 말고 말이야."

"이혼을 하라고요? 그게 권사님 입에서 나올 소린가요?"

"그래, 권사 입에서는 그런 말 하면 안 되냐? 그리고 별거보다는 차라리 이혼이 더 나아."

"그래요. 이혼할 것이니까 위자료를 주세요."

"위자료 같은 소리 다한다. 우리가 왜 너에게 위자료를 주냐? 위자료는 우리가 너네한테 받아내야 돼. 너 만나고 나서 우리가 손해를 본 게 얼마나 많은데 위자료 타령이야. 적반하장도 분수가 있어야지. 결혼식 할 때도 그래. 우리 돈으로 다 했잖아. 너희가 손해 본 게 뭐가 있는데, 위자료를 달래. 완전히 도둑 심보로 군. 그래. 네가 지금까지 수작부린 게 그 알량한 위자료를 받아 내려고 그랬던 거야? 그래? 이건 완전히 도둑 심보로 왔구먼."

"제가 목사님께 이를 거예요. 권사님이 이혼하라 했다면서 그렇게 목사님은 가르쳤느냐고요."

명지가 은총이를 안고 쏜살같이 나가버린다. 성재는 가만히 앉아서 눈만 깜빡거리고 있다. 엄마가 혼잣말로 투덜거렸다. 참 내 어이가 없네. 뭐 저런 것이 다 있어. 이르고 싶으면 이르라지. 누가 겁나냐? 아이고. 살다 살다 내가 별꼴을 다 보고 산다. 너무 기가 막혀 죽을 지경이네. 하 참. 그리고는 일어날 채비를 서두르며 성재에게 말한다.

"가자."

엄마가 일어서서 밖으로 나오자 성재는 말없이 엄마의 뒤를 따랐었다.

엄마는 응접실에 혼자 앉아서 고개를 갸웃거리며 혼잣말로 중얼거렸다. 아무래도 성재의 눈동자가 이상해졌어. 전에 단짝 친구이던 병혁이의 눈동자도 저랬었잖아. 우리 집에 돈을 빌리러 와서 없다고 하자 서서 창밖을 멍하니 쳐다보았었는데, 그때도 눈에는 초점이 없었거든. 그리고 그날 밤에 병혁이는 석천호수에 빠져서 죽었다. 아무래도 안 되겠다. 애를 저리 방관해 두었다가는 병혁이나 선희 동생 짝이 나고 말는지도 모를 일이다. 일이 난 뒤에 방방 뛰느니보다 미리 방패 막을 설치하는 편이

더 낫다. 방패막이 어디냐? 정신병원 밖에 없다. 초점도 없는
눈을 가지고 정신없이 방황하다가 자동차로 뛰어들던지 아니면
아파트의 높은 곳에서 떨어져 버리면 어떻게 해. 그런 변을 당
하는 것 보다는 병원에 입원시키는 편이 더 낫다. 아비는 날이
면 날마다 그랬었다. 저 자식을 정신병원에 처넣어. 지금 저놈
은 제 정신이 아니라고. 말마다 그러더니 이젠 그 말은 씨가 되
어 싹을 내려 한다. 이제 실천단계에 이르렀나 보다. 아비에게
전화를 걸어서 이 사실을 말해야지. 엄마는 그런 생각으로 아비
의 전화번호를 눌렀다. 신호 가는 소리는 들렸지만, 받지는 않
는다. 수화기를 내려놓고 응접실을 서성거린다. 들어온 다음에
그때 말을 해도 늦지는 않아. 그러는데 현관문 여는 소리가 들
렸다. 아비였다.

"아이고. 피곤하네."

들어와서는 편한 옷으로 갈아입더니, 소파에 앉아 코를 골아
대기 시작한다. 그 꼴을 빤히 바라보다가 옆자리에 앉으며 엄마
가 말을 꺼낸다.

"여보. 눈 좀 떠봐요."

"왜?"

"할 말이 있어요."

"무슨 말?"

하며 아비가 게슴츠레 눈을 떴다. 엄마가 정색을 하고 아비의
눈을 빤히 바라보며 말한다.

"똑바로 앉아 봐요."

"응, 알았어."

이럴 때 아비는 말을 아주 잘 들었다. 엄마가 말을 계속한다.

"좀 전에 관리실에서 전화가 왔어요. 성재가 아파트 주변을 빙빙 돌며 주민들에게 혐오감을 주고 다닌다며 주의를 시켜달라고요."

그러자 아비가 버럭 소리치며 눈알까지 부라리며 묻는다.

"그래서?"

"내가 봐도 애가 너무 이상해 졌어요. 하와이 예수전도단에 갈 려면 육백만 원이 든다는데 전에는 그 돈을 마련해 달라고 하더니만, 지금은 돈을 달라는 말도 하지 않으면서 혼자 무슨 준비를 하고 있는 것 같아요. 며칠 전에 속옷들과 양말들을 전부 다 빨라고 내놨어요. 세탁기 속에 넣었기에 다 빨아 개어서 책상 위에 얹어놓았는데 없어졌어요. 비에 젖은 구두도 없어졌고, 길에서 나를 마주치면 손을 흔들어주었거든요. 그런데 오늘은 나를 거부하면서 가까이 오지도 못하게 해요. 어디로 자꾸만 도망을 치려는 걸 보니 틀림없이 귀신이 들린 것 같아요. 귀신 들린 사람은 그러거든요. 예수를 잘 믿는 사람만 보면 도망치려해요. 그런식으로 나를 멀리하며 경계의 눈빛은 보였지만, 눈빛에는 영혼이 없었어요. 병혁이가 그랬던 것처럼 말이에요. 병혁이도 혼이 빠져서 저 스스로 석촌호수에 걸어 들어갔잖아요. 제 정신인 사람이 어떻게 그리 할 수가 있겠어요. 그게 다 제 정신이 아니니까 그랬던 거예요. 그 일이 생각나서 순돌이에게도 물어봤어요. 얘, 외삼촌 딸 영희가 어떻게 자살했니? 했더니 순돌이가 말했어요. 이혼 당한 뒤에 우울증에 시달리다가 달려오는 전철에 뛰어들었대요. 시체는 갈기갈기 찢겨져서 형체도 못 알아보게 됐대요. 지금 성재가 그런 위험한 상황이 된 것 같아요."

엄마가 아비에게 자근자근 설명을 하고 있는데, 현관문 여는 소리가 들려왔으므로 엄마가 깜짝 놀라며 급히 방으로 들어가 버렸다. 성재는 들어오다가 아비가 들어온 것을 알고는 다시 밖으로 나간다. 방으로 들어갔던 엄마가 다시 응접실로 나와서 창밖을 내다본다. 성재가 아파트의 정문 쪽으로 나가는 게 보였는데, 점잖게 걸어가는 게 아니었다. 양 팔을 위로 올렸다 내렸다 하면서 춤추듯이 뱅글뱅글 돌기도 한다. 엄마가 소리쳐 아비를 부른다.

"여보. 이리 좀 와 봐요."

"왜?"

"저기를 좀 봐요. 성재가 걸어서 내려가는데 마치 다섯 살짜리 개구쟁이가 장난치며 걷는 것 같잖아요. 저게 마흔 살이 다 되어 가는 장년이 할 짓이냐고요."

창 앞으로 다가온 아비는 엄마가 손가락으로 가리키는 쪽을 내려다본다. 과연 성재는 개구쟁이가 장난을 치면서 걷는 것과 똑같이 손을 머리에 올렸다 내렸다 하기도 하면서 맴을 빙빙 돌기도 한다.

"정말이네."

이어 엄마의 설명이 이어진다.

"저 애는 멀리 가지도 않아요. 아파트 주변을 뱅뱅 돌며 저 짓을 해대니 왜 사람들이 혐오감을 갖지 않겠어요. 아, 저것 좀 봐.

정문으로 나가는 것처럼 하더니만 이제는 관리실 쪽으로 가네. 지금은 가로수가 가려서 보이지 않아요."

"그러고 보니 신분증도 없더라고. 봉투 속에는 만 원짜리만 가득 들어있고 책상 위에는 동전들을 산처럼 잔뜩 쌓아 놓았어."

"그러니까 저 애를 입원시켜야 돼요. 그게 당신 소원이었잖아. 말대로 된 것이지 뭐."

"그래서 어떻게 하자는 거야?"

아비가 버럭 소리쳤지만, 엄마는 덤덤한 목소리다. 기어이 올 것이 오고야 말았다는 듯이.

"정신병원에 입원시켜야 돼요."

엄마의 그 말에 아비는 소파에 주저앉으며 작은 소리로 읊조린다.

"어떻게 해야 되지?"

입으로는 항상 큰소리를 치면서 정신병원에 입원을 시켜야 된다며 노래를 불러대더니만, 막상 말이 씨가 되어서 돌아오니 엄두가 나지 않는 모양이다. 무척이나 놀라는 눈치다.

"먼저 우리가 의사를 찾아가서 상담을 해요. 그런 다음에 강제로 끌고 갈 수밖에 없어요. 저런 사람들은 절대로 병원에는 가려고 하지 않아요? 내가 교회에서 정신병원에 자주 봉사를 다녀봐서 알거든요. 사람이 아프면 약을 먹어야 되는데, 성재는 절대로 약 같은 것은 먹지도 않으려고 해요. 아무래도 예감이 좋지 않아요. 저렇게 희미해진 정신으로 다니다가 달리는 자동차에라도 달려 들어가면 어떻게 해요. 아니면 아파트의 고층에서 뛰어

내리든지. 요즘 그런 사건이 너무 많이 발생되잖아요. 그리 되면 모두 망신이야."

"알았어."

"우선 나갑시다. 병원부터 알아본 다음에 파출소에 부탁을 해요. 성재를 잡아달라고. 빨리요. 급해요. 전에 내가 봉사 다니던 정신병원이 요 앞에 있으니까 거기로 가 봐요."

그런데 부부가 부지런히 가보니, 병원은 사라졌고 건물은 공사 중에 있다. 얼기설기 작대기로 엮어지고 천막이 쳐져있는 건물을 올려다보면서 엄마가 중얼거린다.

"여기가 분명 병원이었는데?"

그때 일하는 헬맷 쓴 인부가 엄마 앞을 지나갔으므로 엄마가 물었다.

"저기요."

"예."

"여기 있던 병원은 어디로 옮겼어요?"

"우리야 모르지요. 파출소에 가서 물어보세요."

그때 멀찍이 서서 남의 일처럼 바라보고 있던 아비가 엄마에게 물었다.

"뭐래?"

"파출소에 가서 물어보래요. 어서 파출소로 가요. 파출소는 여기서 가까워요."

엄마가 앞장을 섰고 아비가 따랐다. 아비 역시도 정신이 나간 사람처럼 행동했다. 그 순간의 엄마는 순발력이 발휘되면서 일들을 척척 해결해 나갔다. 한참을 걸어서 가니 파출소가 나왔다. 전에 교회에 다닐 적에 보아두던 곳인지라 엄마는 쉽게 길을 찾아서 들어갔다. 파출소 문을 열고 안으로 들어간 엄마가 물었다.

"저기요. 말씀 좀 물어볼게요."

"예."

사무를 보고 있던 경찰관이 일어서며 응했다.

"저기 있던 정신병원은 어디로 이사했지요?"

엄마가 정신병원이 있던 곳을 손가락으로 가리키며 물었다.

"아, 예. 그거요. 주민들로부터 자꾸만 민원이 들어와서 없어졌어요."

"그럼 아시는 정신병원을 좀 알려주세요. 가까운 곳으로요."

"제일 가까운 곳은 용인에 있어요."

"용인은 싫어요. 너무 멀고 지저분해서요."

"그러시면 분당에도 있어요."

"거기 소개를 좀 해주세요. 우리 아들 정신이 좀 이상해져서요."

"그건 119에 부탁하면 돼요."

"알겠습니다. 감사합니다."

인사를 하고 부부는 다시 집으로 돌아왔다. 응접실로 들어서자 엄마가 아비에게 명령했다. 그러자 정신없던 아비는 고분고분 순종했다.

"빨리 파출소에 신고를 해요."

"뭐라고 말해?"

그리도 잘 알면서 아는 척을 해대더니만, 완전히 멍청이가 된 것 같다. 일일이 가르쳐야 되었으므로 엄마는 설명했다.

"성재를 잡아가 달라고 해요."

그제야 아비는 넋 빠진 힘없는 손가락으로 전화 다이얼을 돌린다. 신호가 떨어지자 떨리는 음성으로 말한다.

"여보시오. 여기 109동 1504호인데요. 제 아들이 정신병에 걸렸어요. 좀 데려가주세요."

말이 끝나기가 무섭게 현관의 초인종이 울린다. 마치 문밖에서 누군가 기다리고 있다가 들이닥친 듯하다. 너무 빠른 반응의 시간인지라 의아해서 물었다.

"누구세요?"

문을 여니 경찰 두 명이 서있다. 여자와 남자다. 경찰을 본 엄마가 어머? 하고 놀랐다. 신고한 즉시 나타났기 때문이다. 남자 경찰이 말한다.

"신고가 들어와서 왔습니다. 아드님은 어디 계시지요?"

"우선 들어오세요. 우리 아들은 항상 아파트 주변을 맴돌고 있어요. 곤색 반바지에 곤색 반팔 티셔츠를 입었고 키는 작아요. 안경도 썼는데. 아, 여기 사진이 있어요. 저희 가족사진인데, ROTC장교복을 입고 있는 이 사람이에요."

현관으로 들어서서 또 다른 문을 여니 큰 액자에 넣어서 걸어놓은 가족사진이 나타난다. 여기로 이사 오기 전에 성재의 ROTC제대를 기념해서 찍은 사진이다. 사진 속의 성재는 아주 야무지면서 당찬 모습으로 서있었다. 겉보기로는 어디에다 내놓아도 전혀 손색이 없을 정도의 인물이다. 사진을 본 남자경찰이 여자경찰을 보며 명령한다.

"사진 찍으세요."

남자경찰의 말에 여자경찰이 사진 가까이로 가서 휴대폰에 담는다. 참으로 편리한 세상이다. 들고 다니는 전화가 사진기 역할까지 하고 있으니 말이다. 여자경찰이 사진을 찍자 남자경찰이 묻는다.

"나이는요?"

"서른아홉이요."

"성함은?"

"이성재입니다."

남자경찰이 수첩에다 적은 다음에 거수경계로 인사한다.

"알겠습니다. 이만 가보겠습니다."

말과 동시에 엘리베이터의 문이 열린다. 아마도 여자경찰이 먼저 엘리베이터의 버튼을 눌러놓았었나 보았다. 경찰들에게 인사를 끝내고 응접실로 들어오자 아비가 엄마에게 물었다.

"이제 어떻게 하지?"

매사에 모두 잘난 척을 해대며 어른인척을 하면서 지시나 내리던 아비가 이런 경우에는 감당이 안 되는지 갈 바를 몰라 하며 엄마에게 묻는다.

"무얼 어떻게 해요. 당신이 바라던 일이잖아. 당신이 알아서 하면 될 거 아니야?"

"내가 무얼?"

"매일 노래를 불렀잖아. 성재를 정신병원에 보내야 된다고. 안 그랬어? 이제 소원 풀어놓고 무얼."

엄마가 말을 끝냈는데, 전화벨이 울린다. 아비가 얼른 받아든다.

"이보시오."

참으로 무뚝뚝하다. 중학교를 시골에서 졸업하고 홀로 서울에 올라와서 고학으로 고등학교를 마치느라 안 해본 일이 없을 정도로 역경을 겪어내는 사이에 말투도 사뭇 위압적이다.

"아드님을 잡았습니다. 그런데 아주 착해요. 말도 잘 듣고요. 지금 파출소로 갈 것이니까 어서 부모님께서도 오십시오."

그 순간 아비의 목소리가 떨리면서 풀도 죽어있다.

"알겠습니다."

아비가 수화기를 내려놓고 엄마를 향해 말한다.

"가지. 파출소로 오라고 하네. 성재를 잡았대."

둘은 부지런히 옷을 갈아입고서 자동차를 타고 파출소로 갔다. 가보니 이미 파출소의 마당에는 119차가 도착해 있었고 문은 열려있다. 그때 경찰이 성재를 데리고 파출소 안에서 나왔고 부부는 자동차에서 내렸다. 119대원이 부부를 보고 물었다.

"보호자이십니까?"

"예."

아비가 얼른 대답한다. 119대원이 말한다.

"보호자 한 분이 이 차에 함께 타셔야 됩니다. 어느 분이 타실 겁니까?"

물으며 부부를 번갈아 바라본다. 그때 약삭빠른 아비가 나서더니 엄마에게 명령한다.

"당신이 타. 난 자동차를 가지고 뒤따라 갈 테니까."

명령하고 돌아서서 자동차로 오르며 투덜거린다. 젠장. 낳지 말라고 그리 말려도 고집 부려가며 낳더니만 날 이 고생시키면서 망신까지 주고 있네. 아비의 그 말을 마음에 새기면서 엄마는 성재를 따라서 119에 올랐다. 엄마는 항상 119라는 팻말을 달고 달리는 봉고를 볼 때마다 남의 일처럼 여겼었는데, 이런 경험도 다 하게 되었다며 여기저기를 둘러보았다. 운전석 바로 뒤에는 침대가 있어서 성재는 환자의 자격으로 침대위에 누워있다. 반대편에는 각종 응급에 필요한 의료도구들과 약품들이 진열장에 가지런히 진열되어 있다. 방금 성재가 오른 뒷문 바로 앞 의자 하나에는 119대원이 앉았고 또 하나에는 엄마가 앉으니, 누워있는 성재가 바로 앞에 보인다. 엄마가 성재를 유심히 바라보다가 마음을 토해낸다.

"네가 이게 웬 일이냐. 며칠 전에 내가 너희 집에 은총이를 보러 갔었다. 그런데 그 어린 것이 얼마나 아빠가 보고 싶었으면 나에게는 절대로 오지 않던 애가 내 무릎위에 얼른 와서 앉으며 내 볼을 툭툭 치면서 그러더라. 아빠, 아빠. 아마도 아빠가 너무 보고 싶다는 표현 같아서 내가 물었다. 은총아, 아빠가 보고 싶어? 그랬더니 말이 떨어지기가 무섭게 내 손을 잡아끌고는 현관으로 나가는 거야. 가서 신발을 신더라. 아이고. 불쌍하기도 하지. 말도 못하는 것이 얼마나 아빠가 보고 싶었으면 그러겠니. 그러니까 네 딸을 생각해서라도 정신을 차려야지 이렇게 정신줄을 놓고 있으면 어떻게 해."

엄마가 흐르는 눈물을 닦는다. 그런 말에도 성재는 꼼짝도 하지 않고 누워서 눈만 깜빡거리며 천정만 응시하고 있다. 성재는 지금 무슨 생각을 하고 있을까?

119차는 도심을 질주해 나간다. 삥꼬, 삥꼬 하는 사이렌의 울림 때문에 자동차들은 옆으로 비켜주었고, 그 덕에 더 빨리 달려갔다. 병원에 도착했는데, 어찌나 빨리 달려왔는지, 아비가 운전한 자동차도 동시에 당도해서 내린다. 119대원이 성재와 엄마를 데리고 병원으로 들어가자 아비도 뒤따른다. 119는 병원까지만 안내를 한 다음에 그 비용을 받고서는 곧 떠나가 버린다. 정문에 있던 안내원이 세 사람을 데리고 원장실로 갔다. 원장은 젊은 여자였다. 예쁘게 생겼는데, 실력까지 갖춘 모양이다. 원장이 의자를 가리키며 말했다.

"앉으세요."

세 사람이 각기 의자에 앉자 이번에는 아비를 쳐다보며 물었다.

"보호자 되십니까?"

"예."

평소에는 그 누구에게도 고개를 숙일 것 같지 않던 아비가 고분고분해져 있다.

"일단은 본인 검사부터 한 다음에 면담에 들어가겠습니다. 검사하는 동안 보호자분들은 밖에서 기다리세요."

그 말에 대기실로 나온 부부가 나란히 소파에 앉았는데, 아비가 탄식을 한다.

"에그, 어쩌다 내 신세가 이리 되었을까."

그 말에 엄마가 반박한다.

"모두 자업자득이야. 원인이 있으니까 결과도 나오는 법이잖아."

그러자 아비가 버럭 소리친다.

"그래서 끝까지 내 잘못이란 말이야?"

"당연하지."

"내 탓은 아니고 이리 된 것은 모두 당신 탓이야. 애를 그냥 오 냐오냐하면서 감싸고도니까 저리 된 거야. 난 말이야. 열여섯 살 에 혼자서 서울 와서 그 모진 풍파들을 다 겪어냈어도 저러진 않 았어. 그 어린 나이에 혼자서 화장품외판원과 신문팔이를 해가 면서 고학을 했는데 뭘. 사내가 돼 가지고서 강해야지 저리 온실 의 화초처럼 연약해 가지고서야 무엇에 쓰겠어. 모두 당신이 자 꾸만 감싸고돌아서 병이 된 거야."

그 말에 엄마가 입을 삐죽거리며 당당히 맞선다.

"누가 더 잘못인지 결과가 나와 보면 확실히 알 거 아냐. 잘 나 지도 못한 주제에 뭐 그리 잘난 척은 꽤나 하고 있어. 그 잘난 척 은 이제 그만해요. 당신 속내는 내가 다 알고 있으니까."

"에이, 신경질 나. 나 밖에 나가서 바람이나 좀 쐬고 올게."

아비가 일어서는데, 엄마가 말린다.

"가지 말아요. 어디를 가려고 그래. 조금 있으면 의사가 부를 텐데."

원장실 안에서는 원장이 성재에게 질문을 던졌다.

"자신이 왜 이리 되었다고 생각하세요?"

"아버지 때문이에요."

"왜 그렇게 생각하죠?"

"고삼 때 신학교에 가겠다고 하자 아버지가 펄쩍 뛰었어요. 신학교에 가면 학비도 대주지 않겠다고 해서 아버지 말대로 경제과로 갔는데 도무지 적성에 맞지 않았어요. 그럼에도 불구하고 저는 눈이 나빴지만 아버지에게 칭찬을 받으려고 시력판을 다 외워합격을 했고 ROTC에 들어갔어요. 소대장 근무를 마치고 중위로제대를 했지만, 취직은 안 되었고 일마다 비틀어졌어요. 미국에서 어학연수도 했지만, 아무리 생각해도 그 길이 제 길은 아닌 것같았어요. 일 년도 마치지 못하고 귀국해서 어머니의 후원으로신학대학원에 들어갔고, 교회에서 열심히 봉사도 했어요. 그러던어느 날 하루 종일 굶었었는데 집에 돌아오니 어머니께서 제가좋아하는 회를 사다놓고 먹으라고 하셨어요. 그래서 먹으려고 젓가락을 드는데 아버지가 그러시는 거였어요. 야, 이놈아. 일하기싫은 놈은 먹지도 마. 하루 종일 빈둥거리기만 하면서 밥은 어떻게 입으로 들어 가냐? 그 말에 어찌나 화가 났는지 도무지 참을수가 없어서 아버지에게 대들었어요. 당신이 번 돈은 한 푼도 안쓰겠어. 물론 밥도 먹지 않을 것이니까 걱정하지 마. 하고는 밖으로 나왔어요. 그날부터 술만 계속 마셨더니 힘은 점점 빠지고 일할 용기까지 사라지면서 우울해졌어요. 그런 우울감을 감추기 위해서 내내 담배와 술만 마셨어요. 아버지가 던지는 말들을 모두잊기 위해서였어요. 아버지는 나만 보면 욕을 해대요. 어머니는말렸지만, 아버진 막무가내인 사람입니다."

"그랬군요. 우선 검사부터 받아야하니까 검사실로 가세요. 가시는 길에 보호자 분들 들어오시라고 전해줘요."

"예."

성재가 원장실을 나오면서 부부에게 전하고 검사실로 가버린다.

"것 봐요. 내가 뭐랬어."

엄마가 어깨를 으스대며 앞장서서 원장실로 들어갔고 아비가 뒤따른다. 부부가 들어서자 원장이 아비를 보고 물었다.

"아버지께서는 아들에게 어떻게 하셨어요?"

"저는 열여섯 살에 혼자 서울 올라와서 고학으로 학교를 다녔어요. 내가 무슨 짓을 해서라도 자식들에게는 가난을 물려주지 않으려고 열심히 돈을 벌어서 대학도 보내고 ROTC도 나오도록 했어요. 어디 그것뿐인 줄 아세요? 미국 유학도 보내줬고 신학대학원까지 나온 놈이 방구석에 날마다 처박혀서 무얼 하고 있는지 밖에도 나오지 않는 겁니다. 하도 하는 행동이 수상쩍어서 제 친구들을 불러다가 진단을 해 봐달라며 부탁했어요. 제 친구들은 모두 명문대를 나온 사회에서 유명한 사람들이거든요. 그런데 그들이 보더니 아무 이상이 없다고 했습니다. 친구들은 그랬지만 제 생각은 달라요. 네 추측으로는 아마도 저 애가 전방에서 장교로 근무할 적에 동네 깡패들에게 몰매를 맞았었는데, 그때 머리를 다쳐서 저런 게 아닌가 하는 생각이 들어요."

그 말에 원장은 딴 질문을 던진다. 아들의 말과는 영 다른 말을 하고 있기 때문인 모양이었다.

"종교는요?"

"기독교요."

"거긴 누구 때문에 나가게 된 거죠?"

원장의 질문에 이번에는 엄마가 나선다.

"저 때문이죠. 제가 결혼하고부터 팔 년 동안 몹시 아팠었거든 요. 아팠던 이유가 모두 남편 때문이었어요. 보시다시피 이 사람 은 보통 사람이 아니에요. 어찌나 나를 괴롭혀 대는지 견딜 수 가 없어서 그만 병이 들고 말았어요. 아프던 끝에 교회를 찾아갔 고 거기서 예수님을 영접하면서 아픔은 사라졌어요. 약을 쓰지 도 않았는데 병이 낫는 통에 너무 감사해서 열심히 교회에 다녔 어요. 그러자 성재가 그러더군요. 엄마만 천국에 가면 자기는 어 떻게 사느냐며 자기도 따라서 천국에 가야 된다며 교회에 나가 더라고요. 그러다 열한 살 때 온몸에 두드러기가 나서 꽤나 힘들 어했었는데, 이웃에 살고 있던 병 고치는 은사를 받은 집사가 기 도를 해 주었고 기도하는 법까지 가르쳐 주었어요. 그날부터 성 재는 배운 대로 따라하면서 두드러기가 나았어요. 그러자 성재 는 목사가 되겠다고 했었는데, 왜 갑자기 ROTC에 지원을 했는 지 모르겠어요."

"내가 가라고 했어."

"아, 그랬었구나. 이제 그 의문이 풀렸네. 그러니까 아버지에 게 잘 보이려고 시력이 나쁜데도 속여서 ROTC에 들어갔는데, 교육 도중 상급자가 다가오는 것이 잘 안 보여서 인사를 못했대 요. 그런데 인사를 안했다며 마구 두들겨 패드래요. 흠씬 매를 맞고 집에 와서 라식수술을 해달라고 해서 라식수술도 했어요.

그리고 그때부터 깡패처럼 행동하기 시작했어요. 친구들과 술마시고 싸움판을 벌이면서 다니다가 경찰서를 들락거렸어요. 그래서 제가 미국으로 보냈지요. 친구들과 떼어 놓으려고요. 그런데 미국에서 일본 아가씨를 만나서 사이좋게 지냈는데, 그 아가씨의 애인이 중국 사람이었대요. 짱깨와 결투까지 벌이다가 죽도록 매를 맞았답니다."

"아이고 불쌍해라. 가는 곳마다 왜 그렇게 매를 맞았어요? 어쩌면 좋아. 그러니까 마음에 상처도 많겠네."

"매 맞은 게 그것 뿐만은 아니에요. 초등학교 육학년 때도 선생님이 한글을 제대로 못 읽는다면서 죽도록 팼대요. 그 덕에 공부를 열심히 하는데, 아비가 집에 들어오면 텔레비전을 크게 틀어 대서 시끄럽다며 성재는 책상을 주먹으로 탕탕 쳐서 구멍까지 냈고 문짝도 발로 차서 망가뜨렸어요. 그 어린 나이에도 말입니다."

"아이, 안됐네."

그 사이 아비는 옆에 앉아서 가만히 듣고 있다가 소리를 버럭 질러댔다.

"그럼 저 애가 저리 된 게 모두 내 탓이란 말이야?"

그러자 원장이 말하고 자리에서 일어서서 나간다.

"바로 옆 칸 요양사의 방으로 가보세요."

부부가 일어서서 요양사의 방으로 들어가자 요양 사는 책상 앞에 앉아서 기다리고 있다가 인사를 한다.

"어서 오세요. 앉으세요."

부부가 나란히 한꺼번에 대답하고 의자에 앉는다. 그런데 원장이 묻던 질물과 똑같은 질문을 던진다.

"종교는요?"

"기독교요."

이번에는 엄마가 대답한다. 그러자 또 원장과 똑같은 질문을 요양사도 한다.

"누구 때문에 나가게 된 거죠?"

"저 때문이에요."

그렇게 상담이 진행되었고 원장에게 답한 말을 반복해서 해야만 되었다. 이 사람들은 왜 이러지? 엄마가 고개를 갸웃거렸다. 다음에는 간호사의 방으로 가라고 지시를 내렸으므로 그들의 명령에 따라 간호사의 방으로 들어갔는데 간호사가 또 묻는다.

"종교는요?"

"기독교요."

"누구 때문에 나가게 된 거죠?"

그 물음에 화가 머리끝까지 치솟은 엄마가 언성을 높이며 말했다.

"왜 방마다 똑같은 질문만 반복하는 겁니까? 세 번씩이나?"

그러자 간호사는 말없이 상황들만 기록지에 적고 있었다. 그제야 엄마는 숨어있던 생각이 떠올랐다. 아하, 꿈의 이야기처럼 이 사람들은 그런 방법을 사용하는 구나. 꿈은 언제나 상상의 결과이기 때문에 꿈 이야기 속에는 거짓이 들어있단다. 그래서 상담에서 꿈 이야기를 해석할 때는 언제나 두 번의 이야기가 필요한데, 그 두 번의 이야기에서 틀린 부분이 있다면 어느 한쪽은 거짓말이라는 판단 말이다. 이 문제는 꿈보다도 더 중요한 현실의 증언이기 때문에 세 번의 진술을 하도록 하게 하는 구나. 어디쯤에서 누가 거짓말을 하고 있는 것인지를 알아내기 위해서로구나. 엄마는 그런 생각 끝에 고개를 끄덕이고는 물었다.

"아직도 질문이 남았습니까? 앞의 질문서에 다 적혀있는데도요?"

"이젠 됐습니다. 원장실로 다시 가세요."

부부가 일어서서 원장실로 들어가자 원장과 성재가 마주앉아 있었는데, 원장이 결정을 내려준다.

"성재씨는 입원을 하셔야 합니다."

"전 아무렇지도 않은데, 제가 왜 입원까지 해야 돼요? 진짜 정신병자는 저의 아버지입니다. 아버지가 저를 이렇게 만들었으니까요."

"문제가 있어서 그렇습니다. 문제란 이런 상태에서는 술을 마시지 말아야 하는데, 그게 제어되지 않잖아요. 그러니까 당분간은 병원에서 약을 먹으며 치료를 받아야 됩니다."

그러자 성재가 놀라서 원장에게 물었다.

"약도 먹어요?"

"예. 지금 성재씨의 머릿속에서는 도파민들이 모두 다 고갈되어 있어요. 신체에서 도파민이라는 호르몬을 만들어내지 못하기 때문에 약으로 보충을 해줘야 돼요."

"도파민이 뭐예요?"

"호르몬의 일종이에요. 우리들 삶에서 추진력을 만들어주는 화학물질인데, 그게 너무 많이 나온 탓에 지금은 그 호르몬들을 만드는 신경들이 전부 파괴되어 있어서 약을 먹어야 합니다."

"왜 도파민 생산이 중단되었을까요?"

"술을 너무 많이 마신 탓입니다. 술이 신경조직들을 망가트려서 그래요. 일단은 약을 먹으면서 상황을 봐야 되니까 그리 아시고 안내원을 따라가세요."

원장은 말을 끝내고 벨을 눌러 안내원을 불렀다. 안내원이 들어와서는 성재의 팔을 잡고 밖으로 나갔다.

병원 빌딩의 4층 안내 데스크에는 접수처와 수납처가 있었고, 원장실·양호사실·간호사실이 나란히 붙어있었다. 가운데에는 커다란 응접의자 카우치가 있었으며, 7층으로 올라가기 위한 통로에는 쇠창살의 철문이 있다. 4층의 철문을 나가서 엘리베이터를 타고 7층으로 올라가 철문을 통과하면 병실이 나왔다. 안내원은 성재를 병실로 안내했다. 마치 영화에서 보던 감옥처럼 생겨있어서 성재가 보고 놀라며 물었다.

"제가 이 속에 언제까지 갇혀 있어야 됩니까? 난 집에 가야돼요. 딸이 목 빠지게 저를 기다리고 있어요."

성재가 병실로 들어가지 않으려고 안간힘을 쓰자 안내원이 말린다.

"지금은 안 됩니다."

강제로 이끄는 안내원을 향해서 성재가 소리쳤다.

"당신들 말이야. 내 의견은 묻지도 않고서 왜 당신들 맘대로야? 이런 법이 어디 있어? 강제로 이래도 돼?"

"발악하면 할수록 입원기간이 더 오래갈 수 있으니까 알아서 하세요. 여기선 순종이 가장 큰 약입니다. 약은 꼭꼭 제 시간에 먹어야 되기 때문에 시간이 되면 약은 틀림없이 가지고 올 것입니다. 그리고 식사시간이 되면 벨이 울릴 것이니까 식사도 꼭해야 합니다. 규칙대로 하지 않으면 벌이 올 것입니다. 그렇게 아시고 조용히 계세요."

안내원이 가버리고 병실로 들어가니 여러 명의 동료들이 있다가 반겨 맞이했는데, 키가 큰 놈이 먼저 물었다.

"어쩌다 여기에 들어왔어?"

그의 물음에 반감이 생긴 성재가 물었다.

"너는?"

"술 마시고 깽판 부리다 잡혀왔어."

키 큰 놈은 순순히 자랑삼아서 말했다. 그 다음 뚱뚱한 사람을 보고 성재가 물었다.

"너는?"

"난 조현병 환자야."

조현병이란 말에 성재가 고개를 갸웃거리며 물었다.

"조현병이 뭔데?"

"쉽게 말하면 정신이 분열되어 있다는 말이야. 그것도 몰라?"

"정신이 분열되면 어떤 증상이 나타나는데?"

"한 마디로 제 정신이 아니라는 말로, 미친 것을 말해. 제 정신이 아니게 된 거야. 육신은 움직이고 있지만, 자기가 왜 움직이고 있는지의 의미를 모른다니까."

"그런 병도 있어?"

"그런 병이 뭐냐? 야, 너도 여기에 있어봐. 별의 별놈들이 다 들어온다니까. 사람 사는 일은 모두 다 천차만별이니까."

뚱보가 잘난 척을 하며 으스댔다. 그때 옆에서 듣고만 있던 영화배우처럼 잘생긴 총각 같은 녀석이 한마디 충고를 했다.

"야. 너 여기에 들어왔으면 빨리 나갈 생각일랑은 말아. 나는 말이다. 이 병원에 다섯 번째 들어온 사람이라서 나이는 어리지만 가장 선배란 말이야. 알았어?"

말하고는 무슨 벼슬이나 한 것처럼 거만하게 걸어 다닌다. 그 꼴을 보며 성재가 빈정댔다.

"그것도 무슨 자랑이라고 뻐기는 것이냐. 형무소에서 별 단 사람처럼?"

하고 웃어버리자 뚱보가 가르쳐주었다.

"여긴 아우슈비츠수용소와 다를 바 없어. 똑같아. 다른 거 하나도 없다고."

그러자 키 큰 남자가 비꼰다.

"네가 거기에 가봤어? 가 봤냐고."

"사진이나 영화로 다 봤겠지. 어찌되었든 자유를 빼앗기면 그게 다 아우슈비츠소용소인 거야."

그들이 서로 토론하는 사이에 성재는 그들을 멀리하고 침대로 가서 눕더니만, 회상에 잠겼다. 나는 어쩌다 이 지경에까지 왔지?

성재의 방이다. 성재는 방에 누워서 멀건이 천정만 바라보고 있는데, 엄마가 들어서며 성재에게 말을 붙였다.

"성재야."

"예."

성재는 누워 있다가 얼른 일어나 앉으며 대답하자 엄마가 설명을 해주었다.

"그렇게 누워 있지만 말고 밖에 나가서 운동도 좀 해. 신선한 공기도 마시면서 말이다. 사람은 움직이지 않으면 근육도 굳어진다. 굳어지면 병신이 되고 말아. 자꾸만 몸을 움직여서 몸을 유연하게 만들어야 되니까 운동도 하고 햇빛도 쐬어야지. 그런데 넌 무슨 운동이 좋으냐?"

그 말에 성재는 한참동안 생각에 잠기다가 대답했다.

"운동을 하라시면 수영이나 할래요. 다른 운동은 싫어요."

"그럼 수영장에 다녀. 여기에 돈이 있으니까 이 돈으로 등록하고 열심히 운동을 해."

"예."

하고 성재는 수영장에 등록을 하고 수영장에 매일 수영을 하러 다녔었다. 그런데 자꾸만 이상한 낌새를 느끼게 되었는데, 그것은 누군가 성재의 뒤를 쫓고 있다는 느낌이 들기 시작했다. 열심히 수영을 하다가 물 밖으로 나와 의자에 앉아서 쉬는데, 탕 건너편에 어깨가 떡 벌어지고 얼굴 아래에는 구레나룻수염을 기른 남자가 서서 성재를 유심히 살피고 있는 것이 눈에 들어왔다. 성재가 혼잣말로 중얼거렸다. 저 인간은 뭐야? 깡패같이 생겼는데 왜 나를 감시하는 것이지? 아무래도 이상하네. 그런 생각이 들자 성재는 고개를 갸웃거리며 반대방향으로 걸어가 보았다. 그런데 그 남자의 시선이 성재를 따랐다. 가다가 머물면 남자의 시선도 머물렀고 걸어가면 남자의 시선도 따랐다. 아무리 생각해도 성재의 일거수일투족을 감시하고 있다는 생각이 들어서 성재는 또 혼잣말로 중얼거렸다. 틀림없다. 틀림없어. 저 사람은 아버지가 고용했을 사람이다. 내가 어떻게 무슨 행동을 하면서 다니는지 뒷조사를 해보라고 했을 것이 분명하다. 그러니까 계속해서 살피고 있다. 틀림없어. 그렇게 마음을 작정하고 보니 성재는 그 자리에 더 이상 있을 수 없어졌다. 이번에는 어디 한 번 밖으로 나가보자. 그리고 밖으로 나가는데, 남자의 시선이 또 성재를 따랐다. 이건 틀림없다. 아버지가 내 뒷조사를 시키는 게 분명해. 아버지에게는 많은 부하들이 있었고, 그들은 아버지의 수족처럼 움직였으니까 확실해. 그런 생각이 되자 성재는 더 이상 수영장에는 나가지 말아야 되겠다는 생각이 되어서 급히 옷을 갈아입고는 시선이 따를 수 없도록 빨리 밖으로 나와 집으로 돌아와서 엄마에게 물었다.

"어머니."

"그래."

"저는 수영장에도 못 다니겠어요."

"왜?"

"아무리 생각을 해봐도 아버지가 내 뒷조사를 하라며 사람을 붙여놓은 것 같아요."

"아버지가 왜?"

"그 이유는 모르지요. 암튼 그래요. 수영장에서 수영을 하고 있는데 어떤 험상궂게 생긴 어깨가 떡 벌어진 남자가 나를 유심히 살피고 있었어요."

"그럴 리가!"

"아니에요. 확실해요."

"아버지는 자기 일만해도 바쁜 사람이야. 그런 사람이 네 뒷조사는 해서 무엇에다 쓰려고? 사람을 시켰으면 돈을 줘야 되는데, 왜 그리 쓸데없는데다가 구두쇠 아버지가 돈을 허비하겠어. 아니야. 절대로 안 그래."

"어머니는 모르셔요. 아버지는 항상 내가 하고자 하는 일에 방해를 하고 있잖아요. 이번에도 내가 하와이 예수전도 단에 가려고 하니까 방해하려고 사람을 붙여놓은 게 확실해요. 그러니까 암튼 저는 수영장에는 안 가요. 어제도 그랬고 그제도 그랬었어요. 이건 하루 이틀이 아니었어요. 매일이라서 너무 괴로워요. 그리 아세요."

아주 통보식이다. 성재의 말에 엄마는 고개를 갸웃거리면서 대답했다.

"알았어. 네가 그렇다면 하는 수 없지 뭐. 그렇게 해."

그렇게 해서 다시 방에만 머물러있던 성재가 운동으로서의 산책을 위해 아파트 주위를 서성거렸는데, 또 이상한 일이 벌어졌다. 사람들이 모두 성재를 유심히 쳐다보는 것 같은 느낌이 다가왔으므로 성재는 또 혼잣말로 중얼거렸다. 저 사람들도 왜 나를 유심히 쳐다보는 거야? 대체 내 얼굴에 뭐가 묻었나? 고개를 갸웃거리다가 성재는 방으로 들어가서 처박혀 있을 수밖에 없어졌다. 그런데 또 아비가 잔소리를 해대기 시작했다.

"저 새끼는 오늘도 방구석에서만 처박혀 있었어?"

"예."

엄마가 대답을 하자 아비는 버럭 소리를 지른다.

"도대체 왜 저런데?"

"애가 다 들어요. 작게 말하든지 말을 하지 말아요."

"내가 일부러 저 새끼 들으라고 하는 소리야. 왜 허구한 날 방구석에만 처박혀 있느냐고. 그리고 내 입 가지고 내가 말도 못해? 내 집에서? 저 새끼가 무서워서 할 일도 못하겠네. 아무리 생각을 해봐도 저 새끼는 정상은 아니야. 미쳤다니까."

그 말을 들은 성재가 현관문을 쾅 닫고 나가버린다. 더 이상의 잔소리는 듣고 싶지 않다는 표시일 것이다.

며칠 후다. 엄마가 성재의 방으로 들어와서 말했다.

"성재야. 나, 러시아로 여행을 다녀올 것이다. 내일 갔다가 열흘 후에 올 것인데, 그동안에 이것으로 용돈을 써. 현찰 이십만 원이고 돈이 모라자면 이 카드를 써라."

엄마는 돈이 들어있는 봉투와 카드를 성재에게 건네어 준다. 그래서 성재가 받았는데, 그때 나 몰라라 하면서 항상 미워만 하던 아비가 불쑥 나타나더니만, 봉투 두 개를 성재에게 주면서 말했다.

"자. 이것도 받아."

"이게 뭔데요?"

"이건 현찰 백만 원이고 이건 상품권 백만 원인데, 이것으로 옷이나 사 입어."

아비의 말에 성재는 예하면서 대답을 했다. 그러자 아비는 곧 성재의 방에서 나가버렸는데, 성재가 엄마에게 설명을 했다.

"그런데 어머니. 자동차 보험료가 오십만 원이 나왔어요. 11일까지 내야 돼요. 그리고 저는 하와이 예수전도단에 갈 겁니다. 거기 가면 육 개월 있다가 옵니다. 육 개월입니다."

성재는 육 개월이라는 말에 힘을 주었다. 그 말에 엄마는 고개를 갸웃거리며 성재의 방에서 나간 다음날에 엄마는 러시아로 여행을 떠났다. 엄마가 없는 집안은 성재에게는 굴속과 같았다. 원수 같은 아비와 단 둘이 열흘 동안 한 공간에서 있을 것을 생각하니 눈앞이 아찔해졌으므로 성재는 방에 누워서 천정만 바라보며 궁리를 짜냈다. 그때 예수님이 성재 앞에 나타났다. 아, 구원의 주님이시다. 성재가 반겼다. 예수님은 우리를 죄에서 구원해 주시려고 이 땅에 오셨던 분이시다. 그분이 지금 나를 구원해 주시려고 나타나신 모양이었다. 성재는 너무나도 반가워서 소리쳐 불렀다. 예수님. 예수님이 저를 사랑하시는 거 맞죠? 그러자 예수님이 말씀하셨다. 그래. 내가 너를 구원해 주려고 여기에 왔다. 너는 내가 택한 사람이니까 내 말에 순종해야 된다. 이 동네에는 불쌍한 인생들이 여섯 명이 있는데, 너는 그들을 인솔해서 예수전도 단으로 가라. 내가 너를 인도해 줄 것이니까 다른 것들은 아무런 염려도 하지 말고 말이다. 알겠지? 그 말을 남긴 예수님은 곧 성재의 눈앞에서 연기처럼 사라져버렸었다. 그런데 러시아 여행에서 돌아온 엄마에게 성재가 예수님이 나타났던 사실을 이야기하자 엄마는 절대로 인정하지 않았었다.

"그런 일이 어찌 현실에서 있을 수 있냐? 그런 건 너의 환상일 뿐이야."

그렇게 엄마는 성재가 만난 예수님을 현실이 아니라며 부인하고 나왔던 거였다. 그렇다면 누구의 말이 맞지? 내가 본 게 사실인가 아니면 어머니의 말이 사실인가. 성재는 그게 궁금해졌다. 거기까지 생각한 성재는 침대에 누워 있다가 벌떡 일어나 앉으며 동료들을 향해 질문을 던졌다.

"야, 너희들 말이다. 병원에 들어오기 전에 증상은 어땠어?"

그러자 젊은 녀석이 아는 척을 하며 설명했다.

"그야 뭐. 사람마다 증상은 다 다르지. 내 경우는 말이야. 누가 자꾸만 따라다니면서 관찰하는 것처럼 느껴져서 죽을 지경이었어. 그래서 방구석에만 처박혀 있다가 밖에만 나가면 술을 마셔댔지. 술을 마셔야 모든 고뇌가 잊혀 지면서 잠도 잘 수 있었으니까."

"그 증상은 나와 비슷하네."

그때 키 큰놈이 나섰다.

"난 말이야. 귀에서 자꾸만 말소리가 들렸어. 그런 말들은 모두가 뛰어내려. 아니면 자동차 바퀴 속으로 뛰어들어. 그런 것들 이어서 그 말대로 자동차 바퀴 속으로 뛰어들려다가 잡혀왔다."

"너희들은 나에게 예수님이 찾아 오셨었는데, 그 일을 어떻게 생각해?"

뚱뚱이가 나서면서 성재에게 물었다.

"예수가 누구야?"

"하나님의 아들도 몰라?"

"하나님은 조물주 아니야. 그런데 그에게 무슨 아들이 있었어?"

"그럼. 있지. 성경에 씌어있어."

"에이, 그건 허상일 뿐이야. 거짓말로 쓴 것이라고."

"거짓말은 무슨 거짓말. 성경으로 치자면 세계의 베스트셀러야. 그런 베스트셀러에 거짓말이 들어있다고? 말도 안 돼. 그리고 하나님은 이 세상을 창조하신 분이시기 때문에 무슨 일이든 하실 수 있어. 그런 분이 무슨 일이든 못하겠어. 가고자 하신다면 못하실 일이 없으시지. 그러니까 나는 너희들과는 달라. 하나님으로부터 선지자로 임명을 받았거든. 예수님이 나에게 찾아오셔서 말씀해 주셨어. 그 다음은 비밀이고 나는 그 분으로부터 소명을 받았다고. 구원시킬 소명을 말이야."

성재의 말에 키 큰 놈이 비웃었다.

"웃기고 있네. 정말로 미쳤구먼. 틀림없어."

그러자 젊은 놈이 끼어 들어서 판단했다.

"맞아. 미친 것이 분명하네. 사람이 어떻게 대낮에 나타났다가 사라질 수 있냐. 그건 네 어머니 말대로 현실에서는 있을 수 없는 일이야. 그저 망상이었던 거야."

"망상?"

"그래. 망상이나 환상이나 같은 말이야. 생각 속에서만 나타나는 것들이니까."

"말소리를 분명히 들었는데도?"

"그 말소리는 환청이라는 것이야."

"환청?"

그때 뚱뚱이가 결정을 내려준다.

"병원에서 주는 약이나 꼬박꼬박 잘 먹어 봐. 그러면 그런 증상들은 없어지게 돼. 그나저나 나는 여기에 들어온 지가 벌써 석 달째인지라 답답해서 죽을 지경이다. 어서 빨리 나가고만 싶을 뿐이다."

그 사이 성재의 집에서는 일이 벌어졌다. 성재가 보고 싶다면서 아빠를 찾아대던 은총이는 열이 펄펄 끓더니만, 그에 중병에 빠지고 말았다. 열이 한껏 치솟자 당황해진 명지는 은총이를 큰 병원에 입원시켜놓고 아비에게 전화를 걸었다.

"아버님. 큰일 났어요."

"뭐냐?"

"우리 은총이가 너무 많이 아파요. 열이 펄펄 나서 삼십구 도를 넘어 병원에 입원시켰어요."

다급해진 목소리였다. 그 말을 들은 아비와 엄마가 대학병원으로 달려갔다. 부부는 은총이가 입원한 병실에 들어섰고 엄마가 말했다.

"아이고. 우리 은총이 불쌍해서 어떻게 하냐? 아빠가 보고 싶어서 병까지 들었네. 이를 어쩌면 좋아? 의사는 뭐라고 하던?"

명지를 향해 엄마가 묻자 명지가 대답했다.

"열이 떨어지지 않아서 당분간은 입원을 시켜야 된대요."

"어린 것이 뭔가 아는 모양이다. 영특하기도 하지."

엄마가 손녀딸 은총이의 머리를 쓰다듬어 주었다. 병문안을 하고 나왔는데, 아비는 자기의 칠십칠 세의 희수 잔치를 벌여야 한다면서 서둘러댔다. 엄마가 나무랐다.

"당신도 사람이야? 아들하고 손녀가 병원에 있는데, 잔치를 벌인다고? 이제 보니 아들이 미친 게 아니고 당신이 미쳤어. 알아? 그리고 이순잔치나 미수 잔치라는 말은 들어봤어도 칠십칠 세 잔치가 또 어디에 있어? 어디에서 그 따위 잔치를 해야 한다는 말을 들었느냐고?"

그렇게 소리를 쳐서 반대를 하며 나무랐지만, 아비는 막무가내로 고집을 부려댔다. 내가 뭣이 무서워서 잔치도 못 해먹어? 웃기고들 있네. 내가 내 돈 가지고 벌이는데, 저들이 무슨 상관이야? 하면서 자기가 하고자 하는 일에는 바닷물이 갈라진다 해도 하고 마는 성품의 사람인지라 말도 통하지 않았다. 엄마가 반대를 하고 나섰지만, 아비는 들은 척도 하지 않았다. 손수 호텔 뷔페에다 장소와 음식을 맞추었는데, 수십 가지의 여러 가지 음식들을 나열해 놓고서 각기 식성에 맞춰서 먹고 싶은 음식들을 가져다 먹는 방식을 취했다. 식장에는 아비가 불러 모은 사람들로 가득 차서 법석을 떨어댔다. 아비가 손에 포도주잔을 들고 사람들을 향해 외쳤다.

"자, 모두들 건배합시다. 오늘은 나의 일흔일곱 번째 생일인지라 그냥 지나칠 수가 없어서 이렇게 희수 잔치를 마련했습니다.

자식들이라곤 있지만, 어느 놈 하나 차려주는 놈도 없으니 내 손
으로라도 마련했으니 많이들 먹고 놀다가 가세요. 자. 건배."

그러자 한 사람이 물었다.

"뭐라고 건배할까요?"

"오래도록 살라고 건배해요. 뭐니 뭐니 해도 장수가 최고요.
그러니까 '장수'하면서 건배해요. 자. 장수."

아비의 말에 사람들은 일제히 포도주잔을 높이 들면서 소리쳤다.

"장수."

"하하하하. 나는 즐겁소. 유쾌하오. 오늘 하루를 맘껏 즐겨주
시오."

그 말에 엄마가 중얼거렸다. 잘한다. 잘해. 자식들은 괴로워서
날뛰는데, 혼자서만 마냥 즐겁다는 인간도 인간이냐? 짐승만도
못하다. 그러고 서 있는데 아비가 엄마를 보며 아는 척을 한다.

"어이, 자네도 손님들께 인사 한마디 하소."

그 말에 엄마는 하는 수 없이 앞으로 나가 일동들을 향해 구부
려 인사를 했다.

"축하해 주셔서 감사합니다. 많이들 자시고 즐겁게 노시다가
가세요."

인사만 하고 엄마는 이내 호텔에서 나와 교회로 갔다. 예배 실
에 앉아서 기도를 하는데, 눈물이 주르르 흘러내렸다. 주님, 참
으로 너무 하십니다. 제가 주님께 무슨 잘못을 그리 많이 했다
고 이런 형벌을 주시는 겁니까? 남편은 낳지 말라고 했지만, 아
들 하나면 너무 외로울까봐 제가 우겨서 하나를 더 낳았는데, 그

것도 죄입니까? 낳지 말라는 애를 낳았다며 남편이 하도 구박을 하기에 저는 그 아들이 너무 불쌍해서 잘 되게 해 달라며 지금까지 사십 년을 하루같이 빌면서 또 기도를 드렸는데, 그 결과는 이게 뭡니까. 왜 제 기도는 들어주시지 않는 겁니까? 하나님은 정말로 너무 하십니다. 주님이시여. 저를 도와주세요. 제 힘으론 아무 것도 할 수 없어요. 오로지 하나님만 바랄 뿐입니다. 기도를 하는데, 눈물은 계속해서 볼을 타고 주르르 흘러내리고 있다, 엄마가 소리쳤다. 주여! 소리쳤는데, 성경구절이 떠올랐다. 눈물로 씨를 뿌리는 자는 기쁨으로 단을 거둘 것이다. 다니엘을 보아라. 다니엘도 그랬었다. 바벨론에 포로로 잡혀가서 온갖 고생을 치렀지만, 끝내 굽히지도 않으면서 세이레 동안 슬퍼하며 좋은 떡도 먹지 않고 고기나 포도주도 먹지 않았었다. 머리에는 기름도 바르지 않으면서 끝까지 하나님의 뜻을 알려고 애를 썼었다. 그런 다음에 그들은 모두 하나님으로부터 은혜를 받았었는데, 넌 지금까지 무얼 했었느냐? 순간 엄마에게는 깨달음이 왔으므로 고백을 했다. 주님. 이제야 저는 주님의 뜻을 알 것 같습니다. 전 아직도 멀었어요. 깨닫지를 못하니까 원망이나 할 수밖에요. 더 기도를 드리겠습니다. 온 마음과 온 정성을 다해서요. 그리고 또 알게 되었습니다. 제가 주님으로부터 은혜를 받은 것은 새벽 예배 때마다 하루에 만원씩 주께 드린 후부터였는데 지금은 너무 교만해져서 간증만 할 줄 알았지 주님을 외면한 채로 살아온 것 같습니다. 그러니까 저의 정성이 너무 부족했다는 것을 이제야 깨닫게 되었으니 앞으로는 계속 주님이 주신 것 가운데서 매일 주님께 드리겠습니다. 하루 만원씩을. 그렇게 작정을 하고 교회를 나오는데, 마음이 시원하면서 후련해졌다. 그동안에 나는 교만해져 있었지. 받은 것만이 은혜인 줄 알았는데, 드리는 은혜를 잊고 있었어. 그래서 이런 일이 생겼던 거다. 엄마가 방으로 들어서는데, 전화벨이 울렸다. 엄마가 뛰어가서 전화를 받아보니 성재였다.

"어머니. 저예요."

"그래. 그동안 잘 지내지?"

"예. 그런데 너무 답답해서 미치겠어요. 병원에서 빨리 나가고 싶어요. 여긴 아우슈비츠수용소예요. 어머니는 이런 곳에 안 와 보셨지요?"

"나는 못 가봤지. 그러지 않아도 아버지가 너를 병원에 입원시켜 놓고 안 가보면 서운해 할까봐서 병원에다 전화를 걸었었대. 그런데 원장이 그러더란다. 아버님께서는 당분간 면회 오지 말라고 그러더래. 요즘에는 네가 책도 보며 마음이 안정되어서 잘 적응하고 있다면서. 그래서 안 갔어."

"원장은 아무 것도 몰라요. 원장 말은 들을 필요가 없어요. 잘 있긴 하지만, 너무 답답해서 견딜 수가 없다고요. 그러니까 어서 나를 꺼내주세요."

"그런 것은 아버지께 말해야지. 난 권한도 없다. 네 정신이 그리 된 것은 모두 내 잘못이라면서 나에게 타박만 해댄단다. 그러니까 아버지께 말을 해 봐."

"알았어요."

하고 전화가 뚝 끊긴다. 엄마는 자리에 누워서 쉬려는데, 또 전화가 걸려왔다.

"어머니."

"그래."

"아버지껜 말하고 싶지 않아서 말을 안했는데, 지금 저는 아무렇지도 않으니까 외출이라도 가게 도와주세요. 은총이가 아빠 보고 싶어 한다고 하셨잖아요. 저도 은총이가 너무 보고 싶어서 견딜 수가 없어요."

"성재야. 네 생각에는 너 스스로가 다 옳으면서 멀쩡한 사람 같아도 제 삼자가 보면 아니거든. 생각을 해봐라. 네가 미워서 병원에 강제로 입원시켰겠니? 모두 너를 위해서야. 네가 갑자기 무슨 일을 저지를는지 걱정이 돼서 입원을 시킨 것이란 말이야. 원장도 그러더래. 부모님이 집으로 데려가신다면 어쩔 수 없지만, 지금 상태로는 아주 위험하다고 말이야. 그러니까 마음 다잡아먹고 원장님의 말대로 잘 들어. 자꾸 밖으로만 나오려 하지 말고 꾹 참으란 말이다."

"너무 답답해서 그러지."

"답답해도 참아야지. 마음을 수양한다 생각하면서 마음 달래는 법을 배워. 알았지?"

"용돈도 다 떨어져서 이만 원이나 적자났어요."

"적자 난 것은 아버지께 갚아주라고 할 것이니까 걱정은 하지마. 용돈도 넣어 주라고 할게."

"알았어요."

말하고 성재는 깊은 한숨을 내쉬었다.

집에 들어온 아비가 응접실의 찬장을 뒤지다가 술병을 자세히 관찰하면서 소리친다.

"이 병이 왜 이래?"

"왜요?"

"술병이 다 비었잖아. 이 술을 내가 얼마나 아꼈는데."

하다가 다른 술병을 살피더니 또 말한다.

"이것도 비었네. 어디 보자. 아니, 이것도 비었어. 이 새끼가 내 아끼는 술을 모두 다 마셔버렸잖아. 나쁜 놈이."

말하고 아비는 화가 났다며 식식거렸다. 그 말에 엄마가 소리친다.

"그러니까 내가 뭐랬어요. 벌써부터 술병 따위는 치우라니까 치우지도 않으면서 술이 무슨 신처럼 모아 놓았느냔 말이에요? 마시지도 않으면서. 술이 무슨 보물이에요? 세상에 그리도 독하면서도 많은 술들을 다 마셨으니 정신이 어찌 돌지 않고 배길 수가 있었겠어? 참으로 기가 막혀 죽겠네."

엄마의 탄식소리에 아비는 소파에 앉아서 천정만 쳐다보고 있다가 겨우 대꾸를 했다.

"그럼 애가 저리 된 게 다 나 때문이란 말이야?"

"그렇지 않다고는 못 하지요."

그때 전화벨이 울렸다. 아비가 전화를 받으며 물었다.

"여보시오?"

아비는 항상 무뚝뚝한 소리를 냈다. 병원 원장의 목소리가 나타난다.

"여기 병원입니다. 보호자님이 내일 오셔야겠어요. 혼자만 오세요."

"예. 알겠습니다. 몇 시에 가면 되나요?"

"아무 때나 오세요."

"알겠습니다. 가죠."

수화기를 내려놓는데, 엄마가 물었다.

"누구예요?"

"성재가 입원한 병원의 원장인데, 내일 나 혼자만 오라고 하네."

다음날이다. 아비는 아침에 일찍 채비를 서둘러서 병원으로 향했다. 원장실 문을 열고 아비가 들어서면서 깍듯이 인사를 보낸다.

"안녕하세요?"

그러자 원장은 의자를 손으로 가리키면서 말했다.

"여기 앉으세요."

아비는 원장이 가리키는 원장 책상의 맞은 편 의자에 앉으며 넌지시 물었다.

"우리 애는 어떻습니까?"

"너무 심각해요. 왜 자식을 이 지경까지 놔두셨어요?"

"어느 정도로 심각한데요?"

"망상증세가 아주 심해요. 이런 병은 약물만 가지고는 안 됩니다. 주변 사람들의 적극적인 도움이 있어야 치료될 수 있어요."

"그럼 어떻게 해야 되죠?"

"환자 본인이 아버지에 대한 원망이 너무 커요. 그러니까 아버지가 매주 오셔서 교육부터 받으셔야 됩니다. 아드님이 결혼은 했더군요."

"예. 슬하에 딸이 하나 있습니다."

"아버지의 적극적인 노력이 필요해요."

"알겠습니다."

병실에서는 성재가 입을 열고 열변을 토해내고 있다.

"어머니께서 문학치유연구소를 차리셨어. 그래서 나도 캘빈신학연구소를 차렸지. 어머니는 혼자 앉아서 항상 글만 쓰셨지만, 난 달랐어. 은행 계좌를 개설해 놓고서 인터넷에 띄웠거든. 하하하하."

그 말에 키 큰 놈이 다가서며 물었다.

"그리고 어떻게 했어?"

"그런데 어머니가 나무라시는 거야. 그게 가당키나 한 일이냐면서 누가 너에게 돈을 주겠느냐는 것이었어. 그때 난 펄쩍 뛰었지. 시끄러우니 떠들지 말아요. 어머니가 뭘 한다고 그래요? 나는 목회학을 전공했고 또 선지서만 백번도 더 읽은 사람이라서 모든 걸 다 안다면서 어머니 같은 소인배가 뭘 안다고 누굴 가르치려고 함부로 말 하느냐면서 나는 하나님께 부름 받은 선지자이기 때문에 나는 선지서만 읽는다고 했었지."

그러자 젊은 놈이 끼어들었다.

"그랬더니?"

"그랬더니 어머니가 그러시데. 성경은 그렇게 한 군데만 읽는 게 아니라고 성경은 전체를 알고 봐야 해석이 옳다면서 처음부터 끝까지 다 통독하라고 하셨어. 어느 한 쪽만 치우쳐서 읽으면 안 된대. 왜냐하면 그런 식으로 어느 단면에만 치우치면 이단에 빠지고 만다면서 말리셨지. 그래서 나는 한 술을 더 떴어. 그 쓸데없이 쾌쾌 묵은 구약은 읽어서 무엇에다 쓰려고 자꾸만 읽으라고 그래요? 지금은 신약시대라서 신약만으로도 족해요. 신약만 다 제대로 알면 돼요. 우리는 믿음만 있으면 천국에 간다고요. 어머니를 크게 훈계했는데, 그 다음부터 몸에 이상이 왔어. 무엇을 버리라는 소리가 자꾸만 귀에서 들려오는 거야. 그래서 그 말대로 모두 버리기 시작했지. 아끼던 플롯도 버리고 비싼 기타도 버렸어. 어디 그뿐인 줄 알아? 학교의 졸업장들도 모두 버렸고 모아둔 상장들마저 다 버렸어. 하하하하."

"정말로 미치긴 미쳤네. 분명히 미쳤어."

그 말에 성재는 고개를 갸웃거려본다. 정말로 내가 미친 것인가? 미친 애들까지 미쳤다고 하는 걸 보니 미친 개 분명한가 보라고 성재는 생각했다.

며칠은 순간처럼 지나가버렸다. 성재는 병원에 적응하기 위해서 애를 썼고 엄마와 아비는 다시 일상으로 돌아갔다. 엄마가 외출했다가 집으로 들어서는데, 전화벨이 울렸다.

"여보세요?"

엄마가 달려가서 받으니 성재다. 병원에는 개인 전화를 소지할 수 없기 때문에 꼭꼭 공중전화라야만 통화를 할 수 있어서 집 전화로 전화가 걸려오곤 했다.

"어머니. 저예요."

"그래. 그동안 잘 지냈어?"

"어제는 단체로 공원에 나가 산책도 했고 앞으론 외출도 시켜준대요. 규칙을 잘 지킨다면서요."

"잘됐다. 그것 봐라. 의사 말을 잘 들어야 너도 살아가는 게 편해져. 그렇지?"

"예."

"내가 내일 면회를 가마. 내일 보자."

"예, 알겠어요. 그럼 내일 뵈어요."

다음날이다. 병원의 면회실에서 엄마가 성재 면회신청서를 내놓고 응접실에 앉아서 기다리고 있었다. 병원 면회실의 앞에는 안내 디스크가 있었고, 그 맞은 편 쪽에는 긴 소파가 있었다. 그리고 기억 자로 꺾여서 또 한 개의 소파가 있었는데, 엄마는 작은 일 인용 소파에 앉아있었다. 그런데 엄마 또래의 여자가 들어오더니만, 긴 소파에 털썩 주저 앉으며 긴 한숨을 품어냈다. 엄마가 궁금해서 더부룩하니 생긴 여자에게 물었다.

"누가 입원을 해있어요?"

"아들이요. 에그, 속이 상해 죽겠어요. 벌써 몇 번째야. 병원 측에서는 삼 개월만 있으면 된다고 해서 삼 개월 만에 퇴원을 했었는데, 집에 있다가 또 발병을 했지 뭐예요. 할 수 없이 다시 오곤 해요. 여기 있을 적에는 강제로 가두고서 술을 못 마시게 하니까 안마시지요. 그런데 집에 나오면 또 술을 마셔요. 술을 마시면 병은 또 도져요. 그런 식으로 계속 입원을 해대니 내 속이 다 뭉 그러졌어요. 가슴이 너무 아파요.”

“아드님은 몇 살인데요?”

“쉰 살이나 되었는데 마냥 그 타령이에요. 병원에 입원을 했다 가 퇴원하면 다시 술을 마시고 술을 마시면 또 발병돼요. 평생을 이 지경으로 내 속을 태우고 있으니 저도 살 수가 없어요. 아인 슈타인이란 사람이 그랬다고 하잖아요. 같은 행동을 반복하면서 다른 결과를 기대하는 것처럼 어리석은 일은 없다고. 그런데 우 리 아들은 매양 이 모양입니다. 도무지 개선이 안돼요.”

“그렇군요.”

엄마가 고개를 끄덕였다. 그러니까 뭐냐? 정신병은 모두 다 술 이 만들어내는 병이로구나. 자신의 큰 결심으로 끊지 않으면 정 신병에서 놓여나기란 힘든 존재야. 그러면서 아비가 보던 응접 실의 찬장 속 많은 술병들을 머릿속에 떠올리며 고개를 다시 한 번 끄덕였다. 그래. 옳아. 술이 원인이었구나. 그토록 독한 양주 들을 다 마셨으니 어찌 병이 나지 않고 배길 수 있었으랴. 그리 고 이어 어린 날을 회상했다. 엄마의 작은아버지도 그랬었다. 부 잣집의 차남인 탓에 정신은 성장하지 않았고 육체만 자라나더니 어른이랍시고 술타령에 몸을 담그기 시작하더니만, 결국에는 술 과 계집질로 가산을 망치면서 정신병까지 와서 산에 올라가 목을 나무에 매서 자살하고 말았다. 그게 술의 결과였다. 자동차를 주차시키고 아비가 응접실로 들어오자 여자는 나갔고, 아비가 엄마가 옆에 나란히 앉는데, 남자간호사 두 명이 성재를 가운데 세우고 엘리베이터에서 나타났다. 그런데 환자복을 입은 성재는 완연히 다른 사람으로 변해 있었다. 균형이 잡혀 있었고, 날씬하면서 예쁘장하던 몸은 간 데가 없었고 오로지 뚱뚱이로 변해 있었다. 걸음걸이마저 뒤뚱거리면서 얼굴은 달덩이 같았다. 그 꼴을 본 엄마가 입을 크게 벌리고 놀랐다.

"어머. 성재야. 너 왜 이렇게 변했어?"

그러자 아비도 함께 놀라서 한동안 멍청하니 서 있다가 마음을 진정시킨 뒤에 물었다.

"그동안 잘 지냈니?"

그동안에 병원 측으로부터 교육을 받은 효과인지는 몰라도 아주 부드러운 말씨를 사용한다.

"예."

가는 말이 고와야 오는 말도 곱다는 말처럼 아비의 말씨가 부드러워지니 성재도 부드럽게 아주 고분고분해져 있다. 이어서 아비가 또 물었다.

"뭐 필요한 건 없어?"

그 말에 성재는 아비의 눈치부터 살피고 째려보면서 말했다.

"아버진 왜 담배를 하루 여덟 가치 만 주라고 정해놓으셨어요?"

"그야, 다 너를 위해서지."

"그거나 풀어놓으세요."

말을 끝냈는데, 남자간호사들이 성재를 데리고 엘리베이터 속으로 사라져버렸다. 엄마가 소리쳤다.

"애가 왜 저리 되었어? 애가 저리 된 것은 다 당신 때문이야. 잘생긴 얼굴이 엉망으로 변했잖아. 어서 내 아들 병 고쳐내. 어서."

한껏 목청을 높여 항의하자 아비는 어쩔 수 없이 엄마의 등을 쓰다듬어주며 다독였다.

"그래서 고쳐주려고 병원에 입원시켰잖아."

아비의 다독임에도 서러움이 복받친 엄마는 울면서 하소연을 토해냈다.

"저 애가 왜 병원에 입원까지 해야 되었는데? 애가 왜 저 지경이 되도록 들들 볶아댔었느냐고."

그러자 아비가 결단을 내렸다.

"안되겠어. 오늘은 외출증을 받아서 집으로 데려가야겠어."

말을 끝낸 아비가 원장실로 향했다. 원장은 책상 앞에 앉아서 사무를 보고 있었는데, 아비를 보자 어서 오세요 하고 인사를 했다. 아비가 안녕하시냐는 인사를 하고서 말했다.

"오늘은 이성재 외출증을 받아 일박이일 한 다음에 데리고 오겠습니다."

그 말에 원장은 싸늘하게 말했다.

"마음대로 하세요."

"그런데 애가 왜 저리 되었지요?"

"약 부작용이 났어요. 아직까지 본인에게 맞는 약을 찾지 못했거든요. 이 약 저 약으로 처방을 해보는 중입니다."

"암튼, 오늘은 집에 데리고 가겠습니다."

"그렇게 하세요. 일박이일이지요?"

"예."

"밖에서 기다리세요."

말하고 밖을 향해 소리쳤다.

"간호사."

그러자 남자간호사가 원장실로 들어왔고 원장이 명령을 내렸다.

"이성재 환자. 일박이일로 외출증 끊어주고 환자를 데려와요."

원장의 명령과 함께 남자간호사는 이내 성재를 데려왔고 원장이 성재에게 당부했다.

"외박 나갔다가 순순히 들어오지 않으면 그땐 강제로 잡아올 것이고 그 다음부터 외박은 절대로 주지 않을 겁니다."

그 외박이라는 말에 성재가 흔쾌히 대답했다.

"예. 알겠습니다."

병원으로부터 외박 증을 받아 든 성재와 부부는 자동차에 올랐다. 아비가 운전을 하고 옆 자리에는 엄마가 앉았으며 성재는 뒷자리에 앉았다. 아마도 성재의 마음에 감개가 무량한 듯 했다. 뒷자리에 조용히 앉아 있다가 성재가 먼저 입을 열었다.

"어머니."

"왜?"

"제가 입원한 지 벌써 두 달이 지났잖아요."

"벌써 그렇게 됐니?"

"예. 그리고 느꼈는데요. 두 달 동안 약을 먹었더니 귀에서 들리던 소리가 나지 않아요. 그때서야 제가 조현병이 확실하다는 것을 알게 되었어요. 그런데 어머니는 조현병이 뭔지 아세요?"

"알지."

"어떻게요?"

"내가 말이다. 네 아버지의 괴상망측한 성격을 가지고서 연구하느라 공부를 많이 했어. 갖가지 여러 책들을 많이 읽었었는데, 네가 하는 행동을 보니 그런 것 같았어. 옛날에는 정신분열증이라고 불렀었잖아."

"에이, 뭐. 의사가 알려줬겠지. 전에는 정신분열증이라고 했었는데, 어감이 나쁘다며 요즘에는 조현병으로 바꿨대요. 그건 그렇고 발병하면 약을 삼 년간 먹어야 된다는 것도 알고 계셨어요?"

"그건 몰랐는데. 너는 지난번에 이 년 동안 약을 먹었었잖아."

"그래서 재발한 거래요. 재발된 경우인지라 앞으로 저는 칠 년간 약을 먹어야 된대요. 재발 방지를 위해서라는데, 만일 칠 년간 꾸준히 약을 먹지 않으면 다시 삼차로 재발이 온대요. 삼차로 재발이 오면 평생 약을 먹어야 된대요. 그것도 알고 계셨어요?"

"몰랐지. 그러니까 의사의 말을 잘 듣도록 해."

"그래야지요. 그래야만 재발도 안 된다니까. 그리고 이 병은 꼭 나을 수 있대요. 신부들 중에는 나 같은 사람들이 종종 있는데, 오는 스트레스를 풀려고 종교에 너무 심취하다보면 나 같은 증상들이 나타난대요. 하지만 약을 착실하게 잘 먹은 신부님들은 깨끗이 나아져서 아무렇지도 않게 살아가고 있대요. 요즘 병원에는 스물일곱 살짜리와 서른 한 살짜리가 들어왔는데, 그 애들은 매일 쉬지도 않고 중얼거려대요. 저도 약 먹기 전에는 그랬 었잖아요. 그때 왜 중얼거렸는지 아세요?"

"모르지."

"귀에서 자꾸만 들리는 말소리에 대꾸하느라고 그랬던 거예 요. 그 애들을 보니 참으로 불쌍하다는 생각이 들어요."

"그랬었구나. 그동안에 얼마나 힘이 들었었니. 옛날에는 미치 면 고칠 수가 없어서 그냥 방치해 두었다가 자살로 인생을 마감 하곤 했었는데, 요즘에는 과학이나 의학의 발달로 그런 병도 다 고칠 수 있으니 참으로 다행이다. 과학자들이나 의사들이 너무 고맙구나."

"예. 맞아요. 그래서 외출한 동안에도 먹어야 될 약들을 다 가 지고 왔어요."

"그래. 약은 시간 맞춰서 꼭 꼭 잘 먹어야 된다."

말을 끝낸 엄마가 흘러내린 눈물을 닦아낸다. 이어서 성재가 또 물었다.

"은총이는 어때요? 지금도 제가 보고 싶다고 해요?"

"말도 마. 어린 것이 얼마나 아빠가 보고 싶었으면 열이 치솟 아 병원에 며칠 동안 입원까지 했었단다. 그러니까 집에 들어가 기 전에 우리 집에서 목욕하고 새 옷으로 갈아입고서 가라."

"예. 그렇게 할게요. 자 이거요."

하며 성재가 엄마에게 서류를 주었다. 엄마가 물었다.

"이게 뭔데?"

"병원에서 검사한 결과지요."

엄마는 성재가 내민 서류를 받아서 무릎위에 놓는다. 그 사이 자동차는 집에 도착을 했고 아비와 엄마는 나란히 소파에 앉아서 기다리는 동안 엄마는 성재가 준 서류를 살펴보고 있었다. 목욕을 끝낸 성재가 말끔하게 새 옷으로 갈아입고서 방에서 나오는데, 엄마가 중얼거리며 고개를 갸웃거렸다. 도대체 이 병이 언제부터 시작된 거야? 그러는데 성재가 가까이로 다가서며 물었다.

"어머니. 저는 언제쯤 퇴원하게 되어요?"

"너 하기 나름이야. 의사의 말을 잘 들으면 들을수록 기간은 더 단축되겠지. 약도 꼭꼭 잘 챙겨먹으면서 말이다."

"어머니. 제가 빨리 퇴원할 수 있도록 기도를 좀 많이 해주세요. 은총이가 보고 싶어 미칠 지경이에요."

"그래. 어서 가봐라."

엄마의 명령에 성재가 밖으로 나가자 아비가 중얼거려댔다.

"난 우울증이란 게 이렇게 무서운 병인 줄은 몰랐어. 의사의 말을 들어보니까 우울증이 꽤나 무서운 병이래."

"이제라도 알았으면 성재에게 잘 해줘요. 야단은 치지 말고요."

"알았어."

성재가 떠나가자 아비는 곧 소파에 파묻혀서 코를 골기 시작했다. 엄마는 일어서서 서류를 들고 방의 책상 앞으로 가서 앉는다. 그런 다음 켜켜로 쌓여있는 일기장들 중에서 한 노트를 골라내어서 읽어나가기 시작했다.

1975년 10월 12일이다. 나무들은 추위가 오면서 하나씩 단풍이 들어 있다가 바람이 불적마다 우수수 날려서 땅으로 떨어지고 만다. 땅위에는 그 덕에 단풍들이 지천으로 깔려있어서 스산한 날씨임을 보여주고 있다. 그 길을 걸어서 나는 을지로 6가의 6층 빌딩 아저씨가 경영하고 있는 산부인과에 아기를 낳으러 갔다. 나의 뒤를 따라서 동창생인 원자가 보따리를 들고 따랐다. 그 꼴을 본 아저씨가 물었다.

"애 아빠는?"

"일이 있다면서 제주도에 갔어요."

"미친놈이네. 아무리 바쁜 일이 있어도 그렇지 제 아내가 애를 낳아야 되는데 제주도로 가? 그게 그렇게 중한 일이래?"

"모르죠 뭐. 가는데 어떻게 해요. 잡을 수도 없고요. 낳지 말라는 애를 낳는다고 해서 더 그러는 것 같아요."

"왜 생긴 애를 낳지 말래?"

"모르죠. 본래가 그런 남자에요."

"그러니까 이애는 순전히 네 애인 셈이로구나. 네가 잘 기르면 된다. 아들이 둘은 있어야지. 하나 가지고는 불안해서 안 돼. 만일에 무슨 사고라도 나봐라. 후손까지 끊기잖아. 왜 그런 생각도 못하는지 모르겠구나. 어서 들어가라. 진찰이나 해보자꾸나."

그리고 다음날 새벽에 엄마는 성재를 출산했다. 아비의 축복도 없이 태어났지만 엄마의 동창생 원자가 너무 예뻐해 주었다.

"아휴, 너무 예쁘게 생겼다. 야무지도록 예쁘게 생겼어. 이목구비도 또렷하고. 그런데 애 아빠는 왜 안 오시니?"

"제주도에 갔는데, 밤에나 온대."

"해도 너무 한다. 어쩌면 부인이 자기 아기를 낳는데 여행을 가냐?"

"본래 그런 사람이야. 너무하는 게 뭐 한두 가지라야지. 이젠 없으려니 하고 산다."

입원도 동창생인 원자와 같이 했었는데, 퇴원까지 원자가 돌봐주었다. 참으로 고마운 친구였다. 집으로 왔는데, 초인종이 울려서 원자가 열어주었다. 아비의 어머니 날콩댁이 들어서며 부산을 떨어댔다.

"아들 낳았다며? 참 잘했다."

"왜요? 딸이면 어때서요?"

"이 사람아. 딸을 낳아봐. 우리 아들이 데리고 온 연지는 찬밥 신세가 되고 말잖아. 내가 아들 낳으라고 얼마나 빌었는지 아는가? 에그, 이렇게 친구가 와서 애를 써주니 정말로 고맙기는 하네. 제 동서는 무얼 낳았는지 궁금하다며 쥐구멍에 팥 방구리처럼 드나들듯 들락거리더니, 아들 낳았다는 소리를 들은 후엔 코빼기도 안 비치잖아. 쯧쯧."

하고 안방으로 들어서며 친절하게 말했다.

"어미야. 수고했다."

말하고는 잠들어 있는 아기를 들여다보는데 전화벨이 울리자 날콩댁이 달려가서 냉큼 받는다.

"이보시오?"

아비의 말투가 왜 그리 무뚝뚝한가 했더니, 날콩댁의 말투를 빼다 박았다.

"어머니. 접니다. 집 사람은 무얼 낳았어요?"

"기다리고 기다리던 아들을 낳았다."

"알았어요. 곧 들어갈게요."

그 말을 들은 날콩댁이 수화기를 내려놓고 엄마에게 전한다.

"아범이 들어온단다."

그러자 원자가 말했다.

"그러면 저는 가볼게요."

인사를 하고 나간다.

1979년 10월 12일 성재의 네 번째 생일날이다. 온 집안의 다섯 식구가 식탁에 마주 앉아서 식사를 하는데, 아비는 아들의 생일 따위에는 신경도 쓰지 않고 잔소리를 퍼부어댔다.

"반찬이 이게 뭐야? 겨우 실력이란 게 이뿐이야?"

그러더니 연이어서 반찬 그릇들을 툭툭 건드리며 투정을 부려댔다.

"이건 짜고. 이건 싱겁고. 아이고. 입에 맞는 것이라곤 하나도 없잖아. 승현 엄마는 반찬도 잘하더라. 게장도 얼마나 맛나게 잘 담는지 몰라. 좀 그렇게 할 순 없어?"

그 말에 엄마가 언성을 높여서 대답했다.

"그 여잔 요리 집에서 일을 했었다면서요? 난 게장 따윈 본 적도 없는데, 어떻게 담그라는 거예요? 보았거나 먹어본 적이 있어야지. 먹어본 적도 본 적도 없는 게장을 대체 어떻게 담그라는 거예요? 그리고 난 더 이상 당신 비위는 못 맞춰요. 그러니까 이혼하고 그런 여자 얻어서 살면 되겠네."

"이것이 정말? 야, 너 그따위로 굴 거냐?"

눈알을 부라리며 용을 쓰더니만 아비가 육인용 식탁을 번쩍 들어서 팽개쳤다. 그 통에 반찬이 들어있던 그릇들이 벽에 부딪치며 산산 조각이 났다. 음식들이 부엌 바닥으로 나뒹굴었는데, 그 순간 사기그릇이 깨지면서 조각이 성재의 손등에 튀어 와서 박히며 피가 나도록 했다. 피를 본 성재가 아우성을 치며 엄마에게 달려들며 울어댔다.

"엄마. 아빠가 무서워. 무서워서 죽겠어."

성재의 말을 들은 엄마는 어린 성재를 업고 밖으로 나갔다. 여섯 살짜리 성재의 형인 성호도 따라나섰다. 나는 눈물을 흘리며 골목 끝으로 가서 남의 집 대문 앞에 서서 좀 전에 나온 집안의 현황을 살피는데, 성재가 졸랐다.

"엄마. 우리 집에는 들어가지 말자. 아빠가 무서워서 나는 못 살겠어. 우리 먼데, 아빠가 찾을 수 없는 곳으로 도망가서 살자 응?"

그러자 성호가 졸라댔다.

"그러지 말고 엄마. 집으로 들어가자. 응?"

아들이 둘인데, 하나는 들어가자 했고 또 한 놈은 들어가지 말자고 한다. 이러지도 저러지도 못하면서 울다가 어찌해야 좋을는지 몰라서 집 쪽을 바라보았다. 아비가 데리고 들어온 열한 살짜리 연지는 무엇이 그리도 좋은지 계단을 깡충깡충 뛰어 오르고 내리면서 뛰어 놀고 있었다. 참으로 신기했다. 집안에 싸움이 일어나서 난리인데, 저 아이는 무엇이 저리도 좋다고 뛰어 놀고 있나. 역시 남의 자식 길러봐야 아무짝에도 소용이 없구나. 남의 자식인 티까지 내고 있어. 아비와 어미가 싸웠는데, 저는 무엇이 저리도 좋을까?

　1979년 11월 3일.
　원조 엄마가 놀러왔다. 전에 살던 집에서 셋방으로 있던 여자인데, 원조 엄마가 가르쳐주었다.
　"아줌마. 정신 차리세요."
　"왜?"
　"글쎄 우리 원조아빠가 보았는데, 아저씨가 어떤 여자하고 다방에 마주 앉아서 이야기를 나누더래요. 그런데 자세히 보니까 그 여자가 연지하고 쏙 닮았더래요. 헤어진 여자를 계속 만나고 다니시나 봐요."
　"내 예감도 그런 것 같아요. 집안일에는 영 등한히 하고 밖으로만 나돌고 있으면서 사사건건 트집만 잡아대요. 그러나 현장을 잡아야 따질 수 있잖아요."
　"그러게요. 너무 속이 상하시겠어요. 아줌마."

　1980년 6월 7일.
　외출했다가 집에 돌아오니 성재가 팔에 깁스를 하고 있다.
　"성재 팔이 왜 이래요?"
　물으니 집에서 일을 봐주던 사촌시누이가 가르쳐주었다.
　"언니, 어쩌면 좋아요. 글쎄 오빠가 성재를 마당에다 집어던졌어요. 팔이 부러져 병원에 다녀왔어요. 오빤 왜 저리 잔인해요?"

말하며 진저리를 쳤다.

1980년 8월 14일.

성재가 칭얼거리면서 울고 보챘다.

"엄마, 팔이 아파."

"이상하네. 깁스한 지 두 달이 지났는데도 왜 아직까지 뼈가 안 붙지? 아가씨. 성재 어느 병원에서 깁스했어요?"

"정형외과에서요."

"그런데 왜 안 나?"

"글쎄, 왜 그럴까요?"

사촌시누이가 고개를 갸웃거리는데, 시아버지가 들어서다가 성재의 보채는 소리를 들으며 물었다.

"애는 왜 울리고 있냐?"

"아버님 오셨어요? 성재 팔이 부러졌다하여 병원서 깁스를 해 줬다는데 두 달이 지나도 별 차도가 안 나네요. 어떻게 하죠?"

그렇게 묻자 시아버지가 한동안 생각에 잠기시더니 일어서며 말씀하셨다.

"나를 따라 오너라. 갈 데가 있다."

"어딘데요?"

"글쎄 따라와 보면 알아."

시아버지가 앞장을 서셨고 나는 성재를 업고 따랐다. 걸어서 한참을 가시다가 허술한 판자 집으로 들어서며 시아버지가 물었다.

"봉임이 있나?"

"뉘시오?"

"날세."

"아이고. 우짠 일이랴? 오늘은 무슨 바람이 불었소? 여기를 다 찾아오시고?"

여자노인이 호들갑을 떨어대자 시아버지가 농담을 한다.

"강바람이 불어서 왔지. 우리 손자 놈이 팔을 다쳤는데, 영 낫지를 않아서 말이야. 좀 봐 달라고."

"어디 봅시다."

여자노인이 성재를 덥석 안아서 자신의 무릎에 올려놓더니만 깁스한 콘크리트를 톱으로 잘라내며 중얼거렸다.

"아이고. 탈골되었는데 잘못 맞췄구먼."

하더니 성재의 팔을 잡아 뺐다가 다시 맞추어 놓고는 명령했다.

"자, 흔들어봐."

그 말에 내가 성재의 팔을 흔들어주면서 물었다.

"안 아파?"

"응, 안 아파."

하더니만 이내 좋아하며 깡충깡충 뛰어다닌다. 그래서 난 알았다. 병원이란 곳이 얼마나 엉터리인지를. 괜스레 병원에 가서 사진 찍고 깁스하고 두 달 동안 생고생만 했으니까. 잘못 진단을 내려서 애를 생으로 두 달씩이나 헛고생만 시켰다.

1985년 6월 26일.

성재의 몸에 두드러기가 났는데, 원인을 알 수 없다. 어쩔 수 없이 병원으로 가서 물었다.

"선생님, 애 몸에 왜 이런 두드러기가 났을까요?"

"두드러기의 원인은 한두 가지가 아니에요. 백 가지가 넘으니까 겉으로 보고서는 고칠 수 없지요. 두드러기가 난 원인을 먼저 찾아야 되는데 그건 어머니가 하셔야 돼요. 자세히 관찰해서 원인부터 찾으셔야 됩니다. 우선 집안에 진드기가 많아도 두드러기가 날 수 있으니까 집안 청소를 깨끗이 하고 이불부터 새것으로 바꿔주세요. 깨끗이 목욕시키고 청결하게 해주세요."

의사의 말대로 집안 청소를 깨끗이 했고 이불도 새것으로 갈아주면서 목욕도 깨끗이 하도록 했다.

1985년 6월 29일.

며칠이 지났지만 의사의 말은 맞지가 않은 것 같아서 오늘은 약국에 가서 물어보았다.

"병원 의사의 말이 집안에 진드기가 있어서 그런가 하고 이불도 뜯어서 갈고 옷도 새것으로 입히면서 깨끗이 목욕도 시켰는데 두드러기는 영 가라앉지가 않네요. 어쩌면 좋아요?"

약사에게 물었더니 약사가 다른 방법을 가르쳐주었다.

"그러면 음식 탓일 수도 있으니까 음식을 먹이면서 체크를 해보세요. 두드러기는 음식 탓이 크거든요."

약사의 말대로 음식을 먹인 다음에 살펴야 되겠다고 작정했다.

1985년 7월 25일.

약사의 말대로 음식을 먹일 때마다 체크를 했는데, 음식 탓도 아닌 것 같았다. 같은 음식을 먹였는데, 어떤 때는 두드러기가 났고 또 어떤 때는 나지 않았다. 그래서 오늘은 백과사전을 살폈다. 백과서전 속 두드러기 난에는 이런 것들이 적혀있다. 한냉두드러기. 온열 두드러기. 약물 두드러기. 신경성 두드러기 등 두드러기의 종류가 너무 많아서 엄두도 나지 않았다. 어떻게 이 많은 종류의 두드러기를 다 시험해 봐. 너무나도 골치가 아파져서 백과사전 읽기를 그만 두고 청소나 하려고 성재의 방으로 들어갔는데, 마침 책상 위에 일기장이 있어서 읽어보자 거기에 두드러기의 비밀이 들어있었다.

성재의 일기장에는 이렇게 적혀있었다. 1986년 5월 19일 학교에서 돌아오는데, 다리가 잘려 고무장화를 신은 아저씨가 길에 앉아서 한 푼만 달라며 졸라 내가 물었다. 아저씨는 왜 다리가 없어요? 그랬더니 아저씨가 그랬다. 빌어먹을 전쟁이 내 다리를 잘라버렸다. 1986년 5월 23일 승준이가 떠들었다. 공산군이 쳐들어온대. 공산군이 쳐들어오면 우리는 모두 몰살된대. 그 말을 듣고 집으로 와서 햄버거를 먹었는데, 두드러기가 나기 시작했다. 1986년 6월 17일. 오늘에야 왜 두드러기가 났었는지 알게 되었다. 23일 날 승준이가 한 말을 들은 후부터 두드러기가 나기 시작했다. 그러니까 성재는 왜 자기 몸에 두드러기가 나기 시작했는지는 벌써부터 알고 있었지만, 그 말을 하지 않아서 나만 헤매고 말았다.

　1985년 8월 27일.
　아래층에 살고 있는 김정 집사가 놀러왔다. 나는 엉겁결에 하소연을 늘어놓았다.
　"난 너무 속이 상해서 죽겠어요."
　"왜요?"
　"우리 성재에게 두드러기가 나서 벌써 두 달째 고생을 하고 있어요. 사전도 뒤져보고 의사도 찾아갔으며 약사에게도 물어보았지만 그 원인을 찾을 수가 없었는데, 성재 일기장을 보니 아마 심인성두드러기 같아요. 공산당이 쳐들어와서 죽일까봐 겁이 난 뒤부터 두드러기가 났다고 씌어있어요. 글쎄."
　그러자 김정 집사가 웃으며 말했다.
　"성재 좀 불러오세요."
　그 말에 내가 성재를 불렀고 성재가 방에서 나오면서 물었다.
　"왜요?"
　"집사님이 너를 좀 보자고 하셔."
　그때 김정 집사가 웃으며 성재에게 말했다.
　"이리와 봐. 집사님이 기도를 해줄게."
　그 말에 성재는 고분고분 김정 집사 앞에 앉았다. 김정 집사가 기도하기 시작했다.
　"주님, 주께서 사랑하시는 우리 성재를 불쌍히 여겨 주시어서 두드러기를 깨끗이 낫도록 도와주시옵소서. 주 나사렛 예수 이름으로 명하노니 이 더러운 두드러기야 성재의 몸에서 썩 물러갈지어다. 할렐루야. 감사합니다. 아멘. 아멘. 이젠 됐다. 그러니까 너도 그렇게 자꾸 기도해라. 예수 피. 예수 피. 하면서 예수 피로 이 더러운 두드러기야 물러가라 하면서 소리치란 말이다. 알겠니?"

"예."

성재는 고분고분 했고 김정 집사는 이제 됐으니 가보라고 했다.

1985년 8월 28일.

소파에 앉아서 텔레비전을 보고 있는데 성재가 목욕탕에서 샤워를 하며 소리치고 있다.

"예수 피. 예수 피. 예수 피로 썩 물러가라. 믿습니다. 믿습니다. 예수 피로 더러운 두드러기야 물러가라. 예수 피. 예수 피."

그 말에 나는 텔레비전 끄고 미소를 지었다.

1985년 8월 30일.

성재가 뻐겼다.

"어머니. 이제 두드러기가 다 낳았어요. 이젠 안나요."

"그러냐? 수고 했네. 너 스스로 기도해서 고쳤구나."

"예수님이 고쳐주셨어요. 너무 감사해요."

"기특한 것. 이리 와 내가 안아줄게."

하고 성재를 꼭 안아주며 등까지 두드려주었더니 아주 좋아한다.

1989년 1월 13일.

밤이 깊었는데, 두 명의 중년여자가 술에 취해 자기의 몸도 지탱치 못한 아비를 양쪽에서 부축하고 들어왔다. 두 여자는 비틀거리며 중심도 잡지 못하는 아비를 질질 끌어다가 소파에 앉히고는 아비를 향해 물었다.

"대체 이 무슨 일이야?"

한 여자가 묻자 아비는 나를 손가락으로 가리키며 소리 질렀다.

"저 여자가 말이오. 얼마나 지독한 여자인 줄이나 아세요? 돌 때부터 길러 온 내 딸을 내쫓아버린 여자에요."

그러자 다른 여자가 물었다.

"돌 때부터 길렀다고? 그러면 친엄마가 아니었단 말이야?"

놀라며 나와 아비를 번갈아 쳐다보았다. 그때 아비가 실토했다.

"연지를 낳은 여잔 따로 있어요. 그런데 저 여자 때문에 연지가 집을 나가버렸어요. 제 엄마에게 가겠다면서요."

먼저 번 여자가 물었다.

"몇 살인데?"

"스무 살이요."

"그럼 다 컸네."

"시집까지 잘 보내주려고 했는데, 저 여자가 자기 자식이 아니라며 애들에게 다 말을 했대요. 그래서 두 애들이 딸을 이상한 눈으로 보며 차별대우를 했답니다. 글쎄 이제 와서 그럴 수가 있어요?"

그러자 나이가 조금 젊어 보이는 여자가 혀를 끌끌 차면서 말했다.

"아니 이제껏 잘 있다가 다 큰 다음에 나갔단 말이야? 세상에 나. 그러니까 옛말에도 있지. 머리 검은 짐승은 길러봐야 아무런 공도 없다고. 머리 검은 짐승은 공을 원수로 갚는다더니만 그 말이 맞네. 쯧쯧. 어쩌면 그럴 수가 있어?"

이때 아비가 버럭 소리를 지르며 성재를 불렀다.

"야, 성재야. 너 이리 와봐."

아무런 영문도 모르고 있던 성재가 방에서 나오면서 어리둥절해져서 주위를 두리번거렸다.

"성재, 너 말이다. 네 누나가 친누나가 아니란 걸 언제부터 알고 있었어? 어서 말해. 빨리 말을 하란 말이다. 어서."

엄포를 놓자 놀란 성재가 멍청히 서 있다가 울음을 터트리고 만다.

"아 앙."

조금 젊은 여자가 판단을 내렸다.

"모르고 있었나보네. 저 봐. 대답을 못하는 걸 보니 어이가 없어서 놀랐나 봐. 어서 방으로 들어가라. 어서."

성재가 방으로 들어가고 난 뒤에 아비가 설명을 했다.

"연지가 그럽디다. 엄마가 동생들에게 제가 친누나가 아니란 걸 말해줘서 저에게 동생들이 차별을 한다고요."

연지도 본이 아니게 불쌍한 인생이 되어버렸다. 모두가 제 아비의 잘못인데도 아비는 제 잘못은 하나도 없고 모두 다 남의 탓으로만 돌리고 있으니 기막힌 노릇이다.

거기까지 읽던 일기를 덮은 엄마가 혼자 앉아서 중얼거린다. 이도 저도 아니면 대체 언제쯤에서 일이 생긴 것일까? 성재에게 는 모든 게 수난의 역사일 뿐이었다. 그 나마도 큰아들 성호는 책을 많이 읽은 탓에 눈치가 빠삭했고 융통성도 있는데, 성재는 달랐다. 제 아비를 많이 닮아서 책 읽기를 싫어했고 그저 밖에 나가 활발하게 뛰어 노는 일에만 열중했었는데 초등학교 육학년 때 공부를 못한다면서 담임에게 실컷 두드려 맞은 게 충격이었 나? 그 후부터 성재는 밖에 나가서 놀지는 않고 항상 방 안에만 처박혀서 공부에만 열중했었다. 그랬는데도 아비는 성재의 공부 에는 전혀 도움도 주지 않았다. 항상 집에만 들어오면 텔레비전 을 크게 틀어놓고 보지도 않으면서 코까지 크게 골아댔었다. 다 성장해서 결혼한 뒤에도 성재의 결혼생활은 평탄하게 시작하지 않았다. 결혼 초부터 싸움이 잦더니만, 그에 딸 하나를 낳고서는 더 심하게 다투었다. 성재는 그랬었다.

"어머니. 저 이혼부터 해야겠어요."

"은총이는 어쩌고?"

"제가 기르지요."

"네가 어떻게 길러. 넌 병도 낫지 않았잖아."

"병이 다 날 때까지 어머니가 길러주시면 되잖아요. 전 저 여 자와는 절대로 함께 살 수가 없어요. 어찌나 바가지를 긁어대는 지 견딜 수가 없어요."

"그렇다면 은총이를 너에게 주겠다고 했어?"

"안 주지요."

"그런데 어찌 데려온다는 거야?"

"제 자식이잖아요."

엄마와 성재의 이야기를 옆에서 듣고 있던 아비가 단호하게 막고 나섰다.

"이혼만은 절대로 안 돼."

"왜요?"

"글쎄 안 된다면 안 되는 줄 알아."

"왜 안 되느냐고 묻잖아요. 이유를 알아야지요."

"나도 연지 낳고 연지엄마와 헤어졌어. 그 일을 지금 내가 얼마나 후회를 하는 줄 아니? 이혼하면 애는 불행해져. 은총이가 불행해도 좋아?"

"싫지요."

"그러니까 안 된다는 거야."

"은총이 때문에요?"

"그렇지."

아비의 단호함에 아비의 고집을 꺾을 수 없다는 생각이 들었는지 성재는 한참동안 멍청하니 서 있다가 말했다.

"저 병원으로 갈게요."

아비가 일어서서 성재를 따르며 말했다.

"내가 데려다주마."

아비가 자동차에 시동을 걸었고 성재가 옆자리에 올랐다. 자동차 운전을 하던 아비가 성재에게 타일렀다.

"성재야. 절대로 이혼은 하지 마라."

"너무 억척스러워요. 한 번도 지지 않으려고 해요."

"그래도 남자가 참아야 돼."

"아버지는 참지 않으셨잖아요. 아버지는 그래놓고서 날 보고 왜 참으라고 해요?"

"그건 내가 모두 너무 잘못한 일이었다. 부인에게 이겨야 되는 줄 알면서 살아왔었으니까. 그러나 이제 생각을 해보니 부인에게는 무조건 져주는 게 이기는 것이더구나. 가정의 평화를 위해서야. 남자가 무조건 져줘야만 되었었는데 난 그런 것도 깨닫지 못했었다. 그리고 너무 늦게 철이 들었어. 나도 앞으로는 네 엄마 말을 잘 들을 것이다. 알겠지?"

"말 같지도 않은 짓을 해도 참아야 돼요?"

"물론이야. 그래야 되었었는데, 지난날에는 내가 너무 모르는 게 많았었어. 연지에게도 너무 미안하고 너에게는 더 미안하다. 그러니까 이혼 같은 것은 절대로 하지 말아야 된다. 아비의 전철을 밟지 말라는 뜻이야. 알겠지? 먼저 자식인 은총이부터 생각을 해야 돼. 네가 어찌 해야 은총이가 행복할 것인지를 말이다. 다른 여자를 얻어 봐도 다 마찬가지니까 이혼만큼은 절대로 하지 마라."

"알겠어요. 그 일은 병원에서 나온 다음에 다시 생각해 보도록 할게요."

그 후 성재는 병원생활에 잘 적응을 하면서 원장의 말을 잘 따랐고, 그 결과로 지금은 퇴원을 해서도 약은 제 시간에 잘 맞춰서 착실하게 먹으면서 사회생활도 잘하게 되었다. 그와 함께 줄기장창 바가지만 긁어대던 명지도 각성을 했는지 적극적인 도움을 주면서 세 식구는 밝은 날의 행복을 함께 꿈꾸면서 살아가고 있다.